FOLIO POLICIER

Jørn Lier Horst

Le code de Katharina

Une enquête de William Wisting

Traduit du norvégien
par Céline Romand-Monnier

Gallimard

Titre original :

KATHARINA-KODEN

Né en 1970, Jørn Lier Horst est un ancien officier de police. Les enquêtes de William Wisting, traduites en vingt-six langues, ont fait de lui un des auteurs les plus populaires de Scandinavie, avec plus de deux millions et demi de livres vendus et de nombreux prix à la clé (le Glass Key, le Riverton Prize, le Martin Beck Award ou encore le Swedish Academy of Crime Writers Award). Elles ont été également adaptées en série télévisée par les producteurs de *Millénium* et de *Wallander*.

1

Les cartons étaient au fond de sa penderie. Il y en avait trois. Wisting descendit le plus gros dans le salon en le manipulant avec précaution parce qu'il commençait à se déchirer.

Il l'ouvrit, sortit le classeur du dessus, noir, avec une étiquette ternie sur le dos : *Katharina Haugen*. Venaient ensuite trois classeurs rouges, *Témoins I*, *Témoins II* et *Témoins III* et, enfin, celui qu'il voulait : *Kleiverveien*.

Ces cartons contenaient tout ce qui avait été fait et écrit dans le cadre de l'affaire Katharina. À vrai dire, il n'aurait pas dû les avoir à son domicile, mais ces papiers ne méritaient pas de rester enfermés aux archives. Ici, ils se rappelaient à lui chaque fois qu'il avait besoin d'une chemise propre.

Il mit ses lunettes et prit le classeur sur ses genoux. Un an s'était écoulé depuis la dernière fois qu'il l'avait ouvert.

Kleiverveien avait été l'adresse de Katharina. Une maison individuelle banale, entourée de forêt, sur une petite hauteur à une centaine de mètres de la route. Elle était photographiée sous plusieurs angles, avec l'étang de Kleiver qui scintillait à l'arrière-plan sur l'un des clichés. Une façade marron, une porte verte et des encadrements de fenêtres blancs au-dessus de jardinières vides.

Parcourir ce dossier, c'était comme visiter une maison hantée. Katharina n'était plus là, mais il y avait ses chaussures dans le vestibule. Une paire de baskets grises, des bottines marron, des sabots, à côté des sandales et des bottes de travail de son mari. Trois vestes suspendues aux patères. Sur la commode, un stylo-bille et une liste de courses, une lettre non ouverte, un journal et quelques prospectus publicitaires. Un bouquet de roses à moitié fanées à côté d'un bibelot. Quelques mémos collés sur le miroir : l'un avec une date et un horaire, le deuxième avec un nom et un numéro de téléphone et un troisième avec trois initiales et une somme d'argent. *AML 125 couronnes*.

Sa valise était ouverte sur le lit, pleine de vêtements, comme si elle allait s'absenter pour longtemps : dix paires de chaussettes, dix culottes, cinq soutiens-gorge, dix T-shirts, cinq pantalons, cinq pulls, cinq chemisiers, et des vêtements de sport. Sans qu'il sache vraiment pourquoi, cet inventaire lui paraissait singulier. Tout cela semblait si figé, si formel, comme une valise préparée par quelqu'un d'autre, ou pour quelqu'un autre.

Une autre photo attira son attention. Cinq livres tirés de la bibliothèque, sur la table basse du salon. Wisting en avait lu certains : *Le Zoo de Mengele*, *L'Alchimiste*, *Potes pour la vie* d'Ingvar Ambjørnsen. À côté, un portrait de Katharina et Martin Haugen. Devant une vue panoramique. Enlacés, souriant au passant à qui ils avaient confié leur appareil. Le cliché reposait à côté de son cadre.

C'étaient les photos de la cuisine qui le laissaient le plus perplexe. Un verre de lait et une assiette avec une tartine sur le plan de travail. La chaise qu'occupait Katharina d'habitude légèrement écartée, et sur la table, un stylo-bille et ce que tout le monde appelait désormais le code de Katharina.

Wisting observa la photocopie du document les yeux mi-clos. Une série de nombres répartis sur trois lignes verticales. Jusqu'ici personne n'avait réussi à en comprendre la signification.

Outre leurs propres experts, les policiers avaient sollicité des cryptologues du service de sécurité de la Défense, puis des spécialistes étrangers : en vain, la combinaison de chiffres n'avait pas de sens pour eux non plus.

Wisting retourna la photocopie, comme si cette fois, ça allait être différent, comme si cette fois, il allait comprendre.

Il leva soudain les yeux. Line était là. Il n'avait pas entendu ce qu'elle disait. Il ne s'était même pas aperçu que sa fille était entrée dans la pièce.

« Comment ? »

Il laissa ses lunettes retomber au bout de leur cordon autour de son cou.

Line s'assit avec Amalie sur ses genoux et entreprit de lui ôter sa veste et ses chaussures. Elle lança un regard sur le carton et répéta :

« J'avais oublié qu'on était le 10 octobre demain. »

Wisting reposa le classeur et prit sa petite-fille dans ses bras. Ce n'était plus un bébé. La petite créature sans défense qu'il avait tenue pour la première fois quatorze mois auparavant avait désormais une personnalité propre. Il appuya ses lèvres contre sa joue ronde dans un baiser sonore. Amalie hoqueta de rire et chercha à s'emparer de ses lunettes de ses mains potelées. Il les enleva et les posa hors de portée.

« Tu crois qu'il y a encore des trucs que tu n'as pas vus ? » l'interrogea Line en désignant du menton le classeur sur la table.

Elle avait l'air agacée, de mauvaise humeur.

« Un problème ? » demanda simplement Wisting.

Elle soupira, plongea la main dans son sac et en tira vivement une bande de plastique jaune. Rouge à lèvres, stylo, paquet de chewing-gums et autres bricoles suivirent dans la foulée.

« Je me suis pris un PV ! » Elle le balança sur la table avant de remettre le reste dans son sac. « Sept cents couronnes. »

Wisting y jeta un rapide coup d'œil.

« Stationnement en infraction au panneau 372. C'est quoi, le panneau 372 ?

— Stationnement interdit. »

Il sourit et se pencha vers sa petite-fille pour frotter son nez contre sa joue.

« Maman a eu une amende », fit-il d'une voix contrefaite.

Line se leva.

« Je ne comprends pas que tu t'acharnes sur ces dossiers, observa-t-elle en allant à la cuisine. Après toutes ces années.

— Tu vas contester ? L'amende ?

— Il n'y a rien à contester. Je n'avais pas vu le panneau. C'est juste que ça me fait mal d'avoir à payer ça en plus. »

Elle revint avec une petite cuillère, sortit un yaourt du sac à langer et reprit Amalie sur ses genoux.

« Tu as trouvé d'autres membres de sa famille ? » s'enquit Wisting.

Line arracha l'opercule du yaourt, sourit furtivement.

« Des cousins aux quatrième et cinquième degrés..

— Comment devient-on cousin au cinquième degré ?

— En ayant un quatrième aïeul commun, expliqua-t-elle tout en faisant manger Amalie.

— Et de quel aïeul commun parlons-nous ?

— Arthur Thorsen. L'arrière-grand-père de maman.

— Jamais entendu parler.

— Il est né à Askøy en 1870. »

Wisting secoua la tête et attrapa le dossier qu'il était en train de lire.

« Et tu trouves que *moi*, je lis des vieux papiers ?

— Mais ce que tu cherches n'y est pas, protesta Line. Ça fait vingt-cinq ans que tu les épluches, la réponse n'y est pas.

— Vingt-quatre », rectifia-t-il en se levant.

Il savait que la réponse n'était sans doute pas dans les cartons de la penderie, mais il demeurait convaincu que, parmi les sept cent soixante-trois noms figurant sur les documents de l'enquête, il y avait celui d'une personne, au moins, qui savait ce qui s'était passé ce jour d'octobre, près de vingt-quatre ans plus tôt.

Il ouvrit un classeur rouge au hasard. Un témoignage. Le papier était usé, l'encre passée. Wisting lut le début d'une phrase au milieu de la page ; il n'avait pas besoin d'aller jusqu'au bout pour savoir comment elle se terminait. Il s'agissait d'une audition de routine. Elle ne contenait rien de primordial, aucun détail intéressant, mais chaque fois qu'il lisait ce document, ou n'importe quel autre, d'ailleurs, il avait cette idée qu'il allait découvrir un détail qui lui avait échappé ou interpréter les propos sous un jour nouveau, qui clarifierait tout.

« Oui ? »

Line l'arracha à ses pensées. Il referma le classeur. Une fois de plus, il n'avait pas entendu ce qu'elle disait.

« Tu vas repartir avec en week-end ?

— Avec quoi ? fit Wisting, bien qu'il eût compris ce qu'elle voulait dire.

— Ça, répondit Line en indiquant les dossiers d'un geste exaspéré du menton.

— Je ne pense pas.

— Mais tu as prévu d'aller le voir demain ? »

Wisting acquiesça. C'était devenu un usage. Tous les ans, le 10 octobre, il rendait visite à Martin Haugen.

« Désolé », s'excusa-t-il, posant le classeur sur la table.

Il savait ce qui se passait à l'approche de cet anniversaire. La vieille affaire envahissait son esprit et écartait tout le reste.

« Quels sont vos plans pour ce soir ? » demanda-t-il.

Il se dirigea vers la fenêtre. Dehors, il faisait nuit. Il y avait de la pluie sur la vitre.

Line donna une dernière cuillerée de yaourt à sa fille.

« Je vais à la gym. J'espérais que tu pourrais t'occuper d'elle. Elle ne se plaît pas tellement à la garderie du club. » Elle posa Amalie par terre, qui vacilla sur ses jambes.

« Oui, tu peux me la laisser », dit Wisting.

Il tapa dans ses mains pour attirer sa petite-fille. Elle tituba vers lui et rit quand il la souleva en l'air.

« Attention, elle vient de manger », prévint Line.

Il la reposa et alla chercher une caisse de jouets dans la pièce voisine. Amalie choisit un cube en bois rouge en babillant des choses qu'il ne comprit pas.

« Merci papa, dit Line en se levant. Je serai de retour dans deux heures. »

Elle leur fit un signe d'adieu, mais Amalie était bien trop occupée pour s'apercevoir de son départ.

Il resta assis avec elle sur le plancher pendant dix minutes, mais finalement, elle préféra jouer toute seule.

Les genoux de Wisting craquèrent quand il se leva pour se rasseoir dans son fauteuil. Tous les renseignements concernant chaque affaire sur laquelle il travaillait étaient consignés dans un épais calepin bleu. D'abord des mots clefs résumant les faits bruts, puis le moindre détail, les témoignages, toute la documentation, les analyses de laboratoire. Ce calepin était son socle, le fondement de sa réflexion.

Il ne comprenait pas la réaction négative de Line. D'ordinaire, elle était attirée par les énigmes non résolues, les questions sans réponses. Cette même soif qui avait fait de lui un enquêteur avait fait d'elle une journaliste. Quand elle arrivait à un carrefour et prenait à droite, elle avait envie de savoir où menait le chemin de gauche. Après la naissance d'Amalie, elle s'était lancée dans la généalogie. Probablement pour offrir une vaste famille à sa fille, dont le père était plus ou moins hors du coup, mais cet élan était aussi mû par un désir de connaissance plus profond. Wisting comprenait le plaisir qu'on pouvait avoir à découvrir sans cesse de nouveaux liens familiaux et obtenir ainsi un panorama plus complet. Ce n'était pas totalement différent de l'enquête policière.

La quête de réponses sous-tendait tout ce que Line avait pu faire en tant que journaliste. Pour elle, il ne s'agissait pas seulement de dénicher une information. Elle aimait creuser et voir ce qui se cachait derrière. Qualité très appréciée de la rédaction de *VG*, qui, souhaitant la garder, avait prolongé son congé de maternité dans l'espoir qu'elle reprendrait son poste.

Wisting n'attendait pas de Line qu'elle vienne se pencher sur l'affaire Katharina, mais son manque d'intérêt le surprenait. C'était peut-être parce que l'affaire était là depuis toujours. Au moment de la disparition de Katharina Haugen, Line avait six ans. Ou alors c'était peut-être qu'elle avait accepté, comme tant d'autres, l'explication selon laquelle par une sombre nuit d'octobre, vingt-quatre ans auparavant, Katharina Haugen aurait choisi de mettre fin à ses jours.

Mais où était passé le corps ?

Une autre hypothèse était celle de l'accident. Elle aurait fait une promenade, serait tombée et restée sur les lieux de sa chute. Mais cette théorie soulevait davantage de questions qu'elle n'apportait de réponses.

Au-delà de la disparition proprement dite, il y avait le reste. Ce code mystérieux sur la table de la cuisine, par exemple, ou le voisin, difficile à cerner, et cette histoire de père inconnu. Sans oublier les fleurs. Quatorze roses rouges.

Amalie s'était levée. Perdue dans son monde, elle se tenait à l'accoudoir d'un fauteuil en mordillant un hochet coloré.

Wisting lui sourit, puis chercha l'interrogatoire de la dernière personne à avoir vu Katharina Haugen en vie. Une amie du nom de Mina Ruud. Membres de la même chorale, elles se connaissaient depuis cinq ans. Les dernières semaines, Katharina n'avait pas participé aux répétitions. Au téléphone, elle avait invoqué la fatigue. Deux jours avant sa disparition, Mina s'était donc rendue chez elle et, en effet, lui avait trouvé l'air pâle, les traits tirés. Katharina avait manifestement des soucis, mais quand Mina lui avait posé la question directement, elle avait nié, ajoutant qu'elle prenait des vitamines dans l'espoir de se requinquer. Mina expliquait encore que, au cours de l'année écoulée, elle avait remarqué un changement radical chez Katharina. Elle était habituellement ce qu'on pouvait appeler une personne énergique, toujours de bonne humeur. Le mot employé était « pétillante ». Il avait dû se passer quelque chose, car elle avait quasiment cessé de sortir, ne voyait presque plus ses amis. Elle était devenue morne, taciturne, renfermée.

Wisting se concentra sur un paragraphe en particulier. Mina Ruud avait expliqué à l'enquêteur qui l'interrogeait que Katharina semblait porter un poids, un secret qu'elle ne pouvait confier à personne.

D'autres l'avaient décrite comme dépressive les derniers temps, aussi bien des amis que des collègues. L'opinion prévalente était qu'elle devait regretter sa famille et son entourage en Autriche.

Wisting sauta quelques passages avant de s'arrêter soudain sur une phrase sur laquelle il ne s'était jamais attardé. Mina Ruud tentait de dater une conversation qu'elles avaient eue. Katharina lui avait parlé d'un Autrichien rencontré deux jours plus tôt. Par hasard, dans un café. Il avait voulu savoir si la chaise à sa table était libre et, entendant son accent, elle lui avait demandé s'il était autrichien. C'était sympathique de rencontrer un compatriote.

Les enquêteurs s'étaient donné beaucoup de mal pour retrouver l'homme en question et, au moment de l'audition de Mina Ruud, il était essentiel de déterminer à quel moment la rencontre avait eu lieu. Si ses souvenirs étaient bons, c'était un après-midi de la mi-août.

Du moins était-ce ce que Wisting avait lu, mais ce n'était pas ce qui était écrit.

Il manquait un mot. Il avait toujours lu *C'était un après-midi de la mi-août*. Mais le mot *un* manquait. Une erreur courante. Cela lui arrivait parfois. Quand il relisait, son cerveau complétait, il croyait que le mot était là, car, en réalité, on ne lisait pas mot à mot, le regard coulait sur la phrase.

Un mot manquant ne voulait rien dire. Cela ne changeait rien, mais il en retira l'idée que d'autres éléments de cette vaste enquête avaient pu lui échapper.

Il délaissa le rapport pour s'attaquer à la pile suivante avec un intérêt et une ardeur renouvelés. Quand quelqu'un disparaissait ainsi, quatre possibilités se présentaient : le suicide, l'accident, la fugue ou un acte criminel. Ils les avaient toutes examinées, y compris celle qu'elle ait quitté le pays sans prévenir pour refaire sa vie, dans son pays natal ou ailleurs dans le monde.

Wisting n'avait jamais cru à l'idée d'une disparition de son plein gré. Malgré l'absence de corps et de scène de crime, il avait toujours perçu l'affaire Katharina comme une affaire de meurtre. Conclusion qui ne reposait sur aucun élément particulier, mais sur la somme des circonstances. La valise sur le lit, les livres sortis de la bibliothèque, la photo retirée de son cadre. Et puis le code sur la table de la cuisine.

Il reprit la photocopie, l'examina encore. Trois lignes légèrement incurvées divisaient la page et formaient deux colonnes, au-dessus d'une barre oblique. Le reste n'était que nombres. 362 était entouré et revenait deux fois. De même que 334. Il y avait deux 18 encadrés. D'autres nombres se succédaient sur la feuille : 206, 613, 148, 701, 404, 49. L'intérêt de ce document énigmatique était une croix sur le côté, avec un trait plus long que l'autre, à la manière d'un signe religieux. Le stylo était repassé tant et tant qu'il avait troué la feuille.

Une fois de plus, Wisting observa la croix et les nombres. Cette fois, il perçut un remous dans son inconscient, comme si les nombres étaient en passe de trouver du sens.

Il respira, retint son souffle. C'était précisément le genre d'instant qu'il recherchait. Il espérait que, pendant l'année écoulée, il avait entendu, vu ou vécu quelque chose qui avait enrichi son expérience et favorisait une nouvelle interprétation des documents. Il sentait que c'était le cas maintenant. Il était au bord de comprendre. Une réplique, une photo, un détail insignifiant qui, au cours des douze derniers mois, s'étaient fixés dans son cerveau, étaient sur le point de lui donner une ligne directrice dans cette affaire.

Dans l'espoir de stimuler ainsi sa mémoire, il lut les nombres à voix haute.

« 206, 613, 148... »

La petite Amalie l'imita. Elle essaya de les prononcer et rit de sa tentative infructueuse.

Wisting lança un regard dans sa direction. Elle avait le pourtour de la bouche tout bleu et tenait à la main un stylo-bille mordillé, l'encre coulait sur sa main.

Elle gazouilla, rit, remit le stylo dans sa bouche.

Jetant ses papiers, Wisting se précipita sur elle.

Ses lèvres, ses dents, sa langue, tout le bas de son visage étaient teintés de bleu. Il s'élança dans la salle de bains, sa petite-fille sous le bras, ouvrit le robinet en la tenant au-dessus du lavabo, remplit sa main d'eau et lui aspergea le visage à plusieurs reprises. Elle se mit à crier. Il arrosa encore sa bouche ouverte. Elle toussa, cracha. De l'eau colorée retomba dans le lavabo. Il continua de la laver jusqu'à ce qu'il n'y ait plus d'encre dans sa bouche, puis il s'assit sur l'abattant des toilettes et la prit sur ses genoux pour la consoler.

« Tout va bien », fit-il d'un ton qui se voulait enjoué.

Amalie s'apaisa un peu. Il tira son téléphone de sa poche pour appeler le dispensaire de garde, expliqua brièvement la situation.

L'infirmière lui demanda le nom de l'enfant.

« Ingrid Amalie Wisting », répondit-il avant d'indiquer sa date de naissance.

Il entendit pianoter sur un clavier au bout du fil.

« Combien d'encre a-t-elle absorbée ?

— Je ne sais pas », admit-il, regagnant le salon avec Amalie.

Le stylo avait laissé une tache bleue sur le tapis.

« Il en reste un peu plus de la moitié dans le stylo,

mais je pense que la plus grande partie a coulé sur ses mains et sur ses vêtements.

— En temps normal, une petite quantité d'encre ne présente aucun danger, le rassura l'infirmière. Le plus dangereux, c'est les bouts de plastique qu'elle a avalés. »

Wisting jeta un coup d'œil sur le stylo. Il était cassé.

« Qu'est-ce qui risque d'arriver ?

— Elle peut s'étouffer avec, mais ça a l'air de s'être bien passé. Elle aura peut-être un peu mal au ventre, mais le plastique va probablement ressortir par la voie naturelle. »

Il la remercia et retourna dans la salle de bains. Il essaya de nettoyer le visage et les petits doigts d'Amalie avec un gant de toilette. Il y avait un mieux, mais le bleu ne partait pas. Il prit sa brosse à dents, déposa un tout petit peu de dentifrice dessus et tenta de lui brosser ses dents colorées. Sa petite-fille protesta et se remit à pleurer. Renonçant, il repartit encore une fois dans le salon, la prit sur ses genoux. La peur qu'il avait ressentie cédait le pas à de l'irritation. Contre lui-même.

Amalie pleurait toujours, elle était sûrement fatiguée. Son agitation était communicative. Il se leva et, la gardant sur la hanche, rassembla tous les papiers de l'affaire Katharina pour les fourrer dans le gros carton, sans se préoccuper de savoir s'ils allaient être chiffonnés ou en désordre. Il voulait se débarrasser de tout cela.

Passant Amalie sur son autre hanche, il croisa les rabats du carton et le poussa contre le mur d'un coup de pied. Après quoi il s'assit par terre avec elle et l'examina. Ses vêtements étaient fichus. Ils n'allaient sans doute pas tarder à être trop petits, mais il fallait tout de même qu'il propose à Line de les remplacer.

Quand cette dernière arriva, les sanglots étaient taris et Wisting et Amalie étaient plongés dans un jeu consistant à empiler des cubes.

Elle sourit en les voyant jouer, mais se raidit à la vue du bleu autour de la bouche de sa fille et sur ses habits.

« Qu'est-ce qui s'est passé ? s'enquit-elle en la prenant dans ses bras.

— Elle a mis la main sur un stylo-bille, répondit Wisting.

— Tu ne la surveillais pas ?

— Elle a été rapide.

— Mais tu étais avec elle, non ?

— Bien sûr. Mais d'un seul coup, elle avait le visage couvert d'encre. Je crois que c'était ton stylo. Il a dû tomber de ton sac quand tu as sorti la contravention. »

Line s'humecta le pouce et entreprit de frotter Amalie sur le menton.

« J'ai eu le dispensaire de garde, précisa Wisting. L'encre, ce n'est pas grave en petites quantités. Un peu difficile à faire partir, mais pas dangereux. »

Line poussa un soupir.

« Bon, je vais rentrer lui donner un bain. »

Elle s'assit dans un fauteuil et commença à habiller sa fille. Wisting rangea les jouets.

« Je vais lui racheter des vêtements, ou au moins te les rembourser.

— Ne t'en fais pas, répondit-elle, merci de l'avoir gardée.

— Je suis vraiment désolé. Je fais un bien piètre baby-sitter. »

Line sourit furtivement.

« Ne t'inquiète pas ! N'oublie pas que Thomas vient ce week-end », dit-elle en lançant un coup d'œil sur le carton.

Thomas était son frère jumeau. Il était pilote d'hélicoptère pour la Défense et ne revenait que deux ou trois fois par an.

« Je ferai une pizza », déclara Wisting, tout sourire.

La tradition remontait à l'adolescence de Line et Thomas. Chaque vendredi, à son retour du commissariat, il préparait une pâte à pizza que Line et Thomas l'aidaient à garnir. Ils avaient perpétué l'usage pendant toutes les années 1990, jusqu'à ce que Thomas parte faire son service militaire.

« On sera là, assura Line, serrant sa fille contre elle. Tu dis au revoir à grand-père ? »

Wisting les rejoignit, les embrassa toutes les deux et les raccompagna à la porte. Il les regarda marcher sous la pluie jusqu'à la maison de Line en bas de la rue.

Il avait menti, constata-t-il, songeant à la facilité avec laquelle il avait dit qu'il s'occupait d'Amalie au lieu de reconnaître qu'il s'était absorbé dans l'affaire Katharina. Non seulement il avait menti, mais il avait partiellement rejeté la responsabilité sur Line, prétendant que c'était sa faute s'il y avait un stylo-bille au milieu des jouets.

Il ferma la porte, regagna le salon et contempla le carton.

Le mensonge était une composante de toute enquête. Tout le monde racontait des mensonges. Rarement des mensonges directs, mais la vaste majorité des gens contournaient la vérité d'une manière ou d'une autre. On était ambigu, on taisait certains éléments, on exagérait, on arrangeait la vérité pour se rendre plus intéressant, on passait sous silence des informations nous plaçant sous un mauvais jour. De plus, il arrivait souvent que les gens se souviennent mal et, au lieu de l'admettre, ils comblaient les trous, se fondant souvent sur ce que d'autres avaient entendu ou vu ; et pour démasquer ces mensonges, il fallait disposer d'autres informations, afin de pouvoir vérifier ce qui était dit.

Il ramassa le stylo qu'Amalie avait mâchonné. Le logo de la fédération de la police était tout juste visible sous les empreintes de dents. C'était son stylo à lui. Il se demandait s'il allait le dire à Line ou simplement passer à autre chose. Quoi qu'il en soit, rien ne servait de le conserver, il le jeta dans la poubelle de la cuisine. Puis il revint dans le salon et ressortit les dossiers du carton.

2

Wisting recula hors du garage. Des fils d'eau transparents tombaient à l'oblique devant ses phares. La pluie avait redoublé dans la nuit. Il était resté debout jusqu'après minuit, tentant vainement de retrouver l'éclair d'intuition qui l'avait traversé en début de soirée.

Il jeta un coup d'œil par-dessus son épaule vers la maison de sa fille. La cuisine était allumée. Il savait qu'Amalie se réveillait vers 6 h. Il s'arrêta un instant, envisagea de passer prendre de ses nouvelles. Il avait le temps. Il avait toujours le temps le matin. La journée de travail ne commençait qu'une heure plus tard. Mais Line était sans doute en train d'essayer de la rendormir et il ne ferait que déranger.

Le 10 octobre, vingt-quatre ans auparavant, le ciel avait été dégagé, avec une légère brise soufflant du sud-est, se souvenait-il d'avoir lu dans les rapports. Dans la soirée étaient venus quelques nuages. Le vent avait forci et la température était descendue à huit degrés.

Il traversa tranquillement le lotissement et prit à gauche sur Larviksveien. Sa journée de travail allait être peu productive, il le savait. Il n'allait pas pouvoir se concentrer sur grand-chose d'autre, ni avant ni après avoir vu Martin Haugen.

Ce n'était pas la première fois que Katharina disparaissait. À l'époque, elle s'appelait Katharina Bauer. Âgée de vingt et un ans, elle avait enfourché sa moto et quitté sa petite ville natale de Perg, en Autriche, pour ne plus jamais y revenir.

Elle fuyait alors une famille dysfonctionnelle, avec un beau-père alcoolique violent et une mère instable souffrant de troubles psychologiques. Katharina et sa sœur s'étaient serré les coudes et occupées de leur frère cadet, mais quand celui-ci était devenu assez grand pour se prendre en charge, Katharina avait bouclé son sac.

Le voyage s'était terminé en Norvège. Elle y avait un père, quelque part. C'était du moins ce que lui avait dit sa mère : son père était norvégien. Elle n'avait pas d'espoir de le retrouver. Tout ce qu'elle savait, c'était qu'il s'appelait Richardt et que l'été 1958 il avait été un habitué du restaurant où travaillait sa mère. Puis il était reparti, il n'était peut-être même pas au courant de sa paternité.

Ce père inconnu n'était pas vraiment la raison pour laquelle elle s'était rendue en Norvège. Ce qui lui importait surtout était de partir ; mais elle était curieuse de ce pays. Avant son départ, elle avait appris l'histoire et la géographie norvégiennes, et quelques mots.

Elle avait certes essayé de retrouver son géniteur – parmi ses effets figuraient des listes d'adresses d'hommes prénommés Richardt, avec différentes orthographes – mais elle semblait avoir renoncé à ce projet plusieurs années avant sa disparition. Certains noms étaient barrés, mais plus des trois quarts restaient à vérifier. La police avait été en contact avec tous. Ceux qui étaient biffés confirmaient qu'elle les avait appelés, mais aucun n'était la personne qu'elle cherchait.

Wisting dut augmenter la vitesse des essuie-glaces. L'eau de ruissellement avait trouvé de nouvelles voies, à plusieurs endroits il y avait eu des glissements de terrain et des segments de route s'étaient effondrés. Il fallait suivre des déviations. À l'approche du centre-ville, la circulation se densifia.

Katharina était arpenteur-géomètre, et à son arrivée en Norvège elle avait travaillé quelque temps pour l'administration routière locale. Douée pour les langues, elle n'avait pas tardé à maîtriser le norvégien et avait complété sa formation dans une école technique. Elle avait ensuite été embauchée en CDD à la Direction des routes, où elle travaillait à la planification et la construction de nouvelles autoroutes dans le sud du Telemark. C'est là qu'elle avait rencontré Martin Haugen. Chef d'équipe, il faisait partie des personnels de chantier qui passaient sans cesse au bureau de planification.

La circulation était lente. Un cycliste se faufila entre les voitures.

Wisting comptait se rendre chez Haugen autour de midi. Ils n'avaient pas rendez-vous. Ils n'en avaient jamais eu, mais tous les ans depuis la disparition de Katharina, Wisting y allait, à la même heure, en sachant que, cette année aussi, Haugen l'attendrait. Le café serait prêt. Le gâteau du supermarché attendrait sur un plat. Sans doute un cake au citron avec glaçage ou un roulé à la framboise. D'abord, ils parleraient de la pluie, puis la conversation s'aiguillerait vers Katharina.

Il l'avait rencontrée une fois. Il ne s'en souvenait pas et Haugen ne le lui avait rappelé que cinq ou six ans après sa disparition, lui montrant une coupure de presse où on le distinguait à l'arrière-plan. C'était le 17 mai. La chorale de Katharina se produisait dans la forêt de Bøkeskogen, où il était de service aux célébrations de la fête nationale.

Quand la photo avait paru, Katharina avait pointé le doigt sur Wisting en expliquant que, juste avant de chanter, elle avait trouvé un trousseau de clefs et l'avait remis à ce policier.

Sans souvenir de l'épisode, Wisting pensait que Katharina avait dû le confondre avec un autre, mais à sa surprise, il avait pu constater qu'il avait bel et bien contresigné le fichier des objets trouvés. Il lui avait donc parlé et avait noté son nom. Wisting avait fouillé dans sa mémoire, mais n'avait pu en extraire qu'une vague souvenance, leur rencontre était effacée. Haugen avait oublié l'épisode, lui aussi, jusqu'au jour où il était tombé sur la coupure de presse en rangeant un tiroir et l'avait reconnu.

Une voiture qui klaxonnait derrière lui tira Wisting de ses pensées, il combla l'espace qui s'était formé devant lui pendant que son esprit vagabondait

La circulation était plus fluide dans les rues du centre et il fut au commissariat largement à temps pour que le café soit prêt à l'arrivée de ses collègues.

La soirée et la nuit n'avaient pas apporté d'événements notables. Il décida qui charger des affaires justifiant une enquête et écarta celles qui ne méritaient pas un examen supplémentaire. Il avait une réunion budgétaire à 10 h et devait passer en revue la liste des dossiers en souffrance avec l'un des substituts du procureur. À quoi s'ajoutait sa contribution à un rapport sur les conséquences pour le service d'investigation de la future fusion de la circonscription policière de Larvik avec celles du Telemark à l'ouest et du Buskerud au nord, mais cela pouvait attendre qu'il revienne de chez Haugen.

Il s'appuya contre le dossier de sa chaise de bureau, les mains derrière la tête. Puis il se baissa pour ouvrir le tiroir du bas et sortit la photo du 17 mai qu'il avait photocopiée.

En noir et blanc, on y voyait Katharina et ses amies, en tenue de fête. Une robe d'été claire, des cheveux longs qu'il savait blond vénitien, des yeux qu'il savait bleus, où une lueur obscure affleurait malgré son sourire épanoui. Ses lèvres avaient l'air douces, songea-t-il. Plus que son regard.

Sans croire qu'elle soit encore en vie, il se demandait néanmoins à quoi elle ressemblerait aujourd'hui. Lui-même avait changé. Sur la photo, il approchait de la trentaine. Il était svelte, ses cheveux qui dépassaient à peine sous sa casquette d'uniforme étaient foncés, il avait le dos bien droit.

En ce qui le concernait, l'affaire Katharina ne commençait que le mercredi 11 octobre, quand son mari avait signalé sa disparition. Deux enquêteurs s'étaient rendus à leur domicile pour procéder aux premiers examens : Eivind Larsen et lui. Il s'était assis dans le salon avec Martin Haugen, pendant que son collègue parcourait la maison en quête d'indices pouvant expliquer ce qu'était devenue Katharina. Rien de ce qu'ils avaient vu ou entendu ne les avait rapprochés d'une réponse.

Wisting alla regarder par la fenêtre, taraudé par un sentiment singulier mais très familier. Le trouble qu'on ressentait face à un problème non résolu.

Ils avaient d'abord vérifié que Martin Haugen n'avait rien à voir avec la disparition. À l'époque, il travaillait sur un chantier routier dans le Trøndelag et vivait dans un baraquement de Malvik. Soit à plus de huit heures de voiture de chez lui.

Quand quelqu'un disparaissait comme Katharina, le conjoint était le premier soupçonné, mais la chronologie allait à l'encontre de cette hypothèse. Haugen avait eu sa femme au téléphone sur le coup des 22 h le 9 octobre. La compagnie de téléphone confirmait un appel passé de la cabine téléphonique de la cantine au domicile de Katharina et Martin Haugen, Kleiverveien, Larvik, à 22 h 06. La conversation avait duré huit minutes et dix-sept secondes. Le lendemain matin, à 7 h, Haugen était aux commandes de sa pelleteuse. Cela laissait une fenêtre de neuf heures, mais il lui en aurait fallu seize pour faire l'aller-retour.

À la fin de sa journée de travail, il avait téléphoné chez lui, mais ça ne répondait pas. Dans la soirée, plusieurs collègues l'avaient vu essayer de rappeler, il paraissait inquiet. Il avait appelé des amis et connaissances, mais personne ne l'avait vue. En fin de soirée, il avait demandé à leur voisin le plus proche d'aller voir chez eux. Rien ne laissait penser qu'elle y était. Le voisin avait fait le tour en regardant par les fenêtres : rien à signaler, à part ce qui ressemblait à un mot écrit à la main sur la table de la cuisine.

Juste avant minuit, Haugen était monté dans sa

voiture pour rentrer chez lui. À 8 h 47 le 11 octobre, il avait appelé la police pour signaler la disparition de sa femme.

En fin de compte, ils ne savaient rien de plus maintenant qu'à l'époque. Ils étaient bien renseignés en revanche sur ce qui ne s'était *pas* produit, sur ce que Katharina n'avait *pas* fait, sur où elle n'était *pas* allée, mais ils ignoraient tout de pourquoi, comment et où elle avait disparu.

3

À midi moins le quart, Wisting quitta son bureau et se dirigea vers Kleiverveien, la route qui menait à Kleiver. Il ne pleuvait presque plus, le ciel s'éclaircissait.

Au fil du temps, sa relation avec Martin Haugen avait évolué. De professionnelle, elle était devenue de plus en plus informelle. Ils pouvaient plaisanter et rire, parler de tout autre chose que de la disparition. Quelques années plus tôt, Haugen avait emprunté une pelleteuse pour l'aider à arracher quelques souches dans son jardin. Tous les automnes, Wisting lui achetait des sacs de bois de chauffe et, avant Noël, il revenait souvent avec un sapin coupé dans la forêt derrière sa maison. Ils étaient partis ensemble en week-end de pêche et Haugen avait assisté à l'enterrement d'Ingrid. Il ne s'agissait pas toutefois d'une véritable amitié. Ce ne pourrait jamais l'être. Leur relation était née de circonstances tragiques et un je-ne-sais-quoi incitait Wisting à garder ses distances, mais ils avaient le même âge et il songeait parfois qu'en d'autres circonstances, Haugen aurait pu devenir l'un de ses rares bons amis.

Deux ans après la mort d'Ingrid, Wisting avait rencontré quelqu'un. C'était terminé maintenant, mais cette liaison avait été chaleureuse et authentique et il aurait bien voulu que ça dure. Haugen, lui, ne s'était jamais remis en couple. Il avait en revanche été marié avant Katharina. Un mariage de courte durée avec une femme de huit ans son aînée. L'un des dossiers de l'affaire portait son nom : Inger Lise Ness. Pendant les semaines suivant sa disparition, il n'avait cessé de s'épaissir, mais là non plus, rien ne leur avait apporté de réponse.

Les essuie-glaces raclaient le pare-brise. Wisting les éteignit.

Le long de la route, les maisons s'espacèrent à mesure qu'il approchait de Kleiver. La chaussée devint plus étroite, moins bien entretenue. Il passa devant une pépinière et une petite exploitation agricole. Sur la gauche se trouvait un vieux garage automobile. Certaines épaves étaient déjà là l'année précédente.

Il ralentit au niveau de la boîte aux lettres, le chemin s'était orné d'un nouveau panneau. *Entrée interdite aux non-riverains*.

Wisting le dépassa et observa brièvement dans le rétroviseur la maison rouge de l'autre côté du chemin. Celle de Steinar Vassvik. Il prononça son nom à voix haute : « Steinar Vassvik ». C'était ce qu'ils avaient trouvé de plus approchant en termes de suspect. Le soupçon ne reposait sur rien de concret, mais c'était le voisin le plus proche, la dernière personne qui ait vu Katharina, il n'avait pas d'alibi et, aussi, il avait autrefois été condamné pour violence.

Le chemin de terre serpentait entre les arbres. Cent mètres plus loin, la maison de Haugen apparut. La façade avait eu droit à un coup de peinture depuis son dernier passage. Pendant l'été, sans doute. La forêt avait été éclaircie. Les lieux étaient plus ouverts, plus lumineux.

La pluie avait formé une mare dans la cour. Wisting se gara de façon à ne pas patauger dedans en sortant de sa voiture.

Le chat se leva du paillasson, s'étira en arquant le dos et vint à sa rencontre.

D'ordinaire, il n'avait pas besoin de sonner à la porte. Haugen allait souvent à la fenêtre quand il entendait une voiture dans la cour. Wisting laissa l'animal se frotter contre ses jambes en attendant que Haugen se montre sur le seuil.

Ce qui n'arriva pas.

Wisting gravit les quelques marches du perron et sonna. Le chat le suivit. Il entendit la sonnette à l'intérieur, mais rien d'autre.

Observant le mince interstice entre le vantail et le chambranle, il put constater que la porte était verrouillée. Il appuya encore une fois sur la sonnette, se baissa pour caresser le chat. Son poil était mouillé.

Wisting se retourna. La voiture de Haugen n'était pas dans la cour. Ça ne voulait rien dire. Elle restait souvent dans le garage attenant à la maison. C'était fermé et il n'y avait pas de fenêtre pour voir à l'intérieur.

Il se hissa sur la pointe des pieds devant celle de la cuisine. La pièce était parfaitement en ordre, si ce n'est qu'il y avait un bloc-notes et un stylo-bille sur la table.

« Martin ! » appela-t-il, tapant sur le carreau.

Quelque chose était écrit sur la première page, mais il était impossible de voir quoi.

Le bloc se trouvait à peu près au même endroit que le message codé vingt-quatre ans auparavant, très probablement rédigé par Katharina. On avait trouvé des empreintes sur le papier et pu les identifier comme étant les siennes après en avoir relevé d'autres ailleurs dans la maison.

Les graphologues qui avaient examiné la feuille n'avaient pas su établir avec certitude si c'était l'écriture de Katharina. Ils l'avaient comparée à des échantillons de lettres et autres papiers qu'on savait être de sa main. Les chiffres de la feuille étaient légèrement plus anguleux que les échantillons de référence. Leur conclusion était qu'on ne pouvait pas exclure qu'elle ait écrit le mot, mais on ne pouvait pas non plus l'affirmer catégoriquement.

Des analyses avaient indiqué que l'encre d'un stylo sur le plan de travail avait la même composition que celle de la feuille. C'était un stylo publicitaire de la Direction des routes, Katharina avait dû le rapporter du travail. Fabriqué en Allemagne, dans une usine produisant dix-neuf millions de stylos par an. D'un point de vue purement théorique, un autre stylo pouvait avoir été utilisé.

Derrière lui, Wisting entendit une pie crier dans le bois, rompant le silence.

Il fit le tour de la maison, marcha sur la pelouse humide et monta sur la terrasse à l'arrière. Le chat le suivait.

Les meubles de jardin n'avaient pas encore été remisés. Des feuilles mortes s'étaient rassemblées en tas mouillés. Une pelle légèrement terreuse était posée contre le mur. À côté de bottes en caoutchouc aux semelles crottées.

Wisting avança jusqu'à la fenêtre et regarda à l'intérieur. Le salon était tel qu'il s'en souvenait. Un ameublement spartiate, mais suffisant. Largement identique à ce qu'il était du temps de Katharina. Mobilier en pin, quelques lithos aux murs. Le canapé en cuir sombre était nouveau. Une maquette en devenir sur la table basse. Ça ressemblait à un camion. Le modélisme était le passe-temps de Haugen. Des modèles réduits étaient exposés sur les rayonnages des bibliothèques qui avaient jadis été pleines de livres de Katharina.

Le chat miaula en grattant à la porte vitrée du salon. Juste de l'autre côté, Wisting pouvait voir le tapis sur lequel il avait l'habitude de se coucher.

Il doit être vieux maintenant, songea-t-il. Haugen lui avait expliqué qu'un soir d'été il l'avait vu sortir de la forêt et venir sur la terrasse où il était assis. Décharné, le poil terne. Il lui avait servi une assiette de restes de son dîner et l'animal n'était pas reparti. Cela remontait à cinq ou six ans et c'était déjà un chat adulte à l'époque.

Wisting se tourna vers la forêt. Vingt-quatre ans auparavant, les épicéas étaient plus clairsemés, on voyait mieux l'étang.

À deux reprises, ils avaient battu les bois. D'abord avec des chiens, puis avec des bénévoles qui avançaient en rangs, à seulement un bras de distance les uns des autres. On avait aussi dragué l'étang, envoyé des plongeurs. Katharina n'y était pas.

Un autre cri de pie brisa le silence. Ce devait être celle qu'il avait entendue plus tôt. Elle s'envola d'un arbre proche et resta dans un courant d'air à battre des ailes et à donner de la voix.

Wisting serra son col en regagnant sa voiture. Il était un peu surpris que Haugen ne soit pas chez lui. Ils n'avaient convenu de rien, mais il s'attendait qu'il soit là, comme l'année précédente et toutes celles d'avant.

Il leva les yeux vers la maison avant de prendre le volant. Haugen était peut-être simplement sorti acheter un gâteau ou faire une course, mais il en doutait. C'était ce truc du chat qui ne cadrait pas. Il s'était rallongé sur le paillasson maintenant, mais sa fourrure était trempée. Comme s'il avait passé la nuit dehors sous la pluie.

4

La voiture cahota sur le chemin de terre et ses nids-de-poule. Wisting s'arrêta devant les boîtes aux lettres pour inspecter celle de Martin Haugen. Dans le dossier de l'affaire, on y voyait les journaux des 10 et 11 octobre et une facture d'électricité. L'édition du 9 octobre, elle, figurait sur une autre photo, celle de la commode du vestibule.

À un moment ou un autre, Haugen avait dû changer la plaque. Il n'y avait désormais que son nom à lui.

Wisting souleva le couvercle et regarda à l'intérieur. La boîte était vide. Ce qui n'était pas nécessairement significatif. Haugen n'était plus abonné au journal, il était probablement trop tôt pour que le facteur soit passé et on était loin des circuits de distribution de publicités.

Un peu plus haut, un homme promenant son chien débouchait d'un sentier forestier. Il rappela l'animal et le mit en laisse.

Wisting se rassit dans sa voiture et regarda le panneau d'interdiction. Il y avait une chaîne pour barrer le chemin. Il avait peut-être eu des problèmes avec des promeneurs qui se garaient devant chez lui. Il s'était probablement procuré l'écriteau au boulot. Après la disparition de Katharina, il avait obtenu un poste au service d'exploitation, de gestion et d'entretien de la Direction des routes. Ses fonctions avaient évolué avec le temps. Au début, il s'occupait de débroussaillage, de déneigement, et de ramassage des animaux morts, puis ces tâches avaient été sous-traitées et il gérait désormais le personnel, mais avait conservé la liberté d'organiser ses journées à sa guise. Il avait coutume de prendre son 10 octobre, mais les circonstances ne s'y prêtaient peut-être pas cette année.

Wisting avait son numéro sur son portable et il envisagea de l'appeler ou de lui envoyer un message, mais écarta finalement cette idée. Cela pourrait paraître intrusif. Il n'aurait qu'à repasser en fin de journée.

Quand Katharina avait disparu, les téléphones portables n'étaient pas encore généralisés. C'était avant Internet et les réseaux sociaux. On ne disposait pas alors de toutes ces traces électroniques pouvant donner une indication de l'endroit où elle était, de ce qui s'était passé.

Au moment de redémarrer, il crut apercevoir Steinar Vassvik à sa fenêtre. Obtenir une vraie explication de sa part n'avait pas été chose facile. C'était le genre de personne qui ne laissait pas les autres venir à lui, qui répondait souvent aux questions par monosyllabes et ne prenait jamais l'initiative d'un nouveau sujet de conversation. Quand Wisting lui parlait, il se détournait souvent. Ses réponses étaient toujours fuyantes, et Wisting était ressorti de tous leurs entretiens avec l'impression qu'il taisait une information, qu'il cachait quelque chose.

Steinar Vassvik avait confirmé le témoignage de

Haugen et expliqué que ce dernier l'avait appelé l'après-midi du 10 octobre pour lui demander d'aller voir chez eux. Vassvik s'était exécuté. Quand Haugen l'avait rappelé une demi-heure plus tard, il lui avait expliqué que Katharina n'y était pas, mais qu'elle semblait lui avoir laissé un message sur la table de la cuisine. Ce message qui allait devenir le code de Katharina.

Au lieu d'appeler Haugen, Wisting choisit le numéro de Line.

Elle répondit d'une voix morne.

« Comment se porte Amalie ? s'enquit-il.

— Elle est un peu agitée aujourd'hui. Très grognon.

— Ça ne va pas ?

— Je ne sais pas. Il faut que je garde un œil sur elle.

— Tu as pu enlever le bleu ?

— Pas entièrement. »

Wisting toussota pour combler le vide.

« Vous n'avez besoin de rien ? Tu veux que je passe au supermarché ?

— On a tout ce qu'il nous faut », lui assura sa fille.

Un camion arrivait en face et il se rangea sur le bas-côté de la petite route. Il s'excusa encore et dit qu'il était navré de ce qui s'était passé, puis il raccrocha.

À 13 h 05, il était de retour au commissariat. Dans le couloir, il tomba sur Nils Hammer, qui faisait office de remplaçant attitré quand il n'était pas là.

« Je nous ai organisé une réunion demain, annonça-t-il.

— Quel genre de réunion ?

— Avec quelqu'un de Kripos, qui va venir ici. »

Wisting fronça les sourcils.

« Qui ça ?

— Je ne le connais pas, admit Hammer. Il s'appelle Adrian Stiller. »

Wisting secoua la tête. Son nom ne lui disait rien à lui non plus.

« Qu'est-ce qu'il veut ?

— C'est à propos d'une vieille affaire. Il voudrait regarder nos archives. Il nous expliquera. J'ai dit 9 h. »

Wisting se répéta le nom et, une fois dans son bureau, l'inscrivit dans son agenda. Il n'était pas inhabituel qu'un témoin ou un indice conduise Kripos ou Økokrim en province.

De nouveau, il ressentit un trouble confus. Il se rendit dans la salle de réunion, où se trouvait la cafetière. Il avait le ventre vide et le café était mauvais, mais il en rapporta néanmoins une tasse dans son bureau et décrocha son téléphone. C'était plus facile d'appeler Haugen du bureau que de rester devant sa maison, songea-t-il. Là, il lui suffisait de demander si ça convenait qu'il passe.

Au bout de dix sonneries, le répondeur se déclencha et Wisting raccrocha sans laisser de message.

Il se pencha sur le rapport d'analyse des conséquences de la réforme de la police. La rationalisation et le regroupement de différentes unités allaient permettre une meilleure efficacité de la police dans ses missions clefs. Il voyait les avantages évidents d'une entité commune d'investigation, mais sentait que le désir de changement lui faisait défaut. À seulement quelques années de la retraite, il préférait employer son temps à résoudre des affaires plutôt qu'à s'adapter à un avenir dont il ne ferait pas partie.

Il tenta de ramener les grandes idées de la réforme et les projections à un niveau pratique et concret pour brosser un tableau de leur impact au quotidien. Parfois, le téléphone venait l'interrompre. Des demandes sur des affaires en cours, auxquelles il répondait ou qu'il faisait suivre à qui de droit.

Peu avant 15 h 30, il se remit à pleuvoir. Une pluie drue, qui battait contre la fenêtre. Il resta encore une demi-heure avant d'éteindre son ordinateur et de quitter son bureau.

Sur le chemin de Kleiver, il se retrouva derrière le bus de ramassage scolaire. Seul transport en commun du coin, il passait deux fois le matin et deux fois l'après-midi, s'arrêtant là où les enfants habitaient ou quand on le hélait. Le 10 octobre, vingt-quatre ans auparavant, il avait été conduit le matin et l'après-midi par le même chauffeur, qui était absolument certain que Katharina Haugen ne faisait pas partie des passagers.

Le bus déboîta et s'arrêta sur le bas-côté. La chaussée étroite ne permettait pas de doubler et il attendit qu'il reparte dans un nuage de gaz d'échappement noirs.

Deux garçons, cartable sur le dos, traversèrent la route avant qu'il redémarre.

Katharina Haugen conduisait une Golf gris métallisé et une Kawasaki Z650. Elle préférait la moto, mais les deux véhicules étaient dans le garage au moment de sa disparition. À mesure que le rayon de recherche s'étendait autour de la maison, il était apparu de plus en plus clairement que quelqu'un avait dû l'emmener.

Wisting ralentit, prit le chemin qui menait chez Haugen. L'eau de pluie avait creusé de profondes rigoles dans la terre. Il avança en cahotant et s'arrêta devant la maison.

Il n'y avait pas d'autres voitures.

Il se gara au même endroit que la fois précédente. Le chat accourut. Un peu plus ébouriffé que quelques heures plus tôt. Wisting le suivit jusqu'au petit auvent au-dessus de la porte, qui offrait un abri contre la pluie. Il sonna, sans s'attendre toutefois à ce que Haugen vienne lui ouvrir. Il n'était pas là.

Il téléphona encore, tomba encore sur le répondeur.

Le chat se frotta contre ses jambes. Wisting sentit l'inquiétude lui nouer le ventre. Il avait appris à partir du principe que le pire s'était produit, mais n'en essayait pas moins de chercher des explications évidentes à l'absence de Haugen. Un séminaire professionnel, des heures supplémentaires, un rendez-vous. Si cela se trouvait, il avait rencontré une femme et allait chez elle après le travail.

Ressortant sous la pluie, Wisting tourna le coin de la maison. Un relent doucereux se dégageait de la terre humide au bord de la forêt. À la lisière de la pelouse, un sentier entrait dans les bois. Il y était depuis toujours et les policiers y avaient cherché Katharina. Envahi par la végétation au fil du temps, il semblait à présent avoir été dégagé.

Le chat contemplait la forêt. Wisting alla regarder par la porte vitrée du salon. Rien n'avait changé par rapport à quelques heures plus tôt.

Il s'apprêtait à redescendre quand il remarqua quelque chose derrière un rideau. Une petite caméra. Un modèle sans fil, peu coûteux. L'objectif était braqué sur le jardin. Si quelqu'un regardait en ce moment, le visage de Wisting devait emplir tout l'écran.

Il buta contre la table de jardin en faisant un pas en arrière. Désormais, les gens qui portaient plainte pour cambriolage ou dommages à la propriété disposaient souvent d'un enregistrement vidéo. Ces petites caméras de haute qualité permettaient de suivre ce qui se passait de n'importe où dans le monde en se connectant à Internet. Quand Katharina avait disparu, ils avaient collecté les enregistrements vidéo des stations-service et autres endroits surveillés. Le grain était grossier, on reconnaissait difficilement les gens. Les bandes figuraient toujours parmi les documents de l'affaire, mais il n'était même pas sûr d'avoir encore l'équipement pour les visionner au commissariat.

La fenêtre suivante donnait sur une pièce aménagée en chambre d'amis. Prévue initialement comme chambre d'enfant, savait Wisting. Elle servait actuellement d'entrepôt à cartons. Des chaises étaient retournées sur une table et un tas de vêtements pendaient d'un guidon de vélo d'appartement. Il vit un ordinateur sur un bureau, écran, souris sans fil, clavier. Quelques maquettes sur des étagères.

La pièce voisine était la chambre à coucher. Il n'y avait qu'une seule couette sur le lit double. Elle était repoussée, l'orciller en désordre. Si ce n'est qu'une seule personne y dormait, cette chambre n'avait pas grand-chose à enseigner.

Poursuivant son tour de la maison, il découvrit une autre caméra de surveillance. À la fenêtre de la salle de bains, assez haut sur le mur, dirigée vers l'entrée.

La pluie redoubla. Croyant entendre le tonnerre au loin, il essaya de se souvenir s'il avait entendu les prévisions météorologiques.

Le chat repartit en courant sous l'auvent tandis

que Wisting se dirigeait vers la dépendance de l'autre côté de la cour. Ce n'était guère plus qu'une remise à outils, avec de la place pour une fraise à neige, une tondeuse et quelques brassées de bois.

La pluie coulait du toit en tôle. Il saisit la poignée de porte. Elle était verrouillée. Il regarda à l'intérieur par une fenêtre latérale, mais ne voyait pas dans les recoins sombres.

Une couche de buée se déposa sur le pare-brise quand il se remit au volant et démarra. Il alluma le chauffage et partit.

De l'autre côté du croisement, la porte du garage était relevée. Un tournevis à la main, Steinar Vassvik l'observait à côté d'une moto.

Wisting roula jusqu'à lui et, laissant le moteur en marche, sortit de sa voiture. Il se glissa prestement dans le garage pour s'abriter de la pluie.

Vassvik le salua d'un signe de tête. Une grosse lampe de travail au plafond éclairait son visage grossier. Depuis la dernière fois qu'ils s'étaient vus, une coupure sous l'œil gauche lui avait laissé une cicatrice rouge.

« Je suis allé chez Martin Haugen, expliqua Wisting. Il n'est pas chez lui. »

Vassvik reposa son tournevis et attrapa un chiffon sur le plan de travail.

« Vous l'auriez vu ? »

Vassvik secoua la tête en s'essuyant les mains. Wisting lança un regard derrière lui, sur le panneau d'entrée interdite.

« Vous avez vu d'autres gens ?

— Il y a rarement du monde là-bas, répondit Vassvik.

— À quand remonte la dernière fois que vous l'avez vu ? »

Vassvik haussa les épaules.

« Il part vers 7 h 30 le matin.

— Était-ce le cas aujourd'hui ?

— Pas que je sache.

— Quand rentre-t-il, d'habitude ? »

Vassvik consulta sa montre. Wisting l'imita. Il était 16 h 40.

« Avant 16 h. »

Wisting hocha la tête.

« OK, dit-il, se tournant vers sa voiture. Je vous remercie. »

Vassvik fit quelques pas derrière lui.

« Il s'est passé quelque chose ?

— Non. C'est juste que je pensais qu'il serait chez lui aujourd'hui.

— Je vois. Il est peut-être à son chalet.

— Peut-être. »

Wisting attendit quelques instants pour voir si son interlocuteur avait quelque chose à ajouter. Puis il le remercia et se hâta de regagner son véhicule.

5

Il ne sonna pas chez Line, mais entra et toqua légèrement à la porte séparant le tambour de l'entrée.

Sortant la tête de la cuisine, Line lui fit signe de venir.

« Tu es trempé », remarqua-t-elle.

Wisting ôta sa veste et la suspendit à une chaise de cuisine.

« Il pleut, répondit-il en souriant sans s'expliquer davantage. Comment va Amalie ?

— Bien. Elle dort. »

Line se leva et se dirigea vers la cuisinière.

« Tu veux un peu de soupe ? C'est au chou-fleur.

— Oui, c'est gentil. »

Line régla la température de la plaque.

« En sachet, hein », prévint-elle.

Wisting désigna du menton l'ordinateur sur la table.

« Qu'est-ce que tu fais ?

— Comme d'habitude. De la généalogie. »

Elle sortit un pain et en coupa deux tranches, qu'elle tartina généreusement de beurre.

« Tu peux regarder un truc pour moi ? demanda Wisting.

— Quoi donc ?

— Si Martin Haugen a un compte Facebook. »

Line se rassit à la table.

« Tu n'es pas allé chez lui ?

— Il n'y était pas. Il a peut-être écrit sur Facebook qu'il est en déplacement ou autre. »

Line pianota.

« On dirait bien qu'il n'a pas de compte. Tu ne peux pas lui téléphoner ?

— J'ai essayé. »

De la vapeur commençait à s'élever de la casserole. Line se leva et la retira de la plaque.

« Qu'est-ce que tu veux dire ? demanda-t-elle, lui servant une assiette. Il a disparu ?

— C'est juste qu'il n'est pas chez lui.

— Tu ne peux pas localiser son téléphone ou un truc dans ce genre ?

— Ce n'est pas si simple. Il y a des procédures à respecter. En l'occurrence, il faudrait d'abord que la famille déclare sa disparition.

— Tu as parlé avec des gens de sa famille ? »

Tout en goûtant son potage, Wisting secoua la tête.

« Sa mère est morte il y a quelques années. Il a une tante et quelques oncles à Porsgrunn, mais je ne crois pas qu'il ait tellement de relations avec eux.

— Et à son travail ?

— Je vais appeler demain. S'il n'est pas rentré. »

Il s'attarda quelques instants après avoir terminé son assiette, mais partit avant qu'Amalie se réveille.

Il fut accueilli par sa maison vide. Il se demandait combien de temps il aurait fallu pour déclencher une enquête officielle si jamais il avait lui-même disparu. Line était la personne la plus proche de lui, mais elle avait l'habitude qu'il s'absente parfois plusieurs jours pour raisons professionnelles. Il ne prenait pas toujours soin de la prévenir ni de préciser où il partait et jusqu'à quand. Au commissariat, en revanche, les gens auraient été surpris de ne pas le voir le matin sans qu'il ait signalé qu'il était malade.

Il s'arrêta dans le salon, observa le carton de l'affaire. C'était Elling Kverme qui avait dirigé l'enquête. De quinze ans l'aîné de Wisting, c'était un enquêteur chevronné. Il avait pris sa retraite à présent, mais les deux hommes se voyaient de temps à autre et Kverme parlait alors toujours de l'affaire Katharina, précisant qu'elle demeurait le mystère le plus opaque de sa carrière.

L'une des difficultés tenait à ce que l'enquête avait commencé tard. Katharina avait probablement disparu depuis plus de vingt-quatre heures quand Martin Haugen avait contacté la police. Ensuite, il avait fallu du temps pour organiser le travail et passer d'une opération de recherche à une potentielle affaire criminelle. C'était pendant les premières vingt-quatre heures qu'on aurait eu les meilleures chances de baliser convenablement l'enquête. Au-delà, les témoins oubliaient les détails. Les faits étaient des produits périssables. Maintenant, Wisting n'avait que des classeurs avec des renseignements vieux de vingt-quatre ans.

Il sortit celui qui était étiqueté *Steinar Vassvik*.

Deux jours après la disparition de Katharina, Steinar Vassvik s'était présenté à la prison pour exécuter sa peine de trois ans pour violences volontaires. Un samedi soir, il s'était bagarré et avait mis quelqu'un au tapis. Il avait déjà subi trois condamnations par le passé, mais cette fois, c'était plus grave. Le type qu'il avait frappé était resté trois semaines dans le coma et souffrait de troubles de la vision et de maux de tête chroniques.

Wisting lui avait parlé à la prison. Il retrouva le vieux procès-verbal d'interrogatoire. Il l'avait interrogé avec trois objectifs en tête. Vérifier que Martin Haugen l'avait effectivement appelé, comme il l'affirmait dans son témoignage. Savoir s'il connaissait bien Katharina et s'il l'avait vue au cours des derniers jours. Recenser ses mouvements au moment où Katharina avait disparu.

Vassvik décrivait sa relation avec Katharina comme une relation de voisinage normale. Ils se saluaient et échangeaient quelques paroles quand ils se croisaient. Il parlait plus souvent avec Katharina qu'avec Martin, mais c'était parce que celui-ci vivait sur un chantier. Et puis Katharina et lui partageaient le goût des motos. Ce qui était souvent leur sujet de conversation.

La dernière fois qu'il l'avait vue était le 8 octobre. La veille, Katharina s'était arrêtée chez lui au retour d'une promenade à moto, l'ultime sortie avant de remiser le véhicule pour l'hiver, et ils avaient discuté des procédures à suivre. Il conseillait de vidanger les carburateurs et de graisser la chaîne et lui avait proposé son aide.

Elle était revenue plus tard dans la journée, avec sa moto lavée. Dans la conversation qui avait suivi, il l'avait informée qu'il partait en prison. Ce n'était pas un secret. Katharina savait qu'il avait été incarcéré par le passé et qu'il avait écopé d'une nouvelle condamnation, cela venait naturellement dans la conversation. Il avait vendu sa voiture et allait remiser sa moto pendant trois ans. C'était dans ce contexte qu'il avait accepté qu'elle lui donne quelques livres. Katharina jugeait qu'il avait besoin de lecture pendant sa détention. Le lendemain, elle était revenue prendre sa moto, munie d'un sac de livres. Il en avait choisi cinq.

Wisting chercha les photos de la maison. Sur la table basse chez Katharina se trouvaient les titres qu'il n'avait pas retenus. *Le Zoo de Mengele*, *L'Alchimiste*, *Potes pour la vie*.

L'hypothèse selon laquelle Steinar Vassvik aurait été l'artisan de la disparition de Katharina n'était pas difficile à élaborer. Il avait développé des relations sporadiques avec la femme d'à-côté. Ils avaient des intérêts communs et elle était joyeuse, ouverte. Elle lui accordait de l'attention, avait des égards. Vassvik avait peu d'expérience avec les femmes, il avait vécu chez sa mère jusqu'à ce qu'elle hérite de la maison de sa sœur à Kleiver. Il s'y était alors installé, à trente ans passés, au moment où Martin et Katharina Haugen achetaient la maison la plus proche. Il n'avait jamais eu de compagne. Ses rares liaisons féminines avaient été le fruit de rencontres de hasard au bistrot. On pouvait facilement imaginer qu'il avait mal interprété certains signaux de Katharina Haugen. Il était connu pour ce tempérament sanguin qui lui avait valu plusieurs réclusions. On ne pouvait exclure un dérapage quand Katharina lui avait rendu visite.

Les troisième, quatrième et cinquième jours, l'enquête s'était surtout concentrée sur Vassvik, les policiers recherchaient des éléments concrets sur lesquels bâtir leurs soupçons, des erreurs et des contradictions dans ses explications, des renseignements qu'il aurait passés sous silence. Le problème était qu'il n'était vraiment pas très disert et que son témoignage était largement invérifiable. Ils avaient néanmoins relevé une anomalie dans son récit. Lors des recherches du premier jour, un agent était allé frapper aux portes clairsemées du voisinage pour demander si on avait vu Katharina. Vassvik avait alors déclaré qu'elle lui avait apporté des livres le dimanche vers 4 h de l'après-midi. Quand Wisting l'avait interrogé à la prison cinq jours plus tard, il avait dit 19 h. Une différence de trois heures. La différence entre le jour et l'obscurité.

S'il n'avait pas déjà été en détention, ils auraient envisagé de le mettre en examen pour faux témoignage, s'ouvrant ainsi la possibilité d'une perquisition légale de sa maison pour chercher des traces de Katharina.

Cette possibilité, c'était finalement le hasard qui la leur avait offerte. L'échantillon d'urine que Vassvik avait fourni lors du contrôle de routine à l'arrivée en prison s'était révélé positif au THC. Il avait fumé du haschich dans les jours précédents, ce qui avait permis aux enquêteurs d'être créatifs. Ils avaient ouvert une enquête pénale et obtenu l'accès à la maison, officiellement pour chercher de la drogue. Ils avaient relevé onze empreintes digitales de Katharina. Deux sur le dossier d'une chaise de cuisine, trois sur une commode dans l'entrée et deux sur la face interne de la porte principale, auxquelles s'ajoutaient quatre dans le garage, dont deux sur la moto de Vassvik. Elle était venue dans la maison, comme Vassvik l'avait lui-même expliqué, mais rien ne suggérait que la maison était une scène de crime.

Wisting poursuivit sa lecture. Steinar Vassvik n'avait pas d'alibi pour la majeure partie du jour de la disparition de Katharina Haugen. Chauffeur de camions-poubelles, il avait dû démissionner en raison de la longue peine de prison qu'il allait purger. La semaine précédant son incarcération avait été consacrée à des tâches pratiques. Le mardi 10 octobre, il était allé s'acheter des vêtements au centre commercial de Nordbyen, un centre tout neuf, équipé d'un système de vidéo-surveillance récent. Son entrée avait été filmée à 14 h 25 et son départ à 15 h 53, et on disposait d'images de son passage par diverses boutiques dans l'intervalle.

Les images étaient en noir et blanc. Vassvik portait un jean, un pull épais et des grosses bottes. Il les avait jetés, à l'instar de la majeure partie de sa garde-robe, avait-il indiqué, sans l'expliquer autrement que par l'usure et l'âge de ses vêtements. La plupart des membres du groupe d'enquête avaient trouvé l'information frappante, mais elle n'offrait rien de très concret.

Wisting lut ensuite les témoignages de collègues de travail, d'amis du milieu de la moto, sans vraiment parvenir à se concentrer. Il reposa finalement le dossier pour appeler Haugen. Cette fois, il tomba directement sur son répondeur. Il attendit un peu. Son inquiétude se renforçait. Depuis son premier passage chez lui en fin de matinée, il y avait quelque chose dans l'air. Une sensation pesante qu'il n'arrivait pas vraiment à discerner.

6

Sans trop savoir que faire, il sentait qu'il devait agir. Il se leva brusquement, attrapa sa veste dans l'entrée et partit en voiture.

Le trajet jusqu'au commissariat était plus rapide le soir. Il y avait moins de circulation et la pluie s'était calmée.

Du parking arrière, il vit de la lumière à la fenêtre de Christine Thiis, le reste du premier étage était dans le noir. Ou la substitut du procureur avait oublié d'éteindre, ou elle travaillait tard.

Il monta à l'étage de l'unité d'investigation. Christine Thiis sortait de la salle de photocopie une liasse de papiers à la main.

« Salut ! fit-elle, affichant un sourire surpris. Il s'est passé quelque chose ?

— Non, j'ai juste une ou deux choses à vérifier. »

Il lui semblait encore prématuré de parler de Martin Haugen.

« Il y a du café dans mon bureau », l'informa-t-elle avant de passer son chemin.

Comme d'habitude, l'accès au système informatique prit un certain temps, et il envisagea d'aller chercher un café chez Christine en attendant, mais resta finalement à essayer de faire le point. Que pensait-il, au juste ? Que Haugen avait disparu comme sa femme vingt-quatre ans auparavant ? Avant de s'autoriser à tirer cette conclusion et de la présenter à d'autres, il devait examiner toutes les autres possibilités.

L'ordinateur était prêt. Le système de renseignement communiquait avec tous les fichiers et bases de données dont disposait la police. Une seule recherche suffisait pour voir si Haugen était mentionné où que ce soit.

Il tapa ses numéros d'identification nationale et obtint un nombre limité de résultats. Le plus récent datait de deux ans et correspondait à une amende pour excès de vitesse. Wisting avait plus ou moins espéré une main courante émanant d'un autre district et concernant un accident ou une hospitalisation. Ça aurait tout expliqué.

Il tenta une recherche avec le nom seul. Les gens ne figuraient pas toujours dans le système avec l'ensemble de leurs renseignements personnels. La recherche donna de nombreux résultats, mais tous semblaient concerner des demandes que la police avait adressées au service d'exploitation, de gestion et d'entretien de la Direction des routes, concernant des objets, des arbres tombés sur la chaussée, des animaux écrasés. La dernière fois remontait à trois semaines, un éboulement sur la nationale 40.

C'était peut-être pour cela qu'il n'était pas chez lui, songea Wisting. Les précipitations de la dernière semaine avaient provoqué l'effondrement de routes. Il avait peut-être tout bêtement eu beaucoup de travail.

Le standard de la Circulation routière était opérationnel vingt-quatre heures sur vingt-quatre. Wisting souleva le combiné et appela la ligne directe réservée à la police et autres organismes étatiques.

Une femme répondit.

Il se présenta.

« J'essaie de joindre Martin Haugen, expliqua-t-il, entendant aussitôt le crépitement d'un clavier.

— Je peux essayer de vous transférer sur son portable, proposa la femme.

— J'ai son numéro, mais il ne répond pas. Avez-vous une idée d'où il pourrait se trouver ?

— Non, répondit-elle sans recourir au clavier. De quoi s'agit-il ?

— Juste quelques questions sur une vieille affaire.

— Alors ça peut peut-être attendre demain ? »

Wisting l'ignora.

« Auriez-vous le numéro de quelqu'un du même service ? »

Le clavier se ranima. Wisting nota deux noms et deux numéros de téléphone.

« Je peux vous transférer, proposa encore la femme.

— Oui, merci.

— Alors essayons Henry Dalberg. »

Il y eut un long silence et Wisting crut à un problème, avant d'entendre une nouvelle sonnerie. Henry Dalberg répondit presque aussitôt. D'une voix rauque, avec un accent du nord du pays prononcé. Wisting se présenta et lui demanda s'il travaillait avec Martin Haugen.

Son interlocuteur le confirma.

« Il y a un souci ?

— C'est juste que je n'arrive pas à le joindre. Lui avez-vous parlé aujourd'hui ?

— Il est malade », l'informa Dalberg.

Wisting tambourina son stylo contre son calepin. Alors il était peut-être quand même à l'hôpital.

« C'est grave ?

— Je ne crois pas. Il a envoyé un texto hier matin pour prévenir qu'il ne venait pas travailler.

— Qu'écrivait-il ?

— Qu'il n'était pas en forme et qu'il serait absent pendant quelques jours. Je ne compte pas le revoir avant lundi. »

Wisting resta sans rien dire.

« Un souci ? demanda encore Henry Dalberg.

— C'est simplement que je n'arrive pas à le joindre », répéta Wisting, avant de le remercier et de raccrocher.

Il appela ensuite l'hôpital, espérant ne pas tomber sur quelqu'un qui serait décidé à respecter le secret professionnel. La femme qui décrocha avait exactement la même voix et le même ton que celle du standard de la Circulation routière. Il se présenta, indiqua qu'il s'agissait d'une enquête pénale.

« Martin Haugen est-il hospitalisé chez vous ? » demanda-t-il en dictant le numéro d'identité.

Là encore, des doigts galopèrent sur un clavier.

« Non, affirma-t-elle d'un ton catégorique.

— Vous êtes sûre ?

— Il est aux urgences ?

— Je ne sais pas », admit Wisting.

Doigts sur le clavier, mais la réponse resta inchangée.

« Puis-je vous aider en autre chose ? »

Wisting la remercia, raccrocha et nota l'heure. À un

moment donné, il devrait peut-être écrire un rapport sur les investigations auxquelles il s'était livré.

Christine Thiis apparut à la porte. Elle lui apportait un café qu'elle posa sur son bureau.

« Hammer m'a parlé d'un code que je pouvais peut-être aider à résoudre. »

Wisting l'observa en prenant la tasse. Christine travaillait au commissariat depuis trois ans et demi. Sans doute pas assez pour avoir entendu parler de l'affaire Katharina.

« Qu'est-ce qu'il t'a dit ?

— Pas grand-chose. Je lui demandais où tu étais et il m'a expliqué que tu étais sorti dans le cadre d'une vieille affaire et qu'il y avait un code que tu n'avais pas réussi à déchiffrer. Il m'a dit de te demander directement de quoi il s'agissait. »

Wisting porta la tasse à ses lèvres.

« C'est une vieille affaire de disparition. Qui remonte à des années. Katharina Haugen. »

Il tendit le bras pour ouvrir un tiroir.

« Elle avait laissé un papier sur la table de la cuisine, poursuivit-il en sortant la photocopie. Ce n'est pas forcément significatif, mais c'est sans doute l'une des dernières choses qu'elle ait faites avant de disparaître. »

Christine Thiis examina la feuille qu'il lui tendait.

« On dirait des comptes. Avec une colonne pour le débit et une autre pour le crédit. »

Wisting hocha la tête, lui aussi avait eu cette idée.

La substitut du procureur prononça certains nombres à voix haute.

« 362, 334… CFB, CCD. »

Wisting sourit. Il comprenait ce qu'elle faisait : elle substituait des lettres de l'alphabet aux chiffres.

« Ça n'a pas de sens, soupira-t-elle après avoir étudié la feuille pendant un certain temps.

— Je pense que ça en a eu un pour la personne qui l'a écrit.

— Tu t'exprimes comme si tu n'étais pas sûr que ce soit Katharina Haugen.

— Il y a ses empreintes sur le papier, mais aussi des empreintes inconnues.

— Et les graphologues ?

— Ils n'ont pas pu tirer de conclusion définitive.

— C'est un code simple », observa Christine Thiis, regardant de nouveau la feuille.

Wisting but une gorgée de café.

« Il a tourné dans le système d'Interpol sans que quiconque parvienne à l'interpréter, souligna-t-il.

— Par simple, j'entends qu'il n'y a pas beaucoup de signes. Douze nombres, dont plusieurs sont identiques. Si chaque nombre a un sens, ce ne doit pas être un long message. »

Wisting sourit de nouveau. Il était déjà passé par ce raisonnement.

« Je me suis dit que ça pouvait être une espèce de carte, commença-t-il.

— Et que la croix indiquait un lieu, compléta-t-elle. Une tombe. »

Wisting haussa les épaules et fit une grimace, indiquant que cette interprétation en valait une autre.

« Tu penses qu'elle est enterrée là ? demanda Christine Thiis, désignant la croix.

— Si tel était le cas, elle aurait donc dessiné sa propre tombe.

— Si elle s'est suicidée, c'est une possibilité, non ? »

Wisting acquiesça.

« Vous avez essayé de traiter les nombres comme des références de cartes ou des coordonnées géographiques, par exemple ?

— Nous avons demandé à plusieurs géographes de regarder le papier. »

Elle retourna la feuille et l'examina sous plusieurs angles avant de la lui rendre.

« À ton avis, que lui est-il arrivé ?

— Je crois que quelqu'un l'a tuée et a caché le corps, répondit Wisting.

— Son mari ? suggéra-t-elle.

— Il a un alibi, il était dans le Trøndelag. Et puis il n'a pas de mobile. »

Elle s'assit.

« Tu as d'autres suspects ? »

Wisting lui parla de Steinar Vassvik.

« Nous avons aussi consacré beaucoup de temps à enquêter sur l'ex-femme de Martin Haugen, ajouta-t-il.

— Il avait été marié avant ?

— Avec Inger Lise Ness. Ça n'a pas duré longtemps. Elle avait huit ans de plus que lui, une personnalité très particulière. Sous des dehors sympathiques et bien intentionnés, elle était manipulatrice et vengeresse. Il a rencontré Katharina alors qu'ils étaient encore mariés.

— Qu'est-ce qui vous a incités à la soupçonner ?

— Elle avait du mal à accepter que son mari l'ait quittée, ce qui retombait sur Katharina.

— Comment ça ?

— Elle est allée la voir, lui criant qu'elle était une

traînée, une sorcière, elle a rayé la carrosserie de sa voiture, elle faisait des commandes à son nom sur les sites de vente par correspondance, elle les espionnait, téléphonait à toute heure du jour et de la nuit, leur volait leur courrier.

— Je vois le genre, fit Christine Thiis avec un regard vers son bureau, où les piles de dossiers étaient hautes.

— Elle était apparemment très indélicate et, par moments, ça a été vraiment intense. Ensuite, elle s'est calmée et il n'y a rien eu pendant les six mois précédant la disparition de Katharina.

— Elle a été disculpée ?

— Jamais complètement, mais elle était difficile à attaquer. Après la disparition, elle s'est montrée serviable et compréhensive, mais derrière cette façade amicale, elle a continué ses manigances.

— Ah bon ?

— Deux mois plus tard, Haugen a commencé à recevoir des magazines pornos dans sa boîte. Quelqu'un l'avait abonné. Il a soupçonné Inger Lise. Nous l'avons amenée au commissariat et avons fouillé sa maison. Où nous avons trouvé divers objets qui appartenaient à Katharina. »

Christine Thiis haussa les sourcils.

« Elle avait un tiroir spécial pour les factures volées dans leur boîte aux lettres, des rappels d'échéances, des mises en demeure de payer, mais il renfermait aussi d'autres choses : des sous-vêtements, un collier, une boucle d'oreille, un livre, un flacon de parfum et un petit ours en peluche portant l'inscription *I love you*. C'était Haugen qui l'avait offert à Katharina. Il était posé d'habitude sur le canapé de la chambre d'amis.

— Mais…, commença Christine Thiis sans parvenir à formuler sa question.

— Tout cela s'est passé avant la disparition de Katharina. Haugen se souvenait qu'autour de la Saint-Jean Katharina s'était plainte de ne pas trouver un livre. Elle pensait l'avoir laissé sur sa table de chevet, mais il n'y était plus. Plus tard dans l'été, elle était triste parce qu'elle avait perdu un collier et une boucle d'oreille. Tout cela a refait surface chez Inger Lise.

— Elle était entrée dans la maison ?

— Elle l'a admis ; mais c'était plusieurs mois avant la disparition de Katharina. La porte qui donne sur la terrasse n'était pas verrouillée. Elle s'était faufilée à l'intérieur et, quasiment sur une impulsion, avait pris des effets appartenant à Katharina.

— Vous avez regardé si c'étaient ses empreintes sur le papier du code ? »

Wisting hocha la tête.

« Nous n'avons trouvé aucune empreinte dans la maison. Elle a beau le nier, elle avait sans doute mis des gants et elle est probablement entrée chez eux à plusieurs reprises.

— Elle a un alibi?

— Au moins pour la majeure partie du jour de la disparition. Elle travaillait dans une crèche. Le 10 octobre, elle y était de 7 à 15 h 30. Nous avons aussi des voisins qui confirment l'avoir vue ; mais nous ne savons pas exactement quand Katharina a disparu. »

Le téléphone sonna dans le bureau de Christine Thiis. Elle s'excusa et partit répondre.

Wisting se tourna vers son ordinateur et se déconnecta. Avant de quitter son bureau, il vérifia son agenda. À 9h le lendemain matin, il avait noté un rendez-vous avec *Adrian Stiller, Kripos*. S'il ne réussissait pas à joindre Haugen d'ici là, ils n'auraient qu'à ouvrir une enquête officielle.

7

Wisting voulut faire un dernier essai et prit la petite route pour Kleiver. Le vent s'était levé. Des feuilles mortes se collaient à son pare-brise avant d'être soufflées ailleurs.

Les pneus crissèrent sur les cailloux quand il quitta la route goudronnée pour se diriger vers la maison de Haugen. Tout paraissait différent dans le noir. Les arbres avaient l'air plus hauts, plus robustes. La maison plus déserte, inhospitalière.

Il s'arrêta juste devant. Ses phares illuminèrent la cuisine vide.

La pluie tambourinait sur le toit de sa voiture. Il resta au volant à se demander s'il était utile de sortir. Si Haugen était chez lui, il allait probablement venir à la fenêtre pour voir qui était dehors.

Wisting fit marche arrière, cherchant à déterminer s'il y avait des traces récentes dans la terre devant le garage ou d'autres signes qu'il était rentré. Le seul changement était le chat. Il n'était plus là.

Laissant le moteur tourner, il serra le frein à main et mit le point mort. Au moment où il ouvrait sa portière, il perçut un mouvement à gauche, au coin ouest de la maison. Une silhouette se dressa, comme sortie de terre. Le plafonnier qui s'était allumé l'éblouit et il ne fut plus sûr de ce qu'il avait vu. C'était peut-être le vent, mais il avait eu l'impression qu'une personne couchée à plat ventre s'était levée, à seulement vingt mètres de lui.

Il avança d'un pas rapide. Il n'avait pas rêvé.

« Eh ! » cria-t-il, pressant l'allure.

Celui ou ce qu'il avait vu se coulait comme une ombre entre les arbres.

Wisting suivit cette ombre. Il glissa sur l'herbe mouillée, mais ne tomba pas. Des branches lui griffaient le visage et s'enfonçaient dans ses côtes, il les balaya et continua son chemin. Au bout de cent mètres, il s'arrêta pour écouter. La pluie, le vent, son propre souffle. C'était tout.

Rien ne servait de continuer. Il regagna son véhicule et manœuvra de façon à éclairer l'endroit où il avait vu quelqu'un. Puis il ressortit pour examiner le sol. Des feuilles mortes, de l'herbe desséchée. Il n'aurait su l'affirmer, mais une petite zone semblait aplatie. Si c'était par exemple un carton vide que le vent avait soulevé, il devait être loin maintenant. Ce pouvait aussi être un animal.

Il passa la main dans ses cheveux mouillés, s'approcha de l'entrée, sonna et, sans attendre de réponse, essaya d'ouvrir. La porte était verrouillée. Derrière la maison, celle du salon était fermée aussi et ne présentait aucun signe de tentative d'effraction.

À la lueur de la lampe d'extérieur, il regarda un instant du côté de la forêt, mais ne vit que l'obscurité. Il tourna les yeux vers la petite caméra de l'autre côté de la vitre avant de remonter en voiture.

Il cahota sur le chemin, prit à droite au croisement pour voir s'il y avait des véhicules au bord de la route. Au bout d'un petit kilomètre, il fit demi-tour. Le sentier forestier derrière la maison de Haugen débouchait sur l'E18. S'il y avait bel et bien quelqu'un qui avait cherché à venir incognito il avait pu laisser sa voiture sur la route, mais Wisting n'arriverait pas à temps. Il rentra donc chez lui mettre des vêtements secs.

Il restait deux cartons de documents au fond de sa penderie. Il en ouvrit un et prit le dossier dans lequel ils avaient réuni tout ce qui concernait l'ex-femme de Haugen. Il l'emporta dans le salon et retrouva les photos du tiroir de la commode chez elle. Parmi d'autres effets de Katharina se trouvait le livre qui avait disparu de sa table de chevet. *Le Voyage de noces* de Knut Faldbakken.

Il n'imaginait pas Inger Lise Ness continuant de s'introduire chez son ex-mari. Elle devait être passée à autre chose maintenant. Des événements plus marquants s'étaient produits dans sa vie. Elle avait rencontré quelqu'un, mais cette liaison n'avait duré que quelques mois. L'homme l'avait quittée et, peu après, il avait rencontré une autre femme. Inger Lise Ness les avait croisés dans un restaurant. Elle avait fait un esclandre et s'était fait jeter dehors après s'en être prise à sa nouvelle petite amie. L'histoire ne s'arrêtait pas là. À la fermeture de l'établissement, elle avait suivi le couple, était restée devant leurs fenêtres à les regarder se déshabiller dans le salon avant de gagner la chambre à coucher. Puis elle avait mis le feu à la maison.

Elle avait procédé en empilant les coussins des fauteuils de jardin contre la façade avant de les arroser avec la bouteille d'allume-feu qu'elle avait trouvée à côté du barbecue.

Un chauffeur de taxi l'avait vue en passant, ainsi que les flammes, et avait appelé les pompiers. Le couple avait été sauvé, mais les dommages matériels étaient considérables. Inger Lise Ness avait été arrêtée dans la nuit, et condamnée par la suite pour incendie criminel.

Wisting relut le rapport d'expertise psychologique judiciaire. Des signes de personnalité paranoïaque et psychopathe avaient été relevés, mais la conclusion était qu'elle était responsable de ses actes au moment des faits. Elle avait purgé une peine de dix-huit mois.

Il alla mettre une capsule dans sa machine à café. Pendant qu'elle bourdonnait, il regarda par la fenêtre, la rue, la maison de Line. Une voiture était garée devant. Elle n'y était pas quand il était arrivé. Un modèle récent. BMW ou peut-être Audi, elles se ressemblaient toutes, de nos jours. Quoi qu'il en soit, il n'avait jamais vu ce véhicule dans la rue. Il était garé entre deux lampadaires, mais dans l'obscurité, hors de portée de l'éclairage. On ne pouvait pas voir s'il y avait quelqu'un à l'intérieur.

Il appela sa fille.

« Salut Line, comment va Amalie ?

— Ça va. »

Il éteignit la lumière avant de boire son café à la fenêtre.

Il n'y avait personne dans l'habitacle, il le voyait maintenant, mais il ne put se résoudre à demander à Line si elle avait de la visite.

« C'était mon stylo, avoua-t-il.

— Peu importe quel stylo elle a mordu, c'était un accident…

— Je suis désolé.

— Mais oui ! Arrête de te tracasser ! »

Il but une gorgée de café.

« Tu as de la visite ?

— Non, pourquoi ?

— Je suis dans la cuisine, expliqua-t-il. Je viens de voir qu'il y a une voiture garée devant chez toi, alors je voulais savoir si je dérangeais.

— Je regarde une série. »

Il l'entendit se lever de son canapé.

« Au fait, tu pourrais garder Amalie pendant quelques heures samedi ? »

Wisting était content qu'elle le lui demande.

« Bien sûr. Qu'est-ce que tu vas faire ?

— J'ai une réunion pour le boulot.

— À Oslo ? Tu n'étais pas en disponibilité ?

— Si, mais ils veulent me mettre sur un projet en pigiste.

— Intéressant. Tu sais de quoi il s'agit ?

— C'est de cela que nous allons parler. Je dois y être à midi. Ça te convient si je te l'amène à 10 h ?

— Oui, fit-il, souriant. Fais-lui un bisou de bonne nuit de ma part. »

Il raccrocha, porta sa tasse à ses lèvres et resta à regarder la maison de Line. Il avait avoué pour le stylo, mais s'était aussitôt perdu dans d'autres inventions pour justifier sa curiosité. Il lui demandait en fait si elle avait rencontré quelqu'un, si la voiture garée devant chez elle était celle de son petit ami. C'était ce genre de petites choses qu'il recherchait dans les dossiers de l'affaire Katharina. De légères distorsions de la vérité qui créaient une fausse impression de ce qui s'était passé.

Il s'apprêtait à retourner dans le salon consulter ses documents quand il aperçut un homme qui redescendait la rue à pied. On n'aurait trop su dire d'où il arrivait. Il portait une veste sombre ouverte, dont les pans s'écartaient à chaque pas qu'il faisait.

L'ouverture centralisée fit clignoter les feux et il s'installa prestement sur le siège du conducteur. Les phares s'allumèrent au démarrage, les essuie-glaces chassèrent l'eau du pare-brise, mais il était impossible de voir la personne au volant.

Il remarqua Line à la fenêtre de la chambre d'Amalie. Elle observait la voiture.

Hormis le fait que cette voiture était inconnue, tout cela n'avait rien d'anormal. Une suspicion profonde incita néanmoins Wisting à relever le numéro d'immatriculation, mais il ne voyait pas assez bien dans le noir et elle disparut sans même qu'il ait identifié la marque.

8

C'était un matin sombre. Wisting se courba face au vent pluvieux, marcha dans les flaques devant la maison et monta en voiture.

Sur la route du commissariat, il essaya d'appeler Haugen. Son téléphone n'était toujours pas allumé.

Il comptait se rendre chez lui dans la matinée pour faire un tour de la propriété de jour avant d'ouvrir officiellement l'enquête.

Se laissant choir sur sa chaise de bureau, il se souvint qu'il avait rendez-vous avec l'enquêteur de Kripos. Il espérait que cela ne prendrait pas plus d'une heure. Quel que soit l'objet de sa visite, il prévoyait de laisser Hammer s'en occuper.

La main courante de la nuit indiquait que les patrouilles en service n'avaient pas précisément été débordées. La pluie calmait tout. Un cambriolage dans un immeuble de bureaux de Lågen, un accident de la route mineur et un bateau amarré au port intérieur qui avait été sauvé du naufrage par une équipe de pompiers. Par ailleurs, une coulée de boue avait entraîné la fermeture d'une partie de la nationale au nord de la ville. Pas grand-chose pour l'unité d'investigation. Rien sur la disparition de Haugen.

Avant la réunion, il chercha encore son nom dans les fichiers de la police. Aucune information supplémentaire ne leur était parvenue pendant la nuit.

Cinq minutes plus tard, Nils Hammer passa la tête par sa porte.

« Il est là. »

Wisting leva le nez de ses papiers.

« Qui ça ? demanda-t-il, bien qu'il sache de qui Hammer parlait.

— Stiller. L'homme de Kripos.

— J'arrive tout de suite. »

Il replongea dans ses papiers. C'était une circulaire de la Direction nationale de la police. Ça pouvait attendre, mais une impulsion le poussait à faire croire à Hammer qu'il était occupé.

« Il vient du groupe des affaires classées sans suite », précisa ce dernier avant de disparaître vers la salle de réunion.

Wisting lut encore quelques paragraphes sans enregistrer ce qui était écrit.

Ce groupe était la nouvelle unité d'investigation sur les *cold cases*.

Quand il rejoignit les autres, le café était déjà servi. Christine Thiis avait pris place en bout de table, Nils Hammer à côté d'elle. En face se trouvait un homme en costume, svelte, les cheveux foncés coupés court. Il fut prompt à se lever quand Wisting entra dans la pièce.

Il lui tendit la main et le salua.

Adrian Stiller était plus jeune qu'il ne l'imaginait. Guère plus de trente-cinq ans. Ce qui lui donnait au mieux douze ou treize ans d'expérience de policier. Maximum dix ans d'enquête, peut-être même pas. On voyait sans cesse maintenant de jeunes enquêteurs qui avaient complété leur formation à l'école de police en validant des cursus à l'université et en obtenant des diplômes qui leur permettaient de prétendre à des postes auxquels on ne pouvait jadis accéder que muni d'une expérience pratique.

Adrian Stiller tira une carte de visite de sa poche intérieure. Wisting la prit, s'assit à côté de Hammer et observa leur visiteur, dans l'expectative. Rasé de près, soigné, il évoquait un avocat d'affaires ou un agent du FBI de film.

« Merci de me recevoir avec un préavis si court.

— En quoi pouvons-nous vous aider ? » s'enquit Wisting.

Stiller avait un portfolio en cuir devant lui. Il l'ouvrit et consulta ses notes.

« Je travaille donc au groupe des *cold cases*. On ne s'occupe pas seulement d'affaires de meurtres, mais aussi de disparitions qui pourraient en être. »

Wisting s'avança légèrement. Stiller le fixa. Ses yeux étaient gris acier, avec toutefois des bords un peu rougis, comme s'il avait trop lu.

« Je suis ici à cause de Martin Haugen. » Ses paupières se plissèrent et il regarda Wisting entre ses cils, comme s'il essayait d'identifier une réaction. « J'ai cru comprendre que vous étiez sans doute la personne qui le connaît le mieux ?

— Vous allez reprendre l'affaire Katharina ? » lui demanda Hammer.

Il secoua la tête sans détourner le regard de Wisting.

« Nous travaillons sur une autre affaire. L'enlèvement Krogh. »

Wisting toussota. Nadia Krogh avait été enlevée à la fin des années 1980, c'était l'une des affaires qui avaient fait couler le plus d'encre de l'histoire criminelle norvégienne.

« Quel est le lien ? demanda-t-il.

— De nouvelles pistes suggèrent une implication de Martin Haugen. Nous avons rouvert l'affaire et nous la traitons comme un meurtre. Il est le principal suspect. »

9

Adrian Stiller resta immobile, à observer les autres. Il concevait l'enquête comme un jeu de stratégie où il fallait placer ses pions convenablement, jouer ses cartes au bon moment, y compris avec ses collègues, et il était content de son ouverture.

Il avait perçu chez Wisting un tressaillement léger, mais net. Sa main était partie vers la tasse. Une grosse paluche aux doigts bien droits. Le pouce et l'index droits étaient vaguement bleuis. Il portait toujours son alliance. En se préparant à la réunion, Stiller avait appris qu'il avait perdu sa femme sept ans plus tôt, mais l'anneau aurait sans doute été difficile à retirer quand bien même il l'aurait voulu.

Wisting attira sa tasse à lui et attendit un instant avant de la porter à ses lèvres, comme une manœuvre pour cacher sa surprise devant ce qu'il venait d'apprendre.

La substitut du procureur, en revanche, n'avait pas d'alliance. Un bloc-notes vierge devant elle, un stylobille posé bien à côté, avec un soin maniaque. Une ride s'était creusée sur son front et elle lança vers Wisting un regard inquiet dont Stiller déduisit que leur relation dépassait le cadre strictement professionnel.

L'enquêteur plus jeune qui l'avait reçu cacha moins bien sa stupéfaction. Il écarquilla les yeux et resta bouche bée, révélant une dentition colorée par le café et le tabac à chiquer.

« Vous connaissez le passé de Martin Haugen ? Vous savez que sa femme a disparu ? »

Stiller se leva pour se servir un verre d'eau au robinet de la cuisine.

« Ça s'est passé deux ans après l'affaire Krogh, » confirma-t-il.

Wisting reposa son café et se pencha sur la table. Une mèche retomba sur son front. Il avait une grosse tête. Stiller avait souvent vu son visage, dans les journaux, aux conférences de presse télévisées. C'était un visage qu'on n'oubliait pas. Taillé à la serpe, avec des pommettes marquées. Ses cheveux commençaient à grisonner, et puis ils étaient trop longs. S'il avait eu une femme dans sa vie, elle lui aurait conseillé de les couper.

« De quel genre de pistes parlons-nous ? » voulut savoir Wisting.

La question plut à Stiller. Directe, allant droit à l'essentiel. Pourtant, il s'abstint de répondre. Il voulait embarquer ses trois interlocuteurs dans un nouvel examen de l'affaire.

Il rapporta son verre d'eau, écarta la tasse de café que la substitut du procureur avait posée à son intention, et s'assit.

« Nadia Krogh était la fille de l'homme d'affaires multimillionnaire Joachim Krogh, expliqua-t-il, même s'il supposait que tous savaient de qui il parlait. Dans la nuit du 18 septembre 1987, elle a disparu après une soirée de jeunes à Porsgrunn. Son petit ami a rapidement été mis en examen – ils s'étaient disputés juste avant qu'elle quitte la fête et il l'avait suivie – mais trois jours après sa disparition, est arrivée une lettre de ses ravisseurs.

— Ils réclamaient trois millions de couronnes », précisa Nils Hammer, qui n'avait rien oublié.

Stiller poussa sur la table une copie de la lettre des ravisseurs en se demandant lequel des trois allait la prendre. Wisting coula un regard dessus, haussant imperceptiblement les sourcils.

Elle paraissait sortie d'une série télévisée, avait songé Stiller la première fois qu'il l'avait vue, trois semaines auparavant. Des lettres et des mots découpés dans un journal et accolés pour former des phrases. Le procédé semblait puéril, mais la vérité était que de très nombreuses lettres de menaces remises à la police étaient formées ainsi. Leurs rédacteurs avaient dû voir les mêmes films, lire les mêmes livres. Enfin, quoi qu'il en soit, aussi peu professionnel qu'il puisse paraître, le collage n'en avait pas moins un côté effrayant.

Le mode de communication des ravisseurs n'avait jamais été explicité dans la presse. Wisting considéra le document avec étonnement, il était surpris de la maladresse de la réalisation.

« La famille l'a reçue le mardi 22 septembre, précisa Stiller. Trois jours après l'enlèvement. »

Hammer prit la lettre. Son regard se fit lointain.

« Elle n'a jamais été retrouvée », se rappela-t-il.

Le message comportait, sans compter la signature, vingt mots, cent neuf lettres. Il était simple : *Nous avons Nadia. Vous pouvez la récupérer. Le prix est de trois millions de couronnes. Des instructions plus précises suivront.* Signé *Les panthères grises.*

Hammer le tendit à Wisting.

«Qu'est-ce qui vous fait soupçonner Martin Haugen? demanda-t-il.

— Les lettres, expliqua Stiller, sortant un autre document. Les ravisseurs en ont envoyé une autre deux jours après la première. Elles avaient toutes deux été découpées dans le même *VG.*»

Il poussa la deuxième lettre vers eux sans entrer dans les détails. Les enquêteurs qui avaient travaillé sur l'affaire initialement avaient identifié l'édition comme étant celle du jeudi 27 août 1987. Il ressortait du rapport que le tirage était de 332468 exemplaires.

Wisting s'en empara.

Composée selon le même procédé, elle était plus brève que la première : *Mettez l'argent dans un sac en plastique noir derrière le snack d'Olavsberget.* Cette fois, elle était simplement signée *Les grises.*

« La famille était disposée à payer et a suivi les instructions données, mais on n'est jamais venu chercher l'argent. L'endroit a été surveillé pendant six jours.

— Vous pensez que c'est Martin Haugen qui les avait confectionnées? demanda Wisting. Qu'avez-vous trouvé que les enquêteurs n'avaient pas trouvé à l'époque?

— Des empreintes digitales, grâce à des méthodes et à un matériel dont nous ne disposions pas à ce moment. À quoi s'ajoutent les nouveaux logiciels et les technologies plus robustes qui étendent les possibilités de recherche : les empreintes sont comparées à celles de nos fichiers, les traces biologiques réexaminées à la lumière de la technologie d'analyse d'ADN.

Nous avons obtenu une correspondance avec l'affaire Katharina et les empreintes relevées à son domicile. Un passage en revue a montré que c'étaient celles de son mari, Martin Haugen. »

Le silence se fit dans la pièce. L'autorité de Wisting était palpable, ses collègues se taisaient, attendant qu'il exprime son opinion.

Stiller l'observa, le vit hocher lentement la tête au gré de son raisonnement intérieur.

« Vous avez des preuves que ces lettres sont authentiques ? Qu'elles ont été écrites par celui ou ceux qui ont enlevé Nadia ? »

Stiller acquiesça, mais laissa Wisting finir : « Un enlèvement avec demande de rançon est un acte soigneusement planifié. Ces lettres semblent peu réfléchies. D'habitude, elles apparaissent moins de vingt-quatre heures après l'enlèvement, découragent de contacter la police, donnent une indication de ce qui arrivera si on n'obtempère pas, sont plus concrètes en ce qui concerne la remise de la rançon. Ici, par-dessus le marché, on a l'impression qu'ils ont juste abandonné leur plan et se sont débarrassés de Nadia. »

Wisting reposa les lettres avant de poursuivre : « Elles arrivent après l'arrestation du petit ami de Nadia. Elles sèment suffisamment le doute pour affaiblir les soupçons qui pèsent sur lui. J'aurais eu tendance à croire à une manœuvre de détournement. Qu'elles étaient écrites par quelqu'un qui voulait l'aider. »

Stiller leur présenta un autre document qu'il avait gardé tourné vers la table.

« C'est aussi ce que se sont dit les enquêteurs du Telemark après la première lettre, mais ceci était joint à la deuxième. »

Il poussa légèrement la feuille tout en la retournant, mais ses interlocuteurs durent malgré tout se pencher pour bien voir.

C'était une copie de photo prise dans un photomaton. Stiller avait vu l'original. Il figurait parmi les documents de l'affaire dans son bureau de Brynsalléen, c'était une vieille photo rayée, écornée, où l'on voyait deux enfants.

« Nadia et son petit frère. Elle l'avait dans son portefeuille. Si les lettres ont été envoyées par quelqu'un qui voulait aider son petit ami, ce devait être un complice ou quelqu'un qui avait un rapport avec la disparition. »

Wisting s'appuya au dossier de sa chaise. Ses mâchoires travaillaient comme s'il mastiquait. Stiller pensa qu'il devait chercher d'autres explications à la photo.

« Et les enveloppes ? Rien de ce côté-là ? »

Stiller tira deux photocopies du portfolio.

« L'adresse était relativement inventive. »

Il leur montra les photos de la police scientifique et technique. Sur les deux enveloppes blanches était collée une étiquette

« C'est l'adresse professionnelle de Krogh. Les expéditeurs les avaient découpées dans l'annuaire. »

Wisting leva la photo d'une des enveloppes à la lumière.

« Comme vous le voyez, continua Stiller, nous avons dans les deux cas un cachet de la poste localisant l'envoi, comme cela se faisait à l'époque. Les enquêteurs ont vérifié les cabines téléphoniques de toute la région. Un annuaire dont la page correspondant à K avait été arrachée a été localisé à Vallermyrene, l'autre n'a jamais été identifié.

— Des empreintes ? demanda Hammer.

— Plein. Sur l'annuaire, dans la cabine téléphonique, sur l'enveloppe. Trois de celles relevées sur l'annuaire ont donné des correspondances avec de petits criminels du coin, qui ont été mis hors de cause, une empreinte provenant de l'enveloppe était celle d'un employé de la compagnie qui s'occupait du courrier.

— À quel endroit a-t-on trouvé l'empreinte de Martin Haugen ? voulut savoir Wisting, reprenant l'une des lettres des ravisseurs. Sur la feuille même ou sur les mots découpés dans le journal ? »

Stiller sourit. Cette capacité à identifier rapidement les détails importants de l'affaire n'était pas pour lui déplaire.

« Sur ce qui avait été découpé dans le journal. En trois endroits dans la première lettre. Pas la moindre empreinte sur la seconde. »

Il posa une copie de la première lettre maculée de taches violettes laissées par le traitement chimique. Une marque au crayon gris indiquait où on avait relevé des traces d'empreintes digitales. Sur le *dia* de Nadia, à la fin du mot *millions* et sur les deux dernières lettres de *panthères*.

« Il a donc lu le journal, mais pas nécessairement fabriqué la lettre ? » conclut Hammer.

Stiller le confirma.

« Si nous avions eu un lien direct entre les lettres et lui, nous l'aurions fait venir. Nous avons choisi une approche plus prudente. »

Il plongea dans les yeux de Wisting un regard qu'il voulait bienveillant. C'était un fait connu au-delà même des murs du commissariat que, au fil des ans, une amitié s'était développée entre Wisting et l'homme qui avait mystérieusement perdu sa femme vingt-quatre ans plus tôt. Cette relation le surprenait. Sa longue expérience dans la police avaient dû habituer Wisting à décrypter la plupart des personnalités. Si son amitié avec Haugen ne lui avait pas permis de comprendre que ce dernier vivait dans le mensonge, il y avait de quoi s'inquiéter. En temps normal, Stiller aurait fait la remarque, mais il se tut. Ç'aurait été une entrée en matière peu judicieuse dans ce qui pouvait devenir une collaboration difficile. S'il voulait convaincre Wisting de faire ce qu'il voulait, il devait modérer ses ardeurs.

« Nous avons besoin de votre aide, dit-il. Vous êtes proche de lui. »

Wisting posa les deux mains sur la table, croisa les doigts. Aucune réticence n'était à déceler, il ne transpira de lui qu'une compréhension professionnelle soulignée par un bref signe de tête.

« Il y a juste un problème, observa-t-il. Martin Haugen a disparu. »

10

Adrian Stiller dut s'avouer qu'il n'était pas préparé. Il avait envisagé différents scénarios quand les enquêteurs locaux découvriraient l'affaire, mais pas celui-ci. Il observa les deux collègues de Wisting qui se tournaient vers lui avec surprise et leur laissa le soin de lui demander ce qu'il voulait dire.

Wisting lança un regard sur le calendrier mural.

« Katharina Haugen a disparu le 10 octobre il y a vingt-quatre ans. Chaque année depuis, il se trouve que j'ai rendu visite à son mari le jour anniversaire de cette disparition. Je crois qu'il l'a apprécié. Il m'attendait toujours, avec le café prêt et un gâteau, mais hier, il n'était pas chez lui.

— Il a dû oublier, suggéra Stiller.

— Il n'est pas allé travailler non plus. J'ai essayé de l'appeler, mais ça ne répond pas, et maintenant il semblerait que sa batterie soit déchargée. Je suis passé chez lui plusieurs fois hier et j'ai encore essayé de l'appeler ce matin. Il s'est volatilisé.

— Tu as cherché dans les fichiers ? demanda Hammer.

— Rien dans les fichiers et il n'est pas à l'hôpital non plus. »

Christine Thiis se tourna vers Stiller.

« Se pourrait-il qu'il ait été informé des correspondances d'empreintes digitales et de la réouverture de l'affaire ? Qu'il se soit enfui ?

— Non. Ce n'est pas sorti du groupe des *cold cases*, répondit-il avant de s'adresser à Wisting. Sa disparition a-t-elle été déclarée officiellement ? »

Wisting secoua la tête.

« Il n'a pas de famille. »

Stiller appuya deux fois sur le bouton-poussoir de son stylo-bille. Sa réaction immédiate avait été de penser que cette situation apportait son lot de complications, mais il songeait maintenant qu'elle n'était pas sans offrir aussi des possibilités. La disparition de Martin Haugen leur permettait de fouiller sa maison en toute légalité. Officiellement en quête d'éléments pouvant indiquer où il était passé, ils pourraient aussi chercher des preuves qu'il était l'auteur de l'enlèvement de Nadia Krogh sans formellement en faire un suspect. Il doutait que l'opération soit fructueuse tant d'années après, mais cela valait la peine d'essayer.

« Vous devriez lancer une enquête », conseilla-t-il à la substitut du procureur, qui était la personne chargée de prendre la décision officielle.

Elle répondit d'un signe de tête.

« L'affaire Krogh devra attendre que nous sachions où il est et pourquoi il a disparu », précisa-t-elle.

Prêt à quitter la réunion, Wisting referma son bloc-notes.

« J'ouvre une enquête, déclara-t-il avant de s'adresser à son collègue : Peux-tu localiser son téléphone ?

— Bien sûr, répondit Hammer, notant le numéro que Wisting lui dictait.

— Christine pourra vous aider à trouver un bureau libre, poursuivit Wisting. Je suppose que vous comptez rester quelques jours ?

— Qui va chez lui ? » s'enquit Stiller.

Wisting lui lança un regard. Scrutateur.

« J'imagine que vous voulez venir. On part dans un quart d'heure. »

11

Il s'était écoulé vingt-cinq minutes quand Wisting rejoignit son véhicule. Après avoir déclaré la disparition de Martin Haugen, il avait fait une rapide recherche sur Adrian Stiller. Il voulait savoir qui était cet enquêteur de Kripos, ce qu'il avait fait par le passé. Quelque chose dans sa manière d'être ne cadrait pas vraiment. Il avait l'air très soucieux d'être correct, ce qui lui donnait une attitude un peu guindée, mais il était ouvert et sympathique. L'impression dégagée était qu'il ne disait pas tout.

Les fichiers ne lui avaient pas fourni grand-chose. Adrian Stiller avait trente-six ans, il était né à Oppegård, vivait dans un immeuble de Grünerløkka à Oslo. Il n'était pas marié, n'était pas donné comme vivant avec quelqu'un. L'historique de ses adresses montrait qu'il avait vécu plusieurs années en Afrique du Sud, du milieu de l'adolescence jusqu'à vingt ans, avant de rentrer en Norvège. Peut-être était-ce là-bas qu'il avait acquis ce teint doré.

L'Intranet lui donna les résultats habituels. Son nom figurait dans les listes de participants de diverses formations professionnelles. Il semblait s'être spécialisé dans les techniques d'interrogatoire et la direction d'enquête. La citation la plus récente concernait la création du groupe des *cold cases*. Wisting connaissait plusieurs enquêteurs de l'équipe et trouvait singulier qu'ils aient choisi de mettre un novice sur l'affaire.

Stiller recula son siège avant d'attacher sa ceinture de sécurité.

« Il habite à cinq minutes du centre », expliqua Wisting avant de quitter la cour du commissariat.

Stiller répondit d'un signe de tête, comme s'il le savait déjà. Ce qui du reste était sans doute le cas. Il s'était probablement renseigné sur Haugen avant même de venir. Il était peut-être même passé sur Kleiverveien en voiture. C'était ce que Wisting aurait fait s'il avait dû se familiariser avec un suspect.

« Vous y êtes allé ? Pour jeter un œil ?

— J'ai étudié la carte. »

Wisting coula un regard vers lui. Ce n'était pas ce qu'il lui avait demandé.

Il se rangea sur le côté pour laisser passer une camionnette et n'insista pas.

« Vous avez pu trouver un bureau ? »

Stiller acquiesça.

« Je pensais me pencher sur les documents de l'affaire Katharina cet après-midi, mais apparemment la secrétaire ne les a pas trouvés dans les archives du commissariat. Vous savez où ils sont ? »

Ce fut le tour de Wisting d'éluder la question.

« Il y a trois cartons, répondit-il sans s'étendre davantage. Je vais vous les trouver. »

Le feu de Stavernsveien passa au rouge. Wisting s'arrêta. Les essuie-glaces chassaient la pluie du pare-brise. Devant eux, une troupe d'enfants de maternelle qui avaient enfilé des gilets réfléchissants et chaussé des bottes en caoutchouc traversèrent la rue.

« Et la fille Krogh ? Auriez-vous une copie du dossier ?

— Les documents sont numérisés. Vous pouvez les lire sur écran. Je vais vous fournir un accès. »

Le feu passa au vert, ils roulèrent en silence jusqu'à la sortie de la ville.

Stiller se redressa sur son siège.

« Comment est-il ?

— Martin Haugen ?

— Oui. »

Wisting marqua une pause.

« C'est quelqu'un de taciturne.

— Les eaux les plus calmes sont les plus profondes, commenta Stiller.

— Peut-être que réservé conviendrait mieux. Il semble encore marqué par les événements. En même temps, il est chaleureux.

— Réservé et chaleureux.

— C'est la meilleure description que je puisse donner.

— Vous n'avez jamais pensé à ce que ça voulait dire ? »

Wisting s'était largement interrogé sur cette dualité, mais il laissa Stiller tirer sa propre conclusion.

« Il cache quelque chose et donne le change en se montrant chaleureux et sympathique.

— C'est un être complexe », répondit Wisting, sans exprimer ni accord ni désaccord.

Une voiture les croisa en projetant de l'eau sur leur pare-brise. Au même instant, le mobile de Wisting sonna. Il ralentit jusqu'à ce qu'il ait retrouvé une certaine visibilité et répondit à l'appel.

La voix de Nils Hammer se déploya dans l'habitacle.

« Où êtes-vous ?

— Bientôt arrivés, répondit Wisting, prenant le chemin qui menait chez Haugen.

— J'ai localisé son téléphone. Il semblerait qu'il soit chez lui, Kleiverveien. »

Wisting réfléchit. Il avait essayé de l'appeler plusieurs fois.

« À quand remonte la dernière fois qu'il y a eu de l'activité ?

— Il est actif, ce moment même. Ça va me prendre un peu de temps d'obtenir les données de ces derniers jours, mais la compagnie téléphonique l'a géolocalisé en temps réel et il est dans la maison ou à côté.

— Tu dis qu'il est en cours d'utilisation ?

— Pas forcément en cours d'utilisation, mais connecté au réseau. »

La voiture cahotait sur le chemin. La pluie avait lavé les éventuelles traces d'autres véhicules.

« D'accord. »

Wisting le remercia et raccrocha.

Ils se garèrent dans la cour déserte. Wisting resta quelque temps au volant avant de couper le moteur. La maison avait l'air tout aussi abandonnée que la veille. Y avait-il un changement ? D'ici, on aurait dit que la lumière de la hotte au-dessus de la cuisinière était allumée. Il eut un moment d'incertitude, mais ne pensait pas l'avoir vue allumée la veille.

Il sortit. Adrian Stiller l'imita. La pluie avait décru, mais ne semblait pas vouloir cesser dans l'immédiat.

« Ça ressemblait à ça il y a vingt-quatre ans ? demanda-t-il, les bras croisés au-dessus de sa portière.

— Plus ou moins. »

Wisting fit quelques pas vers le garage. Il lui semblait voir des ornières fraîches.

La porte d'entrée de la maison s'ouvrit alors et Haugen avança sur le perron. Le chat fila entre ses jambes.

« Bonjour », fit-il, promenant son regard de Wisting à Stiller.

Wisting le salua d'un signe de tête.

« On ne fait que passer. Je voulais voir si tu étais à la maison.

— J'étais au chalet pendant quelques jours. J'ai essayé de réparer le toit qui fuit.

— Je suis venu hier », précisa Wisting.

Le chat se frotta contre ses jambes.

Haugen savait aussi bien que lui qu'il s'agissait de Katharina, mais ni l'un ni l'autre ne l'évoqua.

« J'ai vu que tu avais appelé, oui. Vous voulez entrer ? »

Wisting secoua la tête.

« On était dans le coin, dit-il, se dirigeant vers sa voiture. Je pourrais faire un saut cet après-midi si ça te convient.

— Bien. Je ne vais nulle part. »

Stiller monta à bord et referma sa portière. Wisting fit un signe d'adieu et s'installa au volant. Haugen s'attarda un instant à la porte avant de rentrer, laissant son chat sous la pluie.

12

Au moment où Wisting s'engageait sur la route goudronnée, la porte de garage de la maison d'en face s'ouvrit.

« Steinar Vassvik, commenta-t-il en faisant signe à l'homme qui s'y tenait, un chiffon huileux à la main. Vous allez rencontrer son nom quand vous lirez les documents de l'affaire. Il habitait déjà ici à l'époque.

— Il a un alibi ?

— Non. Le problème, c'est que nous ne savons pas exactement quand Katharina a disparu, mais d'après notre chronologie, Vassvik est le dernier à l'avoir vue en vie. Deux jours plus tard, il se présentait à la prison afin d'y purger une peine pour violences. Il a été détenu pendant trois ans. »

Stiller sortit un sachet de Fisherman's Friend, en déchira un coin, fit tomber une pastille dans sa main, l'envoya dans sa bouche.

« Parlez-moi du chalet », demanda-t-il avant de remettre les bonbons dans sa poche.

Wisting comprenait où il voulait en venir.

« Le chalet de Haugen ? » fit-il malgré tout.

Stiller acquiesça.

« C'est à Bamble, près de Skien, à une heure de route d'ici. Une ancienne petite ferme de métayer, un peu à l'écart, dans les bois. Sans eau ni électricité. Son grand-père l'a remise en état dans les années 1950.

— Vous y avez bien sûr cherché Katharina ?

— Oui, mais rien ne portait à croire qu'elle y était. Elle ne s'y plaisait pas, et puis sa voiture et sa moto étaient à la maison. Pour y aller, il faut faire quelques kilomètres sur un chemin forestier fermé par une barrière et il reste ensuite un quart d'heure à pied. Les clefs du chalet et de la barrière étaient toutes deux dans un tiroir de la maison.

— Mais vous y êtes allés ?

— Pas moi, à l'époque, mais j'y ai été quelques fois depuis pour pêcher, avec Haugen. »

La pastille craqua sous la dent de Stiller. Wisting hocha pensivement la tête.

« Ce serait un bon endroit où garder un captif », observa-t-il.

L'idée que Haugen soit l'auteur de l'enlèvement lui paraissait toujours difficile à croire, mais si tel était le cas, le chalet au bord du lac de Langen aurait été un endroit idéal où cacher Nadia Krogh. C'était à une demi-heure de l'endroit où elle avait été vue pour la dernière fois, loin de tout.

« Vous avez des hypothèses ? Sur ce qui est arrivé à Nadia ? Pourquoi les ravisseurs ne se sont plus manifestés ?

— Il y a eu un problème. Elle a peut-être essayé de s'enfuir et aura été tuée. Les ravisseurs ont pu prendre peur quand il s'est agi d'aller au bout de la transaction et l'ont laissée mourir de faim quelque part.

— Comme pour Charles Lindbergh... »

Le kidnapping Lindbergh était l'un des plus célèbres de l'histoire. En 1932, le petit garçon de deux ans avait été enlevé dans sa chambre au premier étage de la maison familiale. Le ravisseur avait laissé une lettre dans laquelle il réclamait cinquante mille dollars de rançon. L'argent avait été versé, mais l'enfant n'avait pas été rendu. Deux mois plus tard, on l'avait retrouvé mort. Le rapport d'autopsie indiquait qu'il avait succombé aux suites d'une chute, le ravisseur l'avait sans doute fait tomber du sommet de l'échelle lors de l'enlèvement.

Stiller redressa le dos.

« Quoi qu'il se soit passé, nous voudrions que vous le découvriez. »

Wisting se déporta pour éviter un homme qui marchait sous la pluie avec son chien.

« Comment ça ?

— C'est vous qui le connaissez le mieux. Nous aimerions que vous tentiez de vous rapprocher encore plus de lui, afin d'établir une relation de confiance et de vous retrouver dans une situation qui l'encouragerait à se confier. »

Wisting lui lança un regard, sans rien dire. C'était cela que Stiller avait gardé pour lui pendant la réunion. Sans le consulter, les chefs de Kripos et lui avaient élaboré un plan d'enquête dans lequel il jouait un rôle essentiel.

« Nous avons obtenu de bons résultats dans d'autres affaires, poursuivit Stiller. L'infiltration associée à la surveillance, aux écoutes et à l'enquête traditionnelle constitue une méthode efficace.

— Il sait que je suis policier. Ce ne serait pas comme d'infiltrer un agent.

— Mais il ne sait pas que vous êtes au courant pour Nadia Krogh, objecta Stiller, souriant pour la première fois. Ça vous donne un avantage. Vous pouvez dire ce qu'il faut au bon moment. Semer quelques idées en lui. Appuyer sur les bons boutons. Vous maîtrisez bien l'exercice. Faire que les gens lèvent le masque. »

Wisting secoua légèrement la tête. On lui avait attribué un rôle dont il ne voulait pas. En salle d'interrogatoire, c'était autre chose, on jouait cartes sur table, mais ce que Stiller proposait là, c'était une espèce d'opération secrète consistant à tromper et trahir quelqu'un qu'il connaissait bien.

« Nous avons l'accord de votre commissaire. Je propose que vous commenciez dès ce soir, puisque vous allez chez lui de toute façon. »

Wisting s'arrêta devant l'entrée principale du commissariat.

« On vous a donné un badge ? »

Stiller le confirma en tapotant sa poche de poitrine. Wisting désigna du menton les portes coulissantes.

« J'ai une ou deux choses à faire d'abord. Vous n'aurez qu'à informer les autres que Martin Haugen n'est plus porté disparu. »

Stiller hésita avant d'entrouvrir sa portière.

« Que pensez-vous de tout cela ?

— On pourra en parler tout à l'heure », répondit Wisting.

Stiller acquiesça et sortit sous la pluie. Wisting appuya sur l'accélérateur et repartit.

13

Adrian Stiller resta sous la pluie à regarder la voiture s'éloigner. Il sortit ses Fisherman's Friend et en prit une avant de s'abriter sous l'auvent pour téléphoner.

Leif Malm dirigeait le tout nouveau groupe des *cold cases*. Son numéro était enregistré parmi les premiers du répertoire de Stiller. Il répondit à la première sonnerie.

« Comment ça va ?

— On est un peu parti sur de mauvaises bases. »

Stiller expliqua que Martin Haugen avait refait surface après avoir disparu quelque temps.

« Wisting veut bien jouer le jeu ? »

Stiller broya sa pastille entre ses dents avant de répondre.

« Je ne sais pas encore. Il n'apprécie sans doute pas que nous ayons planifié ça dans son dos.

— C'est un homme raisonnable. Il comprend. »

Les portes s'ouvrirent. Stiller entra, salua de la tête l'agent derrière sa vitre à l'accueil, passa son badge dans le lecteur.

« Et puis il est trop impliqué, poursuivit Malm. Il ne peut pas refuser. Il préférera participer plutôt que de rester en dehors. »

Stiller regarda autour de lui pour s'assurer qu'il était seul.

« Où en est la surveillance des communications ? demanda-t-il alors qu'il s'engageait dans l'escalier.

— On nous a accordé deux semaines. Ça commence à 15 h. »

Stiller franchit la porte suivante avec son badge.

« Bien. Je vous rappelle dans l'après-midi. »

Stiller rangea son téléphone dans sa poche, s'immobilisa un instant, songeur. Pour que leurs écoutes soient fructueuses, il fallait que Martin Haugen ait agi avec un ou des complices et se sente forcé de prendre contact avec eux après l'intervention de Wisting. La surveillance complète des communications allait permettre de savoir avec qui il était en relation téléphonique et électronique et de quoi il parlait. De plus, son téléphone ferait office de mouchard, leur indiquant à tout moment où était Haugen. Du moins tant qu'il était allumé.

Nils Hammer avançait dans sa direction, une grande tasse de café dans une main et une liasse de papiers dans l'autre.

« Déjà de retour ?

— Finalement, Martin Haugen n'avait pas disparu, expliqua Stiller. Il était seulement allé à son chalet. »

Le robuste policier sourit.

« Alors, qu'est-ce qu'on fait maintenant ?

— Cet après-midi, j'aimerais bien organiser une réunion avec les enquêteurs qui peuvent être libérés pour cette affaire. »

Hammer acquiesça d'un signe de tête.

« Pour l'instant, il n'y a que Wisting et moi. »

Stiller trouvait que deux hommes, c'était peu, mais

ça suffirait en attendant qu'ils progressent dans l'enquête. Seul représentant du groupe des affaires classées sans suite, il ne pouvait pas vraiment exiger davantage dans cette affaire qui, à proprement parler, ne relevait pas de leur district.

« Avant cela, j'aimerais me mettre à jour sur l'affaire Katharina, poursuivit-il. Les documents ont-ils été localisés ? »

Hammer but une gorgée de café.

« Non. Demandez à Bjørg Karin si elle les a trouvés, suggéra-t-il, tendant la main vers le secrétariat des affaires criminelles. Si elle ne les trouve pas, c'est qu'ils ne sont pas dans les archives. »

Stiller se dirigea vers la pièce triangulaire. Il s'était présenté à la femme enjouée qui occupait le premier bureau avant la réunion du matin.

« Hammer m'a conseillé de m'adresser à vous. Je voudrais regarder le dossier de l'affaire Katharina. »

Bjørg Karin secoua la tête avec un sourire doux.

« Je suis descendue ce matin, mais cette affaire ne tient pas dans une boîte d'archivage ordinaire. Elle est probablement quelque part avec d'autres dossiers qu'on ressort de temps à autre. Je vais demander à Wisting de la retrouver. »

Cette réponse n'était pas pour lui plaire, mais il lui rendit néanmoins son sourire.

« C'est assez urgent », précisa-t-il avant de rejoindre ses quartiers.

La superficie de la pièce mise à sa disposition correspondait aux standards de l'administration publique, avec des murs gris pâle et un bureau en L, en contreplaqué clair, sur lequel se trouvait un écran d'ordinateur.

Cela sentait le renfermé. Il tira des rideaux verts au motif indéfinissable. En ouvrant la fenêtre il découvrit une façade grise de l'autre côté de la rue.

Le dernier occupant du bureau avait laissé quelques punaises rouges, vertes et bleues sur un tableau en liège, un calendrier mural de l'année précédente et une affiche de lutte contre la drogue.

La chaise de bureau au revêtement bleu usé gémit sous son poids.

L'ordinateur était encore plus lent que ce à quoi il était habitué. Il attendit un long moment pour entrer son nom d'utilisateur et son mot de passe, et plus longtemps encore, lui sembla-t-il, pour accéder au système.

Tout allait plus lentement que prévu. C'était agaçant. Il consulta sa montre. 13 h 42. Il s'était figuré qu'à cette heure il en saurait plus sur l'affaire Katharina et serait en mesure d'informer les policiers locaux de son plan d'enquête.

L'affaire Krogh était la première dont il était chargé au sein du groupe des *cold cases*. Il importait de manœuvrer correctement. De réussir.

Si ce n'est qu'elles traitaient toutes deux de disparitions de femmes, il avait des difficultés à voir un lien clair entre ces vieilles affaires. Les différences étaient trop nombreuses pour laisser entrevoir un schéma, une connexion. À première vue, le seul dénominateur commun était Martin Haugen. Ce qui était certes intéressant, mais ne faisait que compliquer les choses. Pourtant Stiller s'en réjouissait. Cela signifiait que l'affaire Katharina pouvait potentiellement être résolue dans le sillage de l'affaire Krogh.

14

Wisting recula sur sa place de parking aussi près que possible de la porte d'entrée. Il se rendit dans le salon en laissant des empreintes mouillées sur le parquet.

Le carton de l'affaire Katharina était toujours ouvert. Wisting rassembla les dossiers. Certaines feuilles n'étaient pas à leur place. Un rapport avec une photo fixée par un trombone s'échappa d'un classeur.

La photo montrait les trois post-it sur le miroir au-dessus de la commode dans l'entrée. Malgré le reflet du flash, on distinguait la silhouette du technicien de scène de crime qui avait appuyé sur le déclencheur.

Le rapport contenait la réponse au mystère des post-it. Celui où figuraient une date et un horaire concernait un rendez-vous chez le coiffeur qu'elle avait pris deux semaines avant de disparaître. Elle voulait se faire couper et teindre les cheveux. Le salon de coiffure avait toutefois indiqué qu'elle avait décommandé quelques jours plus tard. Le nom et le numéro de téléphone étaient ceux d'une membre de sa chorale. Les cent vingt-cinq couronnes correspondaient à la participation à la collecte pour les cinquante ans du chef de chœur. AML était la trésorière. Anne Marie Larsen.

Après la disparition, ils avaient consacré leurs jours et leurs semaines à ce genre de choses. Quand les journaux disaient qu'on avait retourné la moindre pierre, c'était de cela qu'ils parlaient. Des bribes de la vie de Katharina Haugen avaient été reconnectées, mais chaque réponse apportait aussi son lot de nouvelles questions. Pourquoi Katharina avait-elle prévu de se faire couper et teindre les cheveux, pourquoi avait-elle annulé son rendez-vous ?

Après avoir porté le carton à sa voiture, il monta chercher les deux autres dans sa penderie. Ils pesaient lourd, il dut les descendre en deux fois.

En refermant le coffre, il vit Line. En bottes et vêtements de pluie, capuche remontée.

« Tu ranges ? demanda-t-elle, rajustant la protection de la poussette.

— Je me suis dit qu'il était temps, répondit-il dans un sourire.

— Je pensais que tu étais rentré pour préparer la pâte. »

Wisting ne comprit pas de quoi elle parlait.

« La pâte à pizza. Thomas arrive ce soir.

— Ah, ça, non, je la ferai plus tard, dit-il sans admettre qu'il avait oublié aussi bien la pizza que Thomas. Ça lève en une heure. » Il se réfugia sous l'avancée du toit. « Vous allez loin ? »

Il désigna du menton la poussette sur laquelle la pluie ruisselait.

« Nous sommes allées loin, là, on rentre.

— On se voit tout à l'heure, alors. Soirée pizza ! »

Il regagna sa voiture, démarra le moteur et s'apprêtait à partir, mais il se ravisa et baissant la vitre côté passager. Il se pencha vers sa fille.

« Je me demandais un truc. Tu as accès aux anciennes éditions de *VG* ?

— Pourquoi ? »

Wisting n'était pas sûr de devoir répondre. Il voulait regarder le journal dans lequel Haugen était censé avoir découpé des lettres et des mots, mais n'avait pas envie de parler à Line de la lettre des ravisseurs et de l'enlèvement Krogh.

« Je voudrais juste regarder une vieille édition, dit-il avec un geste presque imperceptible de la tête vers les cartons dans son coffre, comme s'il s'agissait de l'affaire Katharina.

« Tu peux chercher toi-même. Tout est en ligne. C'est payant, mais je peux t'envoyer un lien avec nom d'utilisateur et mot de passe.

— Ce serait formidable. »

Il remonta la vitre, attendit que Line soit repartie avec la poussette pour rouler. Il avait un paquet de farine dans son placard, et peut-être quelques sachets de levure de boulanger sèche, probablement périmée. De toute façon, il fallait qu'il achète aussi du fromage pour la pizza.

15

Wisting se gara à la station lavage du garage du commissariat, trouva un chariot pour ses cartons et les monta au secrétariat.

Bjørg Karin l'interrogea du regard.

« L'affaire Katharina, expliqua-t-il en posant les cartons par terre. Quelqu'un de Kripos va venir les demander.

— Il est déjà venu.

— Il reviendra. »

Wisting prit le chariot vide et le laissa devant son bureau, il le descendrait en repartant.

Son écran lui indiqua qu'il avait obtenu l'accès à la version électronique de l'affaire Krogh. L'ordinateur téléchargea laborieusement tous les documents scannés. La plupart dataient d'une époque où tout était tapé à la machine, mais pas celui qu'il cherchait : le rapport qui établissait que les empreintes digitales de Martin Haugen étaient reliées à l'affaire.

Il procéda à un classement chronologique. Parmi les documents récents se trouvait une demande d'autorisation de surveillance des communications : le juge avait donné son accord.

Un peu plus bas, il y avait le rapport d'analyse d'empreintes digitales de Kripos. Quatre pages, y compris des photocopies des deux lettres des ravisseurs. Le rapport indiquait que l'original de 1987 avait été passé à la brosse à poudre magnétique. Wisting se souvenait des jours où il avait lui-même appris à utiliser la poudre à empreintes à l'école de police, avant de mettre ses connaissances en pratique sur certaines scènes de crime. Cela restait l'une des méthodes les plus employées à ce jour. Le rapport précisait néanmoins que, au début des années 1990, l'usage de la ninhydrine sur le papier et autres matériaux poreux avait commencé à se généraliser. Wisting savait qu'une réaction chimique avec les acides aminés de la transpiration entraînait une coloration pourpre, et lors du réexamen des lettres des ravisseurs, cette méthode avait permis de découvrir trois empreintes sur la première. La photocopie jointe était celle que Stiller leur avait montrée lors de la réunion. *Nous avons Nadia. Vous pouvez la récupérer. Le prix est de trois millions de couronnes. Des instructions plus précises suivront.* Avec trois marques au crayon gris là où l'on avait relevé les empreintes de Haugen. La découverte était incontestable.

Un message arriva sur son téléphone. Line. Elle lui envoyait un nom et un mot de passe. Il reçut un e-mail au contenu identique. Il cliqua sur le lien et accéda aux archives de *VG*.

Il fit un test en recherchant Nadia Krogh. La page se couvrit de reproductions miniatures des pages de journal où son nom apparaissait. *VG* avait parlé d'elle un total de quatre-vingt-neuf fois. Son nom étant peu répandu, il partait du principe que tous les résultats concernaient l'enlèvement. Les copies, en noir et blanc, étaient assez mauvaises. Les photos manquaient de contraste et de netteté, mais on pouvait faire des recherches dans le texte. La majorité des articles dataient de l'automne de sa disparition, avec quelques résultats plus récents, où l'affaire était mentionnée dans des articles sur les énigmes criminelles non résolues.

Il effectua ensuite une recherche sur Katharina Haugen. Quatre résultats. De toute évidence, les médias s'étaient intéressés davantage à l'enlèvement Krogh qu'à Katharina Haugen. Une affaire avec demande de rançon, c'était, disons, un peu plus sophistiqué qu'un suicide présumé.

Il retourna au rapport d'analyse d'empreintes. Les enquêteurs avaient très certainement identifié l'édition de *VG* d'où provenaient les mots découpés, ils savaient sûrement à combien d'exemplaires le quotidien avait tiré ce jour-là, dans quels points de presse il avait été vendu. C'était probablement écrit dans l'un des rapports, mais Wisting voulait essayer autre chose. Il avait noté que la première lettre était signée *Les panthères grises*, la deuxième simplement *Les grises*. Les trois mots *Les panthères grises* formaient un groupe solidaire en caractères gras, alors que les mots *Les grises* avaient été découpés à deux endroits différents.

Il retourna aux archives de *VG* et tapa « Les panthères grises » entre guillemets. Trois résultats. Il s'agissait d'une organisation politique œuvrant pour les droits des retraités. Deux résultats dataient de décembre 1987, trois mois après l'enlèvement de Nadia Krogh, le dernier du jeudi 27 août 1987, trois semaines avant.

Wisting cliqua sur l'article et vit *Les panthères grises* sous la photo d'un homme présenté comme le général du troisième âge.

Il organisa l'affichage de façon à avoir la page de journal sur une moitié de l'écran et la lettre des ravisseurs sur l'autre. Naviguant entre les deux pages, il retrouva trois autres mots qui provenaient sans doute du même article. *Prix*, *millions* et *couronnes*.

Les empreintes figuraient sur les mots *panthères* et *millions*, ainsi que sur les trois dernières lettres de *Nadia*.

Le prénom était constitué de deux parties découpées : *Na* et *dia*. Wisting fit une recherche sur *dia* dans l'édition qu'il avait sous les yeux. Plusieurs *media* et un *dialyse*.

La une était consacrée, entre autres, à un braquage à main armée à Bodø et à une tête brûlée qui avait sauté de Preikestolen en parachute. L'édito de la page suivante traitait de la campagne municipale, qui venait tout juste de débuter.

Un jour, vingt-six ans auparavant, Martin Haugen avait feuilleté cette édition du journal. Cela ne faisait aucun doute.

Wisting se leva et alla trouver Bjørg Karin dans son bureau. L'un des cartons de l'affaire Katharina n'était plus là. Il en ouvrit un autre et sortit le classeur *Comptes*.

Les finances personnelles de Martin et Katharina Haugen avaient été examinées, en premier lieu pour voir si Katharina avait pu mettre de l'argent de côté en vue de commencer une nouvelle vie ailleurs, mais cela n'avait rien donné. À la lumière de l'enlèvement Krogh, en revanche, les circonstances fournissaient à

Haugen un mobile financier pour tenter la demande de rançon. Le couple avait du mal à rembourser son emprunt immobilier. La disparition de Katharina n'avait pas arrangé les choses, Haugen s'était retrouvé seul pour payer, mais une baisse des taux d'intérêt lui avait permis de garder la maison.

Nils Hammer se montra à la porte alors que Wisting se rasseyait à son bureau.

« Stiller voudrait nous voir à 15 h. »

C'était moins d'un quart d'heure plus tard.

« 15 h 30 », déclara Wisting en ouvrant le classeur.

Le premier document concernait le paiement d'une indemnité d'assurance au nom de Katharina Haugen.

« Je pense que ce sera plutôt 15 h. Le commissaire principal vient et son homologue du Telemark aussi, de même que le procureur. »

Wisting leva la tête, observa Hammer. Il avait compris le petit manège de Stiller. La présence du commissaire principal et du procureur allait faire pression sur lui pour qu'il accepte le plan d'enquête du groupe des *cold cases*.

« Soit », conclut-il avant de replonger dans ses documents.

L'indemnité d'assurance n'était intervenue que quatre ans après la disparition de Katharina, elle s'inscrivait dans une convention collective de la Direction des routes dont Haugen ignorait l'existence. Wisting l'avait aidé à en faire la demande. Cent mille couronnes. Le paiement avait été effectué une fois le jugement de présomption de décès de Katharina Haugen prononcé.

Revenant en arrière, il trouva ce qu'il cherchait. La copie d'une lettre de Sparebanken dénonçant le non-paiement des échéances de crédit immobilier et l'avis de vente forcée du domicile. Finalement, la conciliation avait été possible et la vente n'était pas advenue, mais l'avis datait du 14 septembre, quatre jours avant l'enlèvement de Nadia Krogh.

Presque inconsciemment, Wisting avait établi une chronologie sur une feuille blanche, avec les dates de l'enlèvement, de l'avis de la banque et des deux lettres de demande de rançon. Ce qui ne cadrait pas tout à fait était la date du journal, le 27 août, presque un mois avant l'enlèvement. Un quotidien, ça se consommait frais. On ne le gardait pas chez soi pendant plusieurs semaines. Lors de ses visites chez Haugen, il n'avait pas souvenir d'avoir vu de piles de journaux. Ils étaient brûlés dans le poêle à bois ou jetés.

Vingt-six jours s'étaient écoulés entre le moment où Haugen avait lu ce journal et celui où la première lettre était arrivée chez les parents de Nadia Krogh. Il pouvait y avoir de nombreuses explications à l'utilisation de cette édition plutôt qu'une autre. Le coupable pouvait même l'avoir ramassé dans les poubelles.

Wisting continua de parcourir le journal tout en cherchant des explications plausibles. On pouvait imaginer que Haugen avait lu le journal sur son lieu de travail. Quand Nadia Krogh avait été enlevée, il travaillait sur un chantier routier aux abords de Porsgrunn. C'était là qu'il avait rencontré Katharina, mais c'était aussi la ville de Nadia Krogh.

Wisting était arrivé à la section sport et à un article sur Grete Waitz qui, blessée, n'avait pas pu participer à l'épreuve de marathon des championnats du monde d'athlétisme de Rome, quand il s'arrêta pour revenir sur une page qu'il avait dépassée. Quelque chose avait capté son attention.

Il lut le titre de l'article, examina la photo et relut la légende. Il avait dans les yeux une lumière aveuglante, venue de nulle part, mais qui lui donnait ce dont il avait besoin. La certitude que Martin Haugen était impliqué dans l'enlèvement Krogh.

16

Adrian Stiller suivait la trotteuse de l'horloge murale de la salle de réunion. 15 h 43.

Le procureur et les deux commissaires principaux étaient là. Christine Thiis et Nils Hammer étaient là. Tout le monde n'attendait plus que William Wisting. Il était trop tôt pour interpréter ce retard. Ce pouvait être une façon de marquer une opposition à son plan, mais il pouvait aussi y avoir une explication naturelle.

Le commissaire Sundt servit du café à sa collègue du Telemark. Ils étaient tous deux en uniforme. Ivan Sundt n'occupait son poste que depuis deux ans. Agnes Kiil, la commissaire du Telemark, était plus expérimentée et une vaste enquête sur une affaire de stupéfiants lui avait récemment valu d'être très médiatisée. Elle était là parce que l'affaire Krogh relevait de sa circonscription et elle en avait donc la responsabilité officielle. Ivan Sundt, lui, chapeautait celle où allait se dérouler l'enquête. Tous deux s'étaient portés candidats pour diriger la nouvelle circonscription qui résulterait de la fusion de celles dont ils avaient la charge. Une percée dans l'affaire Krogh pouvait leur apporter un coup de pouce à l'un comme l'autre. Ils allaient probablement se démener pour qu'elle soit résolue et encore plus pour s'en attribuer le mérite.

Wisting entra dans la pièce avec deux minutes de retard. Il ferma la porte derrière lui et salua les visiteurs d'un signe de tête.

« Désolé. »

Il posa une pile de papiers sur la table, s'assit.

Stiller prit la parole avant que d'autres n'aient le temps de le faire. Il était l'invité de ce commissariat, mais c'était sa réunion. Son affaire.

« Merci d'être venus, d'autant que certains ont été prévenus au dernier moment. Je me félicite de votre présence. »

Il toussota, déplaça des documents.

« Comme vous le savez, l'enquête sur l'enlèvement Krogh est rouverte. De nouvelles preuves matérielles confèrent le statut de suspect à Martin Haugen. Jusqu'à son éventuelle arrestation et à sa mise en examen, nous allons recourir à une méthode d'investigation quelque peu inhabituelle. »

Il s'interrompit un instant pour permettre à ses interlocuteurs de faire des observations. La commissaire du Telemark saisit l'occasion :

« Je suis personnellement très heureuse de ce développement. Une affaire non élucidée comme celle-ci constitue une lourde charge émotionnelle pour la famille et pour l'environnement local. De tels événements créent l'insécurité, favorisent les conjectures et affaiblissent la confiance dans la police. »

Le commissaire Sundt acquiesça et s'adressa à Wisting.

« Dorénavant, la priorité est sur cette affaire. »

Stiller rendit brièvement compte du nouveau rapport d'analyse d'empreintes digitales.

« Cependant, précisa-t-il, ces seules découvertes matérielles ne sont pas suffisantes. Nous allons être obligés de provoquer de nouveaux éléments de preuves.

— Provoquer ? » demanda Ivan Sundt.

Stiller évita le regard de Wisting.

« En premier lieu par des mesures similaires à une infiltration. Comme nous le savons, il existe des liens étroits entre Martin Haugen et William Wisting. Nous avons prévu de les mettre à profit.

— De quelle manière ? s'enquit Sundt.

— Haugen garde son secret depuis longtemps. Nous allons essayer de l'encourager à s'en libérer. Cette affaire doit se résoudre par la parole. »

Stiller regarda enfin Wisting : son expression était indéchiffrable.

« Vous avez un plan détaillé ? » demanda encore Sundt.

Stiller hocha la tête, pensivement, pour donner l'impression que le plan était plus précis qu'il ne l'était en réalité.

« La semaine prochaine, un communiqué annoncera que le groupe des *cold cases* a rouvert l'affaire Krogh. Nous allons rendre publiques les lettres des ravisseurs et comptons sur une forte médiatisation. Ce sera notre levier pour entrer dans l'affaire. Nous allons faire en sorte que Wisting se trouve chez Haugen quand la nouvelle sortira. Nous aurons ainsi ses réactions immédiates et agirons de façon à le pousser dans notre direction. »

Le procureur se redressa.

« Vous êtes prêt pour ça, William ? »

La réponse vint plus vite et fut plus catégorique que Stiller ne l'escomptait.

« Oui.

— Pas de réserves personnelles, éthiques ? »

Wisting secoua la tête.

Stiller allait passer à la suite, mais fut interrompu.

« Les limites éthiques, ça fait longtemps que je les ai franchies », précisa Wisting.

Le silence se fit dans la pièce.

« Quand l'enquête sur l'affaire Katharina a été mise de côté, j'ai repris contact avec Martin Haugen parce que je ne le croyais pas. Je gardais la nette impression qu'il cachait quelque chose. Je croyais, je continue de croire qu'il sait ce qui est arrivé à Katharina. J'ai initié ces conversations pour essayer de le faire parler. »

Le silence demeurait.

« Qu'est-ce qui t'a fait croire ça ? » interrogea Christine Thiis au bout d'un moment.

Wisting réfléchit. L'affaire Katharina lui faisait l'effet d'un morceau de musique avec des fausses notes, mais c'était difficile à expliquer.

« C'est une affaire de fausses notes ici et là. Quand nous discutons, il modifie parfois de petits détails de son témoignage. Appelez ça de l'intuition, je ne sais pas, mais depuis le début, je sens que quelque chose ne cadre pas et j'aimerais bien trouver quoi. »

Hammer s'était tourné vers son collègue. Cet homme n'aurait eu aucun avenir à une table de poker, son visage le trahissait toujours.

« Alors tu as pris l'initiative d'une fausse amitié ? Sur la foi de ton intuition ?

— Oui, c'est la tournure qu'ont prise les choses.

— Il assistait à l'enterrement de ta femme, lui rappela Hammer.

— Il y avait beaucoup de monde, répondit Wisting.

— Qu'en est-il ressorti ? voulut savoir Christine Thiis.

— Rien, si ce n'est que j'ai été renforcé dans mes soupçons.

— Bien, coupa la commissaire principal du Telemark. Quand lançons-nous cette opération ?

— La surveillance des communications a déjà commencé, précisa Stiller. Wisting va faire un tour chez Haugen cet après-midi et on sera sur les rails. »

Ils réglèrent ensuite certaines formalités, puis les visiteurs quittèrent la réunion.

Stiller regarda Wisting.

« Merci. Nous ne pourrions pas le faire sans vous. »

Wisting répondit d'un signe de tête.

« Vous aviez pourtant l'air très dubitatif ce matin, poursuivit Stiller. Qu'est-ce qui vous a incité à vous engager totalement ?

— *VG*.

— *VG* ? »

Wisting retourna la pile de feuilles devant lui. Stiller reconnut la une de l'édition de *VG* qui avait servi à composer la lettre de demande de rançon.

« Haugen n'est pas un grand lecteur de journaux. Je le connais. Il n'est pas abonné au journal local et je ne l'ai jamais vu lire ni *VG* ni *Dagbladet*.

— Ah bon, fit Stiller en levant la première feuille.

— Page 17. »

Stiller la trouva. L'article était intitulé « Un revêtement meilleur ». Il était question d'un asphalte qui allait créer moins de poussière et de bruit sur la nouvelle E18 traversant le Telemark.

« Le deuxième en partant de la gauche », indiqua Wisting.

Stiller regarda la photo des cinq ouvriers de voirie devant un rouleau compresseur, mais c'est seulement en trouvant la légende de la photo qu'il comprit ce qu'il avait sous les yeux.

« Martin Haugen ! » s'exclama-t-il.

Nils Hammer et Christine Thiis se rapprochèrent pour voir.

« Je trouvais curieux qu'une demande de rançon soit composée à partir d'un journal datant de presque quatre semaines, mais forcément, il a acheté le journal le jour où il y figurait. Ça expliquerait aussi qu'il ne s'en soit pas débarrassé tout de suite, qu'il l'ait conservé quelque temps. »

Stiller se rassit. Il ne comprenait pas vraiment comment le lien entre Haugen et le journal avait pu leur échapper, mais à l'époque, aucun soupçon ne pesait sur lui. Il n'était qu'un nom parmi d'autres, page 17. À présent, en revanche, il était le pivot de l'enquête.

Wisting se leva.

« Bon, alors on s'y met. Je vais chez Haugen. »

17

Wisting descendit dans la cour, puis il lui revint qu'il avait laissé sa voiture à la station de lavage. Bientôt, il roulait sous la pluie, en direction de Kleiverveien.

Dans sa carrière, il avait rencontré bien des menteurs et des escrocs. Des gens qui ne disaient pas la vérité, mais lui servaient les histoires qui les arrangeaient. Il avait cru à certaines d'entre elles, en avait percé d'autres à jour et en avait volontairement ignoré beaucoup.

Fort de cette longue expérience, il repérait assez facilement les mensonges. Quand on sortait d'une salle d'interrogatoire avec l'impression que l'homme qui s'y trouvait mentait, c'était souvent fondé sur une intuition. Wisting était arrivé à la conclusion qu'il s'agissait de relever les petits décalages dans les réactions émotionnelles. Dans le cas de Martin Haugen, ce pouvait être un sourire venu une ou deux secondes trop tard, comme s'il avait dû d'abord réfléchir, un sourire qui durait un peu trop longtemps, avec des lèvres trop pincées. Les gens qui disaient la vérité étaient synchrones dans leur manière d'être.

La posture, l'expression du visage et la voix étaient coordonnées et adaptées au sujet dont ils parlaient. Chez Haugen, on percevait parfois une sorte de contradiction entre son propos et sa façon de l'exprimer. Et puis bien sûr, il y avait aussi tout ce qu'il ne disait pas, on en devinait la présence, et cela renforçait l'impression que c'était un menteur. Lors d'un séminaire sur l'interrogatoire auquel Wisting avait participé, une conférencière avait expliqué que les menteurs avaient tendance à éviter les mots comme « mais », « ou », « sauf » et « pendant », parce qu'il leur était difficile d'avoir une pensée complexe. Tentant inconsciemment de se distancier de leurs mensonges, ils employaient moins de pronoms personnels, esquivaient les « je », « moi », « mien ». Tout cela pouvait correspondre à Martin Haugen.

Il quitta la route, prit le chemin cahoteux, se gara dans la cour. Une épaisse fumée s'échappait du conduit de la cheminée, mais elle était rabattue par la pluie et dérivait sous forme de brouillard vers la forêt.

Wisting ne sortit pas tout de suite de la voiture et Haugen ouvrit la porte avant qu'il n'appuie sur la sonnette. Le chat noir était entre ses jambes.

« Quel temps ! » observa-t-il en faisant signe à Wisting d'entrer.

Celui-ci ôta sa veste et le suivit dans la cuisine. Haugen était en train de dîner. Il restait une pomme de terre et quelques morceaux de viande dans son assiette. Il débarrassa la table, puis apporta une thermos de café.

« Je suis désolé de ne pas avoir été là hier, fit-il en apportant des tasses. Ça commence à faire longtemps et les jours se confondent. »

Wisting prit place côté fenêtre et songea que l'année précédente, il n'avait pas pensé à l'anniversaire de sa mère. Il avait coutume d'emmener son père au cimetière ce jour-là, mais cette fois, ça lui était sorti de la tête. Un oubli était vite arrivé, mais il y avait autre chose derrière le numéro de disparition de Haugen.

Il ne releva pas.

« Ton chemin a souffert de la pluie, fit-il en regardant dehors.

— Oui, je crois que je vais l'asphalter, répondit Haugen en sortant du placard un gâteau roulé de supermarché.

— C'est vrai que tu connais ça, toi », commenta Wisting avec un sourire.

Il envisagea de l'interroger sur les différents asphaltes, afin d'aiguiller la conversation vers l'article de presse de 1987, mais ce n'était pas une bonne idée.

« J'ai vu que tu avais mis un panneau, remarqua-t-il à la place.

— Un panneau ? »

Haugen sortit le gâteau de son emballage en plastique.

« Entrée interdite », précisa Wisting en tournant la tête vers la route principale.

Haugen retourna chercher deux assiettes.

« Avantage en nature, expliqua-t-il en souriant. Ça traînait au boulot.

— Tu as eu des problèmes avec des gens qui viennent en voiture ?

— Rien de grave, répondit-il en coupant le gâteau. Il y a eu des véhicules étrangers qui venaient et puis qui faisaient demi-tour. Des Lituaniens ou un truc comme ça. »

Wisting songea aux petites caméras de surveillance installées dans les fenêtres, il se demandait s'il devait en parler. Si Haugen avait regardé les enregistrements, il savait de toute façon qu'il les avait remarquées.

Haugen le devança.

« J'ai installé des caméras.

— J'ai vu ça, enchaîna promptement Wisting. J'ai fait le tour de la maison hier pour voir si tu étais là. »

La transition vers Katharina était toute trouvée et il commença par évoquer l'ex-femme de Haugen, qui s'était introduite dans la maison pour voler les affaires de Katharina.

« Tu as vu Inger Lise ? »

Haugen servit le café.

« Non. Ça n'a rien à voir avec elle. D'ailleurs, je l'ai vue cet été, sur le port, avec un nouvel ami. »

Wisting changea de sujet.

« Comment c'était au chalet ? »

Haugen ne parut pas entendre la question et se servit de gâteau.

« Tu disais que le toit fuyait ? ajouta Wisting.

— Oui, fit Haugen, mastiquant avec application. La fuite n'était pas aussi étendue que je pensais, mais je voulais me faire une idée de la situation.

— Tu vas y retourner ?

— Je vais être obligé.

— Je pourrais t'accompagner, on pêcherait au filet, comme la dernière fois. »

Haugen reprit une bouchée. Un week-end au chalet de Bamble les rapprocherait, songea Wisting.

« J'aurais bien besoin de quelques jours loin de tout, continua-t-il. C'est le stress au boulot. »

Haugen hocha la tête. Wisting se servit une part de gâteau et demanda :

« Tu as des projets pour le week-end prochain ? »

Ils entendirent une notification de message sur un portable. Haugen se leva et s'approcha du plan de travail. Il lut le message avant de glisser le portable dans sa poche sans répondre.

« Le week-end prochain ? » répéta Wisting alors qu'il se rasseyait.

Haugen avait manifestement la tête ailleurs.

« Au chalet, précisa Wisting. Le week-end prochain.

— Oui. Faisons ça. Allons-y. »

Wisting goûta le gâteau. Haugen avait l'air plus distrait que les années précédentes.

« Il n'y a rien de nouveau », déclara Wisting spontanément.

Haugen comprit ce qu'il voulait dire. Aucune nouvelle trace de Katharina n'était apparue au cours de l'année écoulée.

« Vous avez regardé cette affaire dans le Sørlandet ? »

Wisting le confirma. Les médias en avaient parlé pendant l'été. Un cadavre avait dérivé jusqu'au rivage d'un îlot au large de Portør. Une femme, qui portait les stigmates d'un long séjour dans l'eau.

« J'ai appelé la police locale, mais les enquêteurs avaient déjà une idée de qui c'était, et ça s'est avéré. Une vieille dame qui avait disparu autour de Pâques.

— À quoi penses-tu qu'elle ressemble ? Tu crois qu'il en reste quoi que ce soit ? »

Wisting réfléchit. Les premières années, ils parlaient de Katharina comme si elle pouvait encore être en vie, mais peu à peu, ils avaient fini par l'évoquer en partant du principe qu'elle était morte.

« Ça dépend totalement de l'environnement dans lequel elle se trouve, répondit Wisting. Je ne pense pas que nous la retrouverons dans la mer, comme cette femme dans le Sørlandet.

— Et si elle est enterrée quelque part ? »

Wisting délaissa sa part de gâteau. C'était la première fois que Haugen lui posait ce genre de question.

Ressentant un certain malaise à en parler, il toussota.

« Ça dépend du sol. Si elle était dans un cimetière, il ne resterait plus que les gros os et les dents, mais dans un environnement moins aéré, comme de l'argile ou un marécage, elle serait sans doute mieux conservée. »

Il marqua une pause avant de reprendre.

« Mais si quelqu'un l'a enterrée, elle a probablement été enveloppée dans une bâche ou du plastique, par exemple. C'est ce qu'on voit habituellement. Si tel était le cas, ses vêtements ne seraient pas encore décomposés.

— Tu as été confronté à ça ?

— Ça m'est arrivé. »

Le portable de Haugen émit un nouveau signal. Il l'ignora.

« Le pire, c'est l'incertitude. Ne pas savoir ce qui s'est passé. »

Wisting n'avait rien à répondre. L'incertitude était un sujet récurrent qui finissait par sentir un peu le réchauffé, et il savait ce qui allait suivre.

« Quoi que ce soit, j'aurais voulu savoir ce qui s'est passé. On espère toujours trouver un élément, une piste, une explication. Je n'ai pas abandonné, mais j'ai tout de même compris que mon lot dans la vie était de porter ce fardeau. »

Ils abandonnèrent le sujet pour parler de nouveau du temps qu'il faisait, de cette pluie qui semblait devoir durer indéfiniment. Haugen s'enquit d'Amalie et Wisting lui raconta l'épisode du stylo-bille.

À la fin, Wisting le remercia et se leva.

« Il faut que je m'achète une nouvelle canne à pêche », dit-il pour lui rappeler leur week-end au lac.

Haugen le raccompagna et ajouta :

« J'apporterai quelques steaks. Au cas où ça ne mordrait pas. »

Wisting s'arrêta sur le perron pour lui serrer la main puis rejoignit sa voiture. À travers le pare-brise pluvieux, il vit Haugen sortir son portable avant de refermer la porte.

18

Au dernier étage du commissariat, Wisting passa son badge dans le lecteur et composa le code à quatre chiffres qui permettait d'accéder à la petite salle de surveillance des communications. On y pratiquait une méthode d'investigation secrète et peu d'employés avaient l'autorisation d'entrer, seule une minorité d'entre eux savait quel matériel s'y trouvait et ils étaient plus rares encore à avoir appris à s'en servir.

Nils Hammer et Adrian Stiller se tournèrent vers lui.

« Il a reçu un message pendant que j'étais chez lui, déclara Wisting en regardant l'écran où s'affichaient les communications téléphoniques.

— D'un numéro enregistré au nom d'un certain Henry Dalberg, expliqua Hammer. *Comment est la forme ? On se voit lundi ?* lut-il.

— Un collègue de travail. Je l'ai eu au téléphone hier quand je n'arrivais pas à joindre Haugen. Il m'a dit qu'il avait prévenu qu'il était malade.

— À nous, il nous a dit qu'il était allé à son chalet », rappela Stiller.

Wisting acquiesça. C'était à proprement parler la première fois qu'il surprenait Haugen à mentir en bonne et due forme, mais ce n'était pas forcément significatif. Il n'aurait pas été le premier à dire à son employeur qu'il était malade pour faire quelque chose pour lequel il n'aurait pas pu avoir de jours de congé.

« Et puis il y a eu un autre message, un peu plus tard.

— Du même numéro. *Il faudrait regarder le contrat révisé avec Bryntesen sur le nettoyage des accotements.* Il a sans doute attendu que tu t'en ailles pour répondre. *Je serai de retour lundi. On s'en occupe à ce moment-là.*

— De quoi avez-vous parlé ? s'enquit Stiller.

— Du temps... On a prévu de passer le week-end à son chalet. »

Il vit que l'idée plaisait à Stiller.

« Nous œuvrons pour que TV2 parle de l'affaire dans le *Lieu du crime : Norvège* de jeudi, et les journaux en parleront le lendemain, dit-il. Un week-end au chalet, ça me paraît parfait. »

Un autre écran s'alluma.

« Il est sur Internet », observa Hammer.

Une fenêtre s'ouvrit, indiquant le site que visitait Haugen. L'écran voisin montra la page en question. Les prévisions de l'Institut de météorologie.

« Il est sur Yr », précisa Stiller.

Dans la première fenêtre apparut une nouvelle ligne et sur l'écran voisin s'affichèrent les prévisions de Malvik dans le Sør-Trøndelag.

« Malvik ? fit Hammer, surpris. Pourquoi regarde-t-il la météo de Malvik ? Il a un déplacement ?

— Il y a vécu. Quand Katharina a disparu, il travaillait sur un chantier de tunnel là-bas, il logeait dans un baraquement.

— Il a toujours des contacts là-haut ? »

Songeur, Wisting se mordit la lèvre.

« Je ne crois pas.

— À Malvik aussi, il pleut », nota Hammer.

La page d'accueil de Google apparut.

« On ne peut pas voir sa requête, précisa Hammer. Juste les pages sur lesquelles il clique. »

La une du *Trønder-Avisa*, suivie d'un article sur l'effondrement d'une partie de l'E6 au sud de Stavsjøfjellet.

« Il a participé à la construction de cette route. »

Les deux autres hochèrent la tête. Ils restèrent tous silencieux jusqu'à ce que la page change. Haugen était sur *Adresseavisen*, un article sur le glissement de terrain. On avait procédé à un rétrécissement de la chaussée et la circulation se faisait à vitesse réduite. On ne savait pas encore quand les voies seraient rouvertes normalement.

« On peut regarder l'historique ? demanda Wisting, qui aurait pourtant dû savoir que non. Voir sur quelles pages il est allé hier, par exemple ? »

Hammer secoua la tête.

« Non, il faudrait avoir accès à son PC. Ce que nous faisons là, c'est rester à l'extérieur, flairer les sites qui sont téléchargés. Pour savoir ce qu'il y a sur son ordinateur, il faudrait le hacker. Nous n'avons pas le matériel nécessaire.

— D'accord, conclut Stiller en attrapant son imperméable sur le dossier d'une chaise. On est lancés. Le système est opérationnel. » Il désigna de la tête les écrans. « Il ne se passera rien d'intéressant avant que nous commencions à lui mettre la pression. Je suggère que nous prenions notre week-end. Je rentre à Oslo, mais je serai de retour lundi. »

Hammer était d'accord, il entreprit de fermer la session. Se souvenant qu'il avait une pizza à préparer, Wisting s'excusa et quitta la pièce en hâte avant ses collègues.

19

Wisting sortit les courses de sa voiture. Le sac était déchiré et la majeure partie du contenu atterrit sur les dalles. Le paquet de farine craqua, le contenu se répandit sous la pluie.

Jurant intérieurement, il entreprit de tout ramasser. Il avait espéré arriver avant son fils, mais il vit sa voiture dans la rue. Thomas avait beau ne plus vivre à la maison depuis douze ans, il avait toujours la clef. Avant d'entrer, Wisting regarda par-dessus son épaule en se disant que Thomas avait dû faire un tour chez Line et Amalie.

Une fois les courses posées sur le plan de travail, il se rendit compte qu'il avait oublié d'acheter un ingrédient. La levure de boulanger.

Il vérifia la date de péremption de la levure sèche qu'il gardait dans le placard. Ses craintes étaient fondées, périmée depuis près de quatre mois elle devait être moins performante. Il n'aurait qu'à utiliser deux sachets au lieu d'un.

Il sortit un saladier, pétrit la pâte et la mit à lever avant de cuire la viande hachée pour la garniture.

Thomas arriva avec Line et Amalie. Wisting s'essuya

les mains sur son tablier et les embrassa. Au collège, Thomas avait décrété qu'il était trop vieux pour les câlins, mais quelques années plus tôt, c'est lui qui avait pris l'initiative de l'étreindre lors de retrouvailles. C'était après sa première mission en Afghanistan. Il en avait fait sept au total, dans les hélicoptères d'évacuation sanitaire. Il ne participait pas directement aux combats, mais il avait vu les victimes que laissait la guerre.

« Je t'ai apporté un cadeau », annonça Thomas en lui lançant une boule de tissu dans un sac en plastique.

C'était un T-shirt kaki de la Défense nationale. *Capitaine Wisting* était brodé au fil noir sur la poitrine.

Wisting remercia son fils en déployant le vêtement devant lui. C'était la bonne taille.

« Je ne suis pas sûr que la pizza soit réussie, avertit-il en soulevant le torchon.

— Pourquoi ? » s'enquit Line.

Elle s'avança, Amalie sur la hanche, et jeta un coup d'œil. La pâte avait levé un peu, mais pas suffisamment.

« Ça fait une heure. J'ai utilisé de la levure périmée.

— Ce sera sûrement très bien, trancha Thomas. J'aime la pâte fine. »

Wisting haussa les épaules et partagea la boule en deux. Line emmena Amalie dans le salon, Thomas resta dans la cuisine alors que Wisting posait les pâtons sur deux feuilles de papier sulfurisé.

« Il y a des bières au frais », précisa-t-il en commençant à étaler la pâte.

Thomas alla leur en chercher deux bouteilles.

« Tu as résolu le mystère du code ?

— Le code de Katharina ?»

Wisting sourit en secouant la tête. Quelques années auparavant, il avait proposé à Thomas de s'y essayer. Il ne savait plus trop comment le sujet était venu dans la conversation, mais les cartons de l'affaire étaient dans le salon et ils parlaient de navigation, de comment on trouvait son chemin avant les GPS. Thomas convenait que les chiffres étaient les points de référence d'une carte, mais il ne connaissait rien de tel en cartographie ou en navigation.

Line passa la tête par la porte.

« De quoi parlez-vous ?

— De rien qui t'intéresse, plaisanta Wisting.

— L'affaire Katharina, expliqua Thomas.

— Il a rapporté les cartons au commissariat, l'informa Line avant de repartir dans le salon.

— Il était peut-être temps, estima Thomas.

— Peut-être bien, admit Wisting en étalant la préparation à la viande sur la pâte.

— Pourquoi cette affaire compte-t-elle tant pour toi ?»

Wisting éprouva soudain une espèce de culpabilité. Le monde était tellement plus vaste que le secteur dans lequel il opérait. Thomas avait servi dans des régions du monde sans doute plus brutales et plus impitoyables qu'il ne pouvait le concevoir. On se souciait bien peu de tous ces destins tragiques, en Occident.

« Tu penses que c'est une mauvaise chose ? fit-il, sentant que sa réaction pouvait donner l'impression qu'il était sur la défensive, que je consacre autant de temps à une affaire, à une personne ?

— Non. Je suis juste curieux de savoir ce qui te motive. »

Wisting se demanda s'il devait expliquer que l'affaire était devenue une sorte de virus mental qui refusait de le lâcher.

« C'est simplement que je n'aime pas abandonner un travail inachevé », répondit-il, répartissant le fromage râpé sur la pizza.

Thomas hocha la tête, comme si ce sentiment ne lui était pas étranger.

Line revint auprès d'eux et ils changèrent de sujet.

« Tu te souviens que tu dois garder Amalie demain ?

— Bien sûr. Je suis vieux, mais pas sénile. »

La pizza arriva sur la table une demi-heure plus tard. La pâte était sèche et dure, mais ni Thomas ni Line ne se plaignirent.

« Comment ça va ? » demanda Line à son frère.

C'était une façon de lui demander s'il avait rencontré quelqu'un. Il n'avait jamais eu de relation durable. Il en imputait la faute à la Défense. Il avait servi sur plusieurs sites avant d'être stationné à la base aérienne de Rygge. Ses missions incessantes en Afghanistan avaient duré plus de quatre ans et englouti une partie de sa jeunesse.

Thomas lui rendit la politesse en lui demandant si elle avait l'intention de se remettre en couple.

Line avait eu une longue relation. Un Danois de son âge qui s'appelait Tommy Kvanter. Ce n'était pas le père d'Amalie, lequel était un Américain qui travaillait pour le FBI. Il passait quelques semaines en Norvège quand il avait rencontré Line.

Elle esquiva à son tour.

« Tu restes jusqu'à quand ?

— Jusqu'à mardi », répondit son frère.

Quand il revenait dans sa ville natale, il avait l'habitude d'en profiter pour voir ses anciens copains de classe.

Une fois rassasié, Wisting prit Amalie sur ses genoux. Il était avec les trois personnes qui comptaient le plus dans sa vie et pourtant il n'arrivait pas vraiment à se concentrer sur la conversation et ce qui se passait autour de la table. Ses pensées ne cessaient de dériver. Il pensa à la mort. Symbolisée par une croix. Si c'était Katharina qui avait laissé ce message codé sur la table de la cuisine, cela n'avait aucun sens. Sauf s'il s'agissait de Nadia Krogh et si le code indiquait où elle se trouvait.

20

Il y avait un nouveau système pour accéder au bâtiment de *VG*. Line dut demander de l'aide au gardien pour franchir la sécurité et il lui indiqua qu'il faudrait qu'elle mette son badge à jour.

À l'intérieur, elle se tint derrière un groupe qui attendait l'ascenseur. Elle ne connaissait personne. Les gens s'écartèrent pour laisser passer ceux qui sortaient avant de se serrer dans la cabine. Line n'était pas pressée, elle attendit le suivant, qui se révéla tout aussi plein et s'arrêta à deux reprises avant le cinquième, son étage.

Elle repensa à la première fois qu'elle était entrée dans ces locaux. Ses mains moites, son mal de tête après une nuit presque sans sommeil. L'un de ses souvenirs les plus précis était les horloges murales qui indiquaient l'heure de New York, Tokyo et autres métropoles. Son expérience se résumait à un remplacement en presse quotidienne régionale, au journal local. Elle ne se sentait pas à la hauteur et se disait que la mission était trop importante pour elle, mais le simple fait de pénétrer dans cette vaste rédaction lui avait fait quelque chose, avait agi sur son mental. Elle s'était rapidement adaptée.

La culture prévalente à *VG* était que seul le meilleur était assez bon. Dès le premier instant, les dirigeants avaient été clairs sur la façon de travailler. Ils parlaient moins de connaissances et d'expérience que de compétences. Lesquelles ne se limitaient pas à la maîtrise des techniques et à la création de gros titres, c'était aussi la concentration, la stratégie, le sens de ce qu'était un journal et comment le fabriquer. Elle n'avait pas tardé à trouver sa place et à dépasser les attentes.

Elle remonta la bandoulière de son sac sur son épaule et alla chercher un café à la machine.

Un journaliste du service des sports arriva. Line avait oublié son nom.

« Il n'y a plus de gobelets ? » demanda-t-elle.

Le journaliste sourit.

« C'est fini, les gobelets jetables, expliqua-t-il, désignant le placard sous le plan de travail. Il faut prendre une tasse d'invité.

— Économies ? »

Line sortit un mug en porcelaine blanche.

« Considérations écologiques », répondit son interlocuteur en plaçant sa tasse isotherme dans la machine.

Elle attendit son tour et appuya sur la touche du café au lait. La machine bourdonna, cracha de la vapeur et remplit lentement sa tasse. Line l'emporta dans l'open space. La fréquentation des bureaux était relativement faible en ce samedi, mais quelques visages connus apparurent derrière les écrans, on lui adressa des sourires, on la salua. Elle ne vit personne à son ancien poste, mais une boîte de tabac à chiquer et une bouteille de Coca à moitié bue à côté d'une pile de feuilles de brouillon témoignaient de ce qu'il était occupé.

Harald Skoglund se leva de son bureau près de la fenêtre et vint l'embrasser. Ils avaient travaillé ensemble sur plusieurs affaires.

« Tu es de retour ?

— Pas tout à fait, répondit-elle. On me propose de faire deux, trois reportages de fond, plus ou moins en free-lance. »

Elle lança un regard vers la cage de verre du rédacteur en chef des actualités.

« Sandersen n'est pas là ?

— Il est en réunion, précisa Skoglund avec un signe de tête vers l'escalier qui menait à l'étage supérieur.

— Et Frost ?

— Pareil. »

Line se demanda soudain si elle s'était trompée d'heure. C'étaient les deux personnes qu'elle était censée rencontrer.

Elle monta, emportant le mug. Les salles de réunion aussi étaient des cages de verre. Arrivant à l'étage, elle vit Frost et Sandersen dans la plus proche. En compagnie d'un homme qu'elle ne connaissait pas. Vêtu d'un costume sombre, l'air d'un avocat.

Elle s'affaira sur son téléphone en attendant qu'on s'aperçoive de sa présence.

Daniel Leanger arriva derrière elle dans l'escalier. C'était l'un des plus jeunes journalistes du groupe Affaires criminelles.

« Salut ! s'exclama-t-il en l'embrassant. Toi aussi, tu es en avance ? »

Il s'aperçut qu'elle était déconcertée.

« On va travailler ensemble », expliqua-t-il.

Line regarda la salle de réunion. Personne ne les avait remarqués.

« Tu sais de quoi il s'agit ?

— Je suis sur le sujet depuis quinze jours. »

Daniel n'eut pas le temps d'en dire davantage. Sandersen les avait vus et se dirigeait vers la porte.

« Entrez ! »

Line sourit, ses deux supérieurs hiérarchiques l'embrassèrent. Puis, non sans interrogation dans le regard, elle fit le tour de la table pour saluer l'homme aux cheveux bouclés.

« Adrian Stiller, dit-il en lui serrant la main. Kripos. »

La curiosité de Line était éveillée. Elle avait rencontré bien des policiers, y compris des enquêteurs de Kripos, mais jamais au journal, et encore moins dans une réunion avec les rédacteurs en chef. Elle observa l'homme de Kripos, puis Frost et Sandersen. De toute évidence, ils s'étaient livrés à une réunion préparatoire.

Elle posa son sac et le mug avant de s'asseoir.

« Stiller est en fait la raison pour laquelle nous sommes ici et il a demandé à ce que tu viennes, commença Sandersen. Il travaille pour la nouvelle unité des *cold cases* de Kripos. Les enquêteurs viennent de rouvrir une affaire et souhaiteraient notre collaboration. »

Line sortit son calepin.

« L'enlèvement Krogh », enchaîna Frost, poussant une vieille une de journal sur la table.

Libération du petit ami, était-il écrit au-dessus de la photo d'une jeune fille en fin d'adolescence, à l'abondante chevelure crêpée. La légende indiquait *Demande de rançon pour Nadia*.

21

Adrian Stiller observa la fille de Wisting. La page de journal avait allumé une étincelle dans ses grands yeux bleus. Elle avait encore les cheveux légèrement humides après son passage sous la pluie. Ils étaient plus longs que sur les photos qu'il avait d'elle et tombèrent sur son visage quand elle se pencha pour lire. Gênée, elle les ramena derrière ses oreilles.

« Bref, Kripos voudrait que nous parlions de l'affaire, poursuivit le rédac-chef. Et nous aimerions que ce soit toi qui le fasses.

— Je ne connais pas l'affaire. J'avais à peu près cinq ans quand ça s'est passé. »

Stiller s'avança au-dessus de la table, se rapprochant légèrement de Line. Suffisamment pour respirer un vague effluve de son parfum. Une fleur de la famille des lys.

« C'est un bon point de départ, commenta-t-il. Porter un regard neuf sur l'affaire. »

Line s'humecta les lèvres.

« Pourquoi cette affaire et pas une autre ?

— Elle mérite d'être résolue. »

Line n'était pas satisfaite de cette réponse.

« Je veux dire, qu'est-ce qui a entraîné la réouverture de l'enquête ? Avez-vous obtenu de nouveaux éléments ? »

Stiller lui adressa un sourire apaisant. Elle était intelligente, la femme de la situation, mais il ne voulait pas lui parler des empreintes digitales. Pas tout de suite.

« C'est à cela, du moins nous l'espérons, qu'une série d'articles de *VG* pourra contribuer. C'est pour ça que nous demandons votre collaboration. Nous souhaitons remettre cette affaire en lumière, dans l'espoir que si quelqu'un disposait d'informations, il se décide à nous les communiquer. »

Line lança un regard vers ses supérieurs avant d'affirmer :

« Il nous faut du nouveau à raconter. »

Ils acquiescèrent.

« Et nous allons en avoir, expliqua Sandersen. Notamment les demandes de rançon, qui n'ont jamais été publiées. »

Stiller ouvrit le portfolio en cuir devant lui et en sortit deux photocopies.

« Le ravisseur est l'un de nos lecteurs, poursuivit Sandersen. Il a découpé les mots dans notre journal. »

Line prit les lettres. Une dans chaque main.

« En exclusivité ? » demanda-t-elle.

Stiller hocha la tête.

« Nous sommes tributaires de la médiatisation, mais pour obtenir l'effet maximal, nous devons assurer la mise en scène, dans une certaine mesure. Dans ce contexte, il sera alors tout à fait naturel que ces lettres sortent quelque part. Vous aurez accès à tous les documents de l'affaire.

— Tous ?

— Ils sont numérisés et peuvent être consultés. Ce qui compte pour nous ici, c'est que l'affaire revienne sur le devant de la scène, avec égards pour la famille et les proches et les autres personnes impliquées, bien sûr. D'après vos supérieurs, vous avez l'empathie nécessaire.

— La famille est-elle informée ? » demanda Line.

Stiller l'appâta encore.

« Oui, et son petit ami de l'époque est prêt à accorder une interview. Il a d'abord été soupçonné de l'avoir tuée, pour être ensuite libéré quand les lettres des ravisseurs sont apparues. Il n'en a jamais parlé à la presse.

— Et le reste de la famille ? demanda Daniel Leanger. Son petit frère, par exemple. »

Stiller le leur avait proposé, mais ils avaient clairement fait savoir qu'ils refusaient de s'adresser aux journalistes.

« Ce n'est pas encore ça… », répondit-il.

Sandersen toussota.

« Tirons deux ou trois choses au clair. D'abord, Line : est-ce que cela t'intéresse ?

— Oui, mais quelle ampleur prévoyez-vous de donner à l'affaire ? »

Ce fut Joachim Frost, le directeur de la rédaction, qui répondit :

« L'idée est de faire monter la sauce avec un feuilleton. Cela dépendra bien sûr de la direction que prendra l'enquête, mais *a priori*, nous pensons rester dessus pendant six semaines, avec un gros titre toutes les semaines. D'abord un récapitulatif de l'affaire, puis les lettres des ravisseurs, un portrait plus détaillé de

Nadia Krogh, l'interview du petit copain, un retour sur l'ancienne enquête présentant le point de vue de la police, avec le directeur d'enquête de l'époque et Adrian Stiller, qui a rouvert l'affaire. C'est une trame, mais tu es bien sûr libre de faire d'autres choses. »

Sandersen prit la parole à son tour.

« Daniel Leanger est là pour produire un podcast dont nous voudrions que tu sois la narratrice. »

Surprise, Line haussa les sourcils.

« Un podcast ?

— Un documentaire radiophonique, expliqua Frost, comme si le concept lui était étranger. Nous avons déjà les annonceurs. Daniel, tu ne pourrais pas expliquer comment vous avez prévu de vous y prendre ?

— Ce sera une présentation multimédia de toute l'affaire. Il y aura des illustrations et des animations, mais c'est le podcast qui sera prépondérant. L'idée, c'est plus ou moins que tu racontes le cheminement de l'article de la semaine. Quelles enquêtes tu as suivies, ce que tu penses, il y aura des enregistrements d'entretiens que tu as eus – tu vas tout bonnement emmener l'auditeur à tes côtés quand tu feras tes recherches. »

Sandersen reprit la parole.

« Ça t'intéresse ? »

Line mordilla son stylo.

« Le plus pratique serait que tu travailles à domicile, poursuivit Sandersen. Nadia Krogh vivait à Porsgrunn, c'est à une petite demi-heure de chez toi, non ? »

Stiller se servit d'eau. Line se tourna vers lui.

« Y a-t-il un suspect ? »

Stiller porta son verre à ses lèvres. Il avait espéré

qu'on ne la lui poserait pas, mais la question lui plaisait. Line était comme son père : elle allait droit à l'essentiel.

Il mit du temps à répondre, déglutit, reposa le verre.

« Oui, admit-il finalement, constatant la surprise du directeur de la rédaction et du rédacteur en chef des actualités. Je n'ai pas l'intention d'en dire davantage maintenant, mais notre plan est que la couverture médiatique contribue à le mettre sous les projecteurs et conduise à son arrestation. Vous serez les premiers à l'avoir, mais cela requiert que le premier papier soit publié vendredi.

— Vendredi ? fit Line. Comme dans le vendredi qui vient ? Je ne sais pas si… »

Le directeur de la rédaction l'interrompit. Il ne voulait manifestement pas manquer l'occasion qui se présentait à eux.

« Daniel travaille dessus depuis déjà deux semaines. Peut-on avoir le premier sujet vendredi, Daniel ?

— Le graphisme et la mise en page sont quasiment prêts. Dans un premier temps, il s'agit de présenter les faits. J'ai établi un récapitulatif et commencé le script du podcast.

— Donc la réponse est oui ?

— Oui. »

Frost se tourna vers Line.

« Tu en es ?

— J'en suis », assura-t-elle, sans hésitation.

22

Daniel Leanger avait transformé la plus petite des salles de réunion en poste de travail dont on pouvait verrouiller la porte. Line l'y avait rejoint pour qu'il la mette au courant de l'affaire. Une grande carte d'une partie du Grenland – Porsgrunn, Skien et Bamble – et des photos étaient punaisées au mur : des photos de presse de l'opération de recherche, mais aussi certaines qui provenaient visiblement de la police, deux portraits de Nadia et plusieurs photos prises pendant une soirée.

« Elle a disparu lors d'une soirée d'ados, expliqua Daniel, pointant le doigt sur le cliché d'une maison norvégienne standard, en bois lasuré marron, avec sous-sol et toit en pente. Elle est partie après s'être disputée avec son petit ami. Il l'a suivie presque aussitôt, mais il ne l'a jamais revue. »

Line s'assit.

« Cette histoire me met un peu mal à l'aise. On se sert de nous. Ce type de Kripos essaie de diriger l'affaire.

— Ben, c'est le deal, c'est lui qui décide du rythme auquel ça avance.

— Oui, oui, fit Line en souriant. Mais il y a autre chose. Pourquoi ne veut-il pas dire qui est le suspect ?

— Il a été ouvert sur la question, protesta Daniel. Ils ont une idée de la direction que doit prendre l'enquête, mais il ne veut pas la partager avec nous tout de suite. Moi, ça me va. Comme ça, on évite d'être influencés. »

Line ne pouvait qu'être d'accord.

« C'est lui qui t'a réclamée, tu sais, poursuivit Daniel.

— Comment ça ?

— J'ai cru comprendre que c'était quasiment une condition de Kripos.

— Pourquoi ? »

Il haussa les épaules.

« Il a peut-être des intentions cachées ? suggéra-t-il, souriant de toutes ses dents. Il a peut-être vu des photos de toi. »

Line lui fit une grimace.

« Il a sûrement remarqué tes articles. Il ne serait pas le premier. »

Il saisit l'enregistreur sur son bureau.

« Il faut que tu apprennes à te servir de ça, c'est ce que nous utilisons pour faire le podcast. »

Line prit l'appareil et le considéra sans conviction. Elle aimait écrire. Se donner le temps de réfléchir à ses formulations, de déplacer des mots, de modifier des phrases. Là, c'était autre chose, mais elle avait écouté plusieurs podcasts intéressants ces derniers mois et elle aimait le médium et le format, la présentation orale.

« Tu veux écouter notre habillage musical ? »

Sans attendre de réponse, Daniel ouvrit son ordinateur et lança le fichier son.

« Il faut l'écouter plusieurs fois, précisa-t-il comme elle restait sans réaction immédiate. Il y a de l'élan, pas trop, mais juste assez pour créer une température. »

Tout en écoutant, Line posa son regard sur la carte et la photo punaisée à peu près au centre, la maison où Nadia Krogh avait été vue pour la dernière fois.

« Tu y es allé ?

— Je pensais qu'on pourrait le faire ensemble en début de semaine, répondit Daniel en baissant la musique. Que tu prendrais d'abord deux jours pour te mettre dans le bain avant qu'on passe à l'action. »

Line se renfonça sur sa chaise. Elle avait eu seize mois de congé et il lui en restait encore huit. Seule avec Amalie, elle avait choisi de s'installer à Stavern. Ce congé, elle voulait l'employer à jeter les bases de sa vie future, gagner sa vie comme rédactrice indépendante, hors de la capitale. Son temps de reporter traquant les nouvelles lui semblait révolu. Mais la proposition qu'on venait de lui faire l'attirait. Elle avait vraiment envie de travailler sur ce projet.

23

Stiller entra dans son appartement d'angle de Seilduksgata.

Game on! songea-il. Et pour faire bonne mesure, il le dit aussi à voix haute : « *Game on!* »

Ses semelles résonnaient sur le carrelage récemment posé dans l'entrée. Il ôta ses souliers, jeta sa veste sur le portemanteau et s'adressa un sourire satisfait dans le miroir.

Si l'on comparait souvent l'enquête à un puzzle, ce n'était pas le jeu auquel il s'apprêtait à jouer. C'était trop simple pour lui. Ce qu'il aimait, c'étaient les enjeux élevés, il avait manœuvré exactement comme il le souhaitait.

Dans la cuisine, il prit un verre et le remplit d'eau gazeuse au distributeur intégré dans la porte du réfrigérateur. Tout en buvant, il alluma la musique avec son téléphone. De l'électro douce se superposa au bruit de la pluie qui tombait dehors.

Il se demandait comment le vieil enquêteur de Larvik allait réagir en apprenant qu'il avait impliqué sa fille. Elle allait sûrement lui dire qu'elle allait écrire sur l'affaire Krogh, mais Wisting, lui, ne mentionnerait pas qu'il prenait part à l'enquête secrète. Il était trop professionnel.

Le haut-parleur intégré au plafond diffusait maintenant une musique plus sombre et plus mélodieuse, qui le suivit d'un salon à l'autre. Ce penthouse était trop grand pour lui. Quand son père avait racheté l'immeuble, il avait réuni deux appartements et lui avait proposé le nouveau logement en le présentant comme une espèce de loge de gardien. À ceci près que c'étaient d'autres personnes qui se chargeaient de la surveillance de l'immeuble.

Les trois cartons de l'affaire Katharina étaient posés sur la table basse. Le lundi suivant, il allait devoir lancer la numérisation des documents, mais il aimait feuilleter de vieux papiers. Une sensation à part.

Le classeur noir qu'il avait ouvert contenait des documents de la police. Pour la plupart des comptes rendus d'examens infructueux. Rapports des plongeurs, enquêtes de voisinage, recensements de tous les transports publics et listes de passagers à destination de l'étranger. Parfois étaient ajoutées des photos, fixées par des trombones, ce qui allait compliquer le travail de numérisation. L'un des rapports parlait de l'enquête au sujet du bouquet de roses posé sur la commode de l'entrée. La photo montrait des fleurs fanées. Les tiges n'avaient pas bénéficié de la poche remplie d'eau dont les fleuristes les enveloppent pour les garder au frais. Les roses étaient au nombre de quatorze, de la variété Acapella. Importées des Pays-Bas, vendues dans six endroits de la ville, par bottes de sept. Le bouquet de la commode était très probablement constitué de deux bottes. Les enquêteurs n'avaient pas réussi à déterminer leur provenance ni l'identité de l'acheteur.

La pluie giflait le velux. Stiller renversa la tête pour regarder dehors. Ces fleurs avaient-elles été offertes à Katharina ou les avait-elle achetées elle-même ? Et si tel était le cas, allait-elle les garder ou les offrir ? Les femmes s'offrent parfois des fleurs, mais rarement des roses, et puis ça ne cadrait pas avec la valise sur le lit, faite comme si elle avait prévu de partir longtemps. Il se redressa et regarda la photo jointe au rapport suivant. Les vêtements soigneusement pliés semblaient avoir été rangés méthodiquement pour prendre le moins de place possible. Sur un post-it jaune, Wisting avait écrit *Planifié ?*.

Stiller était du même avis. Elle semblait avoir prévu un départ, sans quoi les vêtements auraient sans doute été rangés en hâte et un peu au hasard. Autre aspect singulier, la valise contenait dix paires de chaussettes, dix culottes, cinq soutiens-gorge, dix T-shirts, cinq pantalons, cinq pulls, cinq chemisiers et des vêtements de sport. Tout cela semblait suivre un ordre rigoureux, sans pour autant indiquer de destination. Quoi qu'il en soit, si elle était partie volontairement, la question restait de savoir pourquoi elle ne l'avait pas emportée. Rien dans ces photos ne portait à croire qu'elle avait été forcée de quitter la maison contre son gré, pas de trace de résistance, de combat. Aucun meuble, aucun objet renversé. Les tapis étaient à leur place, les chaussures bien rangées dans l'entrée, alignées par paires.

Et puis il y avait le code. Cet énigmatique papier sur la table de la cuisine. Il y en avait une copie à Kripos, il avait déjà passé des heures dessus. Des nombres plus ou moins récurrents, un motif de croix. Le placement sur la feuille ne semblait pas aléatoire, la croix était un marquage. Dans la perspective où Martin Haugen serait impliqué dans l'affaire d'enlèvement, il ne put se défaire de l'idée que le billet avait un lien avec Nadia Krogh.

Cette fois non plus, il ne ressortit pas plus instruit de son examen du message codé, il reposa la photocopie. Pour se faire une idée de l'affaire Katharina, il devait travailler de manière systématique. Commencer par le début.

24

Le micro-ondes sonna et Wisting eut peur qu'Amalie ne se réveille. Il sortit sa part de pizza et marcha sur la pointe des pieds jusqu'au canapé. Elle était couchée sur le côté, sous une couverture, sa tétine dans la bouche et le visage enfoui dans un doudou.

Il avait poussé deux fauteuils contre le canapé pour l'empêcher de tomber si jamais elle s'agitait dans son sommeil ou bougeait en se réveillant, mais cela ne risquait pas d'arriver maintenant.

Wisting s'installa dans le fauteuil d'en face et envisagea d'allumer la télévision, mais ne voulant pas la déranger avec le bruit, il prit la tablette que Thomas lui avait offerte pour Noël. Il s'était habitué à l'utiliser, surtout pour lire le journal.

Dans les archives de *VG*, il chercha Nadia Krogh. La première mention n'était qu'un entrefilet décrivant le lancement d'une opération de recherche. Le lendemain, son visage faisait la une. Les recherches étaient restées vaines et on avait ouvert une enquête, partant sur l'hypothèse de l'acte criminel. D'après l'article, la police ne semblait pas en savoir davantage. Le directeur d'enquête était un homme que Wisting ne connaissait pas. Gaute Fallet. La police recherchait des témoignages de personnes qui auraient vu Nadia dans un lotissement de Stridsklev, dernier lieu où elle avait été observée. On supposait qu'elle avait décidé de regagner le domicile familial à Heistad et c'était avant tout sur ce tronçon que les enquêteurs recherchaient des témoignages oculaires.

Puis venait la nouvelle que son petit ami avait été mis en examen et en garde à vue. On l'avait arrêté parce qu'il niait avoir suivi Nadia quand elle avait quitté la soirée, alors que selon plusieurs invités, il était parti à sa suite et n'était pas revenu ensuite. Lors de l'audition au tribunal, il avait admis avoir voulu la rattraper pour lui parler. En vain, il ne l'avait pas trouvée. Elle avait disparu, alors qu'elle n'avait sans doute guère plus d'une minute d'avance sur lui.

Wisting leva les yeux de sa tablette pour observer sa petite-fille. Elle dormait toujours profondément. Il retourna à ses journaux. L'arrivée d'une lettre de demande de rançon avait fait plusieurs unes. Les médias n'avaient été informés des lettres que lorsqu'il fut certain que les ravisseurs ne viendraient plus chercher l'argent de la rançon. Si elles n'avaient pas entraîné la libération du petit ami, il n'était pas sûr que leur existence aurait été rendue publique.

Pendant les jours suivants, il y avait eu divers articles, mais aucun qui contienne des éléments nouveaux. Puis le silence. L'enlèvement Krogh avait disparu des actualités. Trois ans plus tard avait paru une interview de la mère de Nadia, où elle expliquait l'incertitude dans laquelle elle vivait, la présence constante de Nadia dans ses pensées. Sa vie entière était sur pause, même son chagrin devait attendre qu'elle ait des réponses.

Wisting aurait voulu que Thomas puisse lire cet article, pour comprendre ce qui l'empêchait d'abandonner certaines affaires. La mère de Nadia Krogh ne supportait même pas de voir des photos de sa fille. C'était trop douloureux.

Haugen lui avait expliqué que c'était pareil pour lui. Il avait décroché les photos de Katharina. On pouvait l'interpréter de plusieurs façons, comme du chagrin, certes, mais aussi comme un sentiment de culpabilité. Il ne voulait pas son regard sur lui.

Wisting reprit sa lecture. Hannah Krogh essayait de décrire le manque, mais revenait à l'incertitude. « On continue d'espérer que la police va trouver une piste, expliquait-elle au journal. Je continue d'espérer, mais c'est sans doute mon lot dans la vie de porter le fardeau de cette incertitude. »

Wisting relut le paragraphe, un sentiment désagréable le submergeait. Pas plus tard que la veille, Haugen avait parlé de ce même lot dans la vie. Il avait pu faire le même raisonnement que la mère de Nadia, mais il n'y avait pas que ça. C'était toute la déclaration qui était presque identique. Wisting n'avait pas pris de notes ni fait d'enregistrement, mais Haugen avait répété ces formulations si souvent que Wisting les reconnaissait.

Son premier réflexe fut de penser qu'il avait dû lire l'interview de Hannah Krogh et reprendre à son compte ses impressions. Wisting en eut une réaction physique : son pouls se mit à battre violemment dans sa gorge, un frisson lui glaça l'échine et lui hérissa les poils, mais il n'eut pas le temps de s'attarder sur son ressenti. Amalie bougeait sur le canapé. Aussitôt après, elle commença à se plaindre.

Wisting la prit dans ses bras et lui trouva un hochet pour qu'elle joue sur ses genoux pendant qu'il s'intéressait au manque désespéré qu'éprouvait Hannah Krogh. « Si Nadia avait été à bord d'un navire qui avait sombré et si on ne l'avait jamais retrouvée, j'aurais en quelque sorte su. »

Haugen aussi avait parlé de savoir. C'était comme un plagiat. Un plagiat de sentiments.

La porte d'entrée s'ouvrit. Amalie cessa de jouer et tendit l'oreille.

« Coucou ! lança Line.

— On est dans le salon. »

Wisting remisa sa tablette et posa sa petite-fille par terre. Elle resta debout, quelque peu instable, et il la tint par les deux bras jusqu'à ce que sa mère apparaisse et puisse l'intercepter à l'autre bout de la pièce.

Line la prit dans ses bras, et bientôt l'enfant se mit à rire.

« Ça s'est bien passé ?

— Elle vient à peine de se réveiller, répondit Wisting, désignant de la tête le lit improvisé au bout du canapé.

— Où est Thomas ?

— Il est sorti prendre un café. Il devait retrouver Jonny et Rolf. »

Comme si c'était là un rappel, il se leva avec sa tasse vide.

« Et toi, comment ça s'est passé ?

— Bien, répondit Line, qui le suivit dans la cuisine. Ils veulent que je parle d'une vieille affaire non élucidée. »

Wisting se tourna vers elle.

« Laquelle ?

— L'enlèvement Krogh à Porsgrunn en 1987. Tu connais ? »

Wisting plaça sa tasse dans la machine à café.

« Je m'en souviens, oui. Pourquoi allez-vous en parler maintenant ? lui demanda-t-il, le dos tourné.

— L'enquête va être rouverte et je vais faire un feuilleton en parallèle. »

Wisting se concentra sur son café. Un pressentiment désagréable le gagnait.

« Comment avez-vous su que l'enquête allait être rouverte ? fit-il par-dessus son épaule.

— C'est en collaboration avec Kripos. À leur initiative. »

Installée à la table de la cuisine, Line rhabillait Amalie et s'apprêtait à rentrer chez elle.

« Tu connais un enquêteur de Kripos qui s'appelle Adrian Stiller ? Il était à la réunion. »

Ayant l'impression de rougir, Wisting resta le dos tourné.

« Je sais qui c'est, confirma-t-il avant d'orienter la conversation dans une autre direction. Tu as accepté de le faire ?

— Je ne pouvais pas refuser. C'est exactement le genre de truc que j'aime bien. On va aussi faire un podcast. »

Wisting considéra sa tasse. Il était agacé, mais essaya de garder son calme. Adrian Stiller avait certes dit qu'ils œuvraient pour que l'affaire soit médiatisée, mais il ne leur avait pas touché mot de tout cela. Il devait savoir qui était Line, mais il ignorait peut-être que c'était elle que la rédaction avait choisie pour travailler sur le sujet.

« On a des Stiller dans la famille, poursuivit Line. Tu crois qu'on pourrait être apparentés ? »

N'ayant confiance ni en sa voix ni en l'expression de son visage, Wisting but un long trait de café.

« Jamais entendu parler. C'est du côté de maman ? »

Line coiffa sa fille d'un bonnet.

« Je ne sais plus, répondit-elle, nouant le cordon sous son menton. Peut-être qu'ils pourraient regarder l'affaire Katharina aussi ? »

Perdu dans ses pensées, Wisting n'avait pas suivi.

« Qui ça ?

— Les enquêteurs du groupe des *cold cases*, expliqua Line en se levant. Ils pourraient peut-être regarder l'affaire Katharina quand ils en auront fini avec celle-ci.

— Peut-être. »

Wisting était à deux doigts de parler, mais il se tut et la regarda partir.

25

Quand Wisting se réveilla le lundi matin, il y avait un message sur son téléphone. Adrian Stiller. Envoyé à 2h23, quand il dormait de son sommeil le plus profond. Stiller ne faisait que l'informer qu'il allait commencer sa journée à Kripos et serait à Larvik pour le déjeuner. Cela lui convenait bien. Le commissaire avait peut-être indiqué que l'enquête sur Martin Haugen devait être traitée en priorité, mais il n'en gardait pas moins un service à diriger. Nils Hammer, qui faisait office de numéro deux, allait être largement occupé dans la salle de surveillance des communications.

Wisting quitta la maison sous un ciel à peu près dégagé, mais rien n'avait eu le temps de sécher et les nuages sombres auguraient de nouvelles pluies.

Le week-end avait été calme ; quand 10h sonnèrent, il s'était acquitté de ses tâches quotidiennes. Il consacra l'heure suivante au rapport des conséquences de la restructuration des circonscriptions. Il sentait que ses observations n'étaient que des évidences. La fusion des unités d'enquête allait renforcer les compétences spécialisées et favoriser l'échange de savoir et d'expérience. Mais *a priori*, il était contre ce changement. Il avait beau admettre qu'une unité d'investigation commune rendrait la police plus à même de mettre les bouchées doubles dans les affaires vraiment graves, il aimait les unités réduites et le savoir local qui allait avec.

Stiller arriva peu après 11 h. Wisting ne savait pas depuis combien de temps il se tenait à la porte quand il le remarqua.

« Vous avez consulté la surveillance des communications ? demanda-t-il en lançant un regard vers la pièce secrète au-dessus d'eux.

— On voulait vous attendre, répondit Wisting.

— Bien. Alors maintenant que je suis là, on y va ?

— Attendez un peu. Il faut que nous parlions d'autre chose d'abord. Asseyez-vous. »

Stiller se dirigea vers le fauteuil de visiteur.

« Voulez-vous fermer la porte ? » demanda Wisting.

Stiller fit demi-tour et alla fermer la porte avant de s'asseoir.

« S'agit-il de votre fille ? » s'enquit-il spontanément.

Wisting fut surpris de le voir aborder le sujet de lui-même.

« Il paraît que vous l'avez rencontrée samedi. »

Stiller acquiesça, mais fut aussitôt sur ses gardes.

« Vous lui avez parlé du lien avec l'affaire Katharina ?

— Bien sûr que non, répondit Wisting.

— Le truc des empreintes digitales sur les lettres de demande de rançon, c'est confidentiel, poursuivit Stiller, comme si Wisting ne le savait pas. À part ça, *VG* va avoir accès à toute l'affaire Krogh. Ils ont l'intention de faire une sorte de feuilleton.

— J'avais compris.

— Chouette fille, d'ailleurs. Je suis content que *VG* l'ait choisie pour s'occuper de ça. J'ai lu plusieurs articles qu'elle a signés. Elle a du talent.

— Vous ne pensez pas que ça pourrait devenir problématique ? À un moment ou un autre, elle apprendra qu'un soupçon pèse sur Martin Haugen.

— Ça a été visé par le procureur. Ce n'est pas un problème pour lui. En sera-ce un pour vous ? »

Wisting réfléchit.

« Je vais devoir lui mentir. Passer sous silence des informations quand elle m'interrogera. Tôt ou tard, elle comprendra que j'enquêtais depuis le début sur l'affaire sur laquelle elle écrit et que je ne le lui ai pas dit.

— Est-ce un problème pour vous ? répéta Stiller, sans toutefois lui laisser le temps de répondre. Line est professionnelle. Elle comprendra. »

Wisting savait qu'il avait raison. Line et lui s'étaient déjà retrouvés dans de tels conflits d'intérêts par le passé. Ils s'en étaient bien sortis.

« Le premier papier va être publié vendredi. Vous serez alors avec Haugen, en route pour le chalet. Vous ferez en sorte de passer par une station-service pour acheter *VG*, comme ça vous aurez un sujet de conversation pendant le trajet. »

Stiller sourit, manifestement content de son plan. Puis il se leva.

« Si on allait voir ce qu'il a fabriqué ce week-end ? »

Wisting hocha la tête et le suivit. Ils passèrent prendre Hammer et s'enfermèrent dans la salle de surveillance des communications.

« Regardons d'abord le téléphone, proposa Hammer. On dirait qu'il n'y a pas eu grand-chose. »

Une brève liste de numéros apparut sur l'écran. Ils étaient classés par ordre chronologique, par date et horaire, et répartis en appels entrants et appels sortants. L'ordinateur avait effectué une recherche automatique auprès des renseignements téléphoniques et les numéros étaient identifiés.

Le vendredi soir, Haugen avait appelé Pizzabakeren. Une heure plus tard, il avait reçu un appel d'un numéro de vente par téléphone. Cela n'avait duré que cinq secondes. Le samedi matin, il avait appelé un numéro enregistré au nom d'Even Vomma à Kilebygda.

« Écoutons le dernier », dit Wisting.

Hammer pianota et les haut-parleurs se mirent à bruire. Ils entendirent la tonalité, puis un homme qui répondait dans un dialecte appuyé :

« *Oui, Even à l'appareil.* »

Martin Haugen se présentait.

« *J'ai un chalet à Eikedokkheia au bord du Langen*, précisait-il.

— *Je sais qui vous êtes*, confirmait son interlocuteur.

— *Je pensais y faire un tour le week-end prochain.* »

Pause.

« *Ça fait un moment que je n'y suis pas allé*, poursuivait Haugen. *Comment est la route ?*

— *Eh bien, je n'y suis pas allé après la pluie, mais j'ai coupé quelques arbres du côté de Gisholt le mois dernier et il n'y avait pas de problème, ça devrait passer maintenant aussi. La route est solide.*

— *Bien. C'est toujours la même clef pour la barrière ?*

— La serrure avait été abîmée il y a deux ans, ou trois, peut-être ? Quelqu'un l'avait détruite. Sûrement pour braconner ou autre. Mais je vous avais envoyé une nouvelle clef, non ?

— Oui, oui. Je voulais juste m'assurer que ça ne s'était pas reproduit.

— Pas que je sache et si tel était le cas, la barrière serait ouverte, donc vous n'auriez pas de problème pour la franchir.

— Bien. Et comment est la pêche ?

— Comme d'habitude. »

Ils échangeaient encore quelques phrases de politesse avant de raccrocher.

« Mensonge, affirma Stiller, s'adressant à Wisting. J'étais avec vous quand il a dit qu'il était allé à son chalet pour réparer le toit. À moins qu'il en ait plusieurs, il vous a menti.

— Il n'a pas d'autre chalet.

— Alors pourquoi a-t-il menti ? »

Hammer se tourna vers Wisting.

« J'ai du mal à voir le rapport avec l'enlèvement Krogh, ou l'affaire Katharina, d'ailleurs. Il ne peut pas savoir que l'enquête a repris.

— Mais il a fait quelque chose dont il ne veut pas parler. Quelque chose qu'il cache sous un mensonge. »

Hammer se concentra de nouveau sur ses écrans.

Il ne restait que deux appels. Le suivant était un appel entrant de Kirsten Solum à Porsgrunn. Cela commençait par Haugen qui répondait en disant son nom.

« *Bonjour Martin*, faisait la voix à l'autre bout. *C'est tante Kirsten.*

— Bonjour.

— Comment vas-tu ?

— Bien. »

Suivait un échange de paroles insignifiantes avant que Kirsten Solum n'en vienne à la raison de son appel.

« *C'est bientôt l'anniversaire d'oncle Reidar. Il va avoir soixante-quinze ans. On pensait le fêter à la maison.*

— Ce week-end ? »

À en juger par son ton, Haugen semblait intéressé.

« *Pas le samedi qui vient, mais le 26. À 17 h.* »

Haugen parut tout de suite moins intéressé.

« *Ce serait sympa que tu viennes* », poursuivait la tante.

Haugen concluait en la remerciant de son invitation et promettait de venir.

Le dernier était un coup de fil passé à un homme de Sandefjord. Ils entendirent Haugen se présenter.

« *Je vous appelle au sujet des kits de maquettes que vous avez mis en vente sur Finn.no.*

— Je vois.

— Ils ne sont pas vendus ?

— J'ai reçu un ou deux appels de personnes intéressées, mais je les ai toujours », confirmait l'interlocuteur.

Ils convenaient finalement que Haugen en achèterait deux : un poids lourd à huit roues Scania T142 et un Peterbilt 359 Conventional. Il passerait les prendre le soir même.

« Il a toujours fait ça ? Des maquettes ?

— Il a une grande collection, confirma Wisting. Je crois que c'est un truc qu'il faisait le soir sur le chantier, pour passer le temps. »

Stiller haussa les épaules sans faire de commentaire.

« Regardons Internet. »

Hammer passa sur un autre système. Haugen avait consulté divers journaux en ligne, mais il avait aussi surfé pendant des heures sur Finn.no. Outre diverses maquettes, il avait regardé des voitures et des motos.

« Il se préoccupe de cette route dans le Trøndelag », nota Hammer, allant sur un site que Haugen avait regardé. C'était un nouvel article d'*Adresseavisen* à propos de la route effondrée, incluant cette fois une interview d'un employé de la Direction des routes.

Stiller remarqua autre chose, plus bas dans l'historique de navigation. Un article sur les effets physiques de la mort, d'après l'adresse du site.

Hammer le consulta. L'article de vulgarisation scientifique traitait de ce qui se passait après la mort, des lividités et de la rigidité cadavériques, des premières heures à la décomposition.

Stiller jura en ouvrant et serrant les poings.

« Ça, c'est révélateur ! s'exclama-t-il avant de lâcher un nouveau juron.

— Ce n'est pas nécessairement significatif.

— Pas significatif ? s'écria-t-il. Le gars se documente sur la putréfaction des cadavres ! »

Il pointa le doigt plus bas dans l'historique. Haugen avait manifestement navigué sur plusieurs sites abordant le sujet.

« Il m'a interrogé sur la question quand j'étais chez lui vendredi, expliqua Wisting. Il voulait savoir si, au cas peu probable où l'on retrouverait Katharina, il resterait quoi que ce soit d'elle après toutes ces années.

— Bien sûr qu'il se pose cette question, dit Stiller.

Il l'a enterrée et maintenant il se demande s'il doit encore avoir peur qu'elle ne resurgisse.

— Vous oubliez qu'il a un alibi.

— Pas pour Nadia Krogh. » Stiller balaya l'objection en se tournant vers Wisting. « À quel moment de la conversation la question est-elle intervenue ? »

Wisting réfléchit.

« Il se demandait si nous avions vérifié qu'un corps découvert dans le Sørlandet, sur le rivage d'un îlot, n'était pas celui de Katharina. Ce qui l'a amené à se demander à quoi elle ressemblerait maintenant.

— Soit. Était-ce avant ou après que vous étiez convenus de partir en week-end à son chalet ?

— Après, répondit Wisting, qui comprit où Stiller voulait en venir. Vous croyez que Nadia Krogh est enterrée là-bas, près du chalet ?

— Les processus mentaux sont de constantes réactions en chaîne. Une pensée en amène une autre et, de toute évidence, Haugen n'aime pas l'idée que vous alliez déterrer des vers près de son chalet.

— Quoi qu'il en soit, en plus de son téléphone, nous devrions avoir un mouchard pour suivre ses déplacements, conclut Hammer. S'il se demande s'il y a encore des restes d'elle, la seule façon pour lui de le découvrir est de la déterrer. »

26

Une voiture s'arrêta dans la rue. Une petite Audi noire. Daniel Leanger se pencha au-dessus du volant pour regarder à travers son pare-brise. Line lui fit signe à la fenêtre de la cuisine, c'était bien là, et elle était prête.

« Elle vient de s'endormir », dit Line à Thomas.

C'était finalement lui qui allait garder Amalie. Elle avait espéré que ce serait Sofie, qui ne travaillait pas et dont la petite fille n'avait que quelques mois de plus qu'Amalie, mais Sofie avait rendez-vous à Oslo avec un avocat qui persistait à vouloir tenter une médiation avec son ex.

« Et elle va dormir combien de temps ? demanda-t-il.

— Jusqu'à ce qu'elle se réveille, répondit Line en souriant. Une heure, une heure et demie. »

Thomas n'avait aucune expérience des enfants, mais la veille, il s'était entraîné à changer une couche et à réchauffer le petit pot. Il savait piloter un hélicoptère, il devait bien être capable de s'occuper de sa nièce pendant quelques heures.

« Appelle-moi s'il y a quelque chose », fit Line en

partant. Elle ferma la porte et rejoignit la voiture de Daniel.

« Tu t'es mise au courant de l'affaire ? s'enquit-il quand elle fut sur le siège passager.

— Oui, et je me pose plusieurs questions. La femme que nous allons voir maintenant, qui avait organisé la soirée… »

Daniel l'interrompit.

« Attends. On en parlera quand l'enregistreur sera allumé.

— Tout ce qui me passe par la tête n'est pas forcément bon à diffuser.

— Il y aura bien sûr un montage, rappela-t-il en s'engageant sur la route. Je veux juste que ce soit le plus authentique possible. »

Au lieu de parler de ce qu'ils pensaient de l'affaire, ils discutèrent de ce qu'ils allaient mettre dans quel épisode et dans les différents articles.

Ils avaient trois rendez-vous. La première interview était celle de Liv Hovet, une copine de classe de Nadia Krogh, chez qui avait eu lieu la soirée au cours de laquelle Nadia avait disparu. Ensuite, ils devaient rencontrer le dirigeant de la Croix-Rouge qui avait participé à l'opération de recherche. Leur dernier interlocuteur était Kittil Nystrand, l'un des policiers qui avait surveillé le lieu de remise de la rançon.

« Le policier ne pouvait pas aujourd'hui, l'informa Daniel. Il faudra que tu le voies plus tard dans la semaine, mais j'ai pris rendez-vous avec la panthère grise à la place.

— La panthère grise ? répéta Line, songeant à la signature de la lettre de demande de rançon.

— Le général du troisième âge. Vidar Arntzen. Il

habite à Skien maintenant. Ça nous fera juste un petit crochet. »

Line se souvenait de l'avoir vu dans les dossiers de l'affaire. Le fait que les lettres des ravisseurs étaient signées par *Les panthères grises* et *Les grises* n'avait pas été rendu public. Se raccrochant aux branches, la police avait suivi cette piste et interrogé le président de l'association de retraités.

« Je me disais que ça pourrait être le titre du deuxième épisode, au cours duquel on révélera ce que les ravisseurs avaient écrit dans leurs lettres. "Les panthères grises". »

Line était d'accord. C'était une bonne idée. Un titre qui n'était pas une entrée en matière dans l'affaire même, mais une curiosité et une illustration de l'étendue de l'enquête.

« Quel âge a-t-il, maintenant ? demanda-t-elle. Je veux dire, vu qu'il était déjà général du troisième âge à l'époque.

— Quatre-vingt-treize ans, mais il se souvient de toute l'histoire. Comme il le disait, c'est la seule fois de sa vie que la police est venue sonner à sa porte.

— Il faut aussi que nous parlions de la façon dont les lettres étaient adressées. Le fait que les ravisseurs avaient découpé l'adresse de Krogh dans l'annuaire.

— Je voulais joindre la secrétaire qui a ouvert la lettre, mais elle est morte. Et la cabine téléphonique n'existe plus.

— On pourrait peut-être retrouver l'une des personnes dont les empreintes digitales étaient sur l'annuaire ? suggéra Line. Ils étaient trois. Leurs noms sont cités dans le rapport de police.

— Bonne idée.

— Enfin, si tant est qu'ils acceptent une quelconque médiatisation. S'ils figuraient dans le fichier des empreintes de la police, il y avait une raison.

— Sinon, on pourra essayer de mettre la main sur le facteur, proposa Daniel. On a son nom aussi. La police a relevé ses empreintes pour pouvoir les repérer sur l'enveloppe. »

Suivant l'indication du GPS, il tourna vers une zone résidentielle typique des années 1970, avec de grands jardins et des maisons individuelles très semblables dans leur style et leur agencement, mais qui avaient par la suite été augmentées de diverses extensions.

Il s'arrêta devant une rangée de poubelles en laissant le moteur en marche.

« Là », fit-il, désignant une maison qui disparaissait presque entièrement derrière une haute haie de thuyas à trente mètres de distance.

« On est en avance, observa Line après avoir consulté sa montre.

— Oui, mais on n'est pas encore prêts. »

Il prit le matériel d'enregistrement et tendit le micro à Line.

« Il faut que tu dises où on est et où on va. »

Elle avait réfléchi et savait à peu près ce qu'elle allait dire. Elle sortit son calepin de son sac et le posa sur ses genoux avec quelques documents de la police.

« Vérifions d'abord la prise de son. »

Daniel lui demanda de compter jusqu'à cinq. Le matériel fonctionnait, il lui donna le feu vert.

« Nous sommes sur Glimmerveien dans le quartier de Stridsklev, dans la commune de Porsgrunn, commença-t-elle, imaginant ce que ce serait d'écouter l'émission. Nous, c'est Daniel Leanger et Line

Wisting, auteurs de ce podcast. Nous sommes ici parce que c'est ici que Nadia Krogh a été vue pour la dernière fois. »

Elle marqua une courte pause.

« Nous attendons dans la voiture. À trente mètres de nous vit Liv Hovet. C'était le cas il y a vingt-six ans aussi. Elle était alors la benjamine de la maisonnée. À présent, c'est elle qui occupe les lieux avec son mari et ses enfants. Le vendredi 18 septembre 1987, elle était seule chez elle et avait organisé une soirée. Au nombre des invités se trouvait Nadia Krogh, sa meilleure amie. Nous venons lui demander ce qui s'est passé ce soir-là. »

Elle baissa le micro.

« Bien, commenta Daniel. Il faut aussi que tu décrives les lieux aux auditeurs. C'est assez important. Après tout, c'est ce que nous avons de plus approchant d'une scène de crime. »

Line acquiesça et reprit le micro.

« La maison est située en bordure d'un quartier résidentiel, tout près de la forêt. À l'heure où je vous parle, les arbres ont perdu leurs feuilles et nous entrevoyons le bleu du fjord d'Eidanger à un petit kilomètre en contrebas. Nadia a quitté la soirée vers 23 h 30. Si elle avait voulu rentrer chez elle, il aurait été naturel qu'elle marche dans notre direction. Elle serait ensuite arrivée sur la route et aurait pu faire à pied les cinq kilomètres qui la séparaient de chez elle, à Heistad, ou bien attendre un bus ou encore essayer de faire du stop. Mais ce qu'il est advenu d'elle, nous n'en savons donc rien, personne ne le sait et nous allons maintenant essayer de le découvrir. »

Daniel fit un signe de tête satisfait et roula jusqu'à la maison.

« Laisse l'enregistreur allumé. »

Les branches d'un grand arbre fruitier débordaient de la haie, s'avançant dans la rue. Deux oiseaux qui picoraient une boule de suif s'envolèrent quand les portières claquèrent.

Line entendait la faible rumeur de l'E18 qui passait quelque part derrière la forêt. Elle songea qu'elle aurait dû la commenter dans le podcast, pour dépeindre l'environnement, mais abandonna finalement cette idée.

Daniel sonna à la porte. C'était lui qui avait pris rendez-vous pour l'interview. Line tenait discrètement le micro dans sa main droite, pour capter le bruit de la sonnette et les sons de la première rencontre.

Grande et svelte, Liv Hovet avait le teint pâle et des cheveux foncés courts. Elle avait tout préparé pour les accueillir dans le salon. Comme on pouvait s'y attendre, elle eut un mouvement de recul à la vue du matériel d'enregistrement, bien que Daniel l'ait prévenue au téléphone.

« Nous allons juste utiliser de courts extraits, expliqua-t-il. Ce sera à peu près comme une interview écrite où nous mettons parfois en valeur ce qui est dit. »

Il fixa un micro sur sa poitrine, vérifia la prise de son, et laissa Line mener la discussion.

« Qui était Nadia Krogh ? » lança-t-elle.

L'ancienne copine leva brièvement les yeux au ciel, comme si elle ne savait pas par où commencer.

« Nadia, c'était Nadia. Toujours de bonne humeur, intéressée par ce qu'on lui racontait, et pas spécialement réservée. Elle était bavarde et, en général, elle disait exactement le fond de sa pensée. Si elle trouvait que quelqu'un avait un pull moche, par exemple, cela pouvait tout à fait lui échapper. Elle était franche sur tous les points. »

Line acquiesça d'un signe de tête, ne voulant pas l'interrompre avec des commentaires ou des questions.

« Et puis elle était intelligente. Bonne élève. Elle parlait de faire du droit des affaires et de travailler dans la société de son père. »

La description correspondait à ce que Line avait lu dans les rapports. Liv Hovet y avait aussi dit que Nadia était très gâtée, séductrice, jalouse, avec un fichu caractère, mais Line comprenait qu'elle passe cela sous silence dans une interview. Ces côtés négatifs pourraient être inclus dans un résumé global quand elle brosserait le portrait de Nadia.

« Et elle était belle, aussi, conclut Liv. Mais vous le savez. Vous avez vu les photos. »

Line approuva.

« Pourriez-vous me parler du soir de sa disparition ? »

La femme frotta ses paumes sur les accoudoirs du fauteuil.

« Mes parents séjournaient dans notre chalet et j'avais eu le droit d'inviter quelques amis. Dix ou douze, mais d'autres personnes sont venues en plus. Une vingtaine. »

Line avait lu que trente-deux personnes avaient participé à la soirée. La police les avait toutes interrogées.

« C'étaient surtout des élèves de notre classe, mais

il y avait aussi quelques garçons un peu plus vieux. Notamment Robert. »

Robert était Robert Gran, le petit ami de Nadia, son aîné d'un an; il avait son permis de conduire et une voiture.

« Il ne s'est rien passé de spécial, à vrai dire, poursuivit Liv Hovet. On parlait, on dansait, on buvait, comme dans n'importe quelle soirée, mais il y a eu des frictions entre Nadia et Robert.

— Que s'est-il passé ? »

Elle eut un petit haussement d'épaules.

« Nadia est venue me trouver. Elle était au bord des larmes et j'avais du mal à comprendre de quoi elle parlait. Elle était ivre et ses propos étaient décousus, incohérents, mais c'était à propos de Robert et d'Eva. Ils avaient été en couple par le passé et venaient d'entrer dans la salle de bains ensemble. »

Elle tourna la tête vers le vestibule, sur lequel ouvrait la porte de la salle de bains.

« Il ne s'était rien passé, enfin c'est ce qu'ils ont dit après coup. Quoi qu'il en soit, Nadia est partie. C'est tout ce que je sais. Il y avait beaucoup de monde, la musique était forte et tout était un peu confus. J'aurais sûrement dû essayer de la faire rester ou de la suivre, mais quelqu'un avait fait tomber une photo du mur en la frôlant. Je crois que c'était Olav. Le verre et le cadre étaient cassés et j'étais surtout préoccupée par ça. »

Alors qu'elle parlait, Liv Hovet avait ôté ses mains des accoudoirs pour les poser devant elle, sur ses genoux, dans un geste protecteur.

« Je n'en sais pas plus. Le lendemain, la mère de Nadia a appelé pour demander si elle était là, et ensuite ça a été le branle-bas général. La police et tout.

— Vous avez parlé davantage à Robert ?

— Non, fit Liv Hovet. Quand Nadia est partie, je lui ai dit qu'il devrait la suivre, mais ensuite je ne lui ai pas reparlé. Je l'ai à peine revu et je ne suis pas sûre que je le reconnaîtrais dans la rue.

— Mais ce soir-là, il est parti à sa suite ?

— Moi, je ne l'ai pas vu, et ça n'a pas été dans la seconde, mais les autres l'ont vu. »

Posant quelques questions pour saisir l'ambiance de la fête, Line parvint à croquer une soirée de jeunes très typique.

« Que pensez-vous qu'il soit arrivé à Nadia ?

— D'abord nous avons cru qu'elle avait eu un accident. Qu'elle avait traversé la forêt et s'était cassé la jambe ou quelque chose comme ça, mais elle n'a pas été retrouvée. Alors je me suis dit qu'elle avait fait du stop ou alors qu'elle avait commencé à rentrer à pied et que quelqu'un s'était arrêté pour lui proposer de la déposer. »

Elle réfléchit quelques instants à ce qu'elle venait de dire.

« En tout cas, je n'ai jamais cru à l'hypothèse de départ de la police, que Robert l'avait suivie et tuée. Ensuite, il y a eu les lettres. Ça devait signifier que quelqu'un l'avait surveillée, qu'ils étaient ici, dehors, à l'attendre, prêts à l'enlever. »

Line laissa cette phrase planer dans la pièce.

« Avez-vous des photos de Nadia et vous ensemble ? demanda-t-elle après quelque temps. Une photo de classe, par exemple ? »

Sans lui enlever son micro, ils lui emboîtèrent le pas

et se rendirent dans une chambre d'amis. Liv Hovet s'agenouilla devant un placard et trouva un album.

« La voilà », annonça-t-elle après avoir tourné quelques pages.

C'était une photo de classe de la dernière année de collège. Liv Hovet pointa l'index sur une fille au deuxième rang. La photo avait été prise plus de deux ans avant sa disparition, mais on reconnaissait bien Nadia.

« Pourrions-nous vous l'emprunter ? » s'enquit Line.

Liv Hovet accepta et retira la photo de l'album.

« Il devrait y en avoir d'autres, précisa-t-elle en continuant de tourner les pages. Une où elle est avec Robert aussi.

— Puis-je vous photographier ? » demanda Line.

Elle leva les yeux.

« Moi ?

— Oui, pendant que vous cherchez dans l'album. »

Line avait déjà sorti son appareil de son sac et Liv Hovet ne protesta pas.

Ils repartirent munis de cinq photos de Nadia Krogh. Sur l'une d'elles, elle était avec son petit ami. Quelque chose semblait les faire rire tous les deux. Nadia la bouche ouverte, le menton projeté légèrement en avant. C'était sans doute la lumière qui donnait à Robert un regard particulièrement sombre, presque sinistre, malgré son sourire.

« On mange quelque chose avant d'aller voir le gars de la Croix-Rouge ? » proposa Daniel quand ils regagnèrent la voiture.

Line avait un petit creux et elle accepta. Ils roulèrent jusqu'au centre de Porsgrunn et optèrent pour un restaurant de Storgata. Line commanda une salade de poisson et de fruits de mer, Daniel un burger.

« Il faut couper la partie où elle parle d'Eva dans la salle de bains avec Robert, observa Daniel. J'ai eu Eva au téléphone et elle ne veut ni participer au projet ni être mentionnée.

— Mais il faut l'inclure d'une manière ou d'une autre. Je pourrais lire son témoignage en l'appelant autrement. Elle dit qu'il ne s'est rien passé dans la salle de bains, qu'ils n'avaient fait que bavarder.

— Robert Gran dit la même chose », renchérit Daniel.

Leurs plats arrivèrent.

« Nous devrions peut-être trouver encore quelqu'un pour raconter, suggéra Line avant d'attaquer sa salade. Quelqu'un qui ne viendrait pas de l'enquête policière, mais pourrait faire quelques observations générales sur la réaction des gens de la région.

— Oui. Un pasteur ou le maire, par exemple, proposa Daniel. On pourrait peut-être trouver quelqu'un qui faisait de la politique localement à l'époque, mais qui a depuis acquis une notoriété nationale. Ça pourrait être bien, ça ! Une célébrité. Le gars des hôtels, par exemple. Petter Stordalen. Il est d'ici et il se souvient sans aucun doute de l'affaire.

— Je ne pense pas qu'il faille entraîner des célébrités là-dedans, protesta Line. Ce que j'avais en tête, c'était plutôt un journaliste du coin qui aurait couvert l'affaire. »

Ils discutèrent d'autres angles et possibilités et se mirent d'accord sur les éléments clefs de ce premier reportage, qui était une chronologie soulevant beaucoup de questions.

L'une des personnes qui pouvaient contribuer à donner une idée de ce qui s'était passé après la disparition de Nadia était Realf Tveten, de la Croix-Rouge. Il les accueillit dans les locaux de l'organisation, muni du journal de bord des recherches de 1987 et de plusieurs cartes dont on avait hachuré des parties au gré des fouilles.

« Je savais bien qui étaient ses parents, expliqua-t-il. Joachim et Hannah Krogh. Tout le monde savait bien sûr qui était Joachim, mais je le connaissais de l'école. Un type formidable. Les pieds sur terre. Pas supérieur ni arrogant, même si sa famille avait de l'argent.

— Quand avez-vous appris que Nadia avait disparu ? demanda Line pour orienter la conversation vers ce dont elle avait besoin.

— La police nous a contactés le samedi vers 14 h, répondit Realf Tveten. Les enquêteurs avaient déjà entrepris des recherches avec une brigade cynophile, mais ils en voulaient d'autres, plus systématiques. J'ai déclenché le plan d'alerte et fait venir les équipes. Une demi-heure plus tard, j'avais mis en place un centre de commandement. »

Il consulta le journal de bord des recherches avant de reprendre.

« En accord avec la police, nous nous sommes concentrés sur le voisinage. Nous avons fouillé dans les jardins, sous les groseilliers, dans les cabanes d'enfants, les remises à outils et les garages. Ce n'aurait pas été la première fois qu'une jeune personne éméchée allait se coucher quelque part à l'abri. Maintenant, il ne faisait ni froid ni mauvais, mais elle avait bu et avait pu se sentir mal. Elle avait pu s'allonger quelque part et s'étouffer en vomissant. C'était une possibilité. »

Line jeta un coup d'œil vers Daniel et le matériel d'enregistrement et vit les diodes lumineuses bouger avec la voix grave de Realf Tveten. Il parlait avec un léger vibrato, agréable à l'oreille.

« Dès que j'ai eu plus de monde, nous avons élargi le périmètre des recherches et nous nous sommes attaqués à la forêt derrière la maison. »

Il leur montra une des cartes.

« C'était un terrain accidenté, rocheux, escarpé. Elle avait pu tomber et perdre connaissance. »

Line sortit son appareil et photographia la table devant eux. Avec ces cartes et ces zones hachurées, l'effet allait être réussi.

Realf Tveten déroula une grande carte.

« C'est ici qu'a eu lieu la soirée. La famille Krogh habitait là. On pouvait raisonnablement penser que Nadia avait prévu de rentrer chez elle. Trois trajets étaient envisageables. Elle pouvait descendre jusqu'à l'ancienne E18 et la suivre jusqu'à Heistad. Ce qui lui offrait aussi la possibilité de sauter dans un bus. Ou alors elle pouvait longer la nouvelle E18 en construction, mais la route était déserte et pas du tout éclairée. Le chemin le plus court était probablement de traverser les zones résidentielles et de ressortir à Lundedal, même si cela signifiait qu'elle devrait emprunter quelques sentiers forestiers. »

Les trois itinéraires étaient tracés en rouge sur la carte.

« Nous avons exploré toutes ces possibilités dans nos recherches. L'idée était qu'elle avait pu se faire renverser par une voiture et se retrouver dans le fossé, mais là non plus, nous n'avons pas obtenu de résultats, et rien ne portait à croire à un accident de la route. »

Daniel intervint.

« Alors que pensez-vous qu'il soit advenu d'elle ? »

Realf Tveten croisa les bras sur sa poitrine.

« J'ai participé à de nombreuses opérations de recherche. En montagne, en forêt, en mer, en ville. La plupart des personnes disparues sont retrouvées. Qu'elles aient été victimes d'un accident, se soient suicidées ou même aient été tuées, on les retrouve. Quand ce n'est pas nous, c'est un chasseur ou un promeneur. Je me suis donc toujours dit que quelqu'un avait dû l'emmener en voiture.

— Les ravisseurs, glissa Line.

— La question est de savoir ce qui s'est passé ensuite, précisa Realf Tveten. Qu'est-ce qui est arrivé à Nadia et pourquoi ne sont-ils jamais venus chercher l'argent ? »

La conversation avec l'homme de la Croix-Rouge avait duré plus longtemps que prévu. Dès qu'ils furent dans la voiture, Line appela Thomas pour prendre des nouvelles.

« Tout se passe bien, assura-t-il. Je lui apprends à se servir de l'iPad.

— L'iPad ?

— Je lui ai acheté quelques applis. Elle est sur mes genoux, elle appuie et elle rigole. Elle est très enthousiaste et elle y arrive. C'est éducatif. »

Line ne l'avait jamais laissé jouer avec sa tablette et il n'y avait pas très longtemps qu'Amalie avait regardé pour la première fois la télévision. Elle trouvait que les parents qui collaient leurs enfants devant un écran ne cherchaient en fait qu'à s'offrir un peu de répit en leur donnant des stimuli artificiels qui captaient leur attention.

« Et elle a eu son repas ?

— Nous avons mangé et avons été changée, tout va bien », lui promit son frère avant qu'Amalie se mette à babiller et réclame son attention.

Line leur dit au revoir à tous les deux, estimant qu'elle serait de retour deux heures plus tard.

Daniel avait entré l'adresse de Vidar Arntzen dans le GPS.

« La panthère grise, commenta-t-il en suivant les instructions sur l'écran.

— Il vit seul ?

— En communauté.

— En communauté ? répéta-t-elle, surprise.

— Il serait sans doute plus juste de parler de communauté pour personnes âgées. Ça fait partie des choses qu'il a faites quand il était général du troisième âge. Avec une bande de retraités, il a aménagé une maison pour seniors. »

Line lut les documents de la police. Vidar Arntzen venait de prendre sa retraite après une longue carrière d'architecte quand deux policiers en civil s'étaient présentés un jour à sa porte, désirant savoir s'il avait participé à l'enlèvement d'une jeune fille de dix-sept ans. Elle prit note de ce bref résumé en se disant qu'elle l'enregistrerait plus tard. Ce serait une bonne introduction à la rencontre avec le vieil homme.

Ils dépassèrent un écriteau indiquant la maison d'enfance de Henrik Ibsen avant de prendre à droite et de se garer devant un vaste bâtiment en bois situé dans un cadre idyllique, avec une rivière à l'arrière-plan.

Les feuilles mortes mouillées d'un arbre majestueux recouvraient la majeure partie de la cour.

En sortant, Line marcha dans une flaque et, bien qu'ayant rebondi aussitôt, elle sentit l'eau traverser ses chaussures.

« Vidar Arntzen habitait à Oslo à l'époque, précisa Daniel. Apparemment, c'est une vieille demeure familiale. »

Ils entrèrent dans un hall qui ressemblait à une réception d'hôtel sans personnel et trouvèrent un panneau de sonnettes, mais Vidar Arntzen avait dû les voir arriver car il apparut dès qu'ils eurent sonné. Longiligne, la barbe drue, il avait un dossier sous le bras. Il ne semblait avoir de problèmes ni du côté de la tête ni de celui de l'audition. Il leur offrit une rapide visite des lieux.

« Tout est du dernier cri, les informa-t-il. Bien-être et bonne santé pour les gens qui ne sont plus tout jeunes et ne souhaitent pas vivre dans une maison individuelle avec un grand jardin. Vous devriez en parler dans le journal. Les politiques devraient réfléchir au fait que, statistiquement, la vie en communauté permet aux seniors de rester autonomes et actifs pendant bien plus longtemps que s'ils vivaient seuls. »

Il les emmena dans une salle où ils s'assirent au bout d'une grande table.

« Il y a du nouveau sur la fille ? s'enquit-il alors que Daniel fixait son micro.

— Rien, si ce n'est que la police examine de nouveau l'affaire. Les enquêteurs découvriront peut-être de nouvelles informations.

— Après tant d'années, murmura le vieil homme

en secouant la tête. S'ils sont venus me trouver, moi, à l'époque, c'est qu'ils ne devaient pas avoir tellement de pistes.

— Pourquoi la police était-elle venue chez vous? demanda Line une fois que Daniel lui eut confirmé que le son était bon.

— Je ne sais pas ce que j'ai le droit de raconter. La police m'avait dit que ce dont nous avions parlé était un élément confidentiel de l'enquête et que j'étais soumis au secret.

— C'était il y a longtemps, lui rappela Line. Nous avons obtenu une copie de tous les documents de l'enquête, donc dans un sens, la police a elle-même levé le secret.

— Alors vous êtes au courant des «panthères grises»?

— C'est la raison de notre présence ici.

— Eh bien, à ce moment-là, je venais de fonder avec quelques autres personnes une espèce d'association visant à améliorer les droits des retraités. Nous nous appelions L'Association des seniors, mais on nous surnommait Les panthères grises, et les ravisseurs de Nadia Krogh avaient signé de ce même nom.

— Que voulaient les policiers qui sont venus vous voir?

— On avait parlé de nous dans le journal, mais "panthères grises", c'est plus ou moins un concept, une expression qui désigne des personnes âgées encore actives et en forme. Nous n'avions bien sûr aucun rapport avec l'affaire, la police l'a compris.»

Line lança un regard à Daniel. L'histoire était succincte et elle ne savait pas s'ils pourraient l'utiliser. Elle manquait de contenu.

« Pourriez-vous nous dire ce qui s'est passé quand les policiers sont venus ? demanda-t-elle, tentant un autre angle.

— Il ne s'est rien passé de spécial, répondit le vieil homme avec un haussement d'épaules. Ils étaient deux. Ils m'ont demandé si j'étais Vidar Arntzen en me présentant leur badge. Je lisais les journaux, donc j'avais entendu parler de Nadia Krogh, comme tout le monde j'imagine, mais je ne comprenais pas ce qu'ils me voulaient. Ça a été un choc, si vous voulez.

— Pourquoi était-ce secret, ce dont vous avez parlé ?

— À cause des panthères grises. Les enquêteurs ne voulaient pas que des journalistes ou autres apprennent que les suspects étaient de vieux retraités. »

Line ne saisit pas son raisonnement tout de suite. Elle avait pensé à un surnom choisi au hasard, découpé dans un article sur l'Association des seniors, mais elle se rendit compte que Vidar Arntzen ne savait probablement pas comment la lettre était composée et qu'il avait donc accordé plus d'importance à la signature, il l'avait interprétée différemment.

« Vous ont-ils montré la lettre des ravisseurs ? »

Il secoua la tête.

« Ils ne m'ont pas dit non plus ce qui était écrit, si ce n'est qu'elle était signée *Les panthères grises*.

— J'ai envie de vous la montrer », dit Line, prenant son PC où étaient enregistrés tous les documents.

Le vieil homme se pencha avec curiosité sur la table. Line mit quelques instants pour s'identifier. L'un des rapports indiquait que le journal utilisé par les ravisseurs était le *VG* du jeudi 27 août 1987, qui avait tiré à 332 468 exemplaires et été vendu dans 13 298 points de vente. Ils s'agissaient là de données anecdotiques dont elle entendait se servir. La signature *Les panthères grises* avait été découpée dans un article en page 11.

Elle trouva le fichier, afficha la première lettre et tourna l'écran vers l'homme en face d'elle.

Il chercha ses lunettes à tâtons puis lut en remuant les lèvres.

« Ils ont découpé *Les panthères grises* dans une interview parue dans le journal », expliqua Line.

Vidar Arntzen hocha la tête pensivement.

« C'est pour ça que le journal les intéressait tant, conclut-il en ôtant ses lunettes.

— Quel journal ?

— Je l'avais gardé. Quand la police est venue, il était chez moi, ouvert à la page de l'interview. Je l'avais montré à Aspaker, du conseil général, qui était venu chez moi la veille. »

Line referma son ordinateur.

« Alors ils ont vu que mon édition était intacte. Je ne devais pas être le seul à avoir gardé ce journal. »

Line réfléchit à ce qu'il venait de dire. Voilà un détail auquel elle n'avait pas songé et qui, d'après les documents qu'elle avait lus, ne semblait pas avoir été relevé par la police. La famille de Nadia avait reçu la lettre des ravisseurs le 22 septembre, mais le journal utilisé datait du 27 août. Quelqu'un l'avait conservé.

Ce fut Daniel qui prit l'initiative de conclure la rencontre. Il éteignit l'enregistreur et tenta d'expliquer au vieil homme où il pourrait écouter l'émission terminée, mais comprit que c'était vain.

Line le remercia pour cet entretien et souligna qu'il figurerait aussi dans l'édition papier.

Dehors, il pleuvait toujours et le vent s'était levé.

27

Le vent projetait la pluie à l'oblique contre la fenêtre, produisant un crépitement régulier qui résonnait dans la pièce.

Penché sur une carte où le chalet de Haugen était indiqué, Wisting essayait de faire correspondre les chiffres du code avec différents points du terrain. Deux d'entre eux pouvaient être deux sommets de collines, mais le reste ne cadrait pas. La solution n'était pas là.

Adrian Stiller entra.

« Demain, je fais descendre d'Oslo un technicien qui va fixer une balise sous sa voiture, déclara-t-il, parlant de Haugen. Ce sera plus stable et plus précis que de suivre son téléphone. Dès que le mouchard sera en place et que nous saurons où il est, nous pourrons perquisitionner son domicile.

— Une perquisition clandestine, observa Wisting.

— Il cache quelque chose et je voudrais aller dans sa maison avant que vous commenciez à lui mettre la pression. S'il a le moindre soupçon que nous nous intéressons à lui, il pourrait avoir le temps de se débarrasser de preuves. Ce que je voudrais éviter.

— Que pensez-vous qu'il puisse avoir de révélateur chez lui ?

— Je voudrais regarder ce qu'il y a sur son ordinateur.

— Seulement on a un problème. Il a placé des caméras de surveillance. »

Stiller haussa les sourcils et Wisting lui parla des deux caméras.

« Ce n'en est que plus intéressant, jugea Stiller. Alarme de maison ?

— Non, pas d'alarme.

— Bien, mais la présence de caméras suggère qu'il a des secrets là-dedans. »

Wisting ne releva pas, mais il s'était fait la même réflexion. Haugen sentait qu'il devait se protéger, et pas seulement des travailleurs lituaniens.

Soudain, Stiller se leva pour aller à la fenêtre. Au bout d'un moment, il désigna le nouvel hôtel de Sanden.

« C'est là-bas que je loge. Au Farris Bad. »

Puis il changea de sujet.

« Avez-vous été en contact avec la famille de Katharina ? demanda-t-il, le dos tourné.

— En Autriche ?

— Oui.

— J'ai parlé à sa sœur quelques années après la disparition. Quand elle a officiellement été déclarée morte. »

Stiller se retourna.

« Elles se ressemblent ?

— Je ne l'ai vue qu'en photo. Elles n'ont pas le même père, mais elles se ressemblent, oui. Pourquoi ?

— J'ai engagé une société à Londres pour dessiner

Nadia Krogh telle qu'elle serait aujourd'hui, expliqua Stiller. Vous savez, à partir de données biométriques et tout. »

Wisting acquiesça. Il connaissait cette technologie, mais n'avait jamais eu besoin de l'utiliser.

« L'idée est que nous nous en servions jeudi dans *Lieu du crime : Norvège*, mais je ne suis pas sûr que ce soit à cela qu'elle ressemble. Au final, quel que soit le logiciel utilisé, ce sont toujours des suppositions. Ç'aurait été plus facile de faire l'émission sur Katharina, on aurait pu se fonder sur des éléments plus récents.

— Vous avez vu le dessin ?

— Je vais l'avoir demain.

— Cela signifie-t-il que dans votre esprit, Nadia pourrait être en vie ?

— Non, trancha Stiller d'un ton catégorique. C'est juste pour avoir des images à montrer à la télé, pour attirer l'attention. *VG* aura les lettres des ravisseurs. TV2 un visage. »

Il se dirigea vers la porte.

« Ce n'est pas comme Katharina, ajouta-t-il, qui, elle, pourrait être vivante. Par le passé, elle a coupé les liens avec sa famille et elle est partie dans un autre pays pour entamer une nouvelle vie. Elle a pu recommencer. Avec plus de maturité et de ressources que la première fois. »

28

Line aimait les dernières heures de la journée, quand Amalie avait sombré dans un sommeil profond. D'ordinaire, elle les employait à bouquiner ou à faire de la généalogie, mais là, elle écrivait, l'ordinateur sur ses genoux. Elle s'interrompait de temps à autre pour tendre l'oreille vers la chambre d'enfant, mais n'entendait que la pluie incessante.

Dans son texte, elle alternait contenu des documents d'enquête, extraits de la presse de 1987 et ses propres notes d'interviews. Daniel lui avait envoyé les fichiers son, étant lui-même à Oslo, où il montait le premier podcast.

Elle était bien engagée dans la rédaction. Ce premier article devait offrir une présentation concise et intrigante des faits et donner envie au lecteur de poursuivre sa lecture les semaines suivantes. Ce qui lui manquait, c'était le regard de quelqu'un qui dispose d'une certaine hauteur de vue. Elle avait obtenu un rendez-vous avec un journaliste de *Porsgrunn Dagblad* qui avait couvert l'affaire à l'époque. Le problème était qu'il allait avoir la possibilité d'écrire sur le sujet avant la parution de son papier à elle, mais tant pis.

De toute façon, un journal régional comme celui-ci n'était pas de taille à faire concurrence au sien et puis ses journalistes ne disposaient pas du même accès à l'information qu'elle.

Elle relut ce qu'elle avait écrit, même s'il ne s'agissait pour l'heure que de bribes disparates qu'elle allait devoir relier entre elles. Légèrement découragée, elle posa son ordinateur sur la table basse et se redressa. Cette mission ne présentait aucune difficulté à proprement parler. Le sujet était bon, mais l'exercice consistait avant tout à trier les faits et à savoir les servir en portions congrues d'une façon stimulante. En l'état actuel des choses, elle n'était qu'un instrument de la police. Toute l'information leur avait été fournie. Pour intéresser le public, il lui en fallait davantage. Elle devait trouver de quoi susciter l'engagement des lecteurs et des auditeurs du podcast. Un détail que la police avait ignoré ou mal interprété. Une piste à suivre. Elle savait d'expérience que ces éléments apparaissent souvent dans le sillage d'un article, grâce à des lecteurs qui préfèrent se confier à la presse plutôt qu'à la police, mais elle brûlait d'impatience.

29

Wisting réchauffa ce qu'il restait de pizza. Elle était dans le réfrigérateur depuis le vendredi soir, mais avait toujours l'air très bien.

« Tu veux de la pizza ? cria-t-il à Thomas dans le salon.

— J'ai dîné chez Line », répondit son fils avant de le rejoindre dans la cuisine.

Wisting sortit son repas du micro-ondes et se mit à table. Thomas s'assit en face de lui.

« Pourquoi le fais-tu ? » demanda-t-il.

Wisting planta sa fourchette dans la pizza. Elle était ramollie par le micro-ondes et trop chaude pour être mangée à la main.

« Quoi donc ?

— Travailler sur ces affaires. Les pires affaires. Les meurtres et tout ça. »

Wisting réfléchit tout en mastiquant. On lui posait parfois la question. Les gens se demandaient si son travail lui valait des nuits blanches. Il lui arrivait bien sûr de ne pas pouvoir dormir parce qu'une affaire lui trottait dans la tête, mais alors, c'était parce qu'il se posait des questions en relation avec l'investigation, parce qu'il repensait à certains détails et traquait celui qu'il aurait laissé passer.

« Ça me plaît, répondit-il. J'aime penser que je participe à la justice. Quand des gens tuent, ils doivent savoir que quelqu'un va venir les mettre devant leurs responsabilités. Si personne ne faisait ce boulot, nous aurions une société régie par la loi du plus fort. »

Thomas écoutait sans commenter.

« Et puis je trouve mon métier intéressant. J'aurais pu dire que je suis devenu policier parce que je voulais faire du monde un endroit meilleur, que je voulais faire une différence, mais au final, c'est une histoire de fascination pour les crimes graves.

— N'est-ce pas… insensible, dans un sens ?

— J'aurais pu devenir agent de circulation, fit Wisting en souriant, mais ce n'était pas ce que je voulais. Ce que je voulais, c'était essayer de comprendre ce qui paraît insaisissable. Comment un individu peut détruire la vie d'un autre. C'est comme un prêtre qui finit par travailler dans un hôpital, parmi les mourants. Il aurait pu faire des mariages et des baptêmes. Ou certains médecins qui travaillent dans un service de cancérologie pédiatrique. C'est sûrement difficile et douloureux, mais c'est peut-être là qu'ils trouvent un sens à ce qu'ils font.

— J'ai rencontré une fille il y a quelques mois. Ça commençait à devenir sérieux. »

Wisting se remit à manger. Thomas ne lui avait pas parlé de sa nouvelle amie, mais il se doutait qu'un *mais* allait suivre.

« Elle n'a d'abord pas saisi en quoi consistait mon travail. Ensuite elle ne comprenait pas comment je pouvais avoir un boulot pareil. À ses yeux, j'étais un guerrier. Quelqu'un qui tuait. J'ai essayé de lui expliquer ce qui me motivait, mais je n'y suis pas arrivé. »

Wisting ne savait pas quoi dire.

« Je voulais lui faire comprendre qu'il s'agissait de rendre le monde sûr, poursuivit Thomas, mais ce que tu dis est largement vrai aussi. J'aime ce que je fais, j'aime le travail lui-même et j'aime l'idée de participer à quelque chose de plus vaste. Je ne me vois pas faire autre chose, piloter un avion dc ligne, par exemple.

— Nous avons peut-être ça en nous. Je crois que c'est pareil pour ta sœur. »

Thomas se leva.

« Tu repars demain ? s'enquit Wisting.

— Non. Apparemment, Line est sur une grosse affaire. Je vais rester toute la semaine pour m'occuper d'Amalie. »

30

L'hôtel surplombait en partie la plage et la mer. Stiller avait obtenu une chambre côté mer, avec un petit balcon. Il sortit respirer l'air iodé. Sur le port, un homme promenait un gros chien noir. La mer battait ses vagues blanches d'écume contre le môle et les aspergeait d'embruns froids.

Il resta ainsi jusqu'à ce que l'homme au chien sorte du cône de lumière du réverbère.

Il avait posé un sac contenant un pack de six bières sur le balcon, il en restait trois. La température extérieure les maintenait à peu près fraîches. Libérant une canette, il rentra s'installer devant son ordinateur, avec l'espoir que cela lui donnerait sommeil. Il dormait mal, et c'était encore pire quand il était à l'hôtel.

Le nouveau visage de Nadia Krogh s'afficha sur l'écran. Le portrait était arrivé peu avant 21 h. À Londres, il n'était certes que 20 h, mais cela signifiait tout de même que quelqu'un y avait consacré du temps pour obtenir le meilleur résultat possible.

Il ouvrit sa bière et s'assit. L'apparence de Nadia lui importait peu. Un geek aurait sûrement pu faire dans sa chambre d'ado une animation acceptable pour un prix nettement plus raisonnable.

Il versa le contenu de la canette dans un verre et leva de nouveau les yeux sur l'écran.

Elle aurait peut-être bien ressemblé à cela si elle était en vie, songea-t-il en buvant une lampée de bière, mais il ne croyait nullement que la publication du dessin leur apporterait des résultats. Ce n'était qu'un accessoire pour faire avancer l'affaire.

Il déporta son regard vers le miroir mural au-dessus du bureau. Il commençait à avoir les yeux bouffis, avec quelques points rouges sur le blanc.

La première fois qu'Adrian Stiller avait eu des problèmes de sommeil, c'était quand il vivait avec ses parents en Afrique du Sud. L'origine n'était pas difficile à déterminer. Il s'agissait de Julia Ann ; mais identifier le problème et le relier à ce qui s'était passé là-bas ne le rendait pas plus facile à résoudre.

Au début, il restait une ou deux heures à se tourner et se retourner dans son lit, puis il avait tenté divers médicaments, qui lui avaient offert quelques heures de sommeil, sans le reposer. Au bout d'environ six mois, il avait retrouvé le sommeil, mais depuis, l'insomnie le rattrapait à intervalles réguliers. Cette fois, cela faisait plus d'un semestre qu'il n'avait pas eu de nuit complète.

Il ferma le fichier du dessin de Nadia Krogh et l'envoya au rédacteur en chef de l'émission du jeudi avant de se concentrer sur Martin Haugen. Il n'arrivait pas à le cerner. Rien dans les vieux documents d'enquête n'indiquait quelle personne il était réellement. Il apparaissait comme un individu relativement anonyme. Vivant seul, sans réelle vie sociale. Son cercle de fréquentations semblait se limiter à ses collègues et à quelques membres plus âgés de sa famille. La surveillance des communications allait permettre de brosser un tableau plus précis, tout comme la perquisition de son domicile, mais son impression actuelle était que quelque chose le retenait, l'empêchait de vivre pleinement sa vie.

Il but encore une gorgée de bière. Il connaissait ces gens-là. Des gens avec des secrets plus sombres que les abysses les plus profonds de l'océan. Le genre de secrets qu'il aimait déterrer.

31

« Du nouveau ? s'enquit Wisting en refermant la porte de la salle de surveillance des communications derrière lui.

— Du porno, répondit Hammer, désignant du menton l'un des écrans. Il semblerait qu'il ait un abonnement. Il y est allé hier soir. La page est protégée par un verrou d'accès payant, donc on ne peut pas la voir, mais le nom de la page d'identification est parlant.

— Extreme XXX », lut Wisting.

Le site semblait axé autour de thèmes tels que le sadomasochisme et la soumission.

« Je ne sais pas comment l'interpréter, commenta Hammer.

— Ça incite à se poser des questions », observa Adrian Stiller en se frottant les yeux. Il avait l'air fatigué, pas en forme.

« Des coups de fil ?

— Rien.

— Des mails ?

— Juste quelques spams.

— Autre chose ?

— Il est possible qu'il ait l'intention de partir en

vacances. Il a regardé quelques destinations chères et exotiques, mais sans rien réserver. »

Stiller consulta sa montre.

« Deux techniciens sont en route. Ils vont passer par son lieu de travail à Tønsberg et poser une balise sur sa voiture. Comme ça, on aura aussi sa voiture sur un écran.

— N'est-ce pas risqué ? demanda Wisting. En plein jour, sur un parking ?

— Ils aviseront selon l'endroit où son pick-up est garé, mais c'est la meilleure solution. Chez lui, il le remise dans son garage. Ça ne prend du reste qu'une seconde. Il faudrait beaucoup de malchance pour que quelqu'un les voie ou comprenne ce qui se passe. »

Wisting lui donna raison.

« Et une fois que ce sera fait ? s'enquit-il.

— J'ai obtenu l'autorisation de perquisition clandestine. Les techniciens vont venir avec leur matériel pour relever le contenu du disque dur de Haugen.

— Comment entrons-nous ?

— Ça, nous savons faire. Ce ne sera pas un problème.

— Espérons-le », conclut Wisting avant de regagner son bureau.

Les perquisitions clandestines n'étaient pas leur lot quotidien. En règle générale, ils allaient trouver la personne mise en examen avec un mandat signé par un juge, sur quoi l'on procédait à la perquisition en présence de l'intéressé. Parfois on attendait qu'il ait été conduit en cellule. Wisting n'avait pris part à ce genre de perquisitions qu'à deux reprises.

À 12h07, Adrian Stiller glissa la tête dans l'embrasure de la porte de Wisting.

« Nous sommes prêts. On passe à l'action maintenant. »

C'était soudain, mais Wisting se leva néanmoins et le suivit vers le garage du commissariat, où se trouvait une camionnette blanche sale munie de plaques lituaniennes. Sur le flanc, ils avaient apposé une plaque magnétique avec un dessin de faucille et de marteau.

« Inventif », commenta Wisting.

Supposant que l'homme au volant était l'un des techniciens, il le salua d'un signe de tête, puis rejoignit Nils Hammer à l'arrière, en saluant le deuxième technicien de Kripos. Stiller sauta dans le véhicule et tira la porte coulissante. La camionnette quitta le garage.

« Tout s'est bien passé ? s'enquit Wisting, pensant à la balise sous la voiture de Haugen.

— Aucun problème. »

Le technicien leva une tablette avec une carte géographique. Au milieu se trouvait un point rouge, au bord d'un espace dégagé que Wisting interpréta comme un parking.

« Je vous l'installerai dans la salle de surveillance des communications tout à l'heure pour que vous sachiez où il est. »

À l'arrière, les vitres teintées rendaient les nuages gris plus sombres, plus menaçants.

Tous tressautèrent quand le conducteur rétrograda pour s'engager dans la montée vers Kleiver. Stiller était au téléphone. Il échangea quelques paroles brèves et leva le bras droit devant son visage.

« C'est prêt », dit-il dans un petit micro fixé à son poignet.

Le conducteur rajusta son oreillette invisible et leva le pouce vers la vitre qui séparait l'habitacle de l'arrière de la camionnette.

« Nous avons coupé l'électricité, expliqua Stiller, donc les caméras ne tournent pas. »

Quand les roues trouvèrent prise sur la terre du chemin d'accès, les graviers crépitèrent contre les ailes du véhicule, qui se mit à pencher, et Wisting colla sa main contre le plafond pour ne pas perdre l'équilibre.

Le conducteur tourna dans la grande cour et se gara le flanc contre la maison. Wisting se déplaça pour voir dehors. Lumières éteintes, la maison de Martin Haugen avait l'air encore plus vide que lors de son passage la semaine précédente.

Le conducteur sortit, frappa à la porte et fit un pas en arrière.

« *Do you need repair* », souffla Stiller en mauvais anglais, indiquant ainsi ce que le conducteur devait dire si, contre toute attente, il y avait quelqu'un.

Il n'y eut aucune réaction à l'intérieur. Le conducteur s'avança et sortit de la poche de sa veste un objet qui ressemblait à une tasse. Il le plaqua sur la serrure et, moins d'une minute plus tard, la porte était ouverte.

« Y a-t-il du mouvement de son côté ? » demanda Wisting au technicien.

Celui-ci regarda sa tablette.

« Au repos. »

Stiller tira la porte latérale et distribua gants et couvre-chaussures en caoutchouc. Le technicien qui avait ouvert la porte parcourut la maison pendant que les autres attendaient dans l'entrée.

« C'est bon », annonça-t-il, confirmant une dernière fois que la maison était vide.

Wisting laissa les autres le précéder. Le sol craqua sous leurs pieds.

« Deux ordinateurs, précisa l'homme qui avait traversé la maison. Un ordinateur de bureau dans la chambre d'amis et un portable dans le salon. »

Il montra ce dernier sur la table basse devant le téléviseur. L'autre technicien s'assit, ouvrit une valise et sortit son propre ordinateur, un disque dur externe, une batterie et des câbles.

« Ça va être long ? s'enquit Wisting.

— Ça dépend. Il faut d'abord qu'on se connecte, et ensuite, c'est selon le volume de données enregistrées. On peut facilement en avoir pour une heure.

— Une heure », dit Wisting en regardant par la fenêtre.

Il ne pleuvait plus, mais les gouttes tombaient des arbres.

Un coin du salon servait d'espace de travail. Quelques factures et des papiers étaient empilés sur une table et plusieurs classeurs millésimés sur une étagère. Stiller commença à les feuilleter tandis que Hammer partait vers la chambre à coucher.

Wisting se rendit dans la cuisine. Il y avait une commode contre le mur de la fenêtre. Elle était derrière la chaise sur laquelle Haugen avait l'habitude de s'asseoir et il pouvait l'atteindre en se contorsionnant quelque peu.

Une radio était posée dessus, ainsi que quelques prospectus de divers supermarchés et quelques numéros du magazine pour hommes *Vi Menn*. Wisting savait que Haugen gardait son portefeuille et ses clefs dans le tiroir du dessus. Il l'ouvrit. D'un côté, un vieux téléphone portable et un chargeur, quelques stylos, une petite agrafeuse, un tube de colle forte, une paire de ciseaux et un bloc-notes vierge.

« On a quelque chose », lança Hammer quelque part dans la maison.

Wisting regagna le salon. Hammer sortait de la chambre à coucher en brandissant un vieux journal. Il reconnut l'article. C'était l'interview que la mère de Nadia Krogh avait accordée à *VG*, où elle décrivait son chagrin, le manque qu'elle ressentait.

« N'est-ce pas un peu étrange ? » observa Hammer.

Stiller était de son avis.

« Photographiez-le.

— Il était au fond d'un tiroir de commode, précisa Hammer.

— Remettez-le au même endroit. »

Hammer hocha la tête. Il retourna dans la chambre et Wisting à la commode. Le deuxième tiroir renfermait des lettres. Il souleva la pile. Au-dessous était caché un passeport. Posant les lettres sur la table, il le prit. C'était celui de Haugen, émis le 10 octobre, soit seulement cinq jours plus tôt, le jour anniversaire de la disparition de Katharina. Le traitement des demandes de passeport était rapide. Concrètement, cela signifiait qu'il avait déposé la sienne au début de la semaine précédente et avait probablement reçu le passeport la veille ou juste avant le week-end, peut-être le vendredi. Wisting était passé dans l'après-midi, Haugen ne lui avait parlé d'aucun projet de voyage.

Wisting remit le document au fond du tiroir pour se consacrer aux lettres. Trésor public, compagnie d'assurance, banque. Il procéda avec méthode afin de ne pas perturber l'ordre dans lequel elles étaient rangées.

En bas de la pile, une enveloppe blanche était sans destinataire ni adresse. Il l'ouvrit, tira la feuille qu'elle contenait. Il ne l'avait pas complètement sortie que des flots d'adrénaline se répandaient en lui. Il en eut le souffle coupé et comme un vertige.

« Stiller », appela-t-il, mais il n'avait pas parlé assez fort.

Il fit un pas de côté pour garder l'équilibre, attrapa le dossier de la chaise et appela encore.

« Stiller ! »

Adrian Stiller le rejoignit. Wisting lui tendit la lettre. Deux mots sur une feuille.

Je sais.

Chaque lettre avait été découpée dans un journal, comme l'avaient fait les ravisseurs de Nadia Krogh. Une référence incontestable. Quelqu'un était au courant pour Martin Haugen et Nadia Krogh.

« Elle était dans le tiroir », expliqua Wisting, désignant la commode.

Stiller demanda à voir l'enveloppe.

« Sans adresse », observa Wisting.

Stiller la leva à la lumière.

« Il y a un petit trou dedans. »

Wisting regarda la feuille. Même trou d'épingle. Ils en tirèrent tous deux la même conclusion : la lettre anonyme avait été fixée sur la porte.

« Elle n'a pas l'air très vieille, jugea Stiller.

— C'est difficile à dire, répondit Wisting, mais il était d'accord. Les caméras de surveillance pourraient y être liées. Il les a probablement installées après l'avoir reçue. »

Hammer arriva dans la pièce. Il jura en voyant la lettre.

Wisting s'efforça de rassembler ses pensées. L'expéditeur désirait manifestement faire comprendre à Haugen que quelqu'un savait ce qu'il avait fait.

« C'est une confirmation, affirma Stiller en regardant Wisting dans les yeux. Vous ne pensez pas qu'il vous aurait parlé de cette lettre s'il était innocent ? S'il ne comprenait pas ? »

Wisting acquiesça.

« On est face à un dilemme, commenta Hammer.

— Comment ça ?

— L'expéditeur sait manifestement ce que Haugen a fait. Il pourrait y avoir des empreintes ou des traces biologiques nous permettant de découvrir son identité, mais pour analyser la lettre, il faudrait que nous l'emportions et Haugen comprendrait qu'il y a eu du passage chez lui. »

Wisting confia la lettre à Hammer le temps de sortir un sachet en plastique de sa poche.

« On la prend, déclara-t-il avec assurance. On va miser sur le fait qu'il n'a pas l'intention de la sortir du tiroir avant un certain temps et que, si jamais il avait l'idée de la chercher, il se dirait juste qu'il l'a perdue. Le pire qui puisse arriver, c'est que cela génère de l'incertitude. »

Il chercha un autre sachet pour l'enveloppe.

« Cela soulève quelques questions, commenta Hammer. La façon dont les lettres des ravisseurs étaient composées n'a pas été rendue publique. Il n'y a en fait que la police et le ravisseur qui soient au courant, mais apparemment, cet expéditeur l'est aussi.

— Il y a aussi la famille de Nadia, rappela Stiller.

En vingt ans et plus, la chose a pu être évoquée, et puis *VG* a l'information depuis la semaine dernière.

— Mais ni la famille de Nadia ni *VG* ne savent que de nouvelles analyses d'empreintes digitales viennent de faire de Haugen un suspect », objecta Hammer.

Stiller haussa les épaules.

« Il est possible que nous tirions des conclusions hâtives. L'expéditeur de cette lettre pourrait parler d'autre chose. Ou alors il se peut que ce soit Haugen lui-même qui l'ait faite, qu'il prépare un nouveau coup. »

Wisting ne croyait à aucune de ces deux possibilités.

« J'ai vu un homme ici la semaine dernière. Je suis venu tard le soir, le jour anniversaire de la disparition de Katharina. Il a essayé de se cacher, mais a disparu dans les bois quand il a compris que je l'avais repéré.

— Avez-vous remarqué s'il y avait une enveloppe sur la porte ? »

Wisting secoua la tête d'un geste hésitant avant de ressortir examiner la porte d'entrée. Au milieu, sous le verre irrégulier de la petite vitre, il trouva un minuscule trou de punaise.

« La lettre n'était pas là jeudi, affirma-t-il.

— Bien, répondit Stiller en prenant les deux sachets scellés. Je vais demander aux garçons de les rapporter au labo et on verra ce que ça donne. »

De retour dans la cuisine, Wisting remit les autres lettres à leur place et ouvrit le deuxième tiroir. Des magazines, des cartes de vœux. Il les passa en revue. Elles venaient de la tante et des oncles de Porsgrunn. Un message identique tous les ans, succinct, des vœux de joyeux Noël et de bonne année. Dans le tas se trouvaient aussi des vœux d'anniversaire envoyés par les mêmes personnes. C'était un témoignage silencieux de la modestie du cercle de relations de Haugen.

Plus on descendait dans la pile, plus les papiers étaient raides et jaunis. Presque tout en bas, une enveloppe carrée se distinguait des autres. Il sortit la carte et se retrouva avec une photo de Line et de Thomas entre les mains. Des remerciements pour l'argent qu'ils avaient reçu à l'occasion de leur confirmation religieuse. C'était quinze ans plus tôt, la carte était restée dans une pile qui avait grossi peu à peu.

Il se sentit soudain très intrusif de fouiller ainsi dans le tiroir de cuisine de quelqu'un d'autre. Pour leur confirmation, Line et Thomas avaient reçu des cadeaux de la famille et des amis. Haugen avait obtenu une place dans ce cercle.

Wisting remit le courrier dans le tiroir et le referma.

Il consacra la demi-heure suivante à parcourir tous les autres tiroirs et placards. Il examina soigneusement le contenu d'un pot bleu sur l'appui de fenêtre et d'un bol au-dessus du réfrigérateur. Le technicien en avait terminé avec l'ordinateur du salon et était parti copier le disque dur de la chambre d'amis.

Au-dessus des placards étaient alignés six grands pots en porcelaine ornés de maximes de sagesse. Wisting se hissa sur la pointe des pieds et descendit celui sur lequel on pouvait lire : *Ton meilleur moment, c'est maintenant. N'oublie pas de savourer ton café*. Il entraîna une couche de poussière graisseuse qui s'agglutina et tomba dans l'évier. Il la ramassa afin de ne pas laisser de trace et la fourra finalement dans sa poche arrière.

Le pot contenait une poignée de pièces de monnaie étrangères. Il le remit à sa place et usa de bien plus de précaution pour prendre le deuxième. *La vie est longue. Le bonheur, c'est le café*. Une clef au fond. Wisting la sortit avec deux doigts. Elle se colla aux gants jetables, cela faisait de toute évidence un certain temps qu'elle accumulait les graisses de cuisson. Elle ne portait aucune indication, mais sa forme et sa taille indiquaient qu'il pouvait s'agir de la clef d'une porte ou d'un gros cadenas.

Il la reposa et regarda dans le pot suivant. Vide. Tout comme les trois derniers.

« Mouvement ! » s'écria-t-on dans la chambre d'amis.

Les enquêteurs se rassemblèrent autour du technicien et de sa tablette. Wisting vit le point rouge qui se déplaçait sur l'E18, en direction du sud.

« Il y a eu un blocage, expliqua l'homme qui s'occupait du matériel. Ça fait en réalité dix-sept minutes qu'il a bougé. »

Wisting consulta sa montre. La journée de travail de Haugen ne s'achevait que dans deux heures, mais le point rouge sur l'écran avançait bel et bien dans leur direction.

« Alors il sera là dans à peine dix minutes », calcula Hammer.

L'écran du technicien indiquait un transfert de données de l'ordinateur de Haugen.

« Vous en avez pour combien de temps ? s'enquit Stiller.

— J'ai besoin de ces dix minutes.

— OK. Les données de la balise sont-elles sûres ? Sommes-nous à cent pour cent en temps réel maintenant ? »

Le technicien le confirma.

« Alors vous arrêterez quand la voiture quittera

l'E18. » Stiller se tourna vers Wisting et Hammer. « Nous, on va faire en sorte que tout soit comme c'était avant notre arrivée et nous assurer de ne rien laisser derrière nous, gants, sachets scellés ou autre. Et ensuite on se retire dans le fourgon. »

Wisting repartit dans la cuisine, observa la pièce. Tout semblait intact. Il alla s'asseoir dans le fourgon avec Hammer. Stiller resta devant la portière ouverte. Wisting consulta sa montre. Quatre minutes s'étaient écoulées. La suivante s'égrena avec une lenteur certaine. Puis encore une. Au bout de sept minutes, le conducteur arriva. Il démarra le moteur avant de repartir vers la porte de la maison avec le matériel de verrouillage, et enfin l'homme à la valise contenant le matériel informatique apparut.

Une ombre glissa le long de la façade.

« Le chat ! » gémit Wisting.

L'animal gravit les marches du perron et se glissa à l'intérieur au moment où la porte se refermait.

Wisting s'élança hors du fourgon.

Le chat avait laissé des traces de pattes sur le sol, tout comme le technicien qui lui avait couru après. Wisting les suivit dans le salon.

« Minou, minou, minou. »

Il regarda sous la table et, apercevant finalement une paire d'yeux derrière le canapé, approcha. Le chat se précipita dans la cuisine.

Wisting et le technicien lui emboîtèrent le pas. Le chat passa entre les pieds de chaises avant de s'asseoir sous la table.

Wisting essaya de l'attirer, mais il semblait indifférent. Le technicien se déplaça calmement vers lui, mais il ne se laissa pas attraper et courut de nouveau dans le salon.

La scène se reproduisit encore une fois avant que Wisting ne parvienne à se jeter sur lui. Le chat se débattit dans ses bras alors qu'il l'emmenait dehors. Le technicien s'agenouilla pour essuyer les taches humides sur le sol de l'entrée avec la manche de son blouson. Puis il referma la porte et la verrouilla avec son matériel. Wisting lâcha le chat et sauta dans le fourgon. La porte latérale fut refermée. Le conducteur regagna sa place d'un bond et enclencha la vitesse.

« Position ? demanda Stiller.

— Toujours sur l'E18, répondit l'homme à la tablette. Il a continué tout droit au lieu de prendre vers ici.

— Donc il n'est pas en train de rentrer ?

— Non. Il se dirige vers le Telemark. »

Le véhicule cahota jusqu'à la route. Wisting lança un regard vers la maison de Steinar Vassvik, mais ne le vit pas.

« On a eu ce qu'on voulait ? s'enquit Stiller.

— Oui. Deux disques durs. Je vous ferai des copies dans l'après-midi. »

Wisting demanda à voir la tablette. Le point rouge avait franchi la frontière entre le Vestfold et le Telemark.

32

Line jeta un coup d'œil sur le compteur. Quand elle se perdait, comme à présent, dans ses pensées, elle avait tendance à ralentir. L'aiguille dépassait à peine quatre-vingt-dix. Un gros pick-up qui avait déboîté arriva à sa hauteur. Il la dépassa bien qu'elle ait accéléré.

Elle avait deux rendez-vous. Un entretien avec Geir Inge Hansen de *Porsgrunns Dagblad*, puis un autre avec le policier Kittil Nystrand, qui prenait son service à 16h.

Elle maintint une vitesse constante jusqu'à la sortie vers Porsgrunn. Les locaux du journal étaient situés Jernbanegata et elle les trouva sans recourir au GPS. C'était un bâtiment morne et gris, juste en face de la gare. Les espaces réservés aux visiteurs étaient tous pris, mais dans la rue la plus proche, Line trouva une place où elle pouvait rester deux heures sans payer.

Ayant près d'une demi-heure d'avance, elle sortit l'enregistreur pour faire son introduction.

« Nous nous dirigeons vers la rédaction de *Porsgrunns Dagblad* », commença-t-elle en songeant que c'était bien de dire *nous*, même si Daniel n'était pas là. Ce *nous*, c'étaient les lecteurs et elle.

« *Porsgrunns Dagblad* est un petit journal local qui couvre Porsgrunn et Bamble. Il paraît cinq fois par semaine et tire à un peu plus de trois mille exemplaires. Geir Inge Hansen y travaille depuis plus de quarante ans et traite toutes sortes de sujets. L'une des affaires sur lesquelles il a le plus écrit est l'enlèvement de Nadia Krogh. »

Elle coupa l'enregistreur et le remit dans son sac. Elle se félicitait d'avoir trouvé Geir Inge Hansen. Au téléphone, il avait semblé motivé, intéressé. Son dernier article sur Nadia Krogh remontait à un an, l'affaire datait alors de vingt-cinq ans. Hansen semblait content que son journal ait déjà publié un nouveau récapitulatif de l'affaire et il était curieux de savoir ce qui incitait *VG* à en reparler. Sans mentionner que l'enquête était rouverte, nouvelle qu'elle allait publier le vendredi suivant, elle avait opté pour une explication générale sur la stratégie de développement des podcasts.

Il restait encore vingt minutes avant le rendez-vous. Elle tua le temps en lisant les dépositions de Robert Gran, le petit ami de Nadia. Adrian Stiller lui avait transmis ses coordonnées et elle allait le rencontrer le samedi, elle avait hâte d'entendre ce qu'il avait à dire. Il s'était expliqué de trois façons différentes sur le soir de la disparition de Nadia, et on comprenait aisément qu'il ait attiré les soupçons de la police. Line allait être obligée de lui poser des questions difficiles et critiques.

À 13 h 55, elle sortit de la voiture et se dirigea vers le journal. Un café à la main, un homme fumait une cigarette devant l'entrée. Line l'avait vu en photo sur Internet et elle le reconnut.

Geir Inge Hansen avait dû se livrer à la même recherche sur elle. Il lui sourit et tira une dernière bouffée avant d'écraser son mégot dans un cendrier.

Line ralluma l'enregistreur et s'avança. Sa main était petite dans celle de Hansen.

« Soyez la bienvenue. Venez. »

Au premier étage, ils firent une halte dans une kitchenette où il se resservit de café tandis que Line optait pour un verre d'eau.

Dans son bureau qui sentait le renfermé, elle s'installa sur le siège visiteur pendant qu'il écartait quelques dossiers.

« L'enlèvement Krogh, dit-il, comme pour annoncer l'ordre du jour. Je suis journaliste depuis quarante-deux ans, mais je n'ai jamais été interviewé. »

Line sourit. En règle générale, les journalistes qui interviewaient d'autres journalistes n'apportaient rien de très neuf à un article.

« Vous souvenez-vous quand vous avez entendu parler de l'affaire pour la première fois ?

— Oui, à ce moment-là, ce n'était pas une affaire d'enlèvement, mais de disparition, d'un genre assez fréquent : une adolescente qui n'est pas rentrée après une soirée. Quand une opération de recherche a été engagée, c'est devenu un sujet pour nous. La curiosité des gens s'éveille quand ils voient la police, la Croix-Rouge et des bénévoles. »

Il regarda l'enregistreur, comme si celui-ci l'empêchait de livrer certaines idées.

« La police a rapidement lancé les opérations, dit-il malgré tout. Peut-être parce que c'était Joachim

Krogh qui les avait avertis, mais probablement aussi parce qu'il a été établi relativement vite qu'elle n'avait dormi ni chez son petit ami ni chez sa copine. Au contraire, elle avait quitté la soirée tôt. Il avait dû arriver quelque chose. »

Le vieux journaliste marqua une nouvelle pause.

« La mise en examen du petit ami a été un coup de théâtre. D'abord pour faux témoignage, ensuite pour meurtre. Je n'avais rien connu de tel. Je me souviens de la première audience. Jamais vu tant de journalistes réunis en un seul et même endroit. On a amené Robert Gran dans la salle, il avait l'air presque indifférent à tout ce qui se passait autour de lui. Il avait l'air tellement froid. Cynique. Il gardait les yeux braqués droit devant lui, le regard vide, sombre. »

Un portable sonna. Geir Inge Hansen le sortit de sa poche, vérifia de qui venait l'appel et le refusa.

« Puis il y a eu le gros retournement de situation. Près de deux semaines après la disparition, la police a organisé une conférence de presse. Nous pensions que c'était de deux choses l'une : le petit ami avait avoué ou alors ils avaient retrouvé le corps. Ou les deux. Mais non, le commissaire a commencé par expliquer que, pendant la semaine écoulée, la police s'était entretenue avec des gens qui affirmaient avoir enlevé Nadia Krogh et réclamaient une rançon. Personne ne l'avait vu venir. Le silence complet s'est fait dans la salle, comme après une explosion. Puis les appareils photo se sont mis à crépiter. »

Le journaliste but une grande gorgée de café.

« Le reste, vous le connaissez. Le petit copain a été libéré. On n'a jamais retrouvé Nadia. »

Line orienta la conversation vers le point qu'elle souhaitait éclairer.

« Que pensaient les gens ?

— Je crois qu'ils ne savaient que penser. Ça a d'abord suscité de la peur, qu'une jeune fille disparaisse ainsi. Puis l'arrestation a plus ou moins provoqué un soulagement, mais aussi un choc. Quand cette histoire d'enlèvement a été connue, les gens étaient troublés. Joachim Krogh, le père de Nadia, était un homme controversé. Il l'est toujours. De nombreuses personnes se figuraient que ça avait un rapport avec lui. Quand c'est arrivé, il était en pleine phase de restructuration et venait de fermer la scierie. Certains disaient que l'enlèvement pouvait être la vengeance d'un employé. Près de cent personnes avaient été licenciées, des gens qui y avaient travaillé toute leur vie, dont la famille y était parfois depuis plusieurs générations. Si c'était effectivement le cas, ça n'a pas eu l'effet escompté. L'enlèvement a éveillé la sympathie et la compassion, personne n'attendait de lui qu'il réponde de la fermeture de l'usine après ce qui était arrivé à sa fille. Au contraire, les syndicats et les politiques faisaient profil bas. On a même prétendu que Joachim Krogh avait profité de la situation financièrement, la somme exigée pour Nadia étant bien faible en regard de ce qu'il gagnait. Et personne n'osait protester, ni s'opposer à un père en deuil. »

Geir Inge Hansen raconta ensuite comment il avait suivi l'affaire. Il avait accompagné le club de plongée lors de la recherche dans le fjord d'Eidanger, il était allé dans la forêt quand on avait creusé là où des médiums pensaient que le corps de Nadia était caché et il s'était rendu sur place quand des gens étaient persuadés l'avoir vue en vie dans une autre ville, un autre pays. Le mystère n'avait fait que s'épaissir.

Line se dit qu'elle avait obtenu des déclarations qu'elle allait pouvoir utiliser, mais aussi des idées quant à d'autres personnes à interroger.

Elle s'assura que l'entretien était bien enregistré et éteignit appareil. Geir Inge Hansen se leva pour la raccompagner.

« Je continue de penser que c'était le petit ami.

— Pourquoi donc ?

— Appelez ça une intuition. Il y a quelque chose chez ce type. Quelque chose qui n'est pas bien.

— Et les lettres de demande de rançon ? Elles ont pourtant été envoyées quand il était en détention provisoire.

— N'importe qui aurait pu les envoyer.

— Pas n'importe qui, objecta Line. Pas Robert Gran.

— Non, mais quelqu'un qui aurait voulu l'aider à sortir aurait facilement pu le faire. Dès lors qu'il a été libéré, on n'a plus eu de nouvelles des ravisseurs.

— Il y avait une photo jointe à la lettre. Une photo de Nadia et de son petit frère qui était dans son portefeuille quand elle a disparu. »

Geir Inge Hansen haussa légèrement les épaules en souriant.

« Je suppose que vous avez raison. Ces lettres n'auraient pas pu être envoyées par n'importe qui. Ce devait être un complice. Quelqu'un qui savait ce qui était arrivé à Nadia et où elle était. »

Line regrettait d'avoir éteint l'enregistreur, mais c'était sans doute justement pour cela que Geir Inge

Hansen avait osé énoncer ses idées personnelles sur l'affaire.

Glissant une cigarette entre ses lèvres, il la raccompagna en bas.

« Et qui pourrait l'avoir aidé ? lui demanda Line quand ils furent dehors.

— Je ne sais pas, admit-il, allumant sa cigarette. Ce que je sais, c'est que Robert habite toujours chez sa mère. »

Ces dernières paroles l'accompagnèrent alors qu'elle regagnait sa voiture. Elle disposait maintenant d'une autre perspective pour son entretien avec le petit ami de Nadia.

Elle perdit toutefois complètement le fil de sa réflexion en voyant un papier jaune sur son pare-brise. Elle jura. Encore un PV.

Elle regarda autour d'elle pour voir si l'agent verbalisateur était encore dans les parages, mais non. Elle consulta sa montre et l'écriteau. Elle avait passé moins de deux heures au journal, mais n'avait pas compté sa demi-heure de préparation.

C'était sa deuxième amende en une semaine. Elle se laissa tomber sur son siège et balança le papier jaune sur celui d'à côté. Agacée, découragée, frustrée, elle tourna le contact et enfonça un peu trop la pédale d'accélérateur, faisant crisser les pneus comme elle quittait sa place de parking.

Elle avait pensé prendre un café et une salade quelque part tout en préparant son interview du policier, mais ne se l'autorisa pas et s'acheta à la place une bouteille d'eau et un paquet de biscottes qu'elle mangea dans la voiture.

En route pour l'endroit où elle allait retrouver

Kittil Nystrand, elle appela Thomas. Ils allaient bien tous les eux. Line avait obtenu une place de jardin d'enfants pour Amalie à partir de janvier, mais d'ici là, elle était entièrement tributaire des baby-sitters pour travailler.

Elle était en avance. Kittil Nystrand prenait son service à 16 h et lui avait donné rendez-vous à 16 h 30. Il y avait eu un ciel de traîne pendant à peu près toute la journée, mais à présent la pluie reprenait.

Moteur tournant à vide, essuie-glaces balayant le pare-brise, Line alluma l'enregistreur.

« Je suis au camping d'Olavsberget à Porsgrunn. La saison vient de s'achever. Le camping est fermé, il ne reste qu'un peu de lumière dans le bâtiment des douches et au-dessus du snack jaune devant l'entrée proprement dite. Il y a vingt-six ans, un sac-poubelle contenant trois millions de couronnes a été déposé derrière ce bâtiment. Vous allez en savoir plus maintenant, avec le sergent Kittil Nystrand. »

La voiture de police apparut au moment où elle finissait sa phrase, avec près de dix minutes d'avance. Elle roula à sa hauteur et il baissa la vitre.

« C'est vous que je dois rencontrer ? » vérifia l'homme au volant.

Sa voix râpeuse allait bien avec son physique. Cheveux courts drus, pommettes marquées, menton robuste.

« Vous voulez venir dans ma voiture ? » proposa-t-il.

Line le remercia, prit son matériel et le rejoignit. Elle l'avait prévenu qu'elle allait enregistrer leur conversation et en utiliserait peut-être des extraits dans le podcast.

« Vous avez donc passé quelques heures ici ?

— Oui. Je travaillais à la brigade des stupéfiants à l'époque, dans un groupe qui faisait de la surveillance. Un après-midi, le chef de brigade nous a convoqués. C'était un jeudi. Il nous a fait un bref compte rendu de la situation. Nadia Krogh avait été enlevée et la famille avait reçu une demande de rançon. L'argent devait être déposé dans un sac-poubelle noir, ici, derrière le snack. On nous a ordonné d'y aller et de nous mettre en position avant que Joachim Krogh apporte l'argent.

— Quel était le plan, au juste ?

— Joachim Krogh voulait payer pour sa fille. Notre mission était de surveiller l'argent. Nous ne devions intervenir en rien, juste surveiller. Le risque était que des curieux viennent regarder dans le sac. »

Il y eut une communication sur la radio de police. Kittil Nystrand baissa le son.

« Les employés du camping ne se doutaient de rien. Le propriétaire leur avait seulement dit que nous faisions de la surveillance dans le cadre d'une affaire de drogue. L'E18 passait ici à l'époque. Il y avait beaucoup de circulation, beaucoup de monde qui venait prendre un en-cas au snack. Le plan était de les laisser prendre l'argent et de les suivre. Dès que nous nous étions installés, des renforts sont arrivés d'Oslo. On était trois équipes au total. Deux sur le terrain, en service douze heures d'affilée, et une au repos. Dix-huit hommes, en voiture et à moto. À quoi s'ajoutait un avion prêt à décoller à Geiteryggen. J'étais dans un véhicule camouflé en camionnette de plombier, à peu près là où nous nous trouvons maintenant.

— Et qu'est-ce qui s'est passé ?

— Rien, soupira le policier. Le problème, c'est

qu'aucune heure n'était indiquée dans la lettre des ravisseurs. Juste l'endroit où déposer l'argent. Personne n'est venu le chercher et les ravisseurs ne se sont plus manifestés. Après le week-end, nous avons réduit les effectifs et à la fin de la semaine, l'opération a été suspendue. On a récupéré le fric et on est rentrés au poste. »

Un camion passa sur la route. Line attendit que le bruit s'estompe.

« Aviez-vous déjà connu une situation pareille ou en avez-vous connu par la suite ?

— Non.

— Vous êtes-vous fait une idée sur la question ?

— Plein. Mais aucune qui puisse nous donner de réponse sur ce qui s'est réellement passé. »

33

L'image de géolocalisation apparut sur l'un des écrans de la salle de surveillance des communications. Le point rouge indiquant la voiture de Martin Haugen était immobile, juste aux abords de Porsgrunn, à seulement quelques centaines de mètres de la sortie de l'E18.

Hammer passa en mode photo aérienne. La voiture était garée dans une zone industrielle. L'élément le plus frappant était une grande sablière. En passe d'être envahie par la végétation, elle faisait encore l'effet d'une plaie dans le paysage.

« Il s'est garé devant un magasin, commenta Hammer en cherchant l'adresse. Un magasin de bricolage Montér. Qu'est-ce qu'il fait là ?

— Nadia Krogh a disparu quelques kilomètres plus loin, observa Stiller en pointant l'index sur l'écran. On l'a cherchée dans la sablière.

— Y a-t-il eu de l'activité du côté de son téléphone ? demanda Wisting.

— Non, mais la triangulation montre qu'il est au même endroit que sa voiture, expliqua Hammer. C'est lui qui est à l'intérieur.

— Nous aurions dû avoir la filature sur lui, déclara Stiller. Comme ça, on pourrait voir ce qu'il fabrique.

— Peut-être qu'il achète une pelle ? » suggéra Hammer.

Le point rouge commença alors à se déplacer. Dans la pièce, les trois hommes se turent et regardèrent la voiture qui se dirigeait vers Porsgrunn. Hagen traversa le centre-ville, emprunta le pont vers Vestsiden, puis la route de comté vers l'ouest.

« Il se rend à son chalet », déclara Wisting.

Hammer tourna sa chaise vers lui.

« N'est-ce pas suspect ? Il n'y est pas allé depuis longtemps et voilà que soudain, il part tôt du boulot pour y faire un tour. »

Wisting ne répondit pas, s'assit.

Le point rouge évolua dans Kilebygda avant de quitter la route dix minutes plus tard puis de s'arrêter.

« La barrière », précisa Wisting.

Hammer zooma sur la vue aérienne et ils purent voir un petit chemin qui sinuait dans la forêt. Le point rouge avança plus lentement et, après encore dix minutes, s'immobilisa.

« Voilà le chalet. »

Wisting montra un bâtiment au bord d'un lac tout en longueur.

« La route carrossable ne va pas jusqu'au bout. Il faut faire le dernier tronçon à pied.

— Vous avez les coordonnées ? » demanda Stiller.

Hammer déplaça le curseur au milieu de l'image et obtint la latitude et la longitude.

« J'appelle le service d'hélicoptères », annonça Stiller en cherchant un numéro enregistré dans le répertoire de son téléphone.

Wisting l'entendit se présenter.

« Nous faisons une surveillance électronique dans le cadre d'une affaire de meurtre, expliqua-t-il. Pourrions-nous solliciter votre assistance pour un survol afin de voir ce que fait le suspect ? »

Apparemment, on lui avait répondu positivement. Stiller dicta les coordonnées et promit d'envoyer aussi une demande écrite.

« Est-ce qu'on pourrait avoir des images ? demanda-t-il, prenant note d'une chose qu'on lui disait avant de raccrocher.

— Alors, c'est bon ? voulut savoir Hammer.

— Ils terminent une mission dans l'Agder. Après, ils vont juste refaire le plein à Kjevik et ils s'en occuperont en regagnant leur base. Ils seront au-dessus de lui dans quarante-cinq minutes.

— Et on aura des images en direct ? »

Stiller arracha une page de son calepin et la tendit à Hammer.

« À cette adresse. »

Hammer ouvrit une nouvelle fenêtre, faisant apparaître des images en direct de l'hélicoptère. Ils n'allaient rien voir avant un certain temps, mais Wisting ne pouvait se résoudre à quitter la pièce. Tous trois se retrouvèrent à regarder fixement l'écran vide.

« Je crois qu'il les a tuées toutes les deux, déclara Hammer, fouillant sa poche à la recherche d'une boîte de tabac à chiquer. Nadia et Katharina. Deux affaires de disparition avec un dénominateur commun. Martin Haugen. »

Les pensées de Wisting avaient évolué dans la même direction, mais il n'était pas parvenu à tirer cette conclusion plutôt affirmative. Haugen se trouvait bel et bien dans une autre région, à huit heures de distance, quand Katharina avait disparu.

Ils restèrent à échanger des idées, mais les liens qu'ils imaginaient étaient fantaisistes et leurs hypothèses de mobile tirées par les cheveux.

Puis l'écran s'anima avec des images prises de l'hélicoptère. Après quelques perturbations, ils eurent une vue oblique sur une forêt. La pluie rendait l'image grise et gommait les détails.

Le téléphone de Stiller sonna. C'était l'hélicoptère. Il mit le haut-parleur.

« Nous serons au-dessus du sujet dans environ deux minutes, expliqua le pilote par-dessus la rumeur régulière du cockpit. Nous arrivons du sud-sud-est. Altitude de vol 2000 pieds, on va descendre à 1600, mais pas plus, pour ne pas être identifiés. Je suppose que c'est important ?

— Absolument, confirma Stiller. Pouvez-vous filmer en plan plus serré ?

— Nous bloquerons l'objectif sur la cible quand nous l'aurons en vue. Ensuite nous zoomerons. »

Il y eut un peu de friture, puis le pilote revint.

« Soixante secondes. »

L'image tourna, on voyait droit devant l'hélicoptère.

« Quarante secondes. »

Un lac tout en longueur apparut sur la droite. Un point de mire se déplaçait vers le rivage.

« Vous avez le visuel ? » vérifia le pilote.

Stiller confirma.

Une trouée dans la forêt laissa apparaître un bâtiment. La caméra se fixa dessus et zooma.

« On dirait qu'il y a du mouvement sur le toit, rapporta le pilote.

— C'est lui ! » s'exclama Hammer, désignant l'écran.

Le plan se resserra encore. Une échelle contre une façade, quelqu'un d'assis sur le toit, qui s'interrompit dans son geste, mit sa main en visière et regarda l'hélicoptère.

Puis le plan s'élargit et l'homme et le chalet finirent par disparaître derrière les épicéas.

« Vous voulez un autre survol ? » s'enquit le pilote.

Wisting secoua la tête. Stiller le remercia de son aide et coupa la communication.

Hammer revint à l'enregistrement et l'arrêta sur l'image de l'homme sur le toit.

« Rien de très palpitant, commenta-t-il.

— Ça dépend comment on voit les choses », souligna Stiller.

Wisting était de son avis.

« Il prétendait avoir réparé le toit la semaine dernière. Nous savons que ce n'est pas le cas. Ce qu'il fait sur cette image, c'est essayer de confirmer son mensonge. Faire en sorte que je ne le démasque pas quand j'irai au chalet ce week-end. »

34

Line avait aménagé un bureau dans son sous-sol, mais elle ne s'en servait pas. Elle préférait être couchée sur le canapé, son ordinateur sur les genoux et ses notes éparpillées par terre ou sur la table basse, et puis, dans le salon, elle n'avait pas besoin du baby-call pour savoir si Amalie se réveillait.

Thomas regardait un documentaire. Cela ne la dérangeait pas, Amalie non plus, malgré la porte ouverte.

Le travail sur le podcast et la série d'articles était plus rapide et plus facile qu'elle ne l'aurait cru. Le lendemain, elle devait se rendre à Oslo pour interviewer Adrian Stiller à Kripos, ensuite elle passerait à la rédaction avec ce qu'elle avait. Après quoi, il ne lui resterait qu'un seul jour pour terminer.

Elle était actuellement concentrée sur Robert Gran, le petit ami de Nadia. Adrian Stiller lui avait envoyé un e-mail avec les coordonnées de Gran ainsi que de la documentation, sûrement plus que ce que la police était censée révéler, mais cela permettait de gagner du temps et, en plus, elle pouvait considérer les informations comme déjà vérifiées.

Comme Geir Inge Hansen l'avait expliqué, Robert

Gran vivait chez sa mère. L'adresse indiquée était Slottsbrugata, à un jet de pierre du centre de Porsgrunn. Il n'avait pas toujours habité là. Il avait aussi vécu avec deux femmes successives, dont il avait deux enfants. Noms, dates de naissance, adresses étaient précisés. D'après le dernier changement d'adresse, sa dernière relation de couple semblait avoir pris fin trois ans auparavant, à la suite de quoi il avait emménagé chez sa mère.

Ses parents s'étaient séparés deux ans après l'enlèvement Krogh. Son père s'était remarié. Nom et adresse étaient indiqués. Sa mère était célibataire.

Robert Gran avait un an de plus que Nadia. Ils étaient sortis ensemble quand elle était en seconde et lui en première. Âgé maintenant de quarante-quatre ans, il travaillait comme magasinier dans un magasin de bricolage. Ses revenus étaient également mentionnés.

Il avait été entendu par la police pour la première fois le samedi à 13 h 45, environ quatorze heures après que Nadia avait quitté la fête. Il avait alors expliqué qu'il était ivre et n'avait pas vraiment suivi ce qui se passait. Nadia était fâchée qu'il ait parlé à une autre fille et il avait fini par comprendre qu'elle était partie. Juste avant 20 h, il avait de nouveau été interrogé, notamment sur le fait qu'il avait été observé se disputant avec Nadia dans l'entrée, et sur ces entrefaites, elle avait tourné les talons, pris sa veste sur une patère et était partie. À peine quelques minutes plus tard, plusieurs personnes l'avaient vu lui emboîtant le pas. Il niait l'avoir suivie et disait qu'il avait trop bu pour se souvenir de quoi que ce soit. D'autres invités, en revanche, estimaient qu'il n'avait presque rien bu. À la fin de l'interrogatoire, son statut avait changé. De témoin, il était devenu inculpé pour faux témoignage et avait été placé en garde à vue. Le lundi matin, il avait été entendu par le juge des libertés. Son explication cette fois était qu'il avait suivi Nadia pour lui parler, mais ne l'avait pas rattrapée. Au lieu de retourner à la soirée, il était rentré chez lui.

Thomas se dirigea vers la cuisine, un verre vide à la main.

« Tu veux quelque chose ? »

Line secoua la tête.

Adrian Stiller avait joint une photo relativement récente à son e-mail. Elle portait la mention *Ne pas publier* et était sans doute destinée à lui permettre de reconnaître Robert Gran quand elle le rencontrerait. C'était un bel homme, malgré son air grave et ombrageux sur la photo. Il y avait toutefois dans son regard un éclat sombre, un air dissimulé.

Elle avait d'abord cru à une photo du fichier des passeports, mais un détail clochait dans ses dimensions, et elle comprit qu'elle provenait sans doute du fichier de photos de la police, mais avait été découpée de façon à ne pas laisser apparaître le matricule du bas.

35

Stiller ouvrit la porte du balcon : avec le disque dur supplémentaire connecté à son ordinateur, on respirait mal dans la chambre d'hôtel.

Il s'arrêta sur le seuil. L'air humide de la mer se déposa comme un film sur son visage.

Le disque dur contenait deux dossiers : les fichiers copiés sur les ordinateurs de Martin Haugen. Le portable du salon était celui qui était le plus utilisé, mais aucun document personnel ne s'y trouvait. L'ordinateur fixe offrait nettement plus d'intérêt. Il était relié aux deux caméras de surveillance. Le logiciel avait été installé le lundi de la semaine précédente et réglé de façon à passer en mode enregistrement dès qu'un mouvement était détecté. C'était parfois le chat, mais une fois triées, les séquences brèves montraient aussi les départs et les retours de Haugen. Le jeudi, il y avait des images de Wisting. Il était venu trois fois et avait été filmé devant et derrière la maison. La séquence suivante montrait le retour de Haugen dans la nuit de jeudi à vendredi. L'horaire figurant en haut à droite était 3.27. Ensuite, c'était lui-même et Wisting, le vendredi matin.

Laissant la porte entrouverte, Stiller retourna s'asseoir au bureau. La voiture était de nouveau en mouvement. Haugen était resté à son chalet jusqu'à la tombée de la nuit, puis le point rouge avait commencé à se déplacer sur le chemin carrossable dans la forêt avant de poursuivre vers Larvik. La dernière demi-heure, il était resté à Vallemyrene, aux abords de Porsgrunn, où la carte indiquait un snack. Haugen, ayant mangé un morceau, remettait le cap sur son domicile.

Les caméras de surveillance les avaient aidés à établir une chronologie simple. Haugen avait quitté son domicile le mercredi à 11 h 23 pour rentrer dans la nuit du jeudi, quarante heures plus tard. Avant de partir, il avait déposé une demande de nouveau passeport et acheté des caméras de surveillance. Il était facile d'en conclure que tout avait été déclenché par la lettre anonyme. *Je sais*. De toute évidence, ça l'avait effrayé. Stiller aimait cette idée. Les gens qui avaient peur faisaient des choses irrationnelles.

Il se frotta les yeux et sentit combien il était fatigué. La nuit précédente, il avait dormi trois heures et, malgré ses paupières lourdes, il doutait que ce soit mieux ce soir. Cela faisait longtemps qu'il avait découvert qu'être fatigué n'était pas la même chose qu'avoir sommeil.

Il resta à observer le point rouge qui se déplaçait sur la tablette. Vingt petites minutes plus tard, il s'arrêta devant une maison de Kleiver.

Stiller prit son téléphone et envoya un message à Wisting pour l'informer que Haugen était rentré chez lui.

36

Le téléphone de Wisting émit un nouveau bip. Encore un message de Stiller, un peu plus long cette fois. Il avait regardé les copies des disques durs de Haugen. Le plus intéressant était les caméras de surveillance qui montraient qu'il s'était absenté de chez lui pendant quarante heures.

Wisting tapa un bref *OK* et quitta son fauteuil du salon pour aller dans la cuisine. Désœuvré, il entreprit de ranger le plan de travail sur lequel Thomas avait laissé la planche et le couteau à pain.

Haugen était parti de chez lui pour des raisons qu'il ne voulait partager avec personne. Il lui avait menti, de même qu'à ses collègues, sur le motif de son absence.

La surveillance leur permettait de savoir à tout moment où il se trouvait, mais elle ne disait pas où il était la semaine précédente. Il y avait toutefois un moyen de le savoir.

Wisting sortit son téléphone de sa poche et écrivit un message à Stiller : *Communications de la semaine dernière.*

Stiller allait comprendre. L'historique du téléphone

portable de Haugen pourrait dire avec qui il avait été en contact et où il se trouvait pendant ce jour et demi d'absence.

La réponse vint sans tarder : *Je suis sur le coup.*

C'étaient probablement deux mots qui avaient fait agir Haugen de la sorte. *Je sais*. Collage élémentaire, comme les lettres de l'enlèvement Krogh, la missive anonyme avait dû le bouleverser.

Mais qui savait quoi ?

Wisting regagna le salon. Il avait rapporté du commissariat le classeur *Inger Lise Ness*. C'était sans doute la personne qui connaissait le mieux Haugen, elle avait vécu avec lui plusieurs années avant qu'il rencontre Katharina, mais tout ce qu'elle avait dit à la police avait été évalué à la lumière de son état psychique.

L'une des plus grosses sources de problèmes, à l'époque, était qu'elle volait le courrier de Katharina et Martin Haugen. Ils n'avaient donc pas payé certaines factures, ce qui avait entraîné leur inscription au fichier des incidents de paiement. Wisting se concentra sur le document répertoriant les objets volés à Katharina qu'on avait trouvés dans la commode d'Inger Lise Ness. Il cocha dans la marge à côté d'une facture d'assurance. Elle était datée du 21 septembre 1987. C'était le lundi suivant la disparition de Nadia, ce qui signifiait qu'Inger Lise Ness avait dû regarder dans la boîte aux lettres de Haugen quand les ravisseurs détenaient Nadia.

Lors de l'interrogatoire, elle avait admis le harcèlement. L'image qui se dégageait était que ses actes étaient motivés par la frustration et la colère envers Haugen. « Vous ne savez pas comment il était, avait-elle déclaré. Vous ne savez pas ce qu'il a fait. Vous ne savez pas ce que je sais. » À l'époque, on avait interprété ces déclarations comme une tentative pour se justifier et reporter la culpabilité sur un autre. Aujourd'hui, il y avait lieu de se demander si elle ne détenait pas réellement des informations.

37

Le service des *cold cases* avait ses quartiers au cinquième étage de l'immeuble de Kripos, dans l'est d'Oslo. Adrian Stiller n'avait pas encore eu le temps de s'installer convenablement. La pièce était vide, juste quelques étagères abritant un ou deux classeurs, un bureau avec un ordinateur et une chaise sur laquelle il n'avait pas passé tellement d'heures.

Son travail s'effectuait principalement dans les circonscriptions où les affaires classées avaient été traitées. Sans cette interview avec Line Wisting, il ne serait pas venu ce jour-là non plus. Ç'aurait bien sûr été plus simple et plus pratique pour l'un comme l'autre de se retrouver à Larvik, mais mieux valait qu'elle ignore sa présence en ville.

À 11 h 55, la réception appela. Line était là. Il descendit l'accueillir. Elle avait un sac en bandoulière et un enregistreur à la main. Il comprit que l'appareil était allumé, mais ne fit aucun commentaire et lui souhaita simplement la bienvenue.

Elle tint l'enregistreur devant elle pour capter les sons du badge glissé à travers le lecteur et du code tapé. Une fois la porte refermée derrière eux, elle le mit sur pause.

« Comment ça va ? s'enquit Stiller alors qu'ils attendaient l'ascenseur.

— Bien. Nous avons la plupart des éléments. J'ai juste besoin de quelques mots de votre part, expliquant pourquoi vous avez rouvert l'affaire Krogh. »

L'ascenseur arriva, ils entrèrent. Il était si près d'elle qu'il sentit la faible odeur légèrement sucrée de son parfum et pensa automatiquement à l'été.

Au cinquième, il prit une carafe d'eau et deux verres dans la kitchenette. Il avait proposé du café, mais Line avait décliné. Puis ils s'installèrent dans son bureau.

Elle avait l'air efficace. Il n'avait pas fini de remplir leurs verres que son calepin était sorti et l'enregistreur en marche.

« Pourquoi avez-vous décidé de rouvrir l'affaire Krogh ? » demanda-t-elle.

Stiller était préparé à la question, mais il ne pouvait pas indiquer la véritable cause : la découverte des empreintes digitales de Martin Haugen sur la lettre des ravisseurs. Il gardait cette information pour une manœuvre ultérieure.

« L'enlèvement Krogh est particulier, répondit-il à la place. C'est une affaire sans pareille dans l'histoire criminelle norvégienne, c'est devenu un abcès pour la police, la famille et toute une communauté locale. »

Langue de bois. Réponse de politicien. Des mots comme on en entendait dans la bouche des directeurs de la police et Line n'était manifestement pas dupe.

« Qu'est-ce qui fait sa particularité ?

— Ces affaires d'enlèvement sont spéciales. Rares.

Pour trouver des dossiers comparables, il nous faut aller dans d'autres pays, d'autres continents.

— Pourrait-ce être la raison pour laquelle elle n'a pas été résolue ? Parce que la compétence n'était pas là ? »

Stiller devait avancer avec précaution. Le directeur de Kripos avait déclaré que, quoi qu'il pense du travail effectué jadis, le groupe des *cold cases* ne devait jamais critiquer le travail de collègues sur ces vieilles affaires.

« Toute priorité a été donnée à l'affaire Krogh au moment des faits, assura-t-il. Les policiers les plus talentueux y ont été affectés. La difficulté résidait là où elle réside toujours dans les affaires de disparition : dans l'absence de scène de crime. »

La conversation se poursuivit. Il décrivit la composition et l'organisation de son groupe et expliqua que la police disposait d'outils de travail sans cesse plus performants pour résoudre les affaires difficiles.

« Mais même si les traces matérielles et l'ADN sont importants, ce qui mène à la solution, c'est le plus souvent de nouveaux éléments apportés par quelqu'un qui a des informations, souligna-t-il. Il faut que la bonne personne parle. »

Cela lui parut être une conclusion appropriée. Il en était content et, d'un geste du menton, lui fit signe d'éteindre l'enregistreur.

« Savez-vous qui est cette personne ? » demanda-t-elle, l'enregistreur continuant de tourner.

Il ne répondit rien. Line laissa le silence durer quelques secondes pour l'effet produit, puis éteignit l'enregistreur et le rangea dans son sac, afin de signaler que sa réponse, si elle venait, resterait entre eux.

« Vous devez avoir autre chose, insista-t-elle comme

il ne répondait pas. Attendre que la bonne personne se mette à parler, ça me paraît faible comme stratégie d'enquête.

— Il s'agit peut-être surtout d'*obtenir* que la bonne personne parle, rectifia-t-il en lui souriant.

— Vous allez reparler à Robert Gran ? Le petit ami ?

— C'est fait.

— J'ai rendez-vous avec lui samedi, précisa Line.

— Oui, c'est moi qui l'ai organisé, lui rappela Stiller.

— Je sais. Ce que je me demandais, c'est s'il y a des éléments que je devrais connaître le concernant.

— Comme quoi ?

— A-t-il un casier, par exemple ? »

Stiller acquiesça.

« Qu'est-ce qu'il a fait ?

— Des choses pas bien. » Il n'avait pas envie de lui donner l'information, mais y était obligé. « Il a été condamné pour violence.

— Contre qui ?

— Sa compagne. Il a interdiction de s'approcher d'elle. »

Il vit que les questions se bousculaient dans le cerveau de la journaliste.

« Cela ne place-t-il pas l'affaire sous un autre jour ? Les violences conjugales, je veux dire. Ce comportement fait de lui quelqu'un qui *de facto* serait un suspect de la police. »

Elle soulignait des évidences, mais ce n'était pas là-dessus qu'ils se concentraient. L'enquête avait pris une autre direction.

« N'oubliez pas que vous évoluez en eaux troubles,

dit Stiller. Le coupable est toujours en liberté. Vous devez être consciente qu'avec la mission que vous avez endossée vous pourriez un jour vous retrouver face à lui. Je comprendrais que vous préfériez renoncer à cette interview.

— Non, je veux la faire. C'est juste que j'aimerais en savoir autant que possible avant d'y aller. »

Line recula sa chaise et se leva, mais resta debout sans bouger.

« C'est lui, votre suspect ? La personne sur qui l'enquête est officieusement dirigée ? »

Stiller hésita à répondre par la négative, suffisamment longtemps pour qu'elle n'ait pas de certitude qu'il disait la vérité.

« Nous progressons, dit-il après une pause. Avec un peu de chance, j'aurai peut-être quelque chose pour vous la semaine prochaine, pour votre article suivant, mais à l'heure actuelle, il est trop tôt. »

Une promesse de révélation ultérieure, elle parut s'en satisfaire.

38

De la fenêtre de son bureau, Wisting voyait le logement d'Inger Lise Ness, dans un complexe de quatre maisons mitoyennes, situées Kirkestredet, tout contre la voie ferrée. À vol d'oiseau, c'était à six cents mètres tout au plus.

Il avait besoin d'un prétexte pour lui parler. C'était son genre d'écrire une lettre anonyme, mais si elle détenait effectivement des informations, elle avait sans doute d'autres projets que d'en parler à la police. Il allait être obligé d'y aller à l'intuition et il lui fallait un prétexte. Il l'avait trouvé.

Son casier judiciaire indiquait une récente condamnation pour escroquerie. Après une longue période de chômage, elle avait trouvé du travail dans un supermarché, mais n'avait pas déclaré le nombre d'heures réel à l'agence pour l'emploi qui lui versait ses indemnités. Sur une période de dix-huit mois, elle avait ainsi touché près de cent mille couronnes de plus que ce à quoi elle avait droit. La peine était de quatre-vingt-dix jours de réclusion. Elle attendait maintenant sa convocation pour l'exécuter.

Il souleva le combiné, composa le numéro du service

de l'exécution des peines et put parler à quelqu'un qu'il connaissait.

« Je voudrais vous demander une faveur, annonça-t-il.

— Quoi donc ?

— Il s'agit d'une personne condamnée qui s'appelle Inger Lise Ness. J'aurais besoin qu'elle avance de quelques places dans la file d'attente.

— Ça, nous devrions pouvoir nous en occuper. »

Pendant un temps, on n'entendit que les touches d'un clavier.

« Une place va se libérer à Sandefjord dans trois semaines, annonça l'employée du service de l'exécution des peines. Ça suffira ?

— C'est bien. Ce qui compte, c'est que j'aie la convocation pour pouvoir la lui remettre moi-même.

— D'habitude, la lettre est adressée par voie postale.

— Envoyez-la ici, je la lui apporterai et je ferai en sorte qu'elle se constitue prisonnière en temps voulu. »

Inger Lise Ness ne s'étonnerait sûrement pas qu'un policier en civil vienne lui remettre la convocation en mains propres.

« Ça me va, répondit la femme de l'exécution des peines. Il lui faut aussi une brochure. Si je l'envoie aujourd'hui, vous l'aurez demain. »

Wisting la remercia et lui indiqua l'adresse.

39

Le système de sécurité ne fit pas obstacle à son passage. Une lampe verte s'alluma, il y eut un déclic et elle fut à l'intérieur.

L'enlèvement Krogh était le genre d'affaire dont on ne devait parler qu'en réunion de rédaction à huis clos. Seuls quelques journalistes pouvaient être au courant avant la publication. Mais c'était aussi le genre d'affaire qui faisait circuler les rumeurs. On aurait dit que tout le monde était au courant et voulait en savoir plus.

Line éluda poliment les questions et rejoignit prestement la pièce où se trouvait Daniel. Elle savait qu'il travaillait sur ce dossier depuis plus longtemps qu'elle, mais n'en était pas moins impressionnée par la vitesse à laquelle les choses s'étaient mises en place. Encore quelques détails à peaufiner dans le premier article, le montage du podcast à effectuer, et tout serait prêt pour la publication. Le plan était de publier l'article dans l'édition papier et dans *VG+*, l'édition pour tablette, le vendredi matin, pour ensuite mettre quelques sujets en ligne dans le courant de la journée. Le podcast devait être disponible à partir de 14 h. Soit quarante-huit heures plus tard. Ensuite commencerait le deuxième tour.

Tout ce qui avait trait à l'enlèvement Krogh allait être rassemblé sur une page à part, à l'identité visuelle attirante, avec un collage d'anciens documents, de photos et de coupures de presse.

Line feuilleta des documents de la police qu'ils avaient imprimés.

« Je ne suis pas sûre de croire à cette histoire d'enlèvement, déclara-t-elle.

— Qu'est-ce qui te fait douter ?

— En premier lieu, le fait que les ravisseurs aient laissé tomber comme ça. Ils envoient deux lettres pour expliquer où il faut déposer l'argent, et ensuite, ils ne cherchent jamais à le récupérer ? On dirait qu'ils ont juste abandonné.

— Ils ont peut-être été refroidis ?

— Peut-être, mais ça manque de conviction, tout ça.

— À quel égard ?

— Je me suis penchée sur des kidnappings classiques, en Amérique pour la plupart — le fils de Frank Sinatra, celui de Charles Lindbergh — et d'autres en France et en Allemagne. L'élément récurrent, c'est que les lettres contenaient des instructions détaillées et dissuadaient d'impliquer la police. Ceux qui ont pris Nadia se sont contentés d'une phrase. *Mettez l'argent dans un sac en plastique noir derrière le snack d'Olavsberget*.

— Ils avaient ajouté une photo », rappela Daniel.

Line en avait une copie sous les yeux. Nadia et son petit frère. Dans un photomaton. Têtes serrées l'une contre l'autre pour tenir dans le cadre. La situation les faisait rire. La photo était dans le portefeuille de Nadia, elle l'avait toujours dans son sac.

« En fait, ça ne prouve rien, déclara Line.

— Ça a suffi pour que la police libère son petit ami.

— Les lettres de demande de rançon pourraient avoir été une diversion. Pour le faire sortir, justement. »

Daniel leva la main.

« Garde ça pour plus tard ! Les lettres, c'est notre prochain épisode. Là, il faut qu'on aille en studio pour monter celui-ci. »

Ils se rendirent au studio. Daniel s'installa à la table de mixage, Line prit place au micro et étala ses feuilles devant elle.

« Je ne sais pas trop quels mots employer au sujet du soir de sa disparition. »

Daniel leva les yeux.

« Comment ça ?

— Est-ce que je dis "le soir de sa disparition", "le soir de son enlèvement", "quand on l'a enlevée" ou "quand elle a disparu" ? »

Daniel réfléchit un instant.

« Le soir de sa disparition. Ça couvre la réalité et c'est ce qui t'est venu en premier. »

Parler dans un micro à l'intention d'auditeurs inconnus fut plus facile qu'elle ne l'imaginait. Elle avait un script, avec de l'intensité dramatique et une présentation pédagogique de l'affaire, mais s'exprimait néanmoins librement et sentait que sa voix avait juste la décontraction nécessaire.

Ses pensées ne cessaient de revenir à la photo de Nadia et de son petit frère.

Line leva les yeux de son script et fixa son regard sur le micro.

« Dans ce podcast, il y a une question importante, s'entendit-elle dire. Cette question, je ne l'ai encore posée à aucun de mes interlocuteurs, parce que je ne mesurais pas sa portée. La police, en revanche, l'a posée, notamment à Liv Hovet, qui est l'une des dernières personnes à avoir vu Nadia le 18 septembre 1987. Cette question, c'est : emportait-elle quelque chose ? Avait-elle quelque chose à la main quand elle est partie ? Ou, pour être plus concrète : a-t-elle emporté son sac quand elle a quitté précipitamment la soirée de Glimmerveien ?

« Les enquêteurs ont sans doute posé cette question par pure routine, tout comme on a demandé à tous les participants de la fête comment Nadia était habillée. En ce qui concerne le sac, ils ont obtenu différentes réponses. Pourquoi cette question est importante, vous le saurez dans le prochain épisode du *Mystère de Nadia Krogh*. Vous apprendrez en effet ce que les ravisseurs ont écrit à ses parents et ce qu'ils avaient mis dans l'enveloppe. »

40

Line se laissa choir sur le canapé. Elle était fatiguée. La journée avait été longue et elle était contente que Thomas soit là. À son retour, il avait déjà couché Amalie et lui avait préparé un sandwich au poulet avec du bacon et du brie.

« Tu savais qu'on est apparentés au chef cuisinier de la télé ? demanda-t-elle.

— Qui ça ? fit Thomas avec un sourire en attrapant la télécommande. Jamie Oliver ?

— Non, le Norvégien. Hellstrøm. »

Thomas ne parut pas particulièrement enchanté par cette nouvelle.

« Pas en ligne directe, précisa Line, mais une des sœurs de notre arrière-arrière-grand-mère était mariée avec le frère de son arrière-grand-père. »

Thomas eut l'air de se demander en quoi cela les rendait apparentés, mais la gratifia d'un haussement d'épaules avant de se concentrer sur la télévision.

Line mangea la moitié du sandwich, emballa l'autre dans du film alimentaire et la mit au frais.

Il y avait une bande de photos d'identité sur la porte du réfrigérateur. Trois versions de Thomas et

Amalie. Sur la première, sa fille affichait un sourire joyeux et regardait presque droit dans l'objectif, mais sur la dernière elle commençait visiblement à s'impatienter.

« Vous avez fait des photos ? cria-t-elle vers le salon.

— Oui, répondit Thomas d'un ton enjoué. J'ai gardé la meilleure. »

Line ouvrit le réfrigérateur, y posa l'assiette.

« Où avez-vous trouvé un photomaton ?

— Au centre commercial. Ce n'était pas un vrai photomaton, mais un train de manège qui prenait des photos pendant qu'on roulait. »

Line se rassit sur le canapé.

« Merci, dit-elle en regardant son frère. De si bien t'occuper d'elle. »

Il répondit d'un signe de tête avant de se consacrer de nouveau à l'émission. Il n'était pas plus doué que leur père pour recevoir un compliment.

Elle prit son ordinateur pour retoucher son article. Des petites choses que le rédacteur en chef avait commentées. Ce serait vite fait, mais, au lieu d'ouvrir le document, elle cliqua sur son logiciel de généalogie et chercha Stiller.

Il y avait trois résultats dans sa famille. Une lignée partait d'un quatrième aïeul, dont la sœur avait épousé un certain Anders Stiller à Mysen en 1862. Ils avaient eu deux fils. Ole et Lars. La référence indiquait que ces renseignements provenaient d'un registre de paroisse numérique. À explorer quand elle aurait le temps.

« Ce n'est pas l'affaire sur laquelle tu travailles ? » s'exclama Thomas.

Line regarda l'écran de télévision. Elle entendit le nom de Nadia Krogh et vit son visage.

« C'était quoi ? s'enquit-elle, alors qu'elle avait tout de suite compris.

— Une annonce pour *Lieu du crime : Norvège*, demain. Ils vont parler de l'enlèvement Krogh. »

Line se redressa sur le canapé et posa son ordinateur sur la table basse.

« Ils ne peuvent pas faire ça ! » protesta-t-elle.

Thomas la dévisagea. Line prit son téléphone et appela Frost.

Il répondit comme à son habitude. D'un ton sec et désagréable.

« On n'était pas censés avoir l'enlèvement Krogh en exclusivité ?

— Si.

— TV2 l'annonce en ce moment. Ils vont en parler dans *Lieu du crime : Norvège* demain soir. »

Le directeur de la rédaction jura au bout du fil.

« Adrian Stiller ! fit-il en jurant encore. Il joue double jeu. Ce n'était pas le marché que nous avions conclu.

— C'était quoi le marché ? »

Il y eut un silence. Frost jura de nouveau.

« Nous devions avoir les lettres des ravisseurs en exclusivité, mais nous n'avions pas d'accord d'exclu sur l'affaire proprement dite. J'ai pris pour acquis que nous serions les premiers pour tout. »

Ce fut le tour de Line de jurer.

« Qu'est-ce qu'on fait ? On avance la publication ? On imprime l'article demain ? Je peux le terminer d'ici une heure ?

— Non, trancha Frost. On a autre chose de prévu pour demain, mais on va ajouter un papier sur la réouverture de l'affaire de l'enlèvement Krogh, en précisant que nous aurons un podcast avec des informations exclusives vendredi. On va se servir du reportage de TV2 comme d'un teaser pour notre propre couverture de l'affaire. Tu peux m'envoyer quelque chose d'ici quarante-cinq minutes ?

— Ça marche. Tu vas l'appeler ?

— Qui ça ?

— Stiller. Pour nous éviter d'autres surprises. Ou tu veux que je le fasse ?

— Je m'en occupe. Vous deux, vous devez être copains. »

Ils raccrochèrent. Dans sa chambre, Amalie commençait à s'agiter. Thomas se leva.

« J'y vais. »

Line le remercia et reprit son ordinateur.

41

Adrian Stiller avait réuni les enquêteurs du commissariat dans une des petites salles de réunion. William Wisting, Nils Hammer ainsi que Christine Thiis. La porte était fermée, la lampe rouge du couloir allumée.

À la fenêtre, Hammer baissait les stores.

« Quel temps annonce-t-on pour demain ? » demanda-t-il.

Wisting s'assit.

« J'imagine qu'il va continuer de pleuvoir. Pourquoi ?

— C'est toi qui pars en week-end de pêche, observa Hammer.

— Beau temps, les informa Christine Thiis. Légèrement nuageux, sans précipitations pendant tout le week-end. Avec des éclaircies. »

Stiller s'installa en bout de table et attendit que tout le monde ait pris place.

« Ça commence aujourd'hui. Ce soir sur TV2, *Lieu du crime : Norvège* fait son sujet principal sur l'enlèvement Krogh. L'émission est en direct. Je serai dans les studios. » Il se tourna vers Wisting. « Pourriez-vous être chez Haugen à ce moment-là ? J'aimerais bien avoir sa réaction immédiate.

— Ça risque de paraître un peu artificiel, souligna Wisting. Suspect. »

Stiller produisit une feuille horaire.

« J'ai un plan. À 20 h 15, vous lui envoyez un texto disant que vous allez rentrer tard du boulot, mais que vous vous demandiez si vous ne pourriez pas faire un crochet par chez lui pour parler du week-end au chalet. Il faut vous répartir un peu les courses et convenir des modalités pratiques. »

Wisting acquiesça.

« L'émission commence à 21 h 40. Vous devez arriver chez lui quelques minutes avant.

— Et si sa télé n'est pas allumée ? » glissa Hammer.

Stiller n'avait pas terminé et il continua de parler sans tenir compte de sa remarque.

« Le sujet sur Nadia Krogh commence seize minutes après le début de l'émission, à 21 h 56. Hammer va aussitôt vous envoyer un message vous demandant de regarder TV2. »

Il se pencha pour sortir un téléphone de son sac et le fit glisser sur la table.

« Servez-vous de ce téléphone, dit-il à Hammer avant de s'adresser de nouveau à Wisting. Vous devez enregistrer le numéro comme *Line* sur votre téléphone, pour qu'on ait l'impression que c'est votre fille qui vous demande de regarder. Ça devrait suffire pour qu'il mette la bonne chaîne. »

Il lança un coup d'œil vers Hammer et reprit ses instructions à Wisting.

« Vous direz à Haugen que votre fille travaille sur l'enlèvement Krogh pour *VG*. Dites que vous vous souvenez de l'affaire et demandez-lui s'il s'en souvient aussi. »

Il voyait que ce plan gênait Wisting, qui avait saisi un stylo-bille et écarté imperceptiblement sa chaise de la table, comme s'il prenait ses distances avec le plan.

« Vous serez équipé d'un micro caché, poursuivit Stiller. C'est un truc microscopique que vous garderez sur vous tout le week-end. Il est activé par la voix avec une capacité d'enregistrement de quarante-huit heures. Les batteries durent le double, donc une fois qu'il sera installé, vous n'aurez plus besoin d'y penser. »

Wisting commença à tripoter son stylo, manifestement mal à l'aise.

« Demain, nous mettrons plus de pression. Quand vous lui parlerez ce soir, c'est important que vous vous mettiez d'accord pour prendre votre voiture. On installera un traceur et un mouchard, comme ça on pourra écouter en direct ce qui se dit. En route, il faudra vous arrêter dans une station-service pour acheter *VG*. Quand vous serez à mi-chemin, “Line” vous enverra un message avec un lien vers le podcast, pour que vous puissiez l'écouter dans la voiture. Ça dure trente-quatre minutes, donc vous ne pourrez pas l'écouter en entier avant d'arriver. Deux heures plus tard, “Line” vous écrira encore pour savoir ce que vous en avez pensé. Cela vous donnera un prétexte pour finir de l'écouter et discuter avec Haugen de ce qu'il en pense. »

Ce fut Hammer qui brisa le silence.

« Et ça va le faire avouer ? demanda-t-il, peu convaincu.

— Ça va faire de l'enlèvement Krogh un sujet

de conversation, répondit Stiller. L'enquête, c'est cinquante pour cent de psychologie. Parfois, nous n'avons pas besoin de preuves, il s'agit juste de faire en sorte que le suspect s'empêtre dans un filet dont il n'arrive plus à ressortir. »

Wisting resta sans rien dire. Stiller distribua des copies de son plan d'action.

« Ça fait beaucoup de détails, commenta Wisting. Beaucoup de choses qui peuvent mal tourner.

— N'y réfléchissez pas trop. Dans un premier temps, il faut juste mettre ses pensées en mouvement, le rendre plus vulnérable, hésitant, pour que ce soit plus facile de le faire craquer le moment venu. Il faut qu'il comprenne que porter un lourd secret, c'est pire que ce qui l'attend s'il avoue. »

42

Dans la salle de surveillance des communications, l'écran montrait une activité anormalement élevée. Pendant leur réunion, sept appels sortants avaient été enregistrés, sept numéros différents.

Hammer fit rouler sa chaise vers le bureau pour écouter le premier. Un homme, domicilié à Sandefjord.

Haugen se présentait.

« *C'est à propos du pistolet à air comprimé que vous avez mis en vente sur Finn.* »

Wisting lança un regard vers l'écran où s'affichait le suivi des mouvements de Haugen.

« Il est toujours au boulot, commenta Stiller. Il a dû se servir d'un ordinateur là-bas. »

Haugen se mettait d'accord avec le vendeur pour passer chez lui entre 16 h et 18 h.

« Qu'est-ce qu'il va faire avec un pistolet à air comprimé ? » demanda Stiller.

Hammer alla sur finn.no et essaya de faire une recherche sur le numéro que Haugen avait appelé. Pas de résultat. Sur le nom du vendeur non plus. Il fit donc une recherche sur pistolet à air comprimé en la limitant à Sandefjord. Quatre résultats. Il retrouva le nom du vendeur dans la troisième annonce. Sur la photo, on aurait dit une vraie arme. Le texte indiquait que c'était la réplique d'un SIG suisse et qu'il fallait utiliser des cartouches de CO_2 de douze grammes.

Cela laissa Wisting songeur, mais ni lui ni ses collègues ne firent de commentaires.

Hammer passa l'enregistrement suivant. Une conversation similaire. Haugen prenait rendez-vous pour voir un autre pistolet à air comprimé. Ils écoutèrent encore quatre enregistrements. Tous sur le même sujet.

« Il a la trouille, commenta Hammer. Il n'a pas de permis et ne peut donc pas s'acheter de véritable arme, et il ne sait pas où s'en procurer une illégalement. Donc il se tourne vers un pis-aller. Qui lui permette de menacer et de faire peur. »

Sur l'un des écrans, le point rouge de la voiture de Haugen se mit soudain à bouger.

« Il roule », nota Wisting.

Le point rouge se déplaçait sur la route de comté en direction de Tønsberg. « Il va sans doute s'acheter un pistolet à air comprimé », observa Stiller.

Encore un enregistrement et encore un pistolet à air comprimé. Tout comme le dernier appel. Haugen allait rendre visite à tous les vendeurs entre 16 h et 18 h, sauf l'un d'eux qui ne serait chez lui que le lendemain.

Le point rouge s'était arrêté. Hammer regarda l'adresse. Elle ne lui disait rien, si ce n'est que c'était en centre-ville.

« Aucun des vendeurs n'habite là », annonça-t-il après vérification de ses notes.

Wisting consulta sa montre.

« De toute façon, c'est un peu tôt. »

Ils restèrent à observer le point rouge pendant dix minutes sans que rien ne se passe. L'électronique bourdonnait dans les placards derrière l'écran. Il commençait à faire chaud dans la petite pièce et l'air se raréfiait.

« Si seulement on avait pu organiser une filature », déplora Stiller.

Wisting poussa un soupir et se dirigea vers la porte.

« Prévenez-moi s'il se passe quelque chose d'intéressant. »

Il descendit dans son bureau, resta quelques instants derrière sa chaise à tambouriner des doigts sur le dossier. Il sentait qu'il commençait à se réjouir à la perspective de son week-end à la pêche.

43

Il était 18 h 30. Dehors il pleuvait toujours. Wisting avait employé ces heures creuses à terminer son analyse des conséquences des futures restructurations et était allé grappiller des restes dans le buffet réfrigéré de la cantine. Son rapport n'était pas aussi approfondi qu'il l'aurait voulu.

Stiller vint dans son bureau. Il avait changé de chemise et de veste et mis une cravate. Ses yeux restaient rougis, mais son entrain faisait qu'il n'avait pas l'air fatigué.

« J'y vais, annonça-t-il. TV2. »

Wisting lui souhaita bonne chance. Il le remercia d'un signe de tête.

« Vous allez porter ça, ce soir ? s'enquit-il en désignant la chemise de Wisting.

— Pourquoi ? »

Stiller ne répondit pas, se contenta d'avancer jusqu'au bureau pour y déposer une petite boîte en carton.

« Vous avez déjà porté un mouchard ?

— Il y a tellement longtemps que j'avais un enregistreur à cassette qui tenait à peine dans ma poche intérieure.

— Ça, c'est le dernier cri. »

Stiller ouvrit la boîte. Elle contenait trois objets : un petit tube de colle, un rouleau de velcro et un dispositif noir que Wisting identifia comme l'enregistreur même.

« Tout ce à quoi vous avez besoin de penser, c'est l'allumer. »

Stiller lui montra comment procéder en poussant un petit interrupteur.

« Il a beau avoir l'air petit et inoffensif, il faut tout de même le fixer dans un endroit discret. »

Il prit des ciseaux dans un pot à crayons, découpa une bande de velcro et pria Wisting de se lever.

« De la colle pour textiles », commenta-t-il, prenant le tube dans la boîte.

Il en exprima quelques gouttes au dos du velcro.

« Ne bougez pas. »

Il positionna le velcro sur l'intérieur de la poche de chemise de Wisting.

« Du velcro ? demanda celui-ci, peu convaincu.

— C'est ce qu'utilise la NASA, le rassura Stiller. Appuyez ! »

Wisting s'exécuta.

« Haugen est passé à la banque, raconta Stiller pendant qu'ils attendaient que la colle sèche. Il est allé à la DNB de Tønsberg il y a quatre heures pour retirer une somme conséquente. »

Wisting pensa au point rouge qu'ils avaient observé quatre heures auparavant.

« J'ai lancé une enquête financière, poursuivit Stiller. On m'informe s'il y a des mouvements inhabituels sur son compte.

— Combien a-t-il pris ?

— Vingt-cinq mille, répondit Stiller en faisant signe à Wisting qu'il pouvait enlever sa main. C'est le maximum qu'il puisse retirer sans commande préalable.

— A-t-il indiqué une raison ? »

Stiller sortit l'enregistreur. L'arrière était couvert de velcro.

« C'est obligatoire pour les grosses sommes, dit-il en lançant l'enregistreur à Wisting. Il a dit qu'il avait l'intention d'acheter une voiture. »

Wisting fixa l'enregistreur à l'intérieur de sa poche.

« Il faudra préparer les vêtements que vous emporterez au chalet pour pouvoir l'avoir sur vous en permanence.

— Le frottement des vêtements ne fait pas trop de bruit ?

— Presque pas et puis on peut toujours le filtrer. »

Nils Hammer entra et referma la porte derrière lui.

« Vous le voyez ? demanda Stiller, en indiquant Wisting de la tête.

— Quoi donc ?

— Le micro. »

Le regard de Hammer se fit scrutateur, mais il dut s'avouer vaincu et secoua la tête. Wisting détacha l'enregistreur et le lui montra.

« Ni fil ni diode lumineuse », précisa Stiller.

Hammer saisit l'objet entre ses doigts et l'examina avant de le rendre à Wisting.

« Haugen s'est acheté un pistolet à air Walter CP88, annonça-t-il avant d'expliquer qu'il avait suivi ses mouvements vers les cinq adresses. Les deux derniers rendez-vous ont été annulés par texto. Il a manifestement trouvé ce qu'il cherchait.

— Combien coûtait-il ? s'enquit Wisting

— Mille sept cents couronnes s'il a payé le prix demandé. »

Il tendit une impression de l'annonce. Le pistolet, présenté dans une mallette en plastique bleue, avait l'air d'une arme véritable. En l'ayant braqué sur soi, personne ne verrait la différence. Le chargeur permettait de tirer huit coups. Le pistolet était accompagné de cinq cents plombs. L'impact était douloureux, certes, mais l'arme restait plus apte à menacer qu'à blesser.

« Je dois filer à Oslo, dit encore Stiller. L'affaire Krogh sera en première partie d'émission. Je partirai pendant la pub et je pense être de retour juste avant minuit. On pourrait se retrouver ici à ce moment-là pour faire le point ? »

Wisting s'apprêtait à suggérer qu'ils se parlent plutôt au téléphone si nécessaire et fassent le point le lendemain, mais il changea d'avis et acquiesça.

44

Il était 20 h 10. Wisting entra dans la salle de surveillance des communications. Hammer lisait un magazine. Il n'y avait de mouvement sur aucun écran.

« Il est chez lui ? demanda Wisting.

— En tout cas, sa voiture y est.

— D'autres mouvements ?

— Il est allé sur Internet il y a une heure. Différents journaux en ligne. »

Wisting prit son téléphone et commença à écrire un message.

Je travaille tard ce soir. Ça te convient si je passe vers 21 h 30 ?

« Eh bien, suivons le plan de Stiller, alors », fit-il en s'asseyant pour attendre 20 h 15, l'heure où il allait envoyer le texto à Haugen.

Hammer lança un regard de mise en garde sur la poche de poitrine de Wisting, où se trouvait l'enregistreur, pour le dissuader de faire des commentaires désobligeants à l'égard de Stiller.

Trois minutes plus tard, il appuya sur « envoyer ». Aussitôt la mention « message entrant » apparut sur l'écran principal, avec l'horaire, la station de base émettrice et d'autres données techniques dont Wisting ignorait le sens.

Trente secondes s'écoulèrent, puis la réponse de Haugen s'afficha.

Ça me va.

Au même moment, le téléphone de Wisting produisait la notification sonore de texto.

« Première étape accomplie », conclut Hammer en souriant.

À 21 h 38, Wisting prit le chemin cahoteux qui menait chez Martin Haugen. Ses phares balayèrent la maison. Le visage de Haugen apparut à la fenêtre de la cuisine, comme s'il l'attendait.

Wisting vérifia le mouchard dans sa poche de poitrine avant de sortir de la voiture. Il entendit le verrou tourner, puis la porte s'ouvrit.

« Entre ! » l'invita Haugen.

Le chat était entre ses jambes et regardait dehors.

« Je me disais juste qu'on pourrait parler un peu de demain », expliqua Wisting en refermant derrière lui.

Il suivit son hôte dans la cuisine. Le bruit de la télé du salon les accompagna. Ça semblait être une chaîne étrangère.

« À quelle heure on part, demain ? demanda Wisting. Ça pourrait être bien d'arriver avant la nuit.

— Alors il faut partir vers 16 h. » Haugen sortit deux tasses du placard. « On devrait sans doute s'arrêter faire quelques courses en chemin, non ?

— 16 h, ça me convient. Je peux partir du boulot un peu plus tôt. »

Haugen posa les tasses sur la table.

« Moi aussi, fit-il, leur servant du café filtre.

— Je me disais qu'on pourrait prendre ma voiture.

Comme ça, on n'aurait pas à mettre nos bagages sur le plateau du pick-up. »

Haugen reposa la verseuse de la cafetière en secouant la tête.

« On est obligés de prendre mon pick-up. La route est assez impraticable quand il a plu. Ton châssis est trop bas. »

Wisting ne pouvait rien opposer à ça.

~

Couchée sur le dos, Amalie dormait profondément. Elle respirait d'un souffle calme et régulier, ses petites lèvres un peu sèches légèrement entrouvertes.

Line pouvait rester longtemps à ne faire que la contempler. Cette fois, elle referma doucement la porte et regagna sa place devant le téléviseur.

« Monte un peu le son », dit-elle à Thomas quand *Lieu du crime : Norvège* commença.

Le présentateur souhaita la bienvenue aux téléspectateurs. Elle le connaissait. C'était un journaliste d'affaires criminelles doué, avec un beau carnet d'adresses, de bonnes sources et une approche personnelle des sujets.

Il présenta le programme de l'émission. Ils allaient se pencher sur une nouvelle drogue de synthèse mortellement dangereuse, sur une série de cuisines de rue qui avaient été braquées, sur un braquage violent au domicile d'une femme d'un certain âge et sur un groupe de criminels qui s'étaient spécialisés dans les magasins d'électroménager.

« Nous allons aussi nous intéresser à l'une des affaires d'enlèvement les plus célèbres de l'histoire criminelle norvégienne. Celui de Nadia Krogh, dix-sept ans, en 1987. Ses ravisseurs, jamais identifiés, réclamaient trois millions de couronnes de rançon. L'argent a été déposé à l'endroit convenu, mais personne n'est jamais venu le chercher, et on n'a jamais revu Nadia. Aujourd'hui, une nouvelle enquête et des méthodes modernes pourraient nous apporter des réponses. »

Line se renfonça dans son siège. L'entrée en matière était certes assez théâtrale, mais plutôt facile.

« Comme toujours, j'ai avec moi en studio notre panel d'experts », poursuivit-il, avant de présenter deux hommes et une femme debout à une table. Line avait regardé l'émission plusieurs fois et connaissait leur parcours. Un enquêteur à la retraite, un ancien procureur et un avocat.

Le présentateur suivait le déroulé habituel de l'émission.

« Voyons d'abord où en sont nos affaires de la semaine dernière. »

Il se dirigea vers un policier en uniforme qui s'occupait des renseignements transmis à la police par le public.

Line alla chercher à boire dans la cuisine.

~

Wisting avait réglé le volume de ses notifications de message au maximum. Il buvait son café à petites gorgées afin de ne pas terminer sa tasse avant l'arrivée du message de Hammer.

« J'ai regardé la météo, dit-il pour faire la conversation. Apparemment, ça va s'arranger.

— Il serait temps. Cette pluie, là, c'est un peu tristounet. »

Le chat s'assit à ses pieds. Wisting allait dire que la météo avait sûrement été favorable aux champignons, mais son téléphone vibra dans sa poche et émit une notification.

Il le sortit, l'écarta légèrement un peu pour lire.

« Hmm », fit-il, prenant un air soucieux pour inviter Haugen à lui demander ce qui se passait.

Au lieu de quoi, celui-ci se détourna poliment et se leva pour chercher du café.

« C'est Line, lui expliqua Wisting pendant qu'il le servait. Elle m'écrit : *Regarde TV2.* »

Il lança un regard vers le salon, suggérant ainsi qu'il aimerait bien faire ce que lui demandait sa fille.

Sans mot dire, Haugen reposa la verseuse et se rendit à côté. Wisting le suivit. Haugen trouva la télécommande et mit la bonne chaîne.

~

On avait désigné à Stiller la place où il devait se tenir et un petit bout d'adhésif sur le sol marquait l'endroit où poser son pied droit.

Il y eut un reportage sur Nadia Krogh. Une carte géographique situait la scène. Une chronologie remontait à septembre 1987. De vieilles photos et des coupures de presse glissaient sur l'écran tandis qu'un journaliste énonçait les faits.

Le producteur attendit la fin du reportage pour donner la parole au présentateur d'un geste appuyé de la main.

« Avec nous sur le plateau aujourd'hui, nous avons

l'inspecteur principal Adrian Stiller, de la nouvelle section des affaires anciennes non résolues de la police criminelle, Kripos. »

Il se tourna vers Stiller.

« Inspecteur Stiller, pourquoi l'enquête sur cette vieille affaire d'enlèvement est-elle rouverte ? »

Stiller soutint son regard.

« Parce que c'est une affaire qu'il est possible de résoudre, répondit-il, faisant un effort pour avoir une voix assurée. La solution réside probablement dans les documents que nous avons en notre possession. »

Il s'arrêta et observa brièvement le panel, afin de laisser sa conviction inébranlable gagner à la fois les experts et les spectateurs. Sa déclaration était fondée. Les empreintes digitales de Martin Haugen étaient là depuis le début et, quand cette partie de l'affaire serait révélée la semaine suivante, les experts seraient bien obligés de lui donner raison.

« Comment abordez-vous ces documents ?

— Nous allons rouvrir l'enquête. Tous les objets saisis vont être réexaminés, avec de nouvelles technologies et de nouvelles méthodes.

— Vous pensez à l'ADN ? coupa le présentateur.

— Entre autres. Je parle de nouvelles analyses effectuées avec la technologie d'aujourd'hui. »

Le producteur leva l'index pour indiquer le temps restant.

« Et l'enquête judiciaire ?

— Nous avons numérisé toute la documentation écrite du dossier d'origine et décomposons maintenant les différentes séquences en les reconstituant à l'aide d'un outil informatique moderne, pour nous faire une nouvelle idée de ce qui a pu se passer.

— Vous avez trouvé quelque chose jusqu'ici ? »

La question n'avait pas été posée lors des préparatifs de l'émission. Le présentateur improvisait. Stiller ne se laissa pas démonter.

« Le travail vient de commencer. »

Le présentateur consulta ses fiches.

« Et vous disposez de nouveaux renseignements ? enchaîna-t-il, revenant aux questions prévues.

— C'est pour cela que nous sommes ici. Ramener au jour de vieilles affaires porte toujours des fruits. Nous sommes convaincus que quelque part, quelqu'un sait quelque chose. »

Il eut envie de regarder la caméra en face pour adresser cette phrase à Haugen, qu'il espérait installé devant son petit écran avec Wisting, mais se contenta de répéter ces quatre mots :

« Quelqu'un sait quelque chose. Il se peut qu'il ait été difficile de parler il y a vingt-six ans, mais que la situation soit différente aujourd'hui. Le temps pourrait avoir facilité les choses.

— Comment ça ?

— Il pourrait y avoir des gens qui, à l'époque, étaient dans une relation de dépendance qui les incitait à se taire, mais qui ne sont plus dans cette situation aujourd'hui.

— Donc l'aspect temporel n'est pas nécessairement un inconvénient ?

— Pas nécessairement. C'est vrai aussi du travail d'investigation judiciaire. Le temps aide. Car même si l'affaire a fait l'objet d'une enquête approfondie sur le moment, nous allons pouvoir porter un regard nouveau sur les preuves, poser d'autres questions. »

Le présentateur glissa sa première fiche derrière les

autres et changea de position, comme pour signifier qu'il changeait aussi de sujet.

« Voyez-vous une possibilité que Nadia Krogh puisse être encore en vie ?

— Nous abordons l'affaire avec l'esprit ouvert, confirma Stiller. C'est précisément pour cela que des spécialistes nous ont aidé à projeter un portrait de Nadia Krogh telle qu'elle serait aujourd'hui. »

~

Debout devant le téléviseur, Wisting se tenait légèrement en retrait et de côté par rapport à Haugen, qui avait les yeux rivés sur l'écran.

« Line écrit sur cette affaire, expliqua-t-il, buvant une gorgée du café qu'il avait emporté dans le salon. Elle a passé du temps dessus, elle fait toute une série d'articles. Le premier va être publié demain. Elle n'est sans doute pas enchantée d'être devancée par TV2. »

Haugen tendit la main et saisit le dossier du fauteuil le plus proche, comme s'il avait besoin d'un soutien.

« Ils font aussi un podcast », ajouta Wisting.

Ils restèrent à regarder l'émission sans parler.

« Tu te souviens quand ça s'est passé ? demanda Wisting au bout d'un moment.

— Oui, à peine. Tu travaillais sur l'affaire ? »

Wisting secoua la tête. À l'écran, Stiller était toujours au micro.

Haugen avait l'air pâle. Wisting essaya de lire son langage corporel. La main autour du dossier, un léger tressaillement à la commissure des lèvres, mais il n'était pas facile d'y attribuer un sens.

« À vrai dire, ce n'est pas mon truc, ces émissions »,

dit Wisting et Haugen hocha la tête en signe d'approbation.

Ce n'était pas vrai. Wisting n'avait regardé que quelques fois, mais il aimait bien *Lieu du crime : Norvège*, qui donnait aux spectateurs une idée du travail de la police et s'était révélée contribuer à la résolution de certaines affaires ; mais il voulait lui montrer qu'il était de son côté. C'était important pour leur week-end ensemble.

« C'est cynique et spéculatif », ajouta-t-il, buvant encore une gorgée de café.

Haugen lâcha le fauteuil et croisa les mains devant lui. Sa respiration s'était accélérée.

« C'est du divertissement, poursuivit Wisting. Je ne trouve pas qu'il faille faire du divertissement avec ces choses-là. »

Haugen se tourna vers lui et, un instant, Wisting crut déceler une lueur dans son regard. La lueur du supplice.

« Je viens te chercher demain à 16h, alors ? »

~

Penchée en avant sur son siège, Line était suspendue aux lèvres d'Adrian Stiller. Il était très maquillé, ce qui gommait la légère fatigue de ses traits.

Jusqu'ici rien de ce qu'elle avait dans son papier n'était apparu. Au contraire. Le traitement était simpliste et superficiel. Les lecteurs de *VG* allaient en avoir beaucoup plus pour leur argent.

« Voyez-vous une possibilité que Nadia Krogh puisse être encore en vie ? » demandait le présentateur.

Stiller faisait un signe de tête, comme si c'était

une question convenue au préalable. Mais quand elle l'entendit annoncer le portrait de Nadia Krogh telle qu'elle serait vingt-six ans après sa disparition, Line ouvrit la bouche pour protester. Cela, Stiller le leur avait caché.

Le présentateur se tourna vers la caméra.

« Et maintenant voici la Nadia d'aujourd'hui, si nous avions la chance de la voir. »

Line se prit la tête en gémissant. L'image se scinda sur l'écran. La moitié gauche présentait une photo de jeunesse de Nadia Krogh, l'autre le dessin qu'on pensait correspondre à ce qu'elle était devenue.

« Racontez-nous comment vous avez procédé pour faire ce dessin. »

Stiller commença à expliquer, mais Line n'écoutait pas. Au cours des heures qui la séparaient de la publication de son article, les portraits de Nadia en mode avant-après allaient envahir tous les grands journaux en ligne. Son sujet serait complètement banalisé.

~

Haugen repartit dans la cuisine. La télé était toujours allumée. Les experts donnaient leur opinion sur l'affaire.

« Ou est-ce qu'on devrait partir encore plus tôt ? demanda-t-il, apparemment indifférent à l'émission.

— 16 h, c'est bien », répondit Wisting en le suivant.

Son téléphone sonna. Il vit que c'était « Line ». Ce devait être important, songea-t-il. Ça ne faisait pas partie du plan que Hammer l'appelle.

Il resta dans l'embrasure de la porte pour tenir

la grosse voix de Nils Hammer à bonne distance de Haugen, mais eut la surprise d'entendre celle de Line.

« Tu es à la maison ?

— Je vais rentrer, dit-il en reposant sa tasse vide sur le plan de travail. J'étais juste passé chez Martin Haugen. Pourquoi ?

— Je me demandais si tu avais regardé la télé. L'enlèvement Krogh.

— Oui, on l'a vu ici. C'est une déconvenue pour toi ?

— Ben, je pensais qu'on serait les seuls à en parler. Ça nous aurait donné plus de lecteurs, plus d'auditeurs. Là, le ballon se dégonfle un peu, si tu veux.

— Tu ne crois pas que ça pourrait avoir l'effet inverse ? Un intérêt accru, au contraire, des lecteurs qui en veulent davantage.

— Peut-être. C'est juste que ce Stiller de Kripos a agi de façon tellement calculatrice. Il était au courant depuis le début, mais il n'a rien dit. Il nous a laissé croire qu'on serait seuls sur le coup. On dirait qu'il a un plan.

— Que disent les gens de la rédaction ? s'enquit Wisting pour ne pas avoir à commenter sa remarque.

— J'ai essayé d'appeler Frost, mais je n'arrive pas à le joindre. Je vais réessayer. Tu passes tout à l'heure ?

— Oui, si tu veux », promit Wisting.

Haugen s'était rassis.

« C'était Line.

— J'avais compris », fit-il en souriant.

Wisting resta debout.

« Elle était assez accablée. C'est comme ça, les journalistes. Ils aimeraient bien être les premiers à sortir un sujet, et là, elle s'est fait coiffer au poteau.

— Comment va-t-elle, à part ça ?

— Pas trop mal. Elle travaille comme rédactrice indépendante maintenant. Le marché n'est pas évident et c'est de moins en moins bien payé.

— Ça fait longtemps que je ne l'ai pas vue », observa Haugen.

Wisting lorgna vers le tiroir de cuisine qu'il savait contenir sa carte de remerciement. Il allait proposer à Haugen de venir un jour pour rencontrer Amalie, mais les mots ne sortirent pas.

« Thomas vient de passer une semaine ici, dit-il à la place. Il a joué les baby-sitters et gardé Amalie pendant que Line travaillait sur cette affaire. »

Il se dirigea vers le vestibule. Haugen se leva pour le raccompagner.

« Salue-les de ma part.

— Je n'y manquerai pas », assura Wisting, sachant pertinemment qu'il ne le ferait pas.

Haugen resta à la porte pendant que Wisting rejoignait sa voiture.

« Alors, on se voit demain à 16 h », lui lança-t-il.

45

Le réverbère devant chez Line n'éclairait plus. Il faudrait qu'il prévienne la municipalité le lendemain.

Il se gara contre la clôture, tira l'enregistreur de sa poche de poitrine, l'éteignit et le déposa sur la console centrale avant de sortir. La porte d'entrée n'était pas verrouillée. Il ouvrit sans sonner. Thomas était toujours là. Ses chaussures étaient dans le vestibule. Il enleva les siennes et toqua légèrement au chambranle avant d'entrer dans le salon.

Thomas avait la télécommande à la main. Line son ordinateur sur les genoux. Voyant son père, elle lui fit signe de les rejoindre.

« Tu as eu quelqu'un au téléphone ? s'enquit-il.

— Oui, oui. Ce n'est pas la crise. »

Thomas leva les yeux au ciel.

« C'était un peu la crise tout à l'heure, observa-t-il.

— C'est juste que je n'aime pas qu'on me prenne pour une imbécile, rétorqua Line. Il aurait pu jouer cartes sur table.

— Le travail de la police n'est pas un travail où on joue cartes sur table, dit Wisting en s'asseyant. C'est sans doute pareil pour les journalistes, non ?

— Nous sommes probablement apparentés, glissa Thomas. Line a trouvé un arrière-arrière-machin de Mysen qui s'appelle Stiller.

— S'il a d'autres tours dans sa manche, je lui rendrai la pareille.

— Comment ?

— Je pourrais écrire qu'ils ont un suspect. »

Wisting chercha l'écran du regard.

« Ils en ont un ? s'exclama Thomas, se redressant dans son fauteuil.

— C'est ce qu'il disait la première fois que je l'ai vu et il l'a confirmé quand je l'ai interviewé.

— Qui est-ce ? voulut savoir Thomas.

— Ça, il ne l'a pas dit, bien sûr, mais nous sommes censés être les premiers à l'apprendre. »

À la télé, deux médecins parlaient d'une maladie rare. Wisting faisait semblant de suivre.

Thomas se tourna vers lui.

« Tu crois qu'ils ont réellement un suspect ou que c'est juste un truc qu'il raconte ? »

Wisting se leva. Il n'avait pas envie de couvrir une situation créée de toutes pièces par Adrian Stiller.

« S'il le dit, c'est probablement vrai, fit-il en se dirigeant vers la porte. En revanche, je trouve que tu ne devrais pas l'écrire.

— Tu t'en vas déjà ? » demanda Line.

Thomas s'était levé.

« J'y vais, moi aussi.

— Je ne rentre pas à la maison, précisa Wisting. Je dois refaire un saut au boulot.

— Il s'est passé quelque chose ? » interrogea Line, curieuse.

Il l'observa en cherchant une réponse appropriée.

« Si tel est le cas, tu seras la première à le savoir », assura-t-il en souriant.

Nils Hammer attendait à la porte de derrière, il fit entrer Wisting dans le commissariat et le laissa passer devant lui.

« Qu'est-ce que tu penses de Stiller ? demanda-t-il.

— Il semble déterminé. Il a l'air de quelqu'un qui veut gravir les échelons.

— J'ai parlé avec un de ses anciens collègues de l'époque où il était à la police des routes. Il disait plus ou moins la même chose. Efficace et déterminé, mais avec des méthodes parfois douteuses. »

Ils appelèrent l'ascenseur.

« Comment ça ? »

Hammer attendit que la cabine s'élève pour répondre.

« Ils conduisaient une voiture vidéo banalisée sur l'E18 et mesuraient la vitesse moyenne des véhicules. Un jour, il a collé un A rouge sur son pare-brise arrière pour que personne n'ait de soupçons. Tu sais bien que tout le monde double les conducteurs débutants.

— Inventif.

— Et contraire au règlement, ajouta Hammer. Il y a aussi eu d'autres épisodes où il accélérait et invitait à la course. Il a demandé son transfert dans un autre service avant que ça ne relève des affaires internes. »

La porte de l'ascenseur s'ouvrit. Le service d'investigation était plongé dans le noir, un rectangle de lumière signalait le bureau qu'utilisait Stiller. Il passa la tête dans le couloir en entendant des pas. Sa cravate avait disparu.

« Vous avez pu voir l'émission ?

— Tout s'est passé selon les plans, confirma Wisting.

— Comment a réagi Haugen ?

— Sa réaction était un peu difficile à interpréter, mais il a eu l'air de ressentir un certain inconfort.

— Comment ça ?

— Dans un sens, ça l'a paralysé. Il est resté à regarder sans bouger et puis il est passé à autre chose.

— Ça ne semble pas si difficile à interpréter que ça. On monte à la surveillance des communications ? »

Wisting acquiesça et ouvrit la marche.

« Mais ce n'est pas forcément significatif, remarqua-t-il. D'un point de vue objectif, ce pourrait n'avoir été qu'une réaction naturelle. Le reportage a pu lui rappeler la disparition de Katharina. »

Stiller sortit un paquet de Fisherman's Friend.

« Vous n'y croyez pas vous-même, fit-il en souriant, et il tendit le paquet à Wisting. Vous avez l'enregistrement ? »

Wisting prit une pastille, extirpa le petit enregistreur de sa poche de poitrine et le donna à Stiller.

Stiller proposa une Fisherman's Friend à Hammer, qui déclina et sortit sa boîte de tabac à chiquer.

« Vous avez obtenu des renseignements des spectateurs ? demanda-t-il.

— Plein, répondit Stiller. Diffuser un tel dessin à une heure de grande écoute ouvre toujours les vannes de l'information. Les gens l'ont vue partout.

— D'autres tuyaux ? Quelque chose qui pourrait être intéressant ?

— Rien qui aille dans notre direction. »

Wisting s'interrogea sur l'opportunité d'évoquer la réaction de Line, mais y renonça. Il appréciait l'inventivité de Stiller, mais n'aimait pas sa façon de manipuler sa fille.

Hammer passa son badge dans le lecteur, tapa le code et tint la porte aux autres. Dans la pièce exiguë, l'électronique crépitait et les ventilateurs d'ordinateurs bourdonnaient. Wisting et Stiller restèrent debout pendant que Hammer s'asseyait et ranimait les écrans.

« Aucun appel ni texto, rapporta-t-il. En revanche, il a été actif sur Internet. »

L'historique de navigation de Martin Haugen des dernières heures s'afficha, des lignes et des lignes d'adresses de sites. Il avait manifestement fait des recherches sur deux mots : *Nadia Krogh*.

Stiller serra le poing et l'abattit d'un geste triomphal sur le dossier de la chaise.

« Yes ! s'exclama-t-il. C'est parti ! »

46

La chambre d'hôtel était plongée dans le noir. Assis devant la fenêtre, son casque sur les oreilles, Stiller écoutait l'enregistrement de la rencontre entre Wisting et Haugen. Un cargo entrait dans le fjord. Sa haute coque tournait lentement vers le terminal conteneurs.

C'était sa deuxième écoute. On entendait parfois la chemise frotter contre le micro et il allait falloir procéder à un filtrage, mais un passage était plus clair que les autres. Celui où ils parlaient de la fille de Wisting. Haugen demandait comment allait Line. La question paraissait sincère, ce n'était pas de la simple politesse. Wisting lui expliquait la dure vie de free-lance. La conversation ouvrait une possibilité que Stiller ne savait pas vraiment comment aborder. Ils pouvaient peut-être l'exploiter. Line avait travaillé dur sur l'affaire Krogh, mais s'était fait coiffer au poteau. Wisting pouvait jouer sur l'infortune de sa fille pour susciter la sympathie.

Il était plus d'une heure du matin. Il envisagea de se changer, de descendre à la salle de sport de l'hôtel et de passer une heure sur le tapis de course, puis un moment dans le sauna. L'exercice ferait peut-être venir le sommeil.

Il avait lu d'innombrables articles sur les troubles du sommeil, mais ils étaient souvent en totale contradiction les uns avec les autres. Certains parlaient de l'insomnie comme d'un symptôme, d'autres comme d'une maladie. Les conseils abondaient sur ce qu'il fallait faire et ne pas faire, mais d'après ce que Stiller comprenait, les chercheurs n'étaient même pas certains de ce qu'était le sommeil.

Il savait qu'il devrait arrêter de jouer les chercheurs amateurs et plutôt consulter un professionnel, mais c'était difficile. Les médecins posaient tant de questions. Il s'en sortait. Il s'en sortait bien. Au moins, il ne faisait plus de cauchemars.

Il se rendit dans la salle de bains, alluma la lumière et cligna des yeux face au miroir. À qui appartenait ce visage ? Ces traits irrésolus ? Plissant le front, il songea que la vie n'avait pas toujours été ainsi.

47

Stiller ne prit conscience d'être couché les yeux ouverts que lorsqu'une faible lueur bleuâtre éclaira sa chambre.

Il tourna la tête vers la table de chevet. Le téléphone n'avait pas émis de notification, mais il y avait un message.

C'était un signal du traceur de Martin Haugen. Sa voiture était en mouvement.

Stiller s'assit, appuya sur quelques touches et entra dans le logiciel. Il mit quelques secondes à se repérer sur le petit bout de carte. Le point rouge avait quitté Kleiverveien.

Il rejoignait l'E18 et partait vers l'ouest.

Quatre minutes plus tard, Stiller était dans son propre véhicule. Haugen roulait devant lui en direction de Porsgrunn, 14,7 kilomètres les séparaient. Il n'était pas impossible que cette course le mène au corps de Nadia Krogh, mais Haugen avait pu simplement être appelé dans le cadre de son travail.

Il ne croyait pas à cette option.

Il consulta l'horloge du tableau de bord avant d'appeler Wisting. L'aiguille venait de passer 2 h.

Wisting répondit aussitôt.

« Haugen est en voiture, annonça Stiller sans entrée en matière. En route pour Porsgrunn.

— Où êtes-vous ? s'enquit Wisting.

— Quelques kilomètres derrière lui.

— Vous avez besoin de renforts ?

— Tout dépend de ce qu'il va faire.

— Je file au commissariat. Je vais lire le contrôle des communications pour voir si quelque chose peut nous indiquer sa destination.

— Bien, le remercia Stiller. Je vous appelle quand j'ai du nouveau. »

Ils raccrochèrent et la carte s'afficha de nouveau. Il n'était plus qu'à 13,8 kilomètres de Haugen.

L'autoroute était quasiment déserte à cette heure, juste un ou deux camions çà et là, et il roulait à grande vitesse. La distance se réduisait, mais il ne parviendrait pas à le rattraper.

Un coup d'œil dans le rétroviseur et il déboîta pour doubler un semi-remorque. 11,3 kilomètres devant lui, Haugen passa la sortie de Porsgrunn, continuant vers l'ouest. Stiller accéléra encore. La chaussée était mouillée, mais il ne pleuvait pas et la visibilité était bonne. Son moteur puissant grondait régulièrement. La jauge d'essence indiquait qu'il lui restait de quoi rouler 326 kilomètres. Il ne pensait pas avoir à aller si loin.

Il vérifia l'horloge, puis la distance qui le séparait de Haugen. S'ils maintenaient tous deux la même vitesse, il l'aurait rattrapé dans moins de douze minutes.

Soudain, le point rouge quitta l'autoroute. La distance se réduisit plus vite, sans doute parce que la vitesse était limitée là où roulait maintenant Haugen.

Stiller ne connaissait pas les lieux. Il ramassa son téléphone sur le siège passager, ralentit et, conduisant d'une seule main, regarda la carte. Haugen semblait se diriger vers un coin qui s'appelait Heistad. Il reconnut le nom. C'était là qu'avait vécu Nadia Krogh.

Six minutes plus tard, Stiller prit la même sortie. Le point rouge s'était arrêté dans ce qui ressemblait à une zone résidentielle. La carte disparut de l'écran, Wisting lui téléphonait.

« Il y a un appel sortant, annonça-t-il. Hannah Krogh. »

Stiller ouvrit grand la bouche, mais ne dit rien.

« Ça coupe dès qu'elle répond, poursuivit Wisting. Elle a juste le temps de dire "Hannah Krogh, j'écoute".

— Joachim Krogh et elle habitent à Heistad, non ?

— Il a cherché le numéro de téléphone et l'adresse sur Internet.

— Il y est maintenant.

— À quelle distance êtes-vous ?

— Trois, quatre minutes.

— Vous avez besoin de monde ?

— Encore une fois, tout dépend de ce qu'il va faire. Qu'en pensez-vous ? »

Le silence se fit au bout du fil.

« Il a peut-être quelque chose à leur raconter, suggéra Stiller.

— Au milieu de la nuit ?

— C'est secondaire si ce qu'il a à dire est important. »

Stiller avait besoin de la carte pour se repérer.

« Mettez-vous au volant. Rejoignez-moi ! »

Il raccrocha et la carte revint sur son écran. Le

point rouge n'avait pas bougé. Stiller trouva une route qui y menait. Trois minutes plus tard, il garait sa voiture à trois cents mètres et coupait son moteur. D'après la carte, il était séparé de Haugen par un bois. Agrandissant l'image, il distingua une ligne en pointillé. Un sentier.

Il sortit de la voiture, se repéra et trouva ce sentier, où apparaissaient de nombreuses traces de pas. L'obscurité se referma autour de lui lorsqu'il pénétra entre les arbres, mais il aperçut bientôt les lumières des habitations de l'autre côté.

Le pick-up de Haugen était garé avec deux roues en dehors de la chaussée, l'avant vers une vaste propriété avec grille en fer forgé, portail et cour pavée. La maison s'élevait sur deux niveaux, la façade à pignons hauts était percée de fenêtres en saillie et de baies vitrées sombres. Personne. Pas le moindre signe de vie.

D'où il se trouvait, il ne voyait pas la cabine du véhicule. Il lui fallut retourner dans le bois et ressortir plus loin.

De sa nouvelle position, il constata qu'il y avait quelqu'un au volant. Le visage de Haugen était faiblement éclairé par le réverbère le plus proche. Immobile, tourné vers la maison de la famille Krogh. Il était 2 h 41. Il était là depuis neuf minutes.

Stiller attendit dans le noir, sans vraiment savoir quoi. Au bout de cinq minutes, il se retira entre les arbres et téléphona à Wisting.

« Il est dans sa voiture devant chez Krogh.

— D'accord », répondit Wisting d'un ton quelque peu pensif.

Stiller lui expliqua où se garer et comment trouver le sentier.

« J'y serai dans dix minutes », déclara Wisting.

Stiller mit son téléphone en mode silencieux et le rangea dans sa poche pour le sentir vibrer en cas d'appel. Puis il se faufila de nouveau sur la route. Haugen n'avait pas bougé, il était toujours sur son siège à quarante mètres de lui.

Une lumière s'alluma dans une maison plus loin. Haugen bougea légèrement, assez pour permettre à Stiller de constater qu'il était réveillé et en vie.

Deux minutes plus tard, la lumière s'éteignit, et aussitôt après, il entendit un bruissement dans le sous-bois, Wisting apparut.

« Il est resté assis là, chuchota Stiller, consultant sa montre. Ça fait près d'une demi-heure. »

Wisting sortit de sa poche une paire de petites jumelles et les porta à ses yeux sans prononcer un mot.

Stiller s'adossa à un tronc d'arbre.

Vingt minutes s'écoulèrent dans l'immobilité générale. Stiller consulta encore sa montre.

« Ça fait presque une heure. »

Au même instant, la portière du pick-up s'ouvrit et Haugen sortit. Il attendit à côté de sa voiture, le visage tourné vers la grande maison.

« Qu'est-ce qu'on fait s'il entre ? » chuchota Stiller.

Wisting ne répondit pas.

Haugen traversa la route, s'arrêta sous le réverbère devant la maison. Puis soudain, il fit demi-tour, regagna sa voiture et démarra. Stiller et Wisting plongèrent au sol et ne se relevèrent que quand la voiture se fut éloignée.

Ils repartirent rapidement dans le bois. À côté de leurs véhicules, ils suivirent les mouvements de

Haugen jusqu'à ce qu'il soit de nouveau sur l'E18 en route pour chez lui.

« Je crois qu'il est à deux doigts d'agir, observa Stiller, se tournant vers Wisting. Je crois qu'il veut leur dire ce qu'il a fait à Nadia. »

Wisting resta silencieux, mais Stiller voyait qu'il était d'accord.

« Il a juste besoin d'un petit coup de pouce, poursuivit-il. Et c'est vous qui allez devoir le lui donner. »

48

« Il est resté comme ça sans rien faire ? » demanda Hammer.

Wisting rapprocha sa chaise de la table de conférence et lui lança un regard las par-dessus sa tasse de café.

« Pendant près d'une heure.

— Vous allez sûrement vous coucher tôt ce soir… »

Dans le coin cuisine, Stiller vidait un sachet de poudre blanche dans un verre d'eau.

« Où est-il maintenant ?

— Au boulot.

— On va devoir prendre son pick-up, précisa Wisting. Le chemin qui mène au chalet est trop accidenté. Il vient me chercher à 16 h. »

Stiller remua une fourchette dans son verre avant de boire en grimaçant.

« Bien, fit-il. On vous envoie avec deux enregistreurs, pour que vous puissiez couvrir tout le samedi. Normalement, un seul devrait avoir suffisamment de stockage et de batterie, mais il vous en faut un de secours. »

Christine Thiis les avait écoutés. Elle prit la parole.

« On ne devrait pas prévoir une protection physique ? » Elle s'adressa à Wisting. « Tu vas être seul avec lui.

— Je l'ai souvent été.

— Mais pas dans un contexte où tu essayais de le faire parler.

— L'hélicoptère de la police est à une demi-heure de distance, rappela Stiller. Veillez à ce que la batterie de votre téléphone soit chargée pour pouvoir envoyer un message en cas de problème. »

Il se dirigea vers sa mallette à l'entrée de la pièce.

« J'ai quelque chose pour vous, annonça-t-il en brandissant une bouteille de cognac. Bon week-end ! »

Wisting la prit. Du Hennessy.

« Haugen boit du cognac ? demanda Christine Thiis.

— C'est sa marque préférée, commenta Hammer. Il en avait une bouteille à moitié vide chez lui.

— De toute façon, celle-ci, il faut qu'il la goûte, précisa Stiller. C'est une bouteille anniversaire. Elle coûte près de quatre mille couronnes. Vous n'aurez qu'à inventer une histoire de cadeau qu'on vous a fait ou un truc dans ce goût-là.

— Quand seras-tu du retour ? » s'enquit Hammer.

Wisting haussa légèrement les épaules.

« On n'en a pas parlé. Dimanche vers 16 h, j'imagine.

— Quarante-huit heures, fit Stiller. Il peut se passer beaucoup de choses en quarante-huit heures. »

49

À plat ventre dans son parc, Amalie était concentrée sur un hochet. Parfois, elle le secouait énergiquement pour ensuite s'arrêter et l'examiner attentivement.

Assise sur le canapé, Line lisait son premier article, qui avait été mis en ligne. Le desk avait utilisé le portrait pour attirer le clic. Son texte était inchangé, mais on avait ajouté un encart expliquant à quoi Nadia pouvait ressembler aujourd'hui. Le crédit photo indiquait Police / TV2.

Cette histoire de TV2 l'agaçait. Elle se disait que, tout comme il avait carrément instrumentalisé la publication de son papier à elle, il aurait pu faire en sorte que TV2 présente le sujet la semaine suivante. L'émission aurait alors été épaulée par la couverture presse.

Elle trouva son nom dans le répertoire de son téléphone et l'appela. De toute façon, elle avait besoin, pour son article suivant, de savoir si le public avait révélé de nouvelles informations à la suite de l'émission.

Il ne décrocha pas.

Elle lui envoya donc un message évoquant *Lieu du crime : Norvège* pour lui demander s'il y avait du nouveau dans l'affaire. Il fallait se concentrer là-dessus. La série d'articles et le podcast devaient apporter du nouveau et, d'une manière ou d'une autre, aider à découvrir ce qui était arrivé à Nadia Krogh.

50

Au commissariat, le courrier était distribué à 9 h 30. Wisting alla prendre le sien dans son casier, dans la salle de la photocopieuse. C'était la pile habituelle de nouveaux documents concernant des affaires en cours, de circulaires diverses et de lettres renvoyées à l'expéditeur. Parmi tout cela, se trouvait aussi une grande enveloppe du service de l'exécution des peines. Ignorant le reste, il l'ouvrit. Elle contenait la lettre adressée à Inger Lise Ness et l'informant du lieu et de l'horaire auxquels elle devait se présenter à la prison. Une brochure présentait des informations pratiques sur ce qu'elle pouvait et ne pouvait pas apporter, sur la procédure des visites, les horaires d'appels téléphoniques, l'offre en termes d'éducation et de loisirs et le programme d'activités.

L'enveloppe sous le bras, il descendit à sa voiture. Les prévisions météorologiques semblaient exactes. Il ne pleuvait plus, le vent avait tourné et la couverture nuageuse s'était déchirée. Il voyait des taches de bleu dans le ciel.

Aller trouver l'ex-femme de Martin Haugen avait été une inspiration subite, qui lui apparaissait maintenant comme une lubie. Il ne savait pas ce qu'il cherchait à obtenir, devait avancer à tâtons. Ce qui du reste était une caractéristique générale de toute cette affaire. Face à ce peu de substance, il s'agissait de trouver les points sensibles, les ficelles sur lesquelles tirer.

Son nom était gravé sur une plaque : Inger Lise Ness, pas d'autre nom à côté.

Il n'entendit rien à l'intérieur lorsqu'il appuya sur la sonnette. Il attendit un peu, essaya encore, pour finalement arriver à la conclusion qu'elle ne marchait pas et frapper.

Quelqu'un cria quelque chose. N'étant pas sûr que ce soit *entrez*, Wisting attendit. Aussitôt après, Inger Lise Ness vint lui ouvrir. Elle avait huit ans de plus que Haugen. La différence d'âge semblait désormais encore plus accusée. Ses cheveux étaient devenus gris depuis la dernière fois et son visage n'était plus que poches et sillons.

« Je suis de la police, expliqua Wisting.

— Je sais bien qui vous êtes, répondit la femme.

— Puis-je entrer ?

— De quoi s'agit-il ?

— J'ai quelques papiers pour vous. Une convocation en prison. »

Elle soupira ostensiblement et le fit entrer. Ils s'installèrent dans la cuisine. Wisting lui expliqua quand et où se présenter et lui fit signer une copie de la convocation.

« Est-ce que je peux emmener du tricot ? demanda-t-elle, étudiant la brochure.

— Pas si ce n'est pas sur la liste.

— Trois vestes d'extérieur. Qu'est-ce que je vais faire de trois vestes d'extérieur ? En prison ? »

Wisting haussa les épaules et remit la copie de la convocation dans son dossier.

« Et un tapis de prière, poursuivit-elle. Je peux avoir un tapis de prière, mais pas de tricot. »

Wisting se leva, il ne savait pas vraiment comment orienter la conversation vers le sujet qui l'amenait.

« Est-ce que vous voyez parfois Martin Haugen ? » demanda-t-il.

Bien que Haugen soit pour eux une référence commune, elle parut surprise de la question.

« Pourquoi le verrais-je ? » Elle reposa la brochure. « C'est fini, ces histoires. Depuis longtemps.

— Elle n'a jamais été retrouvée, observa Wisting.

— À vrai dire, ça m'est égal », répondit Inger Lise Ness, portant la main à son cou flétri.

Wisting essaya d'interpréter l'expression de son visage ; le seul sentiment qu'il parvenait à y lire était de l'étonnement qu'on lui parle soudain de cette vieille affaire.

« Nous envisageons de rouvrir l'enquête, expliqua-t-il. De reprendre tout le dossier et de reparler à tout le monde. »

Elle ne dit rien.

« Je pense que quelqu'un sait quelque chose qui n'a pas été dit », insista-t-il.

Là encore, il tenta de voir si sa déclaration suscitait la moindre réaction, mais ne trouva rien.

« Ce n'est pas à moi qu'il faut s'adresser.

— Vous aviez déclaré que nous ne savions pas comment il était, rappela Wisting.

— Qui ça ?

— Martin Haugen. Vous avez dit dans un interrogatoire que nous ne savions pas comment il était. »

Inger Lise Ness s'était levée, elle marchait vers la porte, comme si elle avait hâte de faire sortir son invité.

« Ça se peut », répondit-elle.

Wisting la suivit vers la sortie.

« Comment est-il ? Réellement ?

— Je ne sais pas. C'était juste des paroles en l'air. Ça fait longtemps, je ne le connais plus, et ça ne m'intéresse pas non plus de le connaître. »

Wisting fit un dernier essai.

« Mais à l'époque, vous le connaissiez.

— J'en ai terminé avec lui. Ça m'a pris du temps et ça m'a coûté plus que nécessaire, mais j'en ai terminé avec Martin Haugen. »

Conscient que ça n'irait pas plus loin et sans savoir au juste ce qu'il avait espéré tirer de cet entretien, il la remercia.

51

Son sac à dos avait près de trente ans. Un modèle en nylon vert qu'il avait trouvé hors de prix à l'époque. C'était quand Thomas et Line étaient petits et qu'ils passaient leurs dimanches en randonnée, dans la forêt, à la montagne, au bord de la mer. Il était accroché dans le débarras et n'avait pas servi depuis son dernier séjour au chalet de Haugen, cinq ou six ans auparavant. Son sac de couchage et sa canne à pêche étaient au même endroit.

C'était un chalet rustique, sans eau courante ni électricité. Il fallait chercher l'eau dans un ruisseau et cuisiner sur un poêle à bois en fonte. Tout était laborieux, mais relaxant. On oubliait le temps, ses sujets de préoccupation. Ce week-end-ci, en revanche, allait être d'un tout autre acabit et exiger beaucoup de sa personne.

Il allait sans doute porter les mêmes vêtements pendant tout son séjour, mais prit tout de même deux paires de grosses chaussettes, deux slips, un pull épais, un pantalon de survêtement et deux T-shirts de rechange. S'il voulait se laver, ce serait à l'aide d'une bassine remplie d'eau chauffée dans une casserole.

Il troqua son pantalon contre un treillis et fixa un couteau à sa ceinture, enfila un sous-vêtement à manches longues et opta pour une chemise en flanelle à carreaux avec deux poches de poitrine. Avant de l'enfiler, il sortit le matériel d'écoute et s'installa à la table de la cuisine pour fixer du velcro à l'intérieur de la poche gauche. Après réflexion, il en mit aussi à l'intérieur de chacune des manches de sa veste.

Thomas descendit de sa chambre au premier.

« Quand pars-tu ?

— Il vient me chercher à 16 h, répondit Wisting. Et toi ?

— Demain après-midi. Le matin, je vais garder Amalie pendant que Line interviewe l'homme qui sortait avec Nadia Krogh.

— C'était chouette de t'avoir ici. Pour moi comme pour Line. »

Thomas ne releva pas.

« Elle est un peu stressée en ce moment. Elle a encore chopé un PV.

— Le précédent est là-bas, remarqua Wisting avec un signe de tête vers l'étagère de cuisine où il avait l'habitude de poser ses propres factures.

— Elle l'a sûrement déjà payé. » Thomas alla chercher une bande de plastique jaune. « Je vais le lui apporter. »

Wisting monta prendre sa trousse de toilette dans la salle de bains. Avant de la ranger dans son sac, il en retira un rasoir électrique de voyage et un petit flacon de shampoing. Inutile de porter plus que nécessaire, se dit-il, songeant soudain qu'il serait bien avisé d'emporter des allumettes. Il en trouva deux boîtes et les glissa dans la poche latérale de son sac.

Pour finir, il emballa la bouteille de cognac de Stiller, bien protégée entre le sac de couchage et le gros pull.

Il resta à contempler son sac bouclé, le regard vide. Un processus mental s'était déclenché en lui, il savait que c'était à propos de Katharina Haugen, mais il n'arrivait pas à déterminer de quoi il s'agissait. Comme quand on cherche le vers suivant d'une vieille chanson. Il repensa à tout ce qu'il avait fait dans la journée pour essayer d'identifier ce qui avait aiguillé ses pensées dans cette direction qu'il n'arrivait pas à suivre jusqu'au bout.

Puis elles commencèrent à s'imbriquer et il comprit. Ce ne fut pas une découverte soudaine, plutôt une lente révélation, une prise de conscience de ce que Katharina avait eu à l'esprit les jours précédant sa disparition.

Il fit quelques pas dans la pièce pour consulter les vieux documents dans sa penderie, avant de se souvenir qu'ils n'y étaient plus. Il appela donc Nils Hammer.

« J'ai besoin d'un peu d'aide, annonça-t-il sans autre entrée en matière. Il faut que tu ailles dans le bureau de Stiller et que tu trouves le document 04/11 de l'affaire Katharina, prends une photo des pages 6 et 7 et envoie-les-moi.

— Le document 04/11 ? » répéta Hammer.

Wisting connaissait par cœur les numéros des documents principaux.

« C'est un dossier de photos », expliqua-t-il, consultant sa montre. Il était 15 h 45. « J'en ai besoin tout de suite. »

Il fit ensuite le numéro du service de l'exécution

des peines, mais n'eut pas de réponse. La journée de travail devait être terminée. Il téléphona donc aux renseignements et demanda à être transféré à la prison de femmes de Sandefjord.

Il se présenta et expliqua qu'il avait une question un peu particulière, qui requérait une réponse urgente.

« Il existe une brochure à l'intention des personnes condamnées qui vont être incarcérées. En avez-vous une sous la main ?

— Pas juste sous la main, mais je vois de quoi vous parlez.

— Pourriez-vous prendre une photo de la page qui dresse la liste des effets personnels autorisés en cellule ? »

D'une voix qui trahissait une certaine surprise, son interlocutrice promit de lui envoyer ce qu'il lui demandait.

La photo de Hammer arriva. Sans prendre la peine de la regarder, il rappela les renseignements et demanda à être mis en communication avec Steinar Vassvik, qui habitait Kleiverveien.

Un certain nombre de sonneries plus tard, Vassvik décrocha : « Steinar, j'écoute. »

Wisting s'efforça de garder un ton calme.

« Cela fait vingt-quatre ans que Katharina a disparu, dit-il, prenant un stylo de sa main libre. J'ai regardé un peu l'affaire et parcouru certains anciens rapports.

— D'accord.

— J'ai une seule question.

— D'accord, répéta Vassvik.

— Dans le procès-verbal d'interrogatoire, il est écrit

que vous lui aviez emprunté quelques livres, la veille de sa disparition.

— Je ne les avais pas empruntés. Elle m'avait dit que je pouvais les garder. Je les ai encore, si c'est un problème.

— Il est écrit qu'elle en avait tout un sac, mais que vous en aviez choisi cinq, poursuivit Wisting, de mémoire.

— C'est exact.

— Pourquoi cinq ?

— C'était ce qui était autorisé. J'allais en prison. C'est tout ce qui était permis. Cinq livres.

— Vous en aviez parlé avec Katharina ?

— Comment ça ? »

Wisting consulta de nouveau sa montre. 15 h 55. Haugen pouvait arriver d'un instant à l'autre. S'il voulait ses réponses, il devait poser des questions ciblées.

« Aviez-vous reçu une liste de ce que vous aviez le droit d'emporter en prison ?

— Oui.

— Katharina a-t-elle vu cette liste ?

— Je faisais mon sac quand elle est arrivée.

— A-t-elle vu cette liste ?

— Oui. »

Le téléphone de Wisting émit une nouvelle notification.

« Merci. C'est tout ce que je voulais savoir. »

Il raccrocha et ouvrit le MMS de Nils Hammer. En page 6 du dossier iconographique se trouvait une photo de la valise de Katharina Haugen, ouverte sur le lit. Il en agrandit une partie. La valise avait été préparée avec soin. Il se souvenait de la description du rapport. Dix paires de chaussettes, dix culottes, cinq soutiens-gorge, dix T-shirts, cinq pantalons, cinq pulls et un survêtement.

Il regarda ensuite la photo que lui avait envoyée la prison de femmes de Sandefjord. Le nombre de vêtements de la liste de la brochure correspondait au contenu de la valise. Les livres étaient effectivement limités à cinq. À l'avant-dernière ligne figurait ce qui avait convaincu Wisting de la raison pour laquelle Katharina avait fait ses valises. On avait le droit d'emporter une photo personnelle, sans verre ni cadre.

Wisting retourna à la photo du dossier iconographique. Page 7, la table du salon. Cinq livres. Une photo de Katharina et Martin, à côté de son cadre.

Katharina s'était préparée à partir en prison.

Il fut initialement troublé par cette découverte. Une partie du mystère était élucidée, mais cela soulevait bien d'autres questions. Sachant que Katharina n'avait pas eu de condamnation en justice, il avait besoin de réfléchir pour trouver l'explication, mais c'était cohérent avec le reste. Ses amies de la chorale selon qui, à un moment donné, elle avait changé de personnalité, était devenue dépressive, comme si quelque chose lui pesait.

Il n'arriva pas au bout de son raisonnement, le ronronnement d'un moteur puissant et deux coups de klaxon retentissants se firent entendre devant sa maison.

52

Haugen ouvrit le rabat du plateau et Wisting glissa son sac à dos et sa canne à pêche sous la bâche du pick-up.

« Attends une seconde ! »

Il repartit en courant vers la maison. Comme les agents secrets, il avait placé l'enregistreur à l'intérieur de la manche droite de sa veste. Il voulait s'assurer qu'il était allumé avant de monter en voiture. Le petit bouton-poussoir révélait une zone verte. L'enregistreur de réserve était caché dans sa poche intérieure.

Il ressortit et verrouilla la porte.

« Il fallait juste que je vérifie que j'avais bien éteint la machine à café », expliqua-t-il, souriant.

Haugen se mit au volant. Il s'amusa de la distraction de Wisting, mais son visage était par ailleurs impénétrable.

« Beaucoup de boulot aujourd'hui ? s'enquit-il.

— Pas plus que d'habitude, répondit Wisting. On va encore faire des restructurations. »

Il rendit compte de la fusion des districts et de ses conséquences sur son quotidien. Haugen écoutait, ne manifestant pas de réel intérêt. Puis ils restèrent sans rien dire. Wisting se sentait agité. Il aurait voulu annoncer sa découverte.

« Mince ! Il faut encore que j'envoie un message à quelqu'un du boulot. »

Il trouva le numéro de Hammer.

« J'ai oublié un dossier, s'excusa-t-il. Il y a toujours un peu de stress le vendredi après-midi. »

Il tint le téléphone de façon que Haugen ne puisse pas voir ce qu'il écrivait.

Suis en voiture avec MH, commença-t-il, même si Hammer était sûrement dans la salle de surveillance des communications à suivre le point rouge sur l'écran. *Compare les photos que tu m'as envoyées à celle que je t'envoie.* Il joignit la liste des effets personnels autorisés en prison.

Puis il commença un nouveau message : *Je crois que Katharina avait l'intention de se rendre à la police. Elle se préparait à aller en prison.*

Le téléphone dans la main, il attendit la réponse. L'asphalte de l'autoroute du Telemark était grossier, les vibrations remontaient des suspensions jusqu'aux sièges.

« Vous allez bientôt refaire le revêtement ici ?

— L'été prochain, répondit Haugen.

— C'est ton boulot, non ? De décider quand on remet de l'asphalte ?

— Ce n'est pas moi qui décide, mais je fais état de l'usure.

— À quelle fréquence le faites-vous ?

— Ça dépend de la charge. Du nombre de poids lourds, de pneus cloutés, ces choses-là. »

Wisting jeta un coup d'œil sur la manche de veste où était caché l'enregistreur. Une personne extérieure qui écouterait l'enregistrement jugerait la conversation banale, mais elle avait un but et une direction.

« Est-ce que ça dépend aussi de la qualité de l'asphalte ? demanda-t-il, l'article de *VG* du 27 août 1987 en tête.

— Tout à fait. Dans les revêtements routiers aussi, on a fait des progrès », répondit Haugen avant de se lancer dans un développement sur les différents mélanges et leur résistance à l'usure.

Wisting allait poursuivre, mais il changea d'avis. Ça suffisait pour cette fois. Il avait semé une pensée qui resurgirait le jour où ils confronteraient Haugen à la présence de ses empreintes sur la lettre des ravisseurs et qui était composée à partir d'un journal où se trouvait un article parlant d'un nouvel asphalte résistant à l'usure.

La réponse de Hammer arriva. *Dans ce cas, je ne vois qu'un acte dont elle aurait pu s'être rendue coupable : Nadia Krogh.*

Dès qu'il eut fini de lire, Wisting verrouilla l'écran, qui devint noir. Hammer avait mis des mots sur ses propres pensées. Au cours de la dernière heure, il avait formé une hypothèse selon laquelle Katharina et Martin Haugen avaient enlevé Nadia Krogh ensemble et l'opération avait mal tourné. Rongée par la mauvaise conscience, Katharina avait finalement décidé de se rendre à la police et était prête à partir en prison. Ce faisant, elle aurait toutefois entraîné son mari dans son sillage. Il y avait là un mobile. Pour éviter que Katharina ne les démasque, la seule option était de la faire disparaître. Le problème de cette théorie était que Haugen avait un alibi. Wisting l'avait contrôlé à maintes reprises, il se trouvait bel et bien sur un chantier routier à huit heures de distance quand Katharina avait disparu.

« Mauvaises nouvelles ? » s'enquit Haugen.

Wisting baissa les yeux sur son téléphone.

« Rien dont je puisse m'occuper maintenant, en tout cas. »

Il se pencha vers le pare-brise pour regarder dehors. Le ciel était presque entièrement bleu, avec quelques nuages épars.

« On a de la chance avec le temps.

— On va arriver trop tard pour tendre le filet ce soir, observa Haugen, mais je pensais qu'on pourrait essayer de pêcher à la foëne. Il y en a une ou deux au chalet. »

Wisting n'avait jamais essayé cette technique de pêche, mais il savait qu'on ramait dans le noir jusqu'à des hauts-fonds où les poissons frayaient, puis on allumait un éclairage puissant à la proue et on embrochait les poissons tétanisés par la lumière. La méthode était apparemment d'une efficacité si redoutable qu'elle en avait été interdite.

« C'est permis ? demanda-t-il.

— Tu es dans la police des pêches, maintenant ? Je pensais juste prendre un ou deux poissons pour qu'on ait de quoi dîner. Ç'aurait pu être marrant d'essayer. Je ne l'ai pas fait depuis que j'étais gamin. »

Wisting rit, il était d'accord. Haugen changea de sujet en montrant un panneau.

« Celui-là, c'est Katharina qui l'a posé. »

Wisting eut juste le temps de le regarder. *Porsgrund*, avec une flèche vers la droite.

« Il est toujours là. » Haugen sourit. « Je ris chaque fois que je le vois. Katharina n'était pas très bonne en orthographe et c'était un Suédois qui travaillait à l'atelier de fabrication des panneaux, il n'a pas vu la faute non plus. Quand quelqu'un s'en est aperçu, ils ont tous deux protesté que ça s'écrivait bien comme ça. Après tout, on pouvait lire « Porsgrunds Porselænsfabrik » sur toutes les cuvettes de toilettes. Ça fait plus de vingt-cinq ans maintenant. »

Wisting avait souvent roulé sur ce tronçon. Il avait remarqué la faute, mais Porsgrund étant l'ancienne orthographe, il n'y avait pas prêté attention.

Haugen suivit les panneaux et quitta l'E18.

« On va faire des courses là-bas ? proposa-t-il, désignant un supermarché Meny.

— Oui. De quoi avons-nous besoin ? demanda-t-il.

— D'œufs et de bacon, en tout cas. »

53

Stiller vit le point rouge entrer dans une zone commerciale et s'arrêter.

« Approvisionnement », annonça Hammer.

Stiller fit oui de la tête avant de revenir à l'ordinateur posé sur ses genoux.

« J'ai reçu la liste des communications de son portable ces quatre-vingt-dix derniers jours, expliqua-t-il. Il n'y a rien de notable, il s'en sert surtout pour le travail, mais cela nous dit au moins où il était la semaine dernière.

— Où ça ?

— À Malvik. Il a trois appels en absence pendant cette période. Tous trois de Wisting et tous arrivent à la station de base de Malvik.

— La météo. Il a regardé les prévisions de Malvik plusieurs fois. La pluie a entraîné des inondations là-haut, une partie de l'E6 s'est effondrée. Il a peut-être voulu monter voir. Il devait être l'une des personnes en charge du chantier quand la route a été construite. »

Stiller s'était fait la même réflexion.

« Mais pourquoi mentir ? Il devait avoir quelque chose à faire là-haut.

— On n'a aucun coup de fil à mettre en relation avec ce déplacement ? Aucun rendez-vous, rien ?

— Le 10 octobre, un peu après 8 h du matin, il envoie un texto à un collègue en dépassant Lillehammer, ensuite c'est Wisting qui cherche à le joindre.

— Lillehammer à 8 h, répéta Hammer. Alors il a dû partir de chez lui au milieu de la nuit. »

Stiller ne releva pas. Il parcourait en tous sens les communications du portable de Haugen, comme si la liste contenait un élément révélateur. Le manque de sommeil le déconcentrait et il avait du mal à rassembler ses pensées. S'excusant auprès de Hammer, il se leva.

« Je reviens tout de suite. »

Il descendit chercher un sachet de caféine dans son bureau. Une poudre qu'il achetait à l'époque où il habitait en Afrique du Sud. Elle n'était pas vendue en Norvège, mais il s'en était rapporté une provision la dernière fois qu'il était allé voir son père.

Il y avait un verre vide sur son bureau, il alla le remplir au lavabo, puis il déchira le sachet et versa la poudre directement dans sa bouche avant de boire.

Il n'en prenait pas pour se maintenir éveillé, il l'était de toute façon, mais parce que le manque de sommeil troublait sa concentration.

Il attendit, sachant que l'effet viendrait progressivement.

Son téléphone sonna. C'était Malm. Il était sûrement à Oslo et voulait un rapport de situation avant de conclure sa semaine de travail.

Stiller finit son verre avant de répondre.

« Comment ça va ? » s'enquit Malm.

Il commençait presque toujours comme ça.

« On suit les plans, répondit Stiller. Ils sont en route pour le chalet, mais nous n'avons pas de surveillance et on devra probablement attendre dimanche pour savoir comment ça s'est passé.

— On devrait établir une surveillance ? On aurait dû mettre le chalet sur écoute ? »

Stiller s'engagea dans l'escalier qui menait au troisième.

« Nous l'avons envisagé. Le plan était de placer un mouchard dans la voiture de Wisting, mais elle n'est pas adaptée pour rouler en forêt par ce temps. On a un enregistreur, pour les preuves. »

Il tapa à la porte de la salle des communications, Hammer ouvrit.

« Et la dernière évaluation de risque ? demanda Malm.

— Le risque reste peu élevé », assura Stiller.

Hammer ouvrit la porte. Le point rouge sur l'écran n'avait pas bougé.

« Bon week-end, alors », fit Malm avant de raccrocher.

Stiller s'assit et sentit la caféine envahir ses veines. Il ferma les yeux un instant afin de réfléchir.

« Pourriez-vous regarder si Emil Slettaker a un casier ? » demanda-t-il en les rouvrant.

Hammer se tourna vers lui.

« Qui est-ce ?

— L'homme à qui Haugen a acheté le pistolet à air comprimé. »

Hammer indiqua d'un signe de tête qu'il reconnaissait le nom et pianota sur le clavier. Il fit une recherche dans le fichier de l'État civil pour ne pas se tromper d'Emil Slettaker et trouver le bon numéro d'identité, copia ce dernier, renseigna le casier judiciaire et appuya sur Entrée.

« Des choses et d'autres, mais juste des bricoles. »

Stiller se pencha sur l'écran. Plusieurs contraventions, quelques affaires mineures de stupéfiants, un ou deux cas de coups et blessures et deux infractions à la loi sur le port d'armes.

Il n'aimait pas ce qu'il voyait.

« Et le premier qu'il a contacté ? »

Hammer retourna à la liste des communications et trouva les noms et numéros de téléphone de toutes les personnes que Haugen avait approchées pour l'achat d'un pistolet à air.

« Gunnar Fischer, annonça-t-il. La seule chose que je trouve, c'est qu'il a déclaré un cambriolage il y a deux ans. Il semblerait qu'il s'agissait du club de paintball de Sandefjord. Il est donné comme président. »

Stiller serra fort les paupières et cligna des yeux deux ou trois fois devant l'écran.

« OK. Trouvez le numéro de téléphone de l'annonce du pistolet à air d'Emil Slettaker. »

Hammer le lui donna.

Stiller composa le numéro et activa le mode haut-parleur. Ils écoutèrent la sonnerie.

« Emil Slettaker, j'écoute, répondit-on finalement au bout du fil.

— Ici Stein Arnesen, bluffa Stiller. Je vous appelle au sujet du Walter que vous avez mis en vente sur Internet. Il est toujours à vendre ?

— Oui. »

Il échangea un regard avec Hammer.

« Je pourrais vous en donner mille couronnes, proposa Stiller.

— Quinze cents.

— Désolé, dans ce cas, j'en ai un autre en vue », conclut Stiller, raccrochant avant que son interlocuteur ait le temps de baisser le prix.

Hammer le regarda pensivement.

« Je croyais que Haugen avait acheté ce pistolet. »

Stiller ne répondit pas.

« Remettez l'annonce du type du club de paintball. Gunnar Fischer. »

Hammer s'exécuta. Stiller composa le numéro. L'homme décrocha tout de suite. Stiller prit un ton autoritaire.

« Vous êtes bien Gunnar Fischer du club de paintball de Sandefjord ? »

Son interlocuteur le confirma. Stiller donna son nom.

« J'appelle de la Brigade spéciale de Kripos, annonça-t-il, conscient que cela paraissait très formel. Nous enquêtons sur un homme qui pourrait être venu vous voir pour acheter un pistolet à air que vous avez mis sur Finn. »

Il y eut un blanc, puis l'homme confirma.

« Je veux bien le croire. »

Stiller se tut pour forcer son interlocuteur à parler.

« Il est venu hier après-midi, poursuivit Fischer. Je ne sais pas comment il s'appelait, mais j'ai son numéro dans le journal des appels.

— Pourriez-vous me parler de votre rencontre ?

— Ce qui l'intéressait, ce n'était pas le pistolet à air. Quand il est arrivé, il a voulu savoir si j'avais d'autres armes. Des vraies. Il devait penser que j'étais amateur, puisque j'avais plusieurs annonces, mais je lui ai clairement dit que ce n'était pas d'actualité. De toute façon, je n'en ai pas.

— Bien, fit Stiller, qui voulait raccrocher.

— Qu'est-ce que je fais maintenant ?

— Rien. On vous enverra quelqu'un la semaine prochaine pour prendre votre déposition formelle, mais il est primordial que vous ne contactiez pas cet homme. N'allez surtout pas lui téléphoner ni rien.

— Bien sûr que non. »

Stiller mit fin à la communication et se tourna vers Hammer.

« Téléphonez à la substitut du procureur. On a besoin d'un mandat de perquisition et de recherche pour Emil Slettaker. Il faut qu'on détermine de quelle arme Martin Haugen est équipé. »

54

Le caddie se remplissait. Œufs, bacon, pain, saucisses, conserve de haricots à la tomate, deux steaks au cas où ils ne prendraient pas assez de poisson. Des cacahuètes, deux packs de six bières. Lorsqu'ils arrivèrent à la caisse, ils avaient tant de vivres que Wisting n'était pas sûr que tout tienne dans leurs sacs à dos.

Il n'y avait plus de *VG* dans le présentoir à journaux. Wisting lança un regard vers la caisse d'à côté. Pareil. Rien non plus aux autres caisses.

« Vous n'avez plus aucun *VG* ?

— Non, ça fait un moment, confirma la jeune caissière. Vous voulez des sacs ?

— Je vais payer, proposa Haugen, on fera les comptes après. »

Wisting rangea les courses et porta les sacs jusqu'à la voiture.

« Arrête-toi à la station-service, demanda Wisting, pointant le doigt de l'autre côté de la route. Il faut que j'essaie de mettre la main sur *VG*. Il y a un article de Line sur Nadia Krogh aujourd'hui. »

Le présentoir extérieur était vide là aussi. Haugen

se gara entre les pompes à essence, Wisting entra. Rien à l'intérieur non plus.

« Ce n'est pas étonnant, déclara-t-il en remontant en voiture. Elle habitait dans le coin. »

Il boucla sa ceinture de sécurité.

« Tu t'en souviens ? Tu devais travailler ici à cette époque ? »

Haugen ne se tourna pas, regarda par la vitre latérale et laissa une mobylette passer avant de quitter la station-service.

« Tout le monde en parlait, répondit-il. La police a fouillé le baraquement et cherché avec des chiens dans le fossé le long de la nouvelle route.

— Tu vivais dans le baraquement ?

— Non, avec Katharina, on faisait l'aller-retour tous les jours. Elle était à la planification, et moi, j'étais devenu chef d'équipe et passé en équipe de jour.

— Ça, je me souviens, c'était le gros avantage d'être promu inspecteur principal, avoir ses soirées libres, commenta Wisting pour enrober sa question suivante. Et le week-end ? Tu avais tous tes week-ends aussi ? »

Nadia Krogh avait disparu dans la nuit du vendredi 18 septembre 1987 et il doutait qu'il soit encore possible d'obtenir la composition des équipes.

« Globalement, oui. Si on prenait du retard, ça m'arrivait de faire des heures sup le week-end et le soir.

— Et que faisait Katharina, dans ces cas-là ? Elle avait des horaires de bureau, elle, non ?

— Si c'était prévu, elle prenait sa moto et on faisait le trajet séparément. Sinon, elle avait toujours de quoi s'occuper au bureau ou alors elle allait chez une copine. »

Wisting hocha la tête. À son arrivée en Norvège, Katharina vivait à Porsgrunn et elle avait trouvé un emploi au bureau de planification de la nouvelle autoroute. Où elle avait rencontré Martin Haugen. Les noms de plusieurs de ses copines de Porsgrunn figuraient quelque part dans les dossiers de l'enquête. Elles avaient été interrogées, mais cela n'avait rien donné. Leurs dépositions faisaient partie des documents jugés inintéressants. Ce qui revenait chez toutes était que leurs relations avec Katharina s'étaient peu à peu espacées après qu'elle s'était installée chez Haugen. Son amie la plus proche pensait que la dernière fois qu'elle l'avait eue au téléphone remontait à quatre mois avant sa disparition. L'enquête avait désormais pris une autre tournure. Les copines de Katharina avaient peut-être des observations à faire sur son comportement au moment de l'enlèvement de Nadia Krogh.

« Il y en avait une qui s'appelait Ellen, non ? demanda Wisting. Je crois que j'avais parlé à une ou deux d'entre elles dans le cadre de l'enquête.

— Ça se pourrait, oui. »

S'ils avaient pris la voiture de Wisting, Hammer et Stiller auraient pu écouter la conversation en direct dans la salle des communications. Ils se seraient fait la même réflexion que Wisting et seraient allés chercher les dépositions des vieilles copines. Il envisagea d'envoyer un texto, mais renonça.

« Ça fait combien de temps que la route est terminée ? s'enquit-il, regardant l'autoroute par le pare-brise arrière.

— Ça s'est passé un peu par étapes. Moi, je suis

parti d'ici en 1988 pour commencer l'E6 dans le Trøndelag.

— Ah oui, j'ai entendu aux infos qu'elle était fermée, que la pluie l'avait fait s'effondrer. Enfin, à un endroit, en tout cas. »

Haugen freina fortement et quitta la route pour rejoindre une autre station-service.

« Tu veux voir s'ils ont le journal ici ? »

Wisting sortit d'un bond. Il en restait deux ou trois. L'article de Line était en une. Ils avaient choisi une photo de Nadia Krogh datant des années 1980, et titré *Le mystère de Nadia Krogh*.

Haugen attendait moteur allumé. Wisting ouvrit le journal alors qu'ils repartaient. Le sujet s'étalait sur trois pages. Une vignette indiquait le nom de Line et celui d'un jeune journaliste du nom de Daniel Leanger. L'illustration principale de l'article était une carte qui signalait où Nadia Krogh avait disparu et où elle habitait. En troisième page, il y avait une photo d'Adrian Stiller. Tout en bas, on renvoyait au podcast et au prochain article de la série, qui allait parler des lettres des ravisseurs.

« Ça a l'air bien ? » s'enquit Haugen sans quitter la route des yeux.

Wisting replia le journal.

« Je le lirai au chalet ce soir. »

Ils roulèrent quelque temps en silence. Haugen monta le son de la radio et changea de station jusqu'à ce qu'il trouve de la musique à son goût. Wisting s'enfonça dans son siège. Il attendait un message de « Line » lui demandant d'écouter le podcast. Hammer était censé l'envoyer quand ils seraient environ à mi-chemin. Ils avaient regardé la carte ensemble et déterminé que ce serait à peu près au pont de Vestsiden à Porsgrunn, qu'ils avaient franchi cinq minutes plus tôt.

Ils avaient maintenant le Vollsfjord sur leur gauche. Des goélands tournaient autour d'un bateau. Haugen cala son bras gauche contre sa vitre et se concentra sur la route. Ils avaient rattrapé un camion qui roulait lentement. La route étant trop étroite et tortueuse pour doubler, ils restèrent à une certaine distance derrière.

Au bout de deux kilomètres, le camion se rangea sur le côté. Haugen reprit le volant à deux mains et le dépassa.

Enfin le téléphone grésilla. Wisting le saisit. Pour qu'il n'y ait pas de méprise, il avait ajouté un point après « Line » pour repérer quand le message venait de Hammer.

« C'est Line. Elle voudrait que j'écoute son podcast. Ça ne t'embête pas ? »

Haugen baissa le son de la radio.

« Je ne sais pas comment ça marche, ces trucs-là.

— Moi non plus. »

Il cliqua sur le lien inclus dans le message et mit le haut-parleur de son téléphone. Haugen éteignit l'autoradio. Après quelques mesures de musique instrumentale, la voix de Line emplit l'habitacle.

Ils écoutèrent. Haugen prit la route de Kilebygda et ils se retrouvèrent environnés de forêt.

Cela faisait drôle d'entendre Line comme ça. Une voix qui racontait bien, légère et libre, mais non dépourvue de gravité. Elle rendait compte des grands traits de l'affaire, puis brossait un portrait de Nadia Krogh et promettait aux lecteurs d'essayer de découvrir ce qui lui était arrivé.

Le récit était bien construit, avec méthode, mais aussi avec un suspense croissant.

Haugen gardait ses deux mains sur le volant. Aucune réaction n'était lisible sur son visage. Dix petites minutes plus tard, il quitta la route et s'arrêta devant une barrière mobile. Il mit le point mort et tira son frein à main.

« Je peux le faire », proposa Wisting.

Interrompant le podcast, il prit la clef que lui tendait Haugen et sauta dehors.

« Elle est un peu dure », prévint Haugen.

Wisting se débattit avec le cadenas, mais finit par en venir à bout et leva la barrière pour laisser passer Haugen. Puis il la baissa et referma le cadenas.

Sur le chemin défoncé, les cailloux fusaient dans le châssis et la voiture cahota jusqu'à ce qu'elle tape dans un trou. Wisting éteignit son téléphone. Haugen devait parfois empiéter sur le bas-côté pour éviter les ornières et les bosses. Des branches d'arbres frottaient contre la carrosserie et Wisting se félicitait qu'ils n'aient pas pris sa voiture.

Ils continuèrent de slalomer ainsi jusqu'à un autre trou. Haugen enfonça la pédale d'accélérateur. Les roues patinèrent, tirant la voiture vers le fossé du côté de Wisting, puis elles adhérèrent enfin et le véhicule se redressa.

« Quand mon grand-père a hérité de la maison, il n'y avait pas de voie carrossable. On se déplaçait en bateau. Les matériaux ont été acheminés sur la glace. »

Quelques kilomètres plus tard, il y eut une bifurcation. Wisting avait un vague souvenir des lieux. Haugen prit à gauche. Le chemin paraissait quasiment impraticable. Presque tous les graviers étaient partis et la pluie avait raviné la terre tassée.

« Ça ira mieux après la côte », affirma Haugen.

Il avait raison. Après, la route redescendait. La majeure partie de l'eau de pluie avait formé un ruisseau qui courait en parallèle de la route. Un kilomètre plus tard, ils arrivèrent à un cul-de-sac où faire demi-tour. Quelques troncs d'arbres pourris demeuraient de l'époque où on avait construit le chemin pour le bûcheronnage.

L'herbe, qui avait repris ses droits, frotta contre le châssis quand Haugen tourna sa voiture et recula pour se garer le long d'un sentier.

Non sans emporter son journal, Wisting sortit. Le vent bruissait dans les arbres serrés.

Haugen le suivit et ouvrit le rabat du plateau. Ils remplirent leurs sacs à dos de vivres et entassèrent les provisions les plus légères dans une poche en plastique de supermarché que Haugen proposa de porter. Puis ils se mirent en route.

55

Les formalités furent rapidement accomplies. Il ne fut pas difficile de convaincre Christine Thiis qu'Emil Slettaker avait pu vendre une arme illégale à Martin Haugen et elle signa un mandat de recherche et de perquisition. Nils Hammer réunit une équipe pour mener à bien la mission.

Deux voitures de police s'arrêtèrent devant la maison de Slettaker. Quatre hommes avancèrent jusqu'à la porte. D'une voiture stationnée en face, Stiller vit Slettaker leur ouvrir et le plus grand des policiers lui tendre une lettre. L'homme la parcourut pendant qu'on lui fournissait des explications. On le laissa se chausser et enfiler un blouson avant de le menotter et de l'amener dans l'un des véhicules.

Stiller les rejoignit et les pria de ne pas l'emmener tout de suite.

Dans la maison, les policiers en tenue cherchaient déjà des armes. Systématiquement, pièce par pièce.

On voyait qu'Emil Slettaker vivait seul. Mobilier simple, mais fonctionnel. Dans la cuisine, le four tournait. Stiller entrouvrit la porte et vit deux grosses pommes de terre enveloppées dans du papier alu. Il éteignit. Un beau morceau de viande attendait sur le plan de travail. La télé du salon était allumée sur une chaîne sportive.

« Changement de programme », commenta l'un des policiers.

Un autre sortit d'une pièce au bout du couloir.

« Trouvé quelque chose ? demanda Stiller.

— Un pistolet à air comprimé », répondit le policier, le brandissant devant lui. L'arme de l'annonce.

— C'est bon, continuez. »

Stiller sortit de la maison et alla s'asseoir dans la voiture à côté de Slettaker, qui se tortillait, gêné par les menottes dans son dos. Il l'interrogea du regard. Sa stupéfaction initiale s'était muée en colère. Il lâcha un juron, exigea des explications.

« J'ai éteint votre four », précisa Stiller d'un ton calme.

L'homme jura encore, affirma qu'il n'avait rien fait de mal et qu'ils ne trouveraient rien chez lui.

« Écoutez un peu.

— Vous êtes qui, bordel ?

— Adrian Stiller. Je travaille dans une unité spéciale de Kripos. »

Il savait qu'« unité spéciale » ne produisait pas le même effet que « service qui examine de vieilles affaires non résolues ».

Slettaker se tut.

« Je me fous que votre steak se gâte pendant le week-end. Je me fous que vous ratiez un match de foot ce soir. Je me fous de vous. Il n'y a qu'une chose qui m'importe et c'est de savoir quelle arme vous avez vendue à l'individu qui s'est présenté chez vous hier à 17 h 34 et qui est resté jusqu'à 17 h 49. »

Il connaissait ces détails horaires grâce à la balise du pick-up, et laissait croire à l'homme à ses côtés que la police en savait plus que ce n'était le cas.

Stiller regarda la maison. Le policier à la porte lui fit signe qu'ils n'avaient rien trouvé d'autre.

« J'ai besoin de le savoir tout de suite », insista Stiller.

Slettaker continua à garder le silence. « Vous ne m'intéressez pas, répéta Stiller. Dès que vous aurez répondu à ma question, je vous enlèverai vos menottes et je vous laisserai retourner dans votre cuisine pour cuire ce steak, mais pour ça, il faut me le dire maintenant. »

Slettaker déglutit.

« Il voulait un pistolet à air comprimé. »

Stiller se rapprocha.

« Non, ce n'est pas ce qu'il voulait, dit-il entre ses dents. C'était juste un prétexte pour prendre contact avec vous. Avec quoi est-il reparti ? »

Slettaker regarda sa maison, puis Stiller.

« Un Glock 34.

— En état de marche ?

— Oui. C'est un modèle de compétition à canon long.

— Des munitions ?

— Oui, deux chargeurs. Chacun tire dix-sept coups. »

Stiller attendit.

« Il est reparti avec une boîte de cinquante cartouches.

— Combien a-t-il payé ?

— Vingt mille.

— Où est l'argent maintenant ?

— Dans le salon, dans un boîtier de DVD.

— D'accord. On va l'emporter. »

Stiller fit le tour de la voiture et ouvrit la portière de Slettaker, qui se glissa maladroitement sur la banquette et sortit. L'un des policiers en tenue vint défaire ses menottes.

« De quoi s'agit-il ? demanda Slettaker. C'est une histoire de terrorisme ou un truc comme ça ? »

Il n'obtint pas de réponse.

« Qu'est-ce qui va se passer, maintenant ? demanda-t-il encore.

— En ce qui nous concerne, c'est terminé, mais vous aurez des nouvelles de la police locale », répondit Stiller.

Slettaker se contenta d'un signe de tête et promena son regard alentour pour voir si des voisins avaient assisté à la scène.

« Je leur dirai que vous avez coopéré, ce qui allégera beaucoup la sanction pénale. Ce qui est primordial, c'est que vous n'essayiez en aucun cas de contacter l'homme à qui vous avez vendu l'arme. »

Il le regarda droit dans les yeux.

« Vous comprenez ? Ça aggraverait votre situation. »

Slettaker acquiesça. Stiller lui tourna le dos et se dirigea vers sa propre voiture.

56

Après dix bonnes minutes de marche, Wisting aperçut le toit gris entre les arbres. Le chalet était situé dans une clairière. Il connaissait l'histoire des lieux. C'était une maison de métayer, une petite ferme modeste qui appartenait à l'un des grands propriétaires du village. Les ancêtres de Martin Haugen y avaient vécu jusqu'au début du XXe siècle. Au plus, ils avaient été quatre adultes et neuf enfants, avec une ou deux vaches, des poules, quelques chèvres et des moutons.

Le grand-père de Haugen était le dernier à être né dans cette maison en rondins qu'il avait entièrement retapée.

Jadis, il y avait également deux dépendances : une grange et une étable. La grange avait brûlé, il n'en restait que les fondations envahies par la végétation. Une moitié de l'étable s'était écroulée sous une chute de neige massive, mais l'autre, avec toilettes sèches et bûcher, tenait encore debout.

Côté sud, les planches de l'avant-toit avaient été remplacées par du bois traité plus clair. Les anciennes étaient sur le sol.

Haugen ouvrit la porte et laissa Wisting passer devant lui.

Le chalet était constitué d'une cuisine, d'un salon et de deux chambres à coucher avec des lits superposés. Wisting baissa la tête pour franchir la porte de la chambre qu'il avait occupée la dernière fois. Il posa son sac et entendit Haugen faire de même à côté.

Du salon, on voyait le Langen. La brume du soir s'était déposée sur la surface et on ne distinguait qu'à peine la forêt en face. Au milieu du champ qui descendait vers le lac poussait un vieux pommier. Il avait perdu ses feuilles, mais il restait encore quelques fruits rouges sur les branches.

Haugen sortit de sa chambre deux bières à la main, en tendit une à Wisting.

« Je propose qu'on allume le poêle et qu'on mange un morceau », dit-il, ouvrant sa canette.

Wisting approuva et l'accompagna au bûcher. La hache était plantée dans le billot, juste à l'entrée. Haugen posa sa canette, empoigna la hache et entreprit de fendre quelques bûches d'allumage.

Wisting resta à l'extérieur. Il s'écarta de la porte pour éviter d'occulter la lumière. Autour d'eux, la forêt était dense et silencieuse. Il se tourna vers le lac. Un couple de canards qui avançaient côte à côte rompait l'immobilité de la surface. À part la hache, on n'entendait pas un bruit.

Quand les coups cessèrent, il entra dans le bûcher, prit une brassée de bois et alla la vider dans la corbeille de la cuisine. Haugen arriva juste derrière, des bûches dans un bras, une foëne dans l'autre. On aurait dit une fourche à foin, mais les dents étaient barbelées, pour empêcher le poisson embroché de glisser.

Les pointes des trois dents étaient luisantes, comme fraîchement affûtées.

« On devrait mettre la prame à l'eau pour laisser à la coque le temps de regonfler un peu », dit-il en se débarrassant de la foëne pour verser le bois dans la réserve.

Wisting s'accroupit devant le poêle et ouvrit la porte.

« Ça fait longtemps qu'elle n'a pas été sur l'eau ? demanda-t-il, mettant quelques bûchettes.

— Depuis l'an dernier. » Haugen lui tendit une boîte d'allumettes. « Tu devras sans doute écoper un peu. »

Wisting démarra le feu qui prit rapidement. Il attendit que les flammes se soient développées pour ajouter deux grosses bûches et referma la porte du poêle. Puis les deux hommes attrapèrent leurs bières et descendirent au lac.

La prame en bois était renversée sur des troncs. Des feuilles mortes s'étaient amassées dans les replis de la bâche.

Ils l'ôtèrent et contemplèrent la vieille embarcation. Sa coque plate goudronnée paraissait intacte. Ils la basculèrent. Avec toute la pluie qui était tombée, le lac était si haut qu'ils n'eurent aucun mal à la pousser sur l'eau. Haugen tira la corde à la proue et l'attacha à un arbre, avant de mettre les rames dans la prame, ainsi qu'un petit seau en plastique rouge qui servait d'écope. Un peu d'eau filtrait par une fente à l'arrière, mais le bois allait s'imprégner et regonfler, quelques heures plus tard, les petites fentes seraient rebouchées.

Le soir s'était insinué pendant qu'ils s'occupaient

du bateau. Lorsqu'ils revinrent au chalet, on ne voyait plus le lac.

Haugen jeta une bûche dans le poêle, ôta deux plaques rondes sur le dessus et déposa une poêle à frire.

« On se fait quelques saucisses ? » proposa-t-il, ajoutant un morceau de beurre qui fondit aussitôt.

Wisting acquiesça, alluma une lampe à pétrole. Sa lumière mate projetait de longues ombres de mobilier.

Il commençait tout doucement à faire bon dans le petit chalet. Wisting ôta sa veste, la suspendit au dossier de sa chaise, puis il sortit le journal du sac et s'assit pour lire l'article de Line. Haugen ajouta les saucisses dans la poêle, les retournant régulièrement.

« Qu'est-ce qui s'est passé, à ton avis ? » demanda Wisting, levant le nez de son journal.

Haugen but une gorgée de bière.

« Comment ça ?

— Nadia Krogh. C'est une affaire hors du commun. »

Haugen tripota la languette de sa canette, ses commissures se soulevèrent en un sourire.

« Je ne sais pas. »

Wisting leva vers lui le portrait.

« En tout cas, je ne pense pas qu'elle soit vivante. Il lui est arrivé quelque chose.

— Elle a été enlevée. »

Retournant les saucisses qui grésillaient dans le beurre, Haugen dit quelque chose à propos de gens imprévisibles.

Wisting dut le prier de répéter.

« C'est difficile à dire avec les gens imprévisibles.

— Dans un sens, tu as raison, approuva Wisting,

repliant son journal. Enfin, je ne crois pas que le ou les coupables soient imprévisibles, comme dans le cas d'une personne instable ou d'un malade mental, mais je pense que ce n'était pas prévu que Nadia Krogh meure. »

C'était un appât. Non pas destiné à ce que Haugen morde tout de suite, mais un élément qui pouvait mûrir, pénétrer peu à peu son esprit pour lui permettre à terme de raconter plus facilement ce qu'il avait fait.

Tout comme en salle d'interrogatoire, Wisting avait bien sûr un plan pour ce week-end. Son hypothèse était que Martin Haugen avait tué Nadia Krogh et que, par effet collatéral, Katharina avait subi le même sort. Tout ce qu'il allait saupoudrer dans leurs conversations trouverait son ancrage dans cette hypothèse et toutes les réponses que Haugen donnerait seraient interprétées à cette lumière. Il avait en tête toute une série de thèmes à aborder pour le faire réfléchir. Ouvrir la porte à l'idée que la mort de Nadia n'avait pas forcément été un acte volontaire n'était qu'un début.

« Peu de meurtriers sont ainsi. Froids, cyniques, calculateurs. La majorité de ceux que j'ai rencontrés ne le sont pas. Presque aucun ne s'était imaginé devenir un jour un meurtrier, mais ils le sont devenus. Et l'acte n'avait pas non plus été commis dans un moment de démence. Ni démence sur le coup ni démence ensuite. »

Les odeurs de cuisson se mêlaient à celles de la paraffine. Haugen détourna la tête du poêle et agita la main. Wisting voyait que ses paroles avaient touché un point sensible. Il n'avait rien de concret qui puisse s'entendre sur l'enregistrement, mais ce trouble lui semblait confirmer qu'il était sur la bonne voie. Haugen présentait déjà quelques signes classiques d'hésitation. Il évitait le contact visuel, souriait à contretemps, bougeait constamment les mains.

« Ce sont généralement des gens qui se sont retrouvés dans une situation extrême, à la dernière limite de ce qu'ils peuvent maîtriser et supporter, poursuivit Wisting. Ils finissent par tuer dans l'affect, par désespoir ou dans un accès de fureur. »

Haugen ôta la poêle du feu et remit les plaques en place.

« Je crois que c'est prêt.

— Ça a l'air bien », renchérit Wisting.

Haugen ouvrit un tiroir de cuisine, puis un autre, trouva le couteau qu'il cherchait, prit le pain que Wisting lui tendait, en coupa deux tranches et posa une saucisse sur chacune.

« Il y a de la moutarde quelque part », précisa-t-il, regardant dans un placard.

Il passa le flacon à Wisting, qui ne put lire la date de péremption, mais en déposa un trait sur sa saucisse avant d'enrouler le pain autour.

Ils mangèrent en silence. Le bois crépitait. Haugen glissa deux bûches dans les braises.

57

Les chiffres n'étaient pas bons. L'article sur Nadia Krogh était en ligne depuis midi. Deux liens sur la page d'accueil permettaient d'y accéder, mais on dénombrait jusqu'ici moins de cent mille clics. Soit moins de dix pour cent du million et demi de lecteurs quotidiens de *VG*. L'objectif était deux cent mille, on avait alors un bon papier. Avec un peu d'espoir, les consultations augmenteraient dans la soirée.

Il allait falloir attendre encore avant de connaître les chiffres d'audience du podcast. On ne pouvait compter que les auditeurs qui l'avaient écouté à partir du site du quotidien. À peine mille deux cents. Un résultat *a priori* catastrophique, mais elle y était préparée. La popularité d'un podcast était exponentielle. Chaque nouvel épisode pouvait entraîner une comète de nouveaux auditeurs.

Dans son parc, Amalie manifestait des signes de lassitude et de faim.

Line lui sourit.

« Oui, oui. On va bientôt dîner. »

Elle s'avança au bord de son siège, prit son téléphone et ouvrit l'appli Twitter. Les messages sur

Nadia Krogh étaient étonnamment nombreux, mais la plupart commentaient l'émission de TV2 ou retweetaient le portrait-robot.

Elle reposa son téléphone, emmena Amalie dans la cuisine, l'installa sur sa chaise haute et lui noua un bavoir autour du cou avant de lui préparer une tartine de pâté de foie, qu'elle coupa en quatre et posa sur une assiette devant elle. Elle s'en prépara une aussi et mangea avec sa fille.

Ce fut ensuite l'heure du bain et du coucher. Amalie s'endormit presque aussitôt et Line se rassit devant son ordinateur.

Au cours de l'heure écoulée, près de dix mille nouveaux lecteurs étaient venus gonfler les chiffres. C'était prometteur, mais il fallait maintenant se concentrer sur l'article suivant. La publication des lettres des ravisseurs ne manquerait pas d'influencer le nombre de clics.

Line avait les lettres, le policier qui avait surveillé l'argent de la rançon et La panthère grise du journal découpé, mais elle aurait voulu plus, du nouveau.

Dans la documentation qu'elle avait réunie, elle notait deux éléments. D'abord, le général du troisième âge avait expliqué que la dénomination « panthères grises » désignait les personnes âgées encore dynamiques. Ensuite, le journaliste de *Porsgrunns Dagblad* avait suggéré la possibilité d'un désir de vengeance : lors de la disparition de Nadia, son père venait de fermer la scierie, de nombreuses personnes avaient perdu leur emploi, des gens qui y avaient passé toute leur vie, des personnes âgées.

C'était une hypothèse tirée par les cheveux, Line aurait dû l'écarter et se concentrer plutôt sur Robert

Gran, qui avait été le petit ami de Nadia. Elle avait son interview du lendemain à préparer, mais elle continua néanmoins de feuilleter l'édition numérisée du *VG* que les ravisseurs avaient découpé. Elle s'arrêta sur la page avec la photo de Vidar Arntzen. Il avait souligné que le journal datait de trois bonnes semaines quand les ravisseurs avaient composé leur lettre et Line resta à se demander pourquoi c'était ce journal et pas un autre qui avait été utilisé.

La réponse la plus évidente était que les ravisseurs l'avaient pris au hasard dans une pile. Elle se serait probablement posé la même question si ç'avait été le journal de la veille ou du lendemain et si les ravisseurs avaient signé Les Chiens rouges ou Les Chats noirs.

Elle feuilleta encore le journal, dans un sens, puis dans l'autre, mais finit par passer à autre chose.

58

Haugen rajouta quelques bûches dans le poêle avant d'empoigner la foëne.

« Bon, on tente le coup ? »

En guise de réponse, Wisting ramassa sa veste sur le dossier de la chaise et l'enfila.

« Je prends la lampe à pétrole », dit-il.

Dehors, le ciel étoilé était dégagé. La lune se levait au-dessus de la forêt. Çà et là, leurs bottes produisaient des clappements mouillés. L'air était froid et humide.

La coque était bien étanche, la prame ayant passé toute une année au sec. Wisting enjamba le plat-bord, s'assit à l'arrière et posa délicatement la lampe à côté de lui sur le banc de nage. Puis entreprit d'écoper à l'aide du petit seau en plastique alors que Haugen détachait l'amarre et sautait à bord en leur donnant de l'élan.

L'eau résonnait contre la coque. Haugen saisit les avirons et ils se retrouvèrent face à face. Il cala ses pieds contre la membrure, courba le dos et les éloigna du rivage. À la faible lueur de la lampe à pétrole, il avait l'air maigre, vieux.

L'espace d'une seconde, Wisting crut se voir en lui. Lui aussi s'était laissé ronger par le temps. Pendant qu'il était occupé à travailler, les années étaient passées et il aurait voulu davantage de moments pareils. Il ressentait la satisfaction d'être en compagnie de quelqu'un pour se livrer à une activité aussi simple que la pêche. Partager le silence, l'obscurité, l'attente.

« Il y a un bassin de frai de l'autre côté », observa Haugen avec un mouvement du menton avant de tourner le bateau en usant d'une seule rame.

La prame avançait lentement. L'eau gouttait des avirons chaque fois que Haugen les remontait. Parfois, il se retournait pour s'assurer qu'il maintenait son cap.

Wisting continuait d'écoper. Il pensait à la nuit où Katharina avait disparu. Ils disposaient de peu d'éléments tangibles, mais ceux qu'ils avaient donnaient un alibi à Haugen.

Wisting racla le fond du bateau, vida une dernière écope.

« Quelle est la profondeur de l'eau ? demanda-t-il, contemplant l'obscurité du lac.

— Autour de soixante mètres au plus profond. Mais pas ici, dans la baie. Ici, ça ne descend pas à plus de dix, douze mètres. »

Ils approchaient de la limite de la forêt, qui se dressait comme une silhouette contre le firmament étoilé.

Haugen leva les rames et tendit l'oreille alors que son bateau avançait sans bruit. Légèrement sur leur gauche, ils entendaient le murmure d'un ruisseau.

Les rames fendirent la surface, Haugen rectifiait son cap.

« Va à l'avant », chuchota-t-il, comme si sa voix risquait d'effrayer les poissons.

Wisting attrapa la lampe à pétrole, se faufila devant Haugen et se coucha à moitié sur la proue du bateau. Ils étaient presque au rivage. L'obscurité était accentuée par les arbres serrés qui poussaient presque jusqu'au bord.

La lampe à pétrole était surmontée d'un abat-jour métallique qui renvoyait la lumière vers l'eau sans éblouir.

« Tu vois quelque chose ? » demanda Haugen.

Wisting monta la mèche pour agrandir la flamme et s'étira pour descendre la lampe juste au-dessus de la surface.

« Fond de sable. »

Haugen donna un coup de rame supplémentaire pour approcher du ruisseau. Une ombre glissa sur le fond.

« Poisson ! » s'exclama Wisting.

Haugen les rapprocha encore plus du rivage. Le bateau frotta contre le sable, mais le courant du ruisseau les repoussa aussitôt vers des eaux plus profondes.

« Il faut s'amarrer », conclut-il.

Wisting posa la lampe sur le banc de nage. Puis, saisissant la corde, il sauta à terre dès que Haugen les eut ramenés au bord. Il attacha la prame et remonta dedans. Le bateau s'éloigna à un ou deux mètres du rivage, puis la corde se tendit et il ne bougea plus.

Haugen rentra les rames, s'agenouilla et resta penché au-dessus du plat-bord, la foëne levée, prêt à agir. Wisting se plaça à côté de lui avec la lampe. Moins de cinquante centimètres au-dessous, le fond était de sable et de cailloux. Le courant du ruisseau agitait la masse brune des plantes aquatiques.

Il y eut un mouvement à la lisière du cercle de lumière. Wisting se pencha davantage, mais son geste effraya le poisson.

Ils restèrent sans rien dire, côte à côte. Haugen abaissa encore un peu la foëne, les trois dents descendirent dans l'eau. Un corps sombre entra dans la lumière, s'immobilisa. Haugen frappa. L'eau était trop agitée pour voir s'il avait fait mouche, mais il releva la foëne et le poisson s'agitait dessus. Un ventre rouge orangé, un dos aux accents verdâtres.

Il le retira d'un geste vif, lui brisa la nuque et le balança au fond du bateau.

« Cinq cents grammes, jaugea-t-il alors qu'il rinçait le sang de ses mains. Deux de plus et on aura de quoi dîner. »

Il se pencha de nouveau par-dessus bord. Peu après, un nouveau poisson apparut. Cette fois, il le rata. De même que le suivant. Puis il sortit un omble chevalier, une demi-fois plus gros que le précédent.

Répétant la procédure, il lui brisa la nuque, le posa à côté du premier. Il tendit ensuite la foëne à Wisting.

« Tu veux essayer ? »

Wisting prit la fourche et confia la lampe à pétrole à Haugen. Pendant un temps, Wisting oublia tout le reste et se concentra exclusivement sur ce qui se passait au fond. Katharina et Nadia n'étaient plus dans ses pensées.

La tête d'un gros omble chevalier apparut, glissa lentement vers le centre de la lumière. Wisting retint son souffle, serra le poing autour du manche. Puis il frappa. Sa main et son bras disparurent sous l'eau, il sentit la foëne toucher le fond. Il la releva, mais comprit vite qu'il avait manqué son coup.

Haugen rit en l'encourageant à recommencer.

La vase du fond ne tarda pas à se reposer. La manche de Wisting était carrément mouillée. Les gouttes qui en tombaient troublaient la surface, mais pas suffisamment pour effrayer les poissons. Deux petits ombles chevaliers apparurent bientôt, leurs yeux noirs vides fixèrent la lumière, puis ils s'enfuirent.

De l'ombre du bateau sortit encore un poisson. La lumière fit luire son corps svelte. Il battit de la queue et nagea sous la foëne.

Wisting frappa, sentit qu'il l'avait eu. Il releva la fourche. Le poisson était encore plus gros que les autres, avec un ventre encore plus rouge.

Il orienta la foëne vers Haugen, qui retira l'omble chevalier, lui brisa la nuque et le lança au fond de la prame.

Ils avaient de quoi dîner, mais entraînés par leur succès, ils continuèrent quelque temps et remontèrent deux autres poissons prêts à frayer.

Wisting commençait à avoir froid au bras qu'il avait plongé dans l'eau et ils convinrent d'arrêter. Alors qu'ils repartaient, il se rendit compte que c'était le bras de l'enregistreur.

Du bout des doigts, il toucha délicatement l'intérieur de sa manche. Le petit appareil était toujours attaché au velcro, mais il doutait qu'il fonctionne encore. Pour l'instant, il n'y avait dans leurs conversations rien qui puisse être utilisé contre Haugen, mais il lui fallait activer l'autre enregistreur à la première occasion.

Le bateau heurta le rivage. Haugen rangea ses

avirons et débarqua le premier. Il tira légèrement l'embarcation et l'attacha avant que Wisting le suive.

Ils nettoyèrent les poissons au bord de l'eau, puis remontèrent au chalet. Haugen refit du feu, tandis que Wisting allumait des lampes à pétrole et deux bougies. Il en emporta une dans sa chambre, ôta ses vêtements mouillés et se changea. Il sortit ensuite le deuxième enregistreur et le fixa à sa poche de chemise.

Lorsqu'il revint dans la cuisine, les pommes de terre cuisaient dans une casserole.

Haugen lui tendit une bière tout en buvant une gorgée de la sienne. Wisting s'assit sur un tabouret. Ses pensées retournèrent à Katharina et Nadia Krogh. Toute sa raison lui disait qu'il y avait un lien entre les deux affaires. Le fait que Haugen ne puisse pas être directement impliqué dans la disparition de Katharina ouvrait de nouvelles possibilités. Katharina pouvait être seule responsable de l'enlèvement ou avoir collaboré avec un tiers.

Il se rendit compte que Haugen l'observait.

« Tu as déjà eu envie de disparaître ? » demanda-t-il.

L'eau des pommes de terre bouillait.

« Pas pour de bon, répondit Wisting, se demandant où il voulait en venir. Quand une affaire est enlisée ou qu'un journaliste me pose une question difficile, j'ai peut-être parfois envie d'abandonner le tout à quelqu'un d'autre, mais sinon non. Et toi ?

— Parfois, j'aimerais bien m'en aller, et repartir de zéro, ailleurs, laisser tous les problèmes.

— Où irais-tu ?

— Je ne sais pas. Le mieux serait de remonter dans le temps et de recommencer sans commettre les mêmes erreurs.

— Quelles erreurs ? »

Haugen avait le regard fixé quelque part dans le noir, hors de la lumière de la lampe à pétrole.

« Inger Lise en était une. Je n'aurais jamais dû l'épouser. »

Wisting sourit.

« J'aurais du mal à te donner tort.

— À part ça, c'est plutôt la somme de nombreuses petites erreurs, poursuivit Haugen. Je suis bien engagé dans la seconde moitié de ma vie et je n'ai rien accompli. Je n'ai rien à quoi repenser. Je n'ai pas de famille, je ne suis allé nulle part, je n'ai pas vécu grand-chose, j'ai le même boulot depuis plus de trente ans.

— Moi aussi.

— Oui, mais toi, tu as un boulot intéressant, un quotidien prenant. »

Le silence se fit dans la petite cuisine. Haugen prit une bûche dans le panier et la mit dans le poêle.

« Tu trouves que ton histoire avec Katharina était une erreur ? » s'enquit Wisting.

Haugen respira profondément avant d'expirer doucement entre ses dents serrées.

« L'épouser est la seule chose juste et vraie que j'aie faite, simplement ça n'a pas tourné comme nous le pensions. »

Wisting s'abstint de faire le moindre commentaire. Il avait l'impression que Haugen avait encore quelque chose sur le cœur.

« Parfois, je me dis qu'elle regrettait de m'avoir rencontré, qu'elle est juste repartie, qu'elle a disparu comme elle avait disparu de son pays natal. Elle était comme ça. C'était ce qui comptait le plus pour elle, mettre son passé derrière elle. Elle n'a jamais cessé de s'en éloigner. Moi, je n'y arrive pas. Je fais du surplace. Je reste en attente. »

Un instant, Wisting avait vu dans ces regrets et ce découragement une possibilité d'entraîner Haugen vers une quelconque forme d'aveu, de lui faire au moins comprendre que ce qui lui permettrait d'avancer dans la vie serait de payer son dû, mais la conversation était partie dans une autre direction et Haugen s'était levé pour s'occuper du feu.

« Qu'est-ce qu'on a fait du beurre ? demanda-t-il en regardant alentour.

— Il est dehors, au frais. »

Wisting alla le chercher dans un sac accroché à l'extérieur. Il en déposa un gros morceau dans la poêle noire et le regarda se liquéfier en grésillant.

Haugen pratiqua quelques entailles sur les flancs des poissons, qu'il ajouta dès que le beurre se colora, avant de les assaisonner de sel et de poivre.

« Je ne pense pas qu'elle ait choisi de disparaître, dit Wisting. Je pense que quelqu'un est responsable de ce qu'elle n'est plus en vie. »

Les ombles rissolaient dans la poêle. Haugen ne répondit pas.

« Je n'ai pas renoncé à l'idée de découvrir cette personne, poursuivit Wisting, mais si ça arrive, ou plutôt quand ça arrivera, sois préparé à ce que ce ne soit pas comme tu t'y attendais. »

Haugen but une gorgée de bière et souleva légèrement l'un des poissons à l'aide d'une fourchette. Wisting s'avança sur son tabouret.

« Très vraisemblablement, il s'agit de quelqu'un comme toi et moi. Je parle d'expérience. Quand j'ai commencé dans la police, j'avais une vision des choses plus tranchée, je pensais qu'il y avait des gens bons et des gens mauvais, mais j'ai fini par comprendre que c'était plus compliqué que ça. »

Haugen retourna les poissons. La peau était grillée et croustillante.

« J'en ai vu assez pour savoir que, poussé par les circonstances, n'importe qui est capable de tuer. Ce dont nous parlons ici, c'est de gens qui se retrouvent sous une telle pression qu'à la fin ils voient le meurtre comme la seule issue, mais ils nous ressemblent en presque tout, à ceci près qu'ils ont tué quelqu'un. »

Il ne le disait pas uniquement pour que Haugen puisse imputer la faute aux circonstances ou se faciliter la tâche en justifiant ses actes. Il y avait là une vérité.

« Je crois que n'importe qui est capable de supprimer quelqu'un s'il a une raison de le faire. La question, ce n'est pas tuer ou ne pas tuer, c'est savoir si on fait face à une personne *innocente* ou à quelqu'un qui nous menace d'une manière ou d'une autre. »

Cette déclaration aurait dû provoquer un commentaire. Haugen aurait dû protester et demander quel mal Katharina avait fait pour mériter un tel sort. Il garda le silence et plongea un couteau dans une pomme de terre.

« Je crois qu'elles sont prêtes, conclut-il, écartant légèrement la casserole du feu. Tu pourrais aller les égoutter dehors ?

— Là où je veux en venir, c'est qu'on peut être quelqu'un de bien même si on a commis un acte très grave, reprit Wisting, se levant. À un moment ou un autre, tout le monde agit au détriment d'autrui. On ne peut pas étiqueter les gens comme gentils ou méchants, bons ou mauvais. Ce n'est pas ou l'un ou l'autre, nous sommes les deux. »

Il saisit deux maniques et sortit avec la casserole, s'éloigna de quelques pas du chalet et observa Haugen par la fenêtre, sans vraiment savoir si son discours avait été concluant. Il fallait le préparer à avouer. Quand le moment viendrait de le confronter aux soupçons qui pesaient sur lui, il pourrait s'attendre à être accueilli comme celui qu'il était, avec ses manquements et ses défauts. Le moment venu, il saurait que Wisting ne l'accablerait pas de reproches, ne le jugerait pas, mais ferait preuve de compréhension.

Lorsqu'il rentra, les poissons étaient sur les assiettes et Haugen déglaçait la poêle avec de la crème.

Chacun emporta son assiette dans le salon et ils s'attablèrent l'un en face de l'autre.

Les pommes de terre étaient un peu fermes. Elles auraient pu cuire plus longtemps. Le poisson était parfait.

« C'est bon », constata Wisting.

Il reçut une notification de message sur son téléphone.

« J'ai éteint le mien, dit Haugen. C'est une des choses que je préfère ici. » Il promena son regard dans la pièce. « À la maison, je mange souvent devant la télé, ici, je suis entièrement déconnecté. »

Wisting sourit et regarda son écran. C'était de la part de Line avec un point.

« C'est Line », s'excusa-t-il.

Je voulais juste te souhaiter un bon week-end, écrivait Hammer. *On annonce du beau temps. Salue Martin!*

C'était un code. Si Hammer ou Stiller avaient un message important, ils lui enverraient d'abord un texto parlant du temps, et ce pour le prévenir que Haugen ne devait pas voir le suivant.

« Elle te salue. »

Il répondit *Bon week-end* et garda le téléphone à la main. Le message arriva si vite qu'il avait dû être écrit au préalable. *MH a une arme à feu. Glock 34 illégal avec munitions.*

Haugen ôta une arête de sa bouche. Wisting leva les yeux vers lui, les baissa sur son téléphone. Il ignorait comment Hammer ou Stiller l'avait découvert, mais pensait que cela pouvait avoir un rapport avec les pistolets à air comprimé. On pouvait en tout cas en déduire que Haugen se sentait acculé et avait peur de quelque chose.

« Elle me demande si j'ai entendu le podcast, expliqua Wisting, effaçant le message. Elle voudrait savoir ce que j'en pense. Je peux passer la fin ? »

Haugen acquiesça. Wisting remit le podcast. Ils écoutèrent en mangeant. Line dépeignait bien l'affaire. Elle alternait compte rendu et extraits des interviews et complétait avec des informations issues de la presse et des dossiers de la police.

Wisting essaya de scruter Haugen pour saisir ses réactions. C'est seulement à la fin de l'émission qu'il perçut ce qui pouvait ressembler à un mouvement de nervosité. Line parlait du sac à main de Nadia Krogh, de la question de savoir si elle l'avait emporté en quittant la fête. Haugen eut un geste maladroit avec ses couverts. Sa fourchette lui échappa et tomba par terre. Le pied de sa chaise racla le sol quand il s'écarta pour la ramasser. Line parlait du prochain épisode, qui allait traiter des lettres des ravisseurs. Puis le podcast se termina.

Wisting prit son téléphone et appuya sur « arrêt ». Il lui restait vingt et un pour cent de batterie. Il avait été tellement occupé avant de partir qu'il n'avait pas eu le temps de le recharger et le podcast sur haut-parleur avait consommé beaucoup d'énergie.

« Qu'en penses-tu ?

— Elle est douée, répondit Haugen.

— Je ne peux pas écrire que ça, fit Wisting, souriant. Il faut que je commente le contenu. Tu as le sentiment d'avoir approché Nadia Krogh de près ? »

Haugen repoussa son assiette vide.

« Oui.

— Et ça te donne envie de connaître la réponse à l'énigme de la disparition ? »

Haugen voulut boire une gorgée de bière. Sa canette était vide. Il l'écrasa dans sa main.

« Ça me fait un peu drôle. Ça me fait penser à Katharina. »

Il se leva, désigna la bière de Wisting.

« Tu en veux une autre ?

— Oui, s'il te plaît. »

Haugen traversa la cuisine, sortit sur le perron. La flamme de la lampe à pétrole vacilla dans le courant d'air. En rentrant, il mit quelques bûches dans le poêle. Wisting finit sa bière et prit celle que Haugen poussait vers lui en s'asseyant.

Wisting aurait soudain voulu que tout cela ne soit rien d'autre que ce à quoi cela ressemblait : deux hommes seuls dans un chalet qui bavardaient autour d'un verre.

« J'ai toujours eu envie de pouvoir un jour venir pour t'expliquer ce qui était arrivé à Katharina, mais nous n'avons même pas réussi à trouver un suspect, un mobile. Je crois cependant à ce que l'enquêteur de l'émission d'hier disait sur Nadia Krogh. Quelqu'un sait ce qui s'est passé. »

La bière moussa dans l'ouverture quand il tira la languette.

« L'enquête criminelle ne consiste pas seulement à chercher un coupable, poursuivit Wisting. C'est aussi trouver les circonstances qui peuvent pousser quelqu'un à tuer. »

Il porta la canette à ses lèvres pour offrir à Haugen la possibilité de parler.

« Tu as réfléchi à ce que ces circonstances pourraient être ? demanda-t-il comme Haugen gardait le silence. Pourquoi quelqu'un l'a tuée ? »

C'était une question indiscrète. Il régnait dans leur conversation une intimité qui n'aurait pas été possible dix ou quinze ans plus tôt, mais leurs rencontres régulières les avaient rapprochés et avaient préparé le terrain pour que Wisting puisse l'interroger ainsi sur des sujets difficiles.

« Je préfère ne pas y penser, répondit Haugen. Il y a beaucoup de cinglés. Des gens qui violent, tuent et se débarrassent du corps. Vous avez bien eu votre Usurpateur il y a quelques années. Combien de victimes avait-il enlevées et tuées ? »

Wisting acquiesça. Le mobile sexuel était la première chose qui venait à l'esprit. Haugen et lui avaient parlé de l'Usurpateur, un tueur en série recherché aux États-Unis, mais il n'était arrivé en Norvège qu'en 1990 et ne pouvait donc pas avoir de rapport avec l'affaire Katharina.

« J'ai pensé à une autre possibilité, souligna Wisting.

— Laquelle ? »

Wisting hésita avant de répondre. Il voulait orienter la conversation vers le fait que Katharina se préparait à se rendre à la police et à aller en prison.

« La vengeance », dit-il, façonnant la suite dans sa tête.

Le silence s'installa de nouveau entre eux, comme si Haugen avait besoin de s'attarder sur ce mot.

« Pourrait-elle avoir fait quelque chose qui aurait suscité un désir de vengeance ? » demanda Wisting.

— Non. Quoi donc ? Je l'aurais su.

— Tu as probablement raison, mais j'ai réfléchi à une chose, une de celles que je ne m'expliquais pas jusqu'à maintenant.

— Quoi donc ?

— Sa valise.

— Quoi, sa valise ?

— N'oublie pas que c'est juste une hypothèse, précisa Wisting, mais je crois qu'elle l'avait préparée pour partir en prison. »

Haugen demeura sans la moindre réaction. Si cette hypothèse n'évoquait rien qui lui soit familier, elle devait lui paraître tirée par les cheveux.

« Elle avait sélectionné un nombre précis de vêtements, qui correspondait à ce qu'on a le droit d'apporter en prison, expliqua Wisting. Elle avait vu la liste quand elle était chez Steinar Vassvik. Elle savait quels vêtements on pouvait avoir et combien. »

Ils se dévisagèrent à la lueur de la lampe à pétrole, presque comme dans une salle d'interrogatoire. Si les rôles avaient été définis, Wisting en enquêteur et Haugen en suspect, ç'aurait été le moment de confronter, d'affirmer que Haugen devait savoir ce que Katharina avait fait. Dans la situation actuelle, c'était déjà assez de lui faire comprendre qu'il n'était qu'à quelques pas de la vérité.

« Elle avait aussi choisi une photo de vous, en ôtant le cadre. Comme dans les instructions de la prison : sans verre ni cadre. »

Haugen secoua encore la tête, d'un geste hésitant, comme s'il se sentait obligé de protester.

« Ça pourrait aussi expliquer les fleurs, poursuivit Wisting, songeant aux quatorze roses rouges sur la commode de l'entrée. Elle pourrait avoir voulu les offrir à quelqu'un pour s'excuser.

— Non, affirma Haugen. Tu ne crois pas que je l'aurais su, s'il y avait quelque chose ?

— Mais il y avait bien quelque chose. Ses amies de la chorale disaient qu'elle n'avait pas le moral.

— Moi, je n'avais rien remarqué. Elles ne la connaissaient pas comme moi. On en a déjà parlé. Elle n'était pas déprimée. Rien ne la tourmentait. Pas plus tard que pendant notre dernière conversation au téléphone, elle a ri, comme elle en avait l'habitude. »

En salle d'interrogatoire, Wisting aurait mis plus de pression. Il lui aurait dit que non, tout n'était pas comme d'habitude. Pour une raison x ou y, elle avait fait sa valise, pour une raison x ou y, il y avait un bouquet de roses dans l'entrée, pour une raison x ou y, elle avait griffonné un code dans la cuisine, pour une raison x ou y, elle avait disparu.

Là, au lieu de renvoyer Haugen à ses contradictions, Wisting se leva pour se rendre dans la cuisine.

« Je vais préparer un peu de café. »

Il remplit la cafetière d'eau du seau et la posa sur le poêle à bois. Puis il sortit se soulager.

La lune éclairait suffisamment le paysage pour qu'il

trouve son chemin jusqu'à la forêt. Il se mit dos au chalet. La température avait baissé d'encore un ou deux crans et de la vapeur chaude s'éleva de son urine.

Il termina son affaire et repartit vers le chalet. À quelques mètres de la porte, il s'arrêta. Dans la lumière cuivrée des fenêtres, il vit Haugen rejoindre sa chambre, une bougie à la main.

Wisting se déporta pour voir.

Haugen posa la bougie sur sa table de chevet, se pencha sur son sac à dos. Il avait le dos tourné et, sous la lumière chiche, on n'aurait trop su dire ce qu'il faisait. Il semblait prendre des vêtements pour se changer. Il tira sa chemise de son pantalon, mais se contenta de la laisser pendre. Puis il ressortit de la pièce avec la bougie.

Quand Wisting entra, l'eau bouillait. Il versa du café dedans et rejoignit le salon avec la cafetière et deux tasses.

« J'ai apporté des chocolats, dit Haugen, montrant un sachet sur la table.

— Moi aussi, j'ai quelque chose », dit Wisting. Il disparut dans sa chambre, dégagea la bouteille du pull qui l'enveloppait et la rapporta dans le salon.

« C'est une cuvée millésimée, un cru spécial. Tu connais ?

— C'est un peu au-dessus de mes moyens, fit Haugen en souriant.

— Des miens aussi. » Wisting tourna le bouchon pour briser le sceau. « C'est un chauffeur de bus de Risør qui me l'a offert. »

Le bouchon se libéra dans un bruit sourd. Wisting huma le goulot et les puissants arômes d'épices stimulèrent ses récepteurs olfactifs.

« Sa fille était une victime de l'Usurpateur. Elle avait disparu depuis plus de six ans quand on l'a retrouvée dans un puits de Tanum. Le père était tellement reconnaissant de savoir la vérité sur ce qui s'était passé qu'il m'a offert cette bouteille.

— Je croyais que la police n'avait pas le droit d'accepter de cadeaux.

— Je me voyais mal l'éconduire. Il avait perdu sa fille unique. »

Wisting alla chercher deux gobelets à eau dans la cuisine.

« Ça fera l'affaire. »

Il les remplit à moitié. Haugen en prit un et huma le cognac à son tour.

« Elle s'appelait Hilde, précisa Wisting, rebouchant la bouteille. Hilde Jansen. Elle est morte à vingt ans. »

Haugen fit doucement tourner le liquide.

« Je lui ai promis que je porterais le premier toast à sa fille », expliqua Wisting, levant son verre. Il voyait le visage de Haugen au travers, couleur d'ambre, déformé.

Haugen trinqua et ils goûtèrent le précieux breuvage.

Wisting se demandait si Stiller avait acheté la bouteille sur ses propres deniers ou s'il l'avait facturée à Kripos. Quoi qu'il en soit, il était assez surpris de l'aisance avec laquelle il avait élaboré son mensonge, ce parallèle à l'histoire de Nadia.

Il avait certes été présent quand on avait remonté Hilde Jansen du fond d'un ancien puits et son père, très reconnaissant, lui avait effectivement offert un gros bouquet de fleurs. Il était plus facile de raconter un mensonge quand il contenait des éléments de vérité.

Le café avait infusé dans l'eau bouillante. Wisting les servit. Un peu de marc tomba dans les tasses.

« Elle parle de la mère ? » s'enquit Haugen, les yeux dans sa tasse.

Wisting reposa la cafetière.

« Comment ça ?

— Line. Dans son article, elle parle de la mère de Nadia Krogh ? C'est pour elle que ce doit être le pire. »

Wisting croisa son regard et pensa à la vieille interview que Haugen avait conservée exclusivement pour se répéter les paroles de la mère de Nadia. Elles avaient dû le toucher.

« Non. Je crois qu'elle ne s'est jamais laissé interviewer », répondit-il, tentant de provoquer une réaction.

Haugen goûta le café.

« Line m'a dit que le père avait un paquet emballé pour Nadia, poursuivit Wisting face au silence de Haugen. C'est sa grand-mère paternelle qui le lui avait acheté à Paris. C'était censé être un cadeau d'anniversaire, mais elle a disparu avant de pouvoir l'ouvrir. La grand-mère l'a laissé pour que Nadia l'ait à son retour. Elle est morte l'année où sa petite-fille aurait eu vingt-sept ans. Le cadeau l'attend toujours.

— Line l'écrit dans son article ?

— Ça fait partie de l'histoire.

— Qu'est-ce qu'il y a dans le paquet ? »

Wisting prit un chocolat.

« Personne ne le sait. Je me dis que ce paquet symbolise toute l'affaire. La réponse existe, bien emballée. »

Haugen délaissa le café au profit de son cognac.

« Vous les enquêteurs, vous avez l'air tellement sûrs qu'il y a des réponses, observa-t-il, le verre sur ses genoux. Mais s'il n'y en avait plus ? Si tous ceux qui détenaient des informations avaient disparu, comme la grand-mère de Nadia ?

— Il y a encore quelqu'un qui sait. Le vendeur du magasin à Paris, la cliente qui attendait derrière elle, un passager avec qui elle aura bavardé dans l'avion, une amie qu'elle a vue à son retour et à qui elle a parlé de son voyage. Il y a toujours quelqu'un qui sait, il suffit de creuser suffisamment. »

Haugen but une bonne gorgée de cognac.

« On peut parler d'autre chose ? »

Wisting n'avait pas envie de changer de sujet de conversation. Haugen commençait à sentir la pression. Il y avait une tension dans l'air, un ballon gonflé qui pouvait éclater d'un moment à l'autre. Il voulait continuer, mais ç'aurait été mal élevé. Et puis on ne savait pas ce qui se passerait quand Haugen atteindrait le point de rupture.

« Bien sûr. Parlons de quelque chose d'agréable.

— Qu'est-ce que tu vas faire quand tu seras à la retraite ? » demanda Haugen.

Wisting but un peu de cognac.

« Je croyais qu'on allait parler de quelque chose d'agréable ? plaisanta-t-il. Je vais travailler jusqu'à mes soixante ans. Encore cinq ans. Après, je ne sais pas. Peut-être consacrer plus de temps à des trucs comme ça, fit-il avec un geste de la main. La pêche. »

La conversation rebondit, de la politique aux émissions de télé en passant par la pluie et le beau temps. Le niveau de cognac baissait gentiment, ils arrivèrent bientôt à la moitié. Wisting sentait l'ivresse le gagner et nota qu'il n'était pas le seul. Haugen était plus bavard, s'empêtrait parfois dans ses phrases.

« J'ai besoin de pisser un coup, déclara-t-il.

— Je t'accompagne », dit Wisting.

Ils marchèrent ensemble jusqu'à la lisière du bois. Le silence les englobait. Quelque part un ruisseau bruissait, les arbres aussi, faiblement. À côté de lui, Haugen commençait à uriner. Wisting renversa la tête en arrière et contempla le ciel nocturne. Un avion, cap à l'est, clignotait au-dessus d'eux.

« Tu as entendu parler de Charles Lindbergh ? » demanda-t-il, cherchant à ramener la conversation au point de départ.

Haugen parut hésitant.

« Un pilote américain, expliqua Wisting, qui maintenant était lancé, lui aussi. Le premier à avoir traversé l'Atlantique en solitaire. De New York à Paris, en 1927. Ça lui a pris trente-trois heures et trente minutes. Un propriétaire d'hôtels de Londres avait promis une récompense de vingt-cinq mille dollars au premier qui y arriverait. Ça correspond à peu près à trois cent cinquante mille dollars actuels. Plus de trois millions de couronnes. Ça a fait sa célébrité et sa fortune et il a ensuite gagné autant avec les livres qu'il a écrits et encore plus avec ses diverses conférences et autres. »

Il se rajusta, fit quelques pas vers le chalet et s'essuya les mains sur la rosée de l'herbe.

« Cinq ans plus tard, son fils a été enlevé. Il a disparu de sa chambre au premier. Les ravisseurs avaient laissé une demande de rançon de cinquante mille dollars, et une échelle contre la façade. L'argent a été versé, mais Lindbergh et sa femme n'ont pas récupéré leur fils. On l'a retrouvé dix semaines plus tard. L'enquête a conclu qu'il était mort des suites d'une chute et que le ravisseur l'avait sans doute lâché du haut de l'échelle en sortant par la fenêtre. Près de la moitié de l'argent de la rançon a été découverte chez un Allemand, qui niait tout rapport avec l'affaire mais a été condamné et exécuté sur la chaise électrique. »

Ils regagnèrent le chalet.

« C'était un accident. Si l'Allemand s'était contenté de dire la vérité, il aurait probablement échappé à la peine capitale, déclara Wisting, se rasseyant à la table. Je pense que quelque chose de similaire pourrait être arrivé à Nadia Krogh. Quelque chose d'irréversible, qui n'était pas prévu. »

Haugen resta debout à le regarder. Un peu de la tension ambiante était revenue.

« Tu as raison. C'était sans doute un accident.

— Quel genre d'accident ? »

Haugen vida son cognac.

« Ce n'est pas à moi qu'il faut le demander, fit-il, l'air indifférent. Tu as probablement raison, mais je crois que je vais aller me coucher. »

Il reposa son verre et partit vers sa chambre.

« Bonne nuit », dit-il, refermant la porte derrière lui.

Wisting sentait lui aussi qu'il se faisait tard, et puis la combinaison d'air frais et d'alcool agissait sur le corps.

Il débarrassa la table, chercha sa brosse à dents et sortit faire ses ablutions au bord du ruisseau avant de se mettre au lit.

Allongé sur le dos, il essayait en vain de récapituler

la soirée. Un bip strident résonna dans la pièce. Texto. Wisting tendit la main vers son pantalon plié sur le dossier de la chaise. L'écran éclaira la pièce. C'était Line avec un point.

Je voulais juste te dire bonne nuit. Vous avez tellement de chance avec le temps. Le ciel doit être magnifique.

Le temps.

Wisting coupa le son et répondit brièvement. *On est couchés.*

Le message suivant arriva sans tarder. *Encore une coupure de courant. Je ne le trouve pas dans la maison.*

Wisting comprit le message à demi codé. Hammer et Stiller étaient retournés dans la maison de Haugen. L'arme n'y était pas. Il l'avait donc emportée.

Il effaça le message. De l'autre côté du mur, il entendit un bruit. Haugen ne s'était manifestement pas encore endormi. La porte s'ouvrit, des pas. Il l'entendit ajouter des bûches dans le poêle. Puis vint le bruit de la louche dans le seau d'eau, mais aussi un autre qu'il ne sut identifier. Les pas traînants repartirent ensuite vers la chambre.

Il attendit quelque temps, puis se glissa doucement hors de son sac de couchage, poussa la chaise devant la porte et posa son sac dessus, pour être réveillé si jamais quelqu'un entrait.

59

Wisting se tournait et se retournait dans son sac de couchage et entendait Haugen faire de même de l'autre côté de la cloison. Il n'avait pas l'habitude de dormir sur un lit si dur et étroit, mais c'étaient ses pensées qui le maintenaient éveillé. Il était de plus en plus convaincu que Katharina, hantée par la mauvaise conscience, se préparait à se rendre. Le point de départ de cette hypothèse était qu'elle était responsable de la mort de Nadia Krogh. Tout cadrait, y compris le code sur la table de la cuisine. Avant de se rendre, elle avait écrit les références d'une carte indiquant où Nadia Krogh était cachée. Avec une ou deux phrases explicatives de sa part, on aurait sans doute facilement compris ses chiffres et traits.

Sans vraiment saisir l'enchaînement de ses propres pensées, il perçut soudain ce que tout cela pouvait signifier.

Il se redressa sur le lit, faisant grincer le sommier, tira la chaise où était posé son sac à dos, chercha à tâtons la boîte d'allumettes dans la poche latérale, puis alluma la bougie et prit un papier et un crayon.

Il avait passé tant d'heures à étudier le code qu'il n'eut aucun mal à le reconstruire de mémoire et une fois le schéma reproduit, sa certitude fut absolue. Il avait trouvé.

60

Lumière éteinte, Adrian Stiller était allongé sur son lit d'hôtel, les mains jointes sur la poitrine. Il se concentrait sur la couette qui se soulevait et retombait au gré de sa respiration. Sur l'air qui entrait par ses narines et en ressortait. Ses pensées dérivèrent jusqu'à ce qu'il trouve un point sur lequel les fixer, un mot à répéter, inlassablement. Cette fois, il échoua sur les chutes de la Tugela en Afrique du Sud. Il voyait l'eau qui tombait depuis Mont-aux-Sources, neuf cents mètres plus haut.

Tugela.

Il le prononça dans sa tête, comme la population locale sur un ton sourd et grave, comme un mantra, presque.

Cette forme de méditation qu'il avait apprise tout seul, sans encens ni cloches, bougies et musique spirituelle, lui procurait une forme de paix intérieure et l'aidait parfois à trouver le sommeil.

Sur la table de chevet, son téléphone sonna.

Stiller s'étira pour l'attraper. Il nota qu'il était 2 h 37 et que c'était Nils Hammer qui appelait.

« Vous dormiez ? demanda ce dernier.

— Presque.

— Wisting pense avoir résolu le code de Katharina. Il sait où est Nadia Krogh. »

Stiller s'assit.

« Où ?

— Il m'a envoyé un texto, expliqua Hammer sans répondre à la question. Il pense que c'est Katharina Haugen, et pas forcément Martin, qui a tué. Le code renvoie à une carte qui montre où le corps est enterré. Elle voulait s'en servir pour s'expliquer devant la police après s'être rendue.

— Où ? demanda encore Stiller.

— Quelque part au bord de l'E18, répondit Hammer. La nouvelle autoroute était en construction au moment de la disparition de Nadia. Katharina travaillait à la planification. Wisting pense que ce qu'elle a dessiné, c'est un tronçon routier. Le 18, c'est la route européenne 18. »

Stiller s'était levé pour s'installer au bureau. Il ouvrit l'ordinateur sur lequel il avait transféré une copie du code de Katharina, mais il revoyait déjà ce nombre, entouré deux fois d'un rectangle.

« Et les autres chiffres ?

— Ce sont des numéros de panneaux, expliqua Hammer.

— Quel genre de panneaux ?

— Chaque type de panneau a un numéro propre. Le 362, par exemple, c'est le numéro des panneaux de limitation de vitesse. Katharina s'occupait de la signalisation routière. Elle les connaissait tous. »

Le code s'afficha sur l'écran de Stiller. Les traits parallèles avaient l'air d'une route. De part et d'autre, le chiffre 362 à l'intérieur d'un cercle, comme pour les limitations de vitesse sur une autoroute.

« Et 334 ?

— Dépassement interdit.

— 701 ?

— Tous les panneaux qui commencent par 7 sont des panneaux directionnels.

— C'est-à-dire ?

— Ceux qui indiquent un nom de lieu, une sortie, tout ça. Ce sont les panneaux rectangulaires jaunes. »

Stiller réfléchit en regardant fixement la croix au bord de la route.

« Quelle est la longueur du tronçon qui était en construction à ce moment-là ?

— Je ne sais pas. Dix kilomètres, peut-être.

— Et quelque part sur cette route, il y a une combinaison de panneaux qui nous indique où se trouve Nadia. »

Stiller regarda dans l'angle de l'écran. Près de 3 h du matin à présent.

« On pourrait se voir à 9 h ?

— 9 h, ça me va », confirma Hammer.

Ils raccrochèrent. Stiller resta quelque temps devant son ordinateur, puis il s'habilla et descendit au parking souterrain. Cinq minutes plus tard, il roulait vers l'ouest sur l'E18.

61

Wisting avait dû être réveillé par la lumière du jour. Il n'y avait pas de rideaux à la fenêtre et, à l'est, le soleil s'élevait au-dessus de la forêt. Les rayons arrivaient droit sur son visage.

Son corps était raide, peu coopératif. Il se contorsionna pour attraper son téléphone. Aucun nouveau message. Il était 8 h 45 et il lui restait quatorze pour cent de batterie.

Il l'éteignit pour économiser l'énergie.

La solution du code de Katharina lui semblait tout aussi évidente que la veille. Juste avant de s'endormir, il était arrivé à la conclusion que c'étaient les contraventions de Line qui lui avaient trotté dans la tête. Le panneau d'interdiction de stationnement était indiqué par un numéro. Il envisagea d'inventer une excuse pour interrompre son week-end de pêche et rentrer, mais ce séjour avait un but. Le code de Katharina était resté une énigme pendant vingt-quatre ans. Ça pouvait attendre deux jours de plus.

Il s'extirpa de son sac de couchage, s'assit sur le lit. Il faisait froid dans la chambre. Il enfila des chaussettes, un pantalon, une chemise, un pull. Puis il alluma le poêle de la cuisine avant de prendre le seau pour le remplir au ruisseau.

Ses pas dans l'herbe, le murmure du ruisseau, quelques gazouillis d'oiseaux, et le silence, un silence qui n'était pas l'absence de bruit, mais des bruits qui ne dérangeaient pas. Ce qui dérangeait, c'était la rumeur de la civilisation, créée par l'homme. Le silence d'ici affûtait les sens, clarifiait les idées.

Il ressentit une douleur dans le dos quand il se baissa pour remplir le seau. Quelque part dans la forêt, une branche craqua. Il attendit pour voir si c'était un animal, mais ne vit rien. Il regagna le chalet. La fumée de la cheminée dérivait lentement vers le lac.

Quand il entra, Haugen était levé.

« Bonjour », fit Wisting, souriant.

Haugen le salua du même ton enjoué.

« Bien dormi ?

— Pas très bien, admit Wisting. Le matelas en mousse est un peu dur, je n'ai pas l'habitude. »

Il rinça la cafetière, la remplit d'eau claire. Haugen retira une plaque du poêle.

« Ça va être une belle journée, observa-t-il avec un regard vers la fenêtre. On n'aura qu'à poser le filet ce matin. »

Ils prirent leur petit déjeuner, burent du café. Wisting laissa de côté tout ce qui avait un rapport avec Katharina et Nadia. L'occasion s'était présentée la veille, à la lueur vacillante de la lampe à pétrole, mais Haugen était sur ses gardes. Il connaissait sans doute les destinées de Nadia et de Katharina et avait vécu dans le mensonge pendant vingt-six ans. Chaque rencontre avec Wisting avait dû être une comédie forcée, une traversée de champ miné. Après la disparition de Katharina, Haugen était resté seul, sa vie n'avait été qu'un vaste effort pour éviter le faux pas. Il était difficile d'avoir des relations vraiment proches avec qui que ce soit quand il fallait constamment veiller à ne pas se trahir.

Après le petit déjeuner, ils embarquèrent dans la prame et tendirent deux filets, l'un vers l'embouchure du ruisseau, l'autre juste devant l'avancée de terre la plus proche. Revenus au chalet, ils préparèrent cannes à pêche et thermos de café, avant de suivre un sentier envahi par la végétation jusqu'à une pointe de rocher nu où ils se postèrent à quelques mètres l'un de l'autre.

Haugen fut le premier à lancer. Son hameçon traça une courbe en l'air avant de rompre la surface de l'eau.

Wisting choisit un Toby de sept grammes. Une cuillère argentée avec des zones sombres et un peu de rouge. Il libéra l'arceau du moulinet, retint le fil de son index pendant qu'il basculait sa canne en arrière et lança. La ligne susurra doucement entre les anneaux. Suivant la direction de la canne, l'hameçon grimpa à l'oblique avant de redescendre vers l'eau, tel un insecte tombé du ciel.

Il le laissa couler quelque temps, puis moulina et lança de nouveau.

Ils pêchèrent en silence. Ça ne mordait ni chez l'un ni chez l'autre.

Au bout d'une demi-heure, Haugen changea d'hameçon et Wisting l'imita.

Le soleil s'élevait dans le ciel et commençait à chauffer. Mouches et autres insectes se réveillèrent. Soudain, le silence fut brisé par un poisson remonté gober de l'air ou un insecte. Wisting eut juste le temps de voir les reflets d'un ventre couleur de laiton avant qu'il disparaisse en troublant la surface.

Haugen moulina vivement et lança dans la direction où s'était trouvé le poisson, en vain.

Après encore une demi-heure sans rien attraper, il remit sa besace sur son épaule et prit sa canne.

« Je vais essayer un peu plus loin. »

Wisting acquiesça de la tête. Haugen disparut dans la forêt pour ressortir sur une pointe cinquante mètres plus loin, de l'autre côté d'une échancrure verte pleine de roseaux et de nénuphars.

Cela fournit à Wisting l'ouverture qu'il attendait. Il posa sa canne et lui fit signe qu'il revenait bientôt. Puis il partit dans le bois pour regagner le chalet.

Le sac à dos de Haugen était appuyé contre le mur sous la fenêtre de sa chambre. Il le tâta à la recherche des contours durs d'une arme. Ne sentant rien, il emporta le sac dans le salon pour pouvoir suivre ce qui se passait dehors pendant qu'il examinait le contenu de plus près. Il sortit les vêtements et les posa sur la table, et constata très rapidement qu'il n'y avait ni arme ni autre élément intéressant.

Il remit le sac à sa place, puis fouilla le lit et le reste de la chambre sans rien trouver. Si Haugen avait emporté une arme, elle était soit dans la voiture soit sur lui.

La porte de sa propre chambre était entrebâillée. Il y entra et alluma son téléphone. Dix pour cent de batterie.

Il n'avait pas reçu de nouveaux messages et profita de ce qu'il était seul pour appeler Hammer.

« Je vais être bref, dit-il quand Nils Hammer répondit. Je n'ai plus beaucoup de batterie. Il y a du nouveau ?

— Ton hypothèse des panneaux pourrait se confirmer. Stiller pense avoir trouvé un endroit qui correspondrait au code. On va aller inspecter les lieux avec la Direction des routes à 15 h.

— Bien.

— Et toi ? Tu es à l'aise là-bas ?

— Ça va.

— Tu en retires quelque chose ?

— Rien d'autre que du poisson. Je vais regarder mon téléphone toutes les deux heures, mais à un moment donné, je n'aurai plus de batterie.

— Je t'envoie un message s'il y a du nouveau ici », précisa Hammer avant de raccrocher.

Ce bref échange avait coûté un pour cent de batterie. Wisting traversa le salon tout en éteignant son téléphone. Il remarqua alors Haugen dans l'embrasure de la porte.

« Il fallait que j'appelle Line. »

Il rangea son téléphone dans sa poche et essaya de récapituler la conversation, se demandant si elle contenait des éléments révélateurs.

« Tout va bien ? » s'enquit Haugen.

Il n'avait pu entendre que la fin. Rien de compromettant.

« Line a emmené Amalie aux urgences. Le ventre, apparemment. »

Haugen attendit un instant, comme s'il évaluait l'explication.

« C'est pas marrant, ces trucs-là. »

Il trouva un rouleau de papier aluminium dans un tiroir.

« J'ai pris une petite truite juste après ton départ. Si

on en prend d'autres, je me disais qu'on pourrait faire un feu de camp et les cuire dans les braises.

— Je te suis sur ce coup, approuva Wisting avec un sourire.

— À part ça, je peux te prêter mon téléphone, proposa Haugen. Si tu n'as plus de batterie. »

62

Line n'aimait pas arriver en retard. Elle calculait toujours ses temps de trajet avec une bonne marge. Elle arriva ainsi une demi-heure en avance à son rendez-vous avec l'homme qui avait été le petit ami de Nadia Krogh en 1987.

Elle roula doucement devant chez lui. C'était une maison de dimensions modestes, tout en longueur, percée de petites fenêtres. La façade, sans doute jaune crème autrefois, était désormais sale, ponctuée de plaques de moisissures.

Deux chats se poursuivaient dans le jardin en friche et disparurent derrière la maison. Il pouvait sembler que Robert Gran vivait seul au sous-sol. Des marches sur le côté de la maison permettaient d'y accéder, et il y avait une remorque pleine de ferraille contre le garde-corps, devant une moto bâchée, à quoi s'ajoutait une BMW à jantes larges sur la place de stationnement.

Line passa son chemin et roula jusqu'au bout de la rue, où elle trouva un endroit où se garer et tuer le temps jusqu'à midi. Elle prit son calepin et relut ses questions. Comme entrée en matière, elle voulait qu'il lui raconte ce qui s'était passé le soir de la disparition. Cela l'intéressait aussi d'entendre ses hypothèses sur ce qui avait pu arriver à Nadia. À un moment ou un autre, il faudrait aussi qu'elle le confronte aux divergences entre ses différentes dépositions.

Elle consulta les chiffres de son article de la veille sur son téléphone. Près de cent quatre-vingt mille lecteurs. Elle espérait en avoir encore plus pour son papier sur les lettres des ravisseurs.

Les chiffres du podcast avaient augmenté, eux aussi. Plus de dix mille et les graphes montraient que la tendance était à la hausse.

Souvent, les grands articles suscitaient des commentaires et des renseignements. La page Internet permettait d'envoyer des messages directement au journaliste. Jusqu'ici, elle n'avait rien reçu qui semble intéressant. Elle ouvrit de nouveau sa boîte et y trouva une réponse à un message qu'elle avait laissé sur un forum de généalogie. Elle recherchait des descendants des frères Ole et Lars Stiller, nés à Mysen à la fin du XIXe siècle. Un généalogiste local l'informait qu'ils étaient fils d'Anders et Gerda Stiller. Elle le savait déjà. Le nom de jeune fille de Gerda était Svensson, elle venait de Røros. Elle était le trait d'union avec la famille de Line. Ce qu'elle recherchait, c'étaient des descendants, mais la personne qui lui écrivait ne disposait d'aucune information sur le sujet.

Le lien entre la famille d'Adrian Stiller et une branche de la famille de Line remontait à au moins quatre générations. Plutôt que de travailler sur ces quatre générations, il était probablement plus facile de partir de Stiller et d'examiner son ascendance. Elle avait donc demandé à un documentaliste du journal d'essayer de trouver la famille proche de Stiller dans le fichier national d'État civil, mais n'avait pas eu de nouvelles. Il devait bien se douter que ce n'était pas directement lié à son travail journalistique et n'y avait sans doute pas accordé la première priorité.

Au bout d'une demi-heure, elle prépara son enregistreur, retourna devant la maison et se gara, ajoutant ainsi son propre véhicule à la remorque, à la moto et à la voiture qui s'y trouvaient déjà. Avant de sortir, elle enregistra son introduction : « Robert Gran était le petit ami de Nadia Krogh. Très rapidement, on l'a soupçonné d'avoir un rapport avec l'affaire. Il a été arrêté, mais la police n'a jamais pu établir un dossier solide contre lui et il a été libéré. Ces événements, il a toujours refusé d'en parler. Jusqu'à aujourd'hui. »

Elle laissa l'enregistreur tourner alors qu'elle ouvrait sa portière.

Une tête aux cheveux sombres apparut dans l'escalier extérieur. Il était un peu plus maigre que sur la photo qu'Adrian Stiller lui avait donnée, mais elle le reconnut.

« Bonjour, vous êtes Robert Gran ? » vérifia-t-elle néanmoins.

Il le confirma et s'avança pour la saluer. Il avait les mains froides.

Line le remercia d'avoir accepté de lui parler et lui montra l'enregistreur.

« Ça ne vous dérange pas que je le laisse allumé ? s'enquit-elle avant de lui parler du podcast.

— Je l'ai écouté hier, précisa Robert Gran, la précédant dans l'escalier du sous-sol.

— Qu'en avez-vous pensé ? »

Robert Gran haussa les épaules.

« Je ne sais pas. Ça fait un peu bizarre d'écouter ça. C'est un peu trop proche de moi, dans un sens. »

L'enregistreur toujours allumé, Line lui dit qu'elle le comprenait.

« J'habite ici à titre temporaire », indiqua Robert Gran.

Il la laissa passer devant, précisa qu'elle n'avait pas besoin de se déchausser, puis lui expliqua brièvement qu'il avait eu une compagne pendant des années et l'avait quittée quelque temps auparavant.

« Qui habite au-dessus ? demanda Line, bien qu'elle connaisse la réponse.

— Ma mère. Elle est absente en ce moment. En Espagne. »

Le logement était sombre et exigu, ordinaire. Ils s'installèrent à une table dans la partie cuisine. Robert Gran avait sorti deux verres et une bouteille de Coca.

« Vous en voulez ? »

Il dévissa la capsule.

« Non, merci. Un peu d'eau, peut-être ? »

Elle posa l'enregistreur au milieu de la table.

Il fit couler le robinet un moment et remplit le verre. Line attendit qu'il se rasseye pour lui parler de sa série d'articles et lui signifier qu'elle aurait bien voulu entendre son histoire.

« Comment Nadia et vous êtes-vous sortis ensemble ? demanda-t-elle en prenant son calepin.

— On était dans la même école. On allait aux mêmes soirées, on connaissait les mêmes gens. On avait beau être très différents, on avait les mêmes centres d'intérêt. On s'est plu.

— Combien de temps êtes-vous restés ensemble ?

— Un peu plus d'un an, même s'il y a eu des hauts

et des bas pendant un temps. Ses parents ne nous facilitaient pas la tâche.

— Comment ça ?

— Ils devaient trouver que je n'étais pas assez bien. Vous savez qui est son père. Le mien était employé dans son usine.

— Donc vos parents se connaissaient ?

— Non. Il y avait tellement de personnel qu'il ne savait sûrement pas qui était papa. Ou alors c'est parce qu'on se fréquentait qu'il s'est fait virer. »

Line garda son stylo dans sa main.

« Votre père a été licencié ?

— Restructurations, comme on dit. Il a été l'un des premiers à devoir partir.

— Avez-vous parlé aux parents de Nadia après ce qui s'est passé ?

— Non. Je n'ai parlé à personne. »

Line perçut une nuance d'amertume dans sa voix, ou une forme d'agressivité.

« Enfin, ce sont plutôt les gens qui ne m'ont pas parlé, rectifia-t-il. J'ai habité un peu partout, dans d'autres villes. Maintenant je suis de retour. La plupart des gens ont oublié toute l'histoire et voilà que vous la ressortez.

— C'est la police qui rouvre l'enquête, observa Line.

— Je sais. Un enquêteur de Kripos pensait que ce serait judicieux de ma part de me laisser interviewer. Pour montrer que je n'ai rien à cacher. »

Line acquiesça.

« Nous essayons d'apporter divers éclairages sur l'affaire. Pourriez-vous me parler du soir où ça s'est passé ? »

Robert Gran remplit son verre de Coca et en but une gorgée avant de commencer à raconter. C'était *grosso modo* la version qu'il avait présentée au tribunal quand il avait été placé en détention provisoire, après en avoir déjà donné deux autres.

« Qu'est-ce qui a fait que les soupçons de la police se sont dirigés sur vous ?

— Ce n'est pas toujours comme ça ? Est-ce qu'on ne soupçonne pas toujours le petit ami ?

— Souvent. Vous avez donc été placé en détention provisoire ?

— Ils ont fait tout un numéro d'une broutille. Ils pensaient que je mentais.

— Et ce n'était pas le cas ? »

Line regretta aussitôt sa question. Ils étaient au début de leur entretien. C'était un peu tôt pour prendre la personne interviewée à rebrousse-poil et elle vit qu'il était agacé.

« J'avais bu, répondit-il. Certains détails n'étaient pas très clairs dans ma tête. »

Line eut envie de lui demander d'expliquer ce qu'il entendait par détails, mais songea qu'elle n'aurait qu'à rendre compte des différences entre ses trois dépositions au moment de monter le podcast. Il était parfaitement possible qu'il existe aussi une quatrième version des faits.

Elle pourrait y revenir vers la fin de l'interview ; elle passa donc à un autre sujet.

« Il y a une chose dont je ne suis pas tout à fait sûre. Quand Nadia a quitté la soirée, a-t-elle emporté son sac à main ? »

La réponse vint sans tarder : « Oui. »

Line se décala légèrement sur sa chaise.

« Est-ce que vous dites oui parce qu'elle avait toujours son sac sur elle ou parce que vous vous en souvenez ?

— Elle avait toujours son sac sur elle, mais je m'en souviens aussi. Elle a décroché sa veste de la patère et l'a enfilée avant de prendre son sac et de partir.

— Qu'avait-elle dans ce sac ?

— Son portefeuille, avec une photo d'elle et son petit frère. »

Line le nota pour se donner le temps de réfléchir. Robert Gran allait droit à la preuve qui l'avait disculpé. Les ravisseurs étaient en possession du sac à main de Nadia et ils avaient joint la photo à leur deuxième lettre.

« Quoi d'autre ?

— Les trucs habituels. Maquillage, chewing-gums, clefs. C'était un petit sac, il ne contenait pas grand-chose. »

Il but une gorgée.

« C'est lui le patron, maintenant, vous savez », ajouta-t-il.

Line ne comprit pas ce qu'il voulait dire.

« Malte Krogh. Le petit frère de Nadia, c'est le P-DG du groupe maintenant. Il n'avait que onze ans à l'époque. »

Il but encore.

« J'étais là quand ils ont pris cette photo. Il avait dix ans. Nadia le gardait et on l'avait emmené avec nous en ville. Elle s'occupait tellement bien de lui, je me rappelle m'être dit qu'elle serait une bonne mère. »

Line jeta un coup d'œil à l'enregistreur. C'était là un élément personnel de l'histoire qui ferait bon effet.

« Il clignote », observa Robert Gran.

Il avait raison. Une diode lumineuse rouge clignotait à intervalles réguliers.

« J'ai peut-être des piles, fit-il, voulant se lever.

— C'est une batterie intégrée, soupira Line. Je croyais l'avoir chargée. »

Elle s'empressa alors de passer à la suite et de lui faire raconter ses années après Nadia. Il parla de manque et de regrets et de douleurs physiques, mais ça ne semblait pas très spontané et n'éveillait finalement aucune sympathie.

« Que croyez-vous qu'il se soit passé à l'époque ? » demanda-t-elle pendant que l'enregistreur tournait encore.

Robert Gran répondit qu'il y avait beaucoup réfléchi, mais n'était arrivé à aucune conclusion.

« Cela paraît à la fois fortuit, accidentel, et planifié. Je n'imagine pas quelqu'un l'attendant devant la maison de Glimmerveien. Les enlèvements, c'est un truc de grandes villes, de films, même. »

Il s'arrêta pour faire le point sur ses propres pensées.

« Mais je crois que quelqu'un l'a tuée, dit-il. Des gens du coin. Des gens d'ici.

— Quelqu'un qu'elle connaissait ? »

Robert Gran réfléchit à sa question. Puis il secoua la tête.

« Si tel était le cas, ç'aurait été quelqu'un que je connaissais aussi, et je ne vois pas. »

Line aurait voulu lui faire dire pourquoi il pensait que c'était quelqu'un du coin, mais la diode de l'enregistreur s'éteignit à ce moment-là.

63

Quand Line rentra chez elle, la maison était vide.

Thomas ne lui avait pas dit ce qu'il prévoyait de faire avec Amalie. Elle pensa l'appeler pour savoir où ils étaient, mais elle s'installa devant son ordinateur, connecta l'enregistreur et téléchargea l'interview de Robert Gran. Elle l'écouta, la compara à ses notes et rédigea les parties qu'elle comptait utiliser dans l'article.

À peu près à la moitié de l'entretien, elle releva une déclaration de Gran à laquelle elle n'avait pas fait attention sur le coup. Elle se leva et alla se poster devant le réfrigérateur. Les photos d'Amalie et Thomas étaient fixées par un aimant coccinelle. Elle les prit dans sa main.

Tout le sens des paroles de Robert Gran se révéla à elle. Elle avait passé des jours à lire les documents de l'enquête sur l'enlèvement Krogh, mais il n'y avait rien à ce sujet.

Dehors, Thomas arrivait en sautillant, Amalie perchée sur ses épaules. Elle avait le cou légèrement dénudé. Le soleil avait beau briller, le fond de l'air pouvait être frais.

Thomas changea de rythme, comme un cheval au trot. Amalie l'attrapa par le menton et éclata de rire.

Line fonça dans le salon, se pencha sur son ordinateur et cliqua sur son dossier *Affaire Krogh*.

La porte d'entrée s'ouvrit. Amalie riait toujours.

Line afficha la photo de Nadia et de son petit frère, enfin, la photo de photo, plutôt. Les techniciens de la police avaient placé l'original sur un fond gris avec un mètre ruban à côté. Comme ils l'avaient fait pour les lettres des ravisseurs.

Elle avait passé du temps à examiner la photo, qui allait faire partie des illustrations de son prochain article, et les lecteurs allaient sans doute être nombreux à ressentir la même proximité qu'elle en regardant Nadia Krogh dans les yeux. Cette fois, elle ne s'intéressa pas tant au motif qu'à la bordure blanche. Elle avait l'air d'être à angle droit, mais quand on regardait de plus près, ce n'était pas le cas.

Dans le vestibule, elle entendit Thomas aider Amalie à enlever ses chaussures.

Choisissant l'outil de sélection, elle plaça le curseur dans l'angle supérieur gauche de la photo et fit glisser la souris vers le coin droit, de façon à sélectionner la totalité de la photo. Ses soupçons se confirmèrent : l'angle inférieur n'était pas tout à fait d'équerre, il y avait un décalage d'à peine un millimètre, comme si on avait découpé la photo avec des ciseaux. Il existait probablement trois photos de Nadia et de son frère.

« Maman ! » s'écria Amalie, titubant vers elle.

Line se leva, marcha à la rencontre de sa fille et la souleva pour l'embrasser.

« Vous êtes allés faire une promenade ?

— On était à l'aire de jeux, expliqua Thomas.

— Vous avez déjeuné ?

— Non. Elle doit commencer à avoir faim.

— Alors, à table. »

Line emmena sa fille dans la cuisine et l'installa sur sa chaise haute.

Ses pensées restèrent ailleurs pendant tout le repas. Elle avait hâte de se remettre au travail et savait qu'Amalie allait faire une heure de sieste après son repas.

« Quand pars-tu ? demanda-t-elle, lançant un regard à son frère.

— Cet après-midi. J'enseigne la semaine prochaine.

— C'était vraiment sympa que tu viennes, ça nous a fait plaisir à toutes les deux. »

Amalie semblait rassasiée. Elle chipotait sa nourriture. Line l'emmena dans la salle de bains pour la débarbouiller et la changer. Puis elle lui donna sa tétine et un doudou et la coucha.

« Près de la moitié des enlèvements sont faux », observa Thomas lorsqu'elle revint dans la cuisine.

Il se leva et mit son assiette dans le lave-vaisselle.

« C'est ce que disait un gars du FBI dans un documentaire, expliqua-t-il. La victime met en scène son propre enlèvement, seule ou avec l'aide d'autres personnes.

— J'y ai pensé, mais ça ne colle pas pour Nadia Krogh. Il y a trop de facteurs extérieurs. »

Thomas se dirigea vers la porte.

« Je vais faire un saut chez papa.

— Moi, il faut que je bosse. Repasse nous voir avant de partir. »

Elle attendit qu'il ait franchi la porte avant de

s'installer devant son ordinateur, et elle consacra encore une minute à la photo de Nadia et de son frère avant d'appeler Robert Gran.

Il répondit aussitôt.

« Il reste juste une chose que je ne suis pas sûre d'avoir bien comprise, s'excusa Line.

— Oui ?

— Vous avez dit que vous étiez avec Nadia et son petit frère quand ils ont fait les photos.

— C'est exact.

— Je sais que ça remonte à loin, mais avez-vous d'autres souvenirs concernant ces photos. Elles semblent avoir été prises dans un photomaton ?

— Oui, à la gare. Ils se sont assis derrière un rideau.

— Vous vous rappelez combien ils en avaient pris ? »

Il y eut un blanc. Soit il réfléchissait, soit il était songeur.

« Quatre, répondit-il finalement, mais seule la première était réussie. Comme il y avait eu un flash, ils pensaient que c'était terminé. Ils sortaient de la cabine quand le flash s'est rallumé, alors ils ont essayé de se réinstaller. La dernière photo était acceptable aussi. »

Line regrettait de ne pas avoir branché l'enregistreur sur le téléphone.

« Qu'est-il advenu des autres photos ?

— Je crois que c'est Malte qui les a eues. Nadia en a gardé une, qu'elle avait dans son portefeuille.

— Et c'était la première ?

— Oui, la plus réussie.

— L'avait-elle découpée ?

— Comment ça ?

— Comment a-t-elle séparé cette photo des autres ? A-t-elle utilisé des ciseaux ?

— Je ne sais pas. Je ne m'en souviens pas. Je crois qu'elle l'avait fait chez elle. Je ne me souviens pas si j'étais là. »

Line le remercia et s'empressa de raccrocher avant que Robert Gran n'ait le temps de réfléchir et veuille savoir pourquoi elle lui posait cette question.

L'existence de deux photos ouvrait la possibilité que celle qui accompagnait la lettre des ravisseurs ne provienne pas du portefeuille de Nadia, mais soit la dernière des quatre qui avaient été prises, et cette hypothèse cadrait avec les questions que Line allait poser dans son prochain article. Pourquoi les ravisseurs avaient-ils choisi d'envoyer la photo plutôt que sa carte d'identité ou un autre effet personnel de son sac ? Ou le collier qu'elle avait autour du cou ?

Elle soupira. L'explication de Robert Gran avait anéanti son raisonnement. C'était la première photo que Nadia Krogh avait conservée, puisque seuls les angles du bas n'étaient pas tout à fait droits, témoignant d'un coup de ciseaux légèrement imprécis, et elle était identique à celle qu'on trouvait dans les dossiers de la police. Il n'y avait aucune raison de croire qu'elle ne provenait pas de son portefeuille ; mais l'excitation dans laquelle l'avait plongée cette photo n'en restait pas moins un sentiment qu'elle voulait intégrer dans le prochain podcast.

Elle écouta le reste de l'interview de Robert Gran. Elle s'arrêtait brutalement quand la batterie était arrivée en bout de course, mais Line décida de l'utiliser telle quelle, en donnant une explication aux auditeurs. Cela apporterait une touche d'authenticité.

Elle revint trente secondes en arrière et réécouta la

fin. Elle avait demandé à Robert Gran ce qu'il pensait être arrivé à Nadia.

« Je crois que quelqu'un l'a tuée. Des gens du coin. Des gens d'ici. »

Puis l'enregistrement se terminait.

Elle se répéta ses paroles et essaya de trouver des éléments qui pourraient les corroborer.

Des gens d'ici signifiait des habitants de la même ville. De Porsgrunn. Le seul élément purement objectif soutenant cette hypothèse était que les lettres des ravisseurs avaient été postées localement, et puis l'adresse de Krogh avait été déchirée dans un annuaire local. Le journal utilisé pour composer les lettres était un quotidien national, mais il était bien évidemment lu et vendu localement.

Pourquoi les ravisseurs avaient-ils utilisé précisément ce *VG* du 27 août ? La seule raison de garder un journal était qu'on souhaitait conserver un article, parce qu'il portait sur un sujet d'intérêt ou parlait de quelqu'un qu'on connaissait.

Elle ouvrit les archives de *VG* pour consulter l'édition en question. Dans le champ de recherche, elle inscrivit un mot : Porsgrunn.

Un seul résultat.

Un article page 17.

Avant de cliquer, elle saisit par réflexe son stylo, comme si elle savait qu'elle allait voir quelque chose de marquant.

L'article parlait de la nouvelle autoroute, qui était en construction à l'époque. Le revêtement, un nouvel asphalte, allait occasionner moins de poussière et de bruit. Le mot Porsgrunn était surligné deux fois. Line examina la photo. Cinq ouvriers routiers devant un engin de chantier. Leurs noms figuraient en légende. L'un d'eux éveilla quelque chose en elle. Le deuxième homme en partant de la gauche. Elle le connaissait. C'était Martin Haugen.

64

Stiller avait roulé aussi loin que possible sur la bande d'arrêt d'urgence et allumé son gyrophare. Il avait trouvé l'endroit dans la nuit, et maintenant, il était de retour avec Nils Hammer. Le code de Katharina était posé sur le capot. La solution paraissait évidente. Les colonnes formaient deux voies de circulation. Le trait oblique en bas désignait une route de comté qui traversait l'autoroute sur un pont, une petite centaine de mètres derrière eux.

« Panneau 334. »

Il pointa le doigt sur les panneaux d'interdiction de dépassement de part et d'autre de la route.

« 148. »

Le panneau de danger triangulaire indiquant la circulation à double sens.

Plus loin, il y avait deux panneaux de limitation de vitesse, un de voie prioritaire, un de fléchage d'aire de repos et un panneau jaune pour la sortie 49. Tout correspondait.

Un camion passa bruyamment, soulevant le papier. Stiller se tourna pour montrer la butte à côté de la route.

« La croix, c'est quelque part dans cette zone-là », déclara-t-il.

Nils Hammer avait emporté une carte routière.

« Glimmerveien se trouve juste en haut de la côte, précisa-t-il avec un geste vers les arbres derrière l'endroit que Katharina avait marqué d'une croix. Nous ne sommes qu'à quelques centaines de mètres de là où Nadia Krogh a été vue pour la dernière fois. »

Stiller descendit dans le fossé pour remonter sur la butte de l'autre côté. Quelque part sous ses pieds était ensevelie Nadia Krogh. Il avait l'impression de sentir sa présence.

« L'autoroute était en construction à l'époque », poursuivit Hammer.

Stiller prit une Fisherman's Friend. Cette construction, Martin Haugen y avait participé. Les liens logiques commençaient à lui apparaître.

Il leva le croquis de Katharina et le compara au terrain qu'il avait sous les yeux.

« Le dessin est assez imprécis, conclut-il, mâchonnant sa pastille. On va peut-être être obligés de creuser plusieurs mètres cubes.

— On peut essayer avec un géoradar d'abord, suggéra Hammer. Pour savoir à quoi ça ressemble sous le sol.

— Je ne veux pas attendre. Je veux faire ça maintenant, pendant que Haugen est isolé dans son chalet, sans télé ni radio.

— Et un chien de recherche de cadavres ? Ça irait plus vite. »

Stiller tapa légèrement dans la terre du bout de sa chaussure. On ne dressait pas de chiens pour la recherche de cadavres en Norvège, mais certains chiens de détection étaient spécialisés dans la recherche moléculaire de restes humains.

« J'ai bien peur qu'un délai de vingt-six ans, ce ne soit trop long, mais ça vaut le coup d'essayer. »

L'un des véhicules jaunes de la Direction des routes se rangea derrière leur voiture banalisée. Le chauffeur alluma son gyrophare et sortit.

Stiller lui fit signe. C'était probablement l'ingénieur à qui il avait demandé de venir. Il avait le visage fermé, comme si la situation lui déplaisait.

Après une brève poignée de main, l'ingénieur coula un regard sur le côté de la route.

« Vous pensez qu'elle est ici », dit-il pensivement.

Stiller l'avait déjà informé de la situation. Il n'y avait pas lieu de la lui cacher.

« Nous avons un croquis. »

Il lui montra la croix et lui expliqua à quoi correspondaient les chiffres.

L'homme prit la feuille et l'observa, mesurant et examinant le terrain.

« Qu'est-ce que vous en pensez ? demanda Stiller comme il ne disait rien.

— Je crois qu'elle est ici, conclut l'homme avec un geste circulaire de la main vers là où Stiller s'était tenu.

— Ça me paraît être un bon endroit où commencer. »

L'homme rendit le code à Stiller.

« J'étais chef de projet quand nous avons construit la route dans les années 1980, commença-t-il avant de s'interrompre le temps qu'un convoi exceptionnel suivi d'une file de voitures les dépasse. J'habite à Bamble et, une fois la route terminée, je l'ai prise presque tous les jours pour aller travailler. Quelques mois après l'inauguration, j'ai vu des fleurs au bord, ici, comme on le voit parfois quand des gens ont été tués dans un accident, par exemple. Ça m'a énervé, parce que la route était construite pour la sécurité et nous n'avions pas eu d'accidents, alors j'ai fait demi-tour et je les ai enlevées.

— Des fleurs ? s'étonna Stiller.

— Des roses rouges. Comme sur une tombe.

— Où étaient-elles ? voulut savoir Hammer.

— Ça fait longtemps, mais c'était à peu près là. »

De nouveau, il désigna le même endroit.

« Deux mois plus tard, il y a eu un autre bouquet, reprit-il. Je l'ai ôté aussi, mais ça a continué. Je ne sais pas combien j'en ai ramassé. Et puis ça s'est arrêté. »

Stiller ressortit son sachet de pastilles et en prit une sans en proposer aux autres.

« Quand est-ce qu'on a arrêté de déposer des bouquets ?

— Ça a duré au moins deux ans. »

Stiller balada la pastille dans sa bouche.

« Vous pouvez venir avec des engins pour creuser ?

— La plupart de nos hommes et de nos engins sont occupés, mais on va bien réussir à se débrouiller. Quand pensiez-vous le faire ?

— Maintenant.

— Maintenant ? fit l'ingénieur, surpris. Ce n'est pas possible.

— Pourquoi ?

— Si on veut creuser ici, il faut fermer la route et mettre en place une déviation. Ça nécessite d'être planifié.

— Vous avez bien un plan pour ça, non ? C'est

comme si vous deviez travailler après un accident de la route, non ?

— Oui, mais là, c'est prévu, objecta l'ingénieur. Il faut au moins attendre la nuit pour causer le moins de gêne possible.

— Je peux attendre ce soir. Pouvez-vous venir avec l'équipement nécessaire ce soir à 22 h ?

— Alors je vais devoir faire faire des heures sup à mon équipe, dit l'ingénieur en guise de réponse.

— Ce sera sur notre budget, assura Stiller. 22 h.

— 22 h. »

Stiller sentit son téléphone vibrer dans sa poche. C'était un numéro enregistré dans son répertoire, Line Wisting.

65

On aurait dit qu'Adrian Stiller était dehors. Il décrocha en disant son nom, qui disparut dans le vacarme d'un véhicule lourd.

Line passa le portable sur son autre oreille.

« Vous avez deux minutes ?

— Allez-y », répondit Stiller.

Au bout du fil, une portière de voiture se referma et le bruit de fond disparut.

« Je travaille sur mon prochain article et sur un nouvel épisode du podcast et un nom que je trouve intéressant a surgi. »

Line était un peu plus explicite que nécessaire pour le cas où elle utiliserait des extraits de la conversation.

« J'ai cherché dans les vieux dossiers de la police et il n'y figure pas, mais je me demandais si c'était un nom que vous connaissiez. »

Stiller semblait impatient.

« Quel nom ?

— Martin Haugen. »

Elle crut l'entendre suçoter quelque chose, puis il y eut un silence un peu trop prolongé.

« D'où le tenez-vous ? » demanda Stiller.

Line regarda l'enregistreur. Elle n'avait pas envie de parler de son père aux lecteurs, mais elle pourrait couper ici au montage. Le silence de Stiller était éloquent. Elle avait mis le doigt sur quelque chose.

« C'est un dossier sur lequel mon père a travaillé, expliqua Line. La femme de Martin Haugen a disparu en 1989. On ne l'a jamais retrouvée. Au moment de la disparition de Nadia, Haugen travaillait sur le chantier de la nouvelle route aux abords de Porsgrunn. »

Nouveau blanc. L'ayant dit à voix haute, elle voyait maintenant à quel point ce lien entre les deux affaires paraissait ténu. Elle aurait bien voulu parler à son père avant d'appeler l'enquêteur de Kripos, mais il ne répondait pas au téléphone.

« Dites, je suis occupé, là, finit par dire Stiller. Je vais être obligé de vous rappeler. »

66

Trois heures au bord du lac produisirent cinq petites truites. Avant de préparer le feu pour les cuire, ils troquèrent leurs cuillères contre des hameçons à vers et laissèrent leurs cannes au bout de l'avancée rocheuse, les bouchons en liège rouge flottant à la surface.

Haugen avait vidé les poissons. Il les saupoudrait maintenant de sel avant de les emballer individuellement dans du papier alu, avec un énorme morceau de beurre dans le ventre.

Wisting sortit son téléphone et l'alluma. Huit pour cent de batterie. Il se demandait si le démarrage du téléphone n'usait pas autant d'énergie que de le laisser en stand-by. Quoi qu'il en soit, elle serait à plat dans le courant de la nuit.

Un message de Line avec un point l'attendait. *Il semblerait qu'on annonce du beau temps tout le week-end.*

Oui, mais le gros poisson n'a pas encore mordu, répondit-il, tout en regardant Haugen du coin de l'œil.

Ce langage codé d'amateur frisait le comique, songea-t-il. C'était souvent ainsi qu'ils écrivaient à leurs sources et informateurs. Seuls l'émetteur et le destinataire comprenaient vraiment, mais n'importe quelle personne extérieure aurait tout de même été méfiante.

Bonne pêche, lui répondit-on. *On va aller creuser ce soir.*

« Tout va bien ? » s'enquit Haugen en dégageant un espace dans le tas de braises.

Wisting avait presque oublié son mensonge sur la visite d'Amalie aux urgences.

« Oui, oui », assura-t-il, souriant.

Haugen posa les cinq papillotes dans le creux et les recouvrit de braises à l'aide d'un bâton.

« Ça prend dix minutes », déclara-t-il, consultant sa montre.

Wisting vérifia sa canne. L'eau était animée de minuscules friselis et on aurait pu croire que cela mordait, mais le bouchon s'immobilisa.

Le soleil chauffait, les flammes aussi. Wisting ôta sa veste et la posa entre eux, afin que le micro dissimulé à l'intérieur de sa manche capte au mieux leurs voix. Haugen garda la sienne. Il était impossible de voir s'il cachait une arme dessous.

« C'est paisible ici, observa Wisting histoire d'entretenir la conversation.

— Ma famille s'est installée ici au XVIIIe siècle et y est restée plus de deux cent cinquante ans, mais ça s'arrête avec moi. Je n'ai que quelques tantes sans enfants. Personne ne va continuer la lignée. »

Wisting pensa à sa petite-fille, à son bonheur de savoir qu'il avait laissé des traces dans la vie.

« Je crois que je voudrais que mes cendres soient dispersées ici », poursuivit Haugen.

L'une des bûches de pin crépita fortement dans le

feu. Haugen ramena d'autres braises sur les poissons avec son bâton.

« Je ne veux pas être seul dans une tombe que personne n'entretiendra de toute façon. »

Il se leva et marcha jusqu'à sa canne à pêche, moulina et vérifia que le ver était toujours accroché avant de lancer de nouveau. Le flotteur rouge frémit alors que le ver coulait dans l'eau et que la ligne se tendait.

Wisting ne dit rien. Une place l'attendait au cimetière. Sur la pierre d'Ingrid, un espace était prévu pour graver son nom à lui.

« Tu t'en chargeras ? demanda Haugen en se rasseyant.

— De quoi ?

— De mes cendres. »

Wisting sourit.

« Tu devrais peut-être l'écrire quelque part. Faire un testament. »

De l'autre côté du lac, des corneilles s'envolèrent. Wisting mit sa main en visière. De toute évidence, elles avaient été effrayées. L'une d'elles plaqua ses ailes contre son corps et plongea entre les arbres tandis que les autres s'éloignaient.

La corneille solitaire remonta, battit des ailes et cria avant d'attaquer encore.

« Pourquoi fait-elle ça, à ton avis ? demanda Haugen.

— Je ne sais pas. Il y a manifestement quelque chose dans la forêt.

— Oui, mais pourquoi y en a-t-il une qui choisit d'attaquer alors que les autres s'enfuient ?

— Elle a peut-être quelque chose à protéger ou à défendre. Un nid, par exemple.

— Non, les corneilles ont leurs petits au printemps.

Je crois que c'est juste qu'elles sont différentes. Différents instincts. En principe, un cheval effrayé s'enfuit, alors qu'un chien se met en position d'attaque et retrousse ses babines. Je crois que c'est pareil chez les humains, des instincts primitifs hérités de nos ancêtres font que, face à la menace, certains choisissent l'attaque et d'autres, la fuite. Nous ne pouvons pas le décider ou le contrôler consciemment. »

Wisting chercha à interpréter ces paroles à la lumière des soupçons qui pesaient sur Haugen. Cela pouvait s'entendre comme une tentative de justification de ses actes.

« Tu as déjà vu à la télé ces vidéos comiques que les gens font chez eux ? Quelqu'un qui se cache dans une poubelle, par exemple, et qui en jaillit pour faire peur à un copain ou à un collègue ? »

Wisting sourit en hochant la tête.

« En général, c'est marrant parce que celui qui est effrayé fait un bond ou court se cogner le nez dans une porte, pour échapper au danger, mais parfois il arrive que, par réflexe, certains serrent le poing et frappent. Leur cerveau réagit différemment. Neuf personnes sur dix optent pour la fuite, mais une sur dix réagit en attaquant. »

Wisting ne croyait pas à l'hypothèse de la prédisposition héréditaire, la violence était une réaction gouvernée par des schémas comportementaux acquis. Certains avaient grandi dans la violence et les confrontations et appris que c'était la réponse d'usage.

« C'est la raison pour laquelle des articles du code pénal parlent de légitime défense et de nécessité absolue, dit-il au lieu d'argumenter. On ne peut pas être sanctionné pour un acte commis en légitime défense ou en prévention d'une agression. On peut tuer afin de ne pas être tué soi-même. »

De l'autre côté du lac, la corneille se livrait à une troisième attaque.

« Tu en as été témoin ? demanda Haugen. Des gens qui restaient libres à cause de la légitime défense ?

— Ça m'est arrivé. »

Wisting raconta le cas d'une femme qui avait frappé son mari à la tête avec un marteau alors qu'il était couché sur elle et essayait de l'étrangler.

« Mais crois-tu qu'il existe des instincts humains qui font que nous ne pouvons pas être responsables de nos actes ?

— Absolument, mentit Wisting, qui ne croyait nullement que les gens soient dirigés par leurs instincts. Je crois que c'est ce qui se passe quand des gens disent qu'ils ont eu une absence. On arrive à un point où on ne peut plus ni se contrôler soi-même ni contrôler ses actes.

— Ça aussi, tu l'as vu ?

— Oui. Juridiquement, on parle d'irresponsabilité au moment des faits », expliqua-t-il avec un regard sur sa veste et l'enregistreur en marche.

En termes d'éthique, il marchait sur un fil dans ce jeu de manipulation pour faire avouer Haugen. Les réponses qu'il donnait étaient volontairement trompeuses. Les instincts ne provoquaient pas de troubles de la conscience, il n'avait jamais entendu une chose pareille dans une plaidoirie. Souvent, les actes qui finissaient devant un tribunal étaient gouvernés par des désirs et des pulsions parfois difficiles à maîtriser, mais pas des instincts.

Haugen reprit son bâton et demanda, tout en repoussant les papillotes hors des braises :

« Quel genre de personne es-tu ? »

Un coup de vent envoya la fumée vers Wisting.

« Comment ça ? fit-il en se détournant.

— Tu fuis ou tu attaques ? »

La fumée brûlait les yeux de Wisting.

« Je ne sais pas, répondit-il honnêtement. Si quelqu'un jaillissait d'une poubelle pour me faire peur, je crois que je ferais un bond de côté, mais je ne sais pas ce que j'ai en moi. Je ne me suis jamais trouvé en situation de le tester. »

La fumée dériva ailleurs et il put regarder Haugen en face.

« Et toi ? »

Haugen se pencha légèrement en avant, comme pour une confidence. Puis son regard partit derrière Wisting.

« Ça mord ! » s'exclama-t-il, montrant le lac où le flotteur de Wisting avait plongé sous la surface.

67

Dépassant la maison de Wisting, Stiller se gara dans la rue devant chez Line. Il connaissait le chemin. Il était déjà venu avant que l'affaire soit vraiment lancée, s'était garé au même endroit. Il voyait la cuisine et la chambre à coucher de Line et, plus haut, la maison de son père.

La fois précédente, il n'avait pas de but précis, c'était plutôt qu'il aimait avoir un pas d'avance et voulait connaître le père et sa fille aussi bien que possible.

Là encore, il resta au volant, les yeux fermés, pour rassembler ses pensées. Il songea aux roses dont l'homme de la Direction des routes lui avait parlé et au bouquet sur la commode de Haugen. À l'explication souvent si simple une fois qu'on l'avait. Katharina avait acheté les roses pour Nadia.

Il ne s'expliquait pas comment Line avait trouvé Martin Haugen, mais il fallait qu'il s'assure qu'elle n'était pas sur quelque chose qui pouvait tout faire capoter.

La sonnerie de son téléphone lui fit rouvrir les yeux.

Il ignorait combien de temps il était resté ainsi. Il n'avait pas dormi, mais ce petit repos l'avait revigoré.

C'était Nils Hammer.

« On a mis la main sur un chien pour nous aider à chercher des cadavres.

— Bien », répondit Stiller, sortant de la voiture. On l'observait de la fenêtre de la cuisine de Wisting. Ce devait être le fils qui passait quelques jours chez lui. « Envoyez-le dans le Sør-Trøndelag.

— Le Trøndelag ?

— Malvik, précisa Stiller. Ce n'est pas là que la route s'est effondrée la semaine dernière ? »

Hammer se tut. Stiller comprit qu'il réfléchissait.

« On a un schéma, là. Je sais que Martin Haugen a un alibi pour la disparition de sa femme, mais s'il a enterré Nadia au bord de la route ici, il a pu se débarrasser du corps de sa femme de la même façon quand il travaillait là-haut. Je ne sais pas comment il y serait parvenu, mais s'il est monté là-bas la semaine dernière et s'il ment sur la question, ce n'est pas sans raison. Je veux que la zone effondrée soit examinée. »

68

Son père n'avait probablement plus de batterie. Elle avait essayé de le joindre plusieurs fois, en vain.

La réaction d'Adrian Stiller quand elle avait prononcé le nom de Martin Haugen au téléphone valait confirmation. Au cours de l'heure qui venait de s'écouler, sa certitude qu'elle touchait quelque chose du doigt n'avait fait que se renforcer. Elle avait trouvé une carte sur Internet : la route sur laquelle travaillait Haugen n'était qu'à quelques mètres de la maison d'où sortait Nadia quand elle avait disparu.

Elle voulait attendre que Stiller l'ait rappelée pour partager ses pensées avec Daniel Leanger et les autres de *VG*, mais elle était convaincue que Haugen était la personne sur laquelle était dirigée la nouvelle enquête. Elle visualisait Nadia ensevelie sous cet asphalte plus résistant évoqué dans le journal et elle n'aimait pas l'idée que son père soit seul avec cet homme. Son inquiétude avait gagné Amalie, qui était maintenant grognon et agitée.

Sans pouvoir dire pourquoi, elle n'avait jamais aimé Martin Haugen. Elle ne l'avait rencontré que quelques fois, mais elle percevait chez lui quelque chose de négatif. Elle ne comprenait pas pourquoi son père avait maintenu avec lui une relation dépassant le cadre strictement professionnel.

L'idée que la femme de Haugen aussi avait disparu commençait à tournoyer dans son esprit quand elle entendit claquer une portière. Elle alla regarder par la fenêtre de la chambre. C'était Adrian Stiller. Il parlait au téléphone et gesticulait de sa main libre. Elle le croyait pourtant chez lui à Oslo. Il avait promis de la rappeler et le fait qu'il se trouve maintenant devant chez elle conférait à la situation une gravité qui ne lui plaisait pas.

Elle retourna dans le salon, attrapa l'enregistreur et le démarra à temps pour capter le bruit de la sonnette à la porte.

Il avait l'air fatigué, épuisé, presque. Pâle, des cernes sombres sous les yeux, les lèvres sèches et gercées.

« Un problème ? » s'enquit-elle.

Stiller jeta un coup d'œil sur l'enregistreur qu'elle tenait à la main.

« J'étais dans le coin. »

Il la suivit dans le salon.

Ils s'assirent chacun d'un côté de la table basse. Line posa l'enregistreur au milieu et prit Amalie avec elle sur le canapé.

« S'agit-il de Martin Haugen ? C'est lui, le ravisseur ?

— Qu'est-ce qui vous fait croire ça ? »

La question de Stiller avait un côté désarmant qui la mit mal à l'aise. C'était à vrai dire une idée sans réel fondement qu'elle avait eue là, mais jusqu'à présent, suivre ses inspirations lui avait souvent servi, et d'ailleurs, elle ne voyait aucune autre raison pour que Stiller vienne la trouver ainsi.

« C'est lui votre suspect ? fit-elle encore au lieu d'expliquer comme elle était arrivée à cette conclusion. C'est une relation de mon père. Ils sont en week-end ensemble, au chalet de Haugen.

— Éteignez l'enregistreur », demanda Stiller.

Line s'exécuta.

« Je travaille avec votre père sur cette affaire. C'est une enquête aux méthodes peu conventionnelles et ce week-end au chalet en fait partie. »

Line ne comprenait pas tout à fait, mais Stiller ne semblait pas avoir l'intention d'approfondir.

« Vous pensez que Martin Haugen a enlevé et tué Nadia Krogh ?

— Nous allons creuser ce soir pour voir si nous la trouvons.

— Ce soir ? Où ça ?

— Pas loin de là où elle a disparu. Nous allons fermer l'E18.

— Vous allez creuser l'E18 ?

— Non. Nous avons une certaine idée d'où elle se trouve. Nous avons une carte.

— Une carte ? » répéta Line.

Stiller regarda encore l'enregistreur et ne répondit pas.

« Je veux que vous veniez ce soir et soyez là quand nous la déterrerons. »

69

Ils relevèrent les deux filets au crépuscule. Le soleil couché, il faisait froid et Wisting avait les doigts gourds de travailler dans l'eau pour sortir les poissons.

Trente-sept ombles chevaliers, quatre truites et six perches.

Revenus à terre, ils les nettoyèrent et les séchèrent, levèrent les filets des plus gros.

Comme les steaks qu'ils avaient achetés étaient prévus pour le dîner, ils salèrent les poissons afin de les rapporter chez eux. Suivant les instructions de Haugen, Wisting les répartit au fond d'un seau et les saupoudra de gros sel et d'un peu de sucre, couche après couche, avant de mettre le couvercle.

Wisting se chargea de cuire la viande. Il était près de 22 h quand les grosses pièces de bœuf atterrirent dans la poêle à frire.

Il les poussa un peu avec une fourchette et lança un coup d'œil vers Haugen, qui, les deux mains autour d'une canette de bière entre ses genoux écartés, était perdu dans ses pensées et regardait fixement les flammes par la trappe d'aération de la porte. Il est mûr, songea

Wisting. Leurs conversations avaient rendu l'obstacle moins dur à franchir. Il suffisait maintenant de guider Haugen sur le dernier tronçon, car s'il avait tout à perdre à parler de ses crimes, il ne devait pas non plus être facile de porter seul ce secret.

Des gouttelettes de sang perlaient à la surface et il retourna les steaks avec la fourchette.

Il regarda de nouveau Haugen, aurait bien voulu savoir à quoi il pensait. Tout le monde avait besoin de partager ses pensées les plus intimes. Pour les gens ordinaires, il s'agissait de parler de leurs problèmes professionnels, conjugaux ou médicaux, mais un meurtrier devait être prêt à parler de choses qui l'enverraient en prison pour plusieurs années. Pour l'approcher, il fallait trouver la connexion émotionnelle, construire un pont.

Haugen se laissa aller contre le dossier de sa chaise et, serrant fort la canette, leva les yeux vers lui.

« Tu ne m'as jamais soupçonné ? »

70

Line passa la tête dans la chambre d'Amalie. La petite dormait.

Thomas était devant la télé, la télécommande à la main.

« Je te remercie », dit-elle encore.

Il avait différé son départ pour garder sa nièce.

« Aucun problème, assura-t-il.

— Elle va probablement dormir toute la nuit. »

Line avait mis l'équipement dont elle avait besoin dans un grand sac : ordinateur, appareil photo, enregistreur et une paire de jumelles, en plus de son stylo et de papier. Portant son sac, Thomas l'accompagna à sa voiture.

« Bonne chance ! fit-il en posant le sac sur la banquette arrière.

— Merci. »

Il ferma sa portière et la regarda partir. Elle le vit regagner la maison alors qu'elle prenait le virage en bas de la rue.

Comme convenu avec Adrian Stiller, elle n'avait pas essayé de rappeler son père. Elle ne savait pas ce qui se passait au chalet de Haugen, mais Stiller avait assuré qu'ils avaient des contacts réguliers et que Haugen ne savait rien de l'opération.

Elle se demandait à quel point son père était impliqué dans l'enquête sur l'enlèvement Krogh quand elle lui avait annoncé qu'elle allait en parler dans le journal. D'après sa réaction, il n'était en tout cas pas au courant de la collaboration prévue entre *VG* et Kripos.

Ils avaient eu une réunion téléphonique. Elle, Daniel Leanger et Sandersen. Le plan initial était de publier le prochain article et le nouvel épisode de podcast la semaine suivante, ils avaient prévu de consacrer six semaines à ce sujet, mais il fallait maintenant tout accélérer. Elle avait déjà écrit un papier sur la fermeture de l'E18 pour rechercher Nadia Krogh. Il allait être mis en ligne dès qu'elle aurait une photo de la route barrée et des panneaux de déviation.

Daniel allait venir, mais n'arriverait qu'environ deux heures plus tard. Au moment où l'opération de police serait révélée, elle serait la seule journaliste sur place.

À l'approche de Porsgrunn, il n'y avait aucun signe de barrage. Elle prit la sortie et s'arrêta à une station-service. Il y avait deux véhicules de la Direction des routes, dont un avec un grand dispositif lumineux et un écriteau de déviation sur une remorque, et une voiture de la police locale. Line rejoignit la policière au volant.

Celle-ci baissa sa vitre.

« Bonjour, dit Line. Adrian Stiller de Kripos et moi avons convenu que je viendrais avec vous pour la fermeture de l'E18. »

La femme répondit d'un signe de tête, elle était au courant.

« Suivez-nous, dit-elle, désignant un homme en vêtements de travail qui sortait de la station-service, un café à la main. On va commencer. »

Line remonta en voiture et rejoignit le petit cortège qui s'était mis en mouvement. Le soir était éclairé par le papillotement des gyrophares orange. Dans la plus grande efficacité, les équipes de la Direction des routes installèrent le barrage et dirigèrent les voitures vers la déviation.

Obéissant aux consignes de la policière, Line franchit le barrage et se gara sur le côté. Puis elle attrapa son appareil photo et bondit dehors.

La circulation s'interrompit sur la voie d'en face, le barrage était en place de l'autre côté aussi. La voiture de police s'avança et se mit en travers pour offrir en plus une barrière physique. Line s'éloigna de quelques pas.

Ce fut une photo percutante, avec la lumière orange crue sur fond obscur.

La policière descendit de sa voiture et échangea quelques paroles avec l'homme de la Direction des routes.

Line leva son appareil, dut l'orienter pour éviter que les bandes réfléchissantes au bas de la veste d'uniforme de la policière ne gâchent le motif.

Alors qu'elle examinait le résultat, arrivèrent deux camions, dont un équipé d'une pelleteuse, puis deux voitures de police. La policière monta dans la sienne et manœuvra afin de les laisser passer. Line prit une série de photos. Aussitôt la pelleteuse passée, elle en choisit trois et les envoya au desk tout en rejoignant son véhicule.

Pendant son congé maternité de bientôt dix-huit mois, elle n'avait fait que quelques piges. Elle sentait à présent que le journalisme lui avait manqué. Être sur le terrain, au cœur de l'action.

71

Une bûche dégringola dans un bruit sourd. Haugen se leva, ouvrit le poêle et sortit les deux pommes de terre qui y cuisaient avant d'ajouter une nouvelle bûche.

Wisting le soupçonnait depuis le premier jour. En vingt-quatre ans, le soupçon ne l'avait jamais lâché, même si Haugen s'était assurément trouvé à près de sept cents kilomètres de distance quand Katharina avait disparu.

« Je mentirais si je te disais que non, répondit-il. Ça fait partie des connaissances élémentaires d'un policier : celui qui détient la réponse est souvent un proche. »

Haugen se rassit.

« Mais tu ne m'as jamais rien dit.

— Tu as bien dû comprendre qu'on enquêtait sur toi ? Qu'on suivait tes mouvements et qu'on avait fini par obtenir confirmation que tu étais à Malvik quand elle a disparu ?

— Oui, oui, mais on n'en a jamais parlé. »

Wisting remua les steaks dans la poêle. Ils étaient presque prêts.

« On devrait ?

— Que ferais-tu si tu découvrais que c'était moi ? »

Wisting chercha la bonne réponse. Il ne fallait pas condamner, mais pas non plus se renier en allant contre tout ce en quoi il croyait.

« Tu es l'un des rares amis que j'aie, poursuivit Haugen pendant que Wisting réfléchissait. Tu me mettrais en prison ?

— Je te donnerais le numéro d'un bon avocat, répondit Wisting, prétendant se concentrer sur la viande, et je veillerais à ce que tu aies un procès équitable. »

Il devait résister à l'impulsion de vérifier si l'enregistreur était bien à sa place dans sa poche de poitrine. De toute façon, il ne pourrait pas voir s'il était allumé. Il devait faire confiance à la technique.

« Et c'est qui, le meilleur avocat ? demanda Haugen.

— Ça dépend. »

Il écarta légèrement la poêle du feu.

« De quoi ?

— De ton attitude. Selon que tu avoues, coopères, souhaites que l'affaire soit jugée avec autant de calme et de discrétion que possible ou nies et veux faire tout un cirque, le meilleur avocat ne sera pas la même personne. »

Haugen prit deux assiettes.

« Alors tu ne me laisserais pas m'en tirer comme ça ?

— Je ferais en sorte que tout se déroule dans le respect de la justice. »

Wisting retourna les steaks une dernière fois.

« Autrefois, il y avait un délai de prescription pour les meurtres, observa Haugen. Tout le monde change. Ce n'est pas bien de sanctionner quelqu'un pour un acte commis dans une autre vie. La personne qui passe devant le tribunal n'est pas celle qui a commis le crime.»

Il y avait beaucoup de bons arguments en faveur de la prescription pour les meurtres, songea Wisting, mais les égards pour le coupable n'en faisaient pas partie.

Il continuait de chercher les mots justes. Il aurait pu louer la grandeur d'âme d'un mari qui ne désirait pas se venger de celui qui s'en était pris à Katharina, mais ce serait gommer le non-dit, à savoir qu'ils connaissaient l'un et l'autre la vérité, et l'aveu n'en serait que plus difficile.

«Je ne suis pas totalement en désaccord. En plus, quand on juge quelqu'un si longtemps après les faits, les preuves sont moins convaincantes, les témoins se souviennent moins bien et le risque d'erreur judiciaire augmente.»

Haugen se leva encore.

«C'est prêt», annonça-t-il, désignant la poêle d'un geste du menton.

Wisting servit les steaks.

Haugen ouvrit une boîte de maïs et la posa sur la table, ainsi que deux canettes de bière. Wisting entailla les pommes de terre, y ajouta un bon morceau de beurre aux épices et se dirigea vers le salon avec les deux assiettes. Haugen lui en prit une des mains avant de s'asseoir dos au mur.

«On se fait un sommet demain? proposa-t-il. De la colline d'Eikedokk, on voit les pylônes du pont de Grenland. C'est à une heure de marche.»

Wisting acquiesça. Il coupa un morceau de bœuf. La conversation changea de nature. L'ouverture s'était refermée.

72

La pelleteuse vibra, les gaz d'échappement jaillirent du moteur, puis l'homme aux manettes leva le godet avant de l'abaisser vers la butte herbeuse. Avec beaucoup de précision, il en racla la couche supérieure, tourna la flèche et versa la terre sur le plateau du camion.

Line prit une série de photos. L'homme dans la cabine serra sa cigarette entre ses lèvres et recommença l'opération.

De gros projecteurs montés sur trépied étaient braqués sur la zone où il travaillait. À l'écart, Adrian Stiller, Nils Hammer, quelques policiers locaux et deux hommes de la Direction des routes suivaient le moindre mouvement du godet. Line orienta son objectif vers eux, appuya sur le déclencheur, puis zooma de façon à n'avoir que le visage de Stiller dans son cadre. Il avait l'air fatigué, comme usé par l'enquête. Elle prit rapidement une ou deux photos avant qu'il ait le temps de se recomposer. Le résultat fut un portrait authentique. Ses mâchoires contractées traduisaient la gravité de sa mission.

Elle lui était reconnaissante de l'avoir autorisée à

venir derrière la barrière, mais ce n'était que justice. S'étant servi d'elle et du journal, il lui devait quelque chose.

La pelleteuse avait raclé une zone d'environ cinq mètres de long sur trois mètres de large, et Line sentait l'odeur humide de la terre retournée.

Stiller vint la rejoindre.

« À quelle profondeur peut-elle être ? demanda Line.

— Martin Haugen avait accès à tous les engins de chantier, il a pu creuser profond.

— Avez-vous assez d'éléments pour le mettre en examen si jamais vous trouvez le corps ? »

Stiller regarda si elle avait son enregistreur. Il était dans sa poche de veste, éteint.

« Oui, répondit-il laconiquement.

— Vous allez tout de suite vous rendre à son chalet pour l'arrêter ? »

Stiller sortit un sachet de pastilles.

« Même si nous trouvons quelque chose ici ce soir, nous allons avoir besoin de temps pour être en mesure d'affirmer qu'il s'agit bien de Nadia Krogh, expliqua-t-il. Il faut d'abord régler cet aspect-là.

— Qu'avez-vous d'autre contre lui ? Vous devez forcément avoir autre chose, quelque chose qui vous a fait rouvrir l'enquête. »

La pastille craqua entre les dents de Stiller.

« Il est important que les informations soient diffusées dans le bon ordre.

— Je n'ai pas besoin d'en parler avant d'avoir obtenu votre feu vert », précisa-t-elle.

Stiller sourit, comme si c'était une proposition que lui avaient faite bien des journalistes avant elle.

« Ses empreintes, répondit-il néanmoins. Les lettres des ravisseurs ont été réexaminées, mais avec une nouvelle technologie. Les empreintes de Haugen apparaissent à trois endroits.

— Pourquoi ne l'arrêtez-vous pas tout de suite ?

— Parce que ses empreintes n'étaient pas sur les lettres mêmes, mais sur le journal qui a été découpé. Cela n'en fait que des indices. Nous voulons essayer d'étoffer le dossier.

— Donc c'est ce que fait mon père en ce moment ? Est-il une sorte d'appât ?

— Votre père travaille secrètement là-dessus depuis vingt-quatre ans, répondit Stiller. Il n'a jamais cru à l'innocence de Haugen. »

Line prit un peu de temps pour absorber les propos de Stiller.

« Ça veut donc dire qu'il existe un lien entre l'enlèvement Krogh et la disparition de Katharina ?

— Les deux affaires ont en tout cas un dénominateur commun. »

La radio d'un policier grésilla. Il répondit succinctement, appela Stiller et désigna la route. Un gros fourgon blanc arrivait.

« Qui est-ce ? demanda Line.

— La police scientifique et technique, répondit Stiller, précisant que c'était au cas où. Ils ne vont pas aimer la grosse pelleteuse. »

Le travail était lent. Le conducteur creusait par tranches de cinq centimètres d'épaisseur. Parfois, on lui donnait l'ordre d'arrêter et un policier examinait les objets apparus : racines, bâtons, cailloux.

Line prit des photos et les envoya au journal pour permettre au desk d'actualiser l'article.

Une demi-heure plus tard, le premier camion étant plein, il repartit. Line accompagna Stiller au bord du trou. Un petit mètre de profondeur. Des racines arrachées sortaient des parois de terre lisses, à part ça, rien.

Les policiers convinrent de creuser encore un mètre avant de déplacer éventuellement la pelleteuse.

L'autre camion s'avança, le travail recommença. Une demi-heure plus tard, il était lui aussi plein, sans résultats intéressants.

La pelleteuse se déplaça cinq mètres plus loin et reprit les opérations.

Minuit approchait. Les policiers qui ne surveillaient pas l'excavation allèrent s'installer dans une voiture.

Line sentit son téléphone vibrer dans sa poche. C'était un MMS de Daniel Leanger. Il montrait un véhicule de TV2 devant le barrage, le reporter discutant avec la policière dans sa voiture.

La photo était prise de derrière le barrage. Levant la tête, Line vit apparaître l'Audi noire de Daniel.

Il se gara derrière la voiture de Line et la rejoignit, un gobelet de café à la main.

« Du nouveau ? s'enquit-il.

— Pas encore », répondit-elle, entourant le gobelet de ses mains.

Daniel repartit chercher son équipement vidéo dans sa voiture.

Un nouveau chargement de terre s'éloigna, le premier camion retrouva sa place. Le conducteur de la pelleteuse abaissa le godet, souleva de la terre. L'un des policiers chargés de surveiller l'opération cria en lui faisant signe d'arrêter. Son attitude générale avait changé.

Line saisit son enregistreur dans sa poche, l'alluma et s'approcha. La pelleteuse trembla, vibra puis s'arrêta. Une exclamation rompit le silence.

« Il y a quelque chose ! »

73

Wisting prit son téléphone pendant que Haugen sortait se soulager. Plus que cinq pour cent de batterie. Trois heures plus tôt, il avait appris que Stiller avait envoyé des chiens sur l'E6, près de Malvik. Cette fois, il n'avait aucun nouveau message.

Il consulta brièvement *VG*. Le gros titre annonçait que la police avait fermé l'E18 aux abords de Porsgrunn dans le cadre de la recherche de Nadia Krogh. C'est Line qui avait signé l'article. Elle était manifestement sur place quand la route avait été bouclée. Il s'empressa d'éteindre le téléphone et remplit les verres de cognac.

Il y avait une certaine logique à ce que le corps de Katharina soit enterré dans le Trøndelag. Cherchant à faire correspondre la chronologie avec le fait que Haugen était le tueur, il inversa l'action : Katharina avait pu monter dans le Trøndelag pour le retrouver sur son chantier, il l'avait tuée là-haut. Partant de ce que leur conversation téléphonique s'était terminée à 22 h 14, Katharina pouvait en théorie être arrivée à Malvik vers 6 h 30 du matin si elle avait roulé toute la nuit. Cela laissait à Haugen une fenêtre de trente minutes avant que ses collègues de travail le voient aux commandes de la pelleteuse à la relève de 7h. Une autre option était qu'elle ait attendu le lendemain et soit arrivée après son service, mais c'était alors à l'insu de tous, et le fait que des collègues aient dîné avec Haugen et l'aient vu essayer d'appeler Katharina et commencer à s'inquiéter portait à croire qu'il aurait eu encore moins de marge de manœuvre. De plus, l'hypothèse de Katharina montant à Malvik était quelque peu minée par le fait que sa voiture comme sa moto étaient restées dans le garage.

Haugen revint. Ils avaient fait un feu dans la cheminée du salon. Haugen ajouta deux bûches et s'assit.

« Tu n'as jamais eu peur ? demanda-t-il. Dans ton travail, je veux dire.

— Je passe le plus clair de mon temps assis dans un bureau, et là, je n'ai pas grand-chose à craindre.

— Je pensais à quand tu approches d'une solution et que le tueur comprend que tu vas le démasquer. Tu n'as jamais eu peur de ce qu'il pourrait inventer pour t'en empêcher ? »

Wisting secoua la tête, but une gorgée de cognac.

« L'enquête, ce n'est pas une seule personne. Il n'arriverait à rien en m'éliminant moi.

— Tu crois qu'un meurtrier a une pensée aussi rationnelle ? S'il a tué par le passé, il peut bien recommencer, non ?

— Je pense que c'est plus dangereux de travailler sur une route, observa Wisting en souriant. Avec les gros engins de chantier, les charges d'explosifs et tout. »

Les flammes projetaient des ombres agitées sur les murs en rondins sombres.

« Enfin, il a bien dû t'arriver de ne pas partager certains éléments avec les autres ? insista Haugen. Des soupçons, des liens que tu étais seul à voir ? »

Il tâtait le terrain. Tout comme Wisting avant lui. Haugen l'avait dit lui-même : il n'était pas du genre à se défiler ou à rester passif, il attaquait.

« Le cimetière est plein de gens irremplaçables, plaisanta Wisting. Je n'emporterai pas de secrets professionnels dans ma tombe. »

Haugen leva son verre pour trinquer.

« Sur quel genre d'affaire travailles-tu en ce moment ?

— Pas de grosse affaire. Je m'occupe d'un rapport de prévision des conséquences de la restructuration des circonscriptions.

— Quelles sont-elles ?

— Je ne sais pas exactement. C'est d'ailleurs ma principale contribution. Nous ne savons pas vers quoi nous allons. Le travail policier compte trop de variables pour qu'on puisse affirmer quoi que ce soit.

— Pourquoi es-tu entré dans la police ?

— Je voulais un métier stimulant, intéressant, qui ait du sens, et puis je pense que ça a à voir avec la justice.

— C'est quoi, la justice ? »

Wisting porta son verre à ses lèvres. C'était le genre de discussion qu'Ingrid et lui avaient pu avoir. Il aimait remettre en question les idées reçues, mais restait à un niveau terre à terre. Ingrid, elle, considérait toujours les questions dans un contexte plus vaste. Haugen et lui n'avaient jamais parlé de sujets pareils et les sous-entendus de cette conversation le mettaient sur ses gardes.

« Que tout le monde soit traité sur un pied d'égalité

et que quiconque prend quelque chose à autrui soit sanctionné.

— Existe-t-il des solutions justes à tout ? Je veux dire, la justice, ce doit bien être de trouver une solution qui satisfasse les deux parties du conflit.

— Dans ce cas, ce ne serait pas juste de mettre quelqu'un en prison, objecta Wisting, tentant d'orienter la conversation. Je dirais plutôt que la justice, c'est que tout le monde ait ce qu'il mérite.

— La sanction méritée ?

— Si tu veux.

— Mais cela présuppose de connaître tous les aspects d'une affaire ?

— Comment ça ? »

Haugen regarda au plafond comme s'il cherchait ses mots.

« Un homme qui tire sur une femme mérite une sanction, mais si le coup de feu est parti par accident ? Porter le poids de son acte est peut-être une sanction suffisante ? »

Wisting se demandait s'il était en train de lui dire que la mort de Katharina ou celle de Nadia était accidentelle.

« On ne punit pas les accidents, répondit-il, sans préciser que ce n'était vrai que si le coupable n'avait pas fait preuve d'imprudence ou de négligence. Ce doit être un acte intentionnel.

— Ça signifie donc que vous devez connaître toutes les circonstances d'une affaire ?

— C'est ce qu'on appelle l'enquête… Essayer de mettre au jour toute la vérité. C'est alors seulement qu'on peut parler de justice. »

Haugen se tut. Wisting cherchait les mots appropriés pour qu'il s'ouvre, mais avant qu'il ait trouvé, Haugen vida son cognac et se leva de table.

« Bon, fit-il en s'étirant. Si on veut faire le sommet d'Eikedokk demain, on ferait peut-être bien de se coucher. »

74

L’enregistreur allumé, Line avança jusqu’au trou creusé dans la butte pour capturer la tension ambiante.

Elle s’arrêta à deux pas du bord afin de ne pas provoquer d’éboulis et se pencha pour voir.

L’excavation faisait environ deux mètres de profondeur. Elle ne vit d’abord que de l’argile molle et des pierres. Les policiers s’intéressaient à quelque chose tout au fond, sur le côté.

Line leva par réflexe son appareil photo et distingua à travers l’objectif le bout d’une botte qui dépassait du mur de terre. Les policiers parlaient de cuir et de matériaux synthétiques qui ne s’effritaient pas.

On apporta une échelle et les deux techniciens de la police scientifique descendirent dans le trou. Ils ne portaient pas les tenues blanches qu’on leur voyait habituellement sur les scènes de crime, mais des combinaisons bleu foncé avec l’inscription *Police* dans le dos.

Line recula légèrement. Elle prit quelques photos en rafale et vérifia le résultat sur l’écran. Les images étaient parlantes.

L’un des techniciens avait un instrument en forme

de cuillère, du genre qu'utilisaient les archéologues. Line s'avança et le vit gratter la terre autour de la botte pendant que son collègue documentait l'opération en prenant des photos. La botte ne tarda pas à apparaître. Forme et style indiquaient que c'était un modèle de femme.

« Ça peut être des vieux trucs, prévint un policier. Un objet qui était dans les gravats. »

Nul ne le contredit, mais personne n'y croyait.

Une grosse motte de terre se détacha de la paroi sur laquelle travaillaient les techniciens, révélant une seconde semelle.

Les bottes se trouvaient à peine à dix centimètres l'une de l'autre, l'une un peu plus enfoncée dans la paroi.

Les deux techniciens débattirent de la façon de procéder et décidèrent de tenter de retirer l'une des bottes.

Celui qui utilisait l'instrument en forme de cuillère la saisit par la tige et la dégagea. Un petit éboulement s'ensuivit et un premier os gris-brun apparut dans la terre.

Il regarda à l'intérieur de la botte, en montra le contenu à son collègue, puis ils se concentrèrent sur le gros os.

« Elle est à l'horizontale, dans ce sens, conclut le premier, illustrant son propos d'un geste de la main. Il faut creuser une galerie pour la sortir. »

Ils remontèrent l'échelle.

Le conducteur de la pelleteuse jeta sa cigarette et démarra l'engin. Il progressa dans son excavation au gré des instructions.

Line s'assit dans sa voiture, son ordinateur sur les genoux, pour rédiger un entrefilet sur la découverte des premiers restes. Daniel se promenait avec sa caméra. Un policier l'interpella, il lui demandait manifestement de ne pas filmer l'intérieur de la cavité.

Stiller rejoignit la voiture de Line, ouvrit la portière et s'assit à côté d'elle.

« La famille est prévenue, déclara-t-il de but en blanc. Nous ne pouvons pas confirmer que c'est Nadia Krogh qui vient d'être retrouvée, mais c'est pour elle que nous sommes ici. »

Line tapa ce qu'il disait.

« Cause de la mort ?

— Il est trop tôt pour s'exprimer sur ce point, mais la police a toujours enquêté comme s'il s'agissait d'une affaire criminelle.

— Des suspects ? »

Stiller se tut.

« Je ne ferais pas mon travail si je ne posais pas la question, dit Line. C'est une question à laquelle on répond par oui ou par non. Je connais la réponse, mais vous pouvez formuler les choses comme vous le souhaitez.

— Vous n'avez qu'à écrire que je ne souhaite pas faire de commentaire, répondit Stiller, la main sur la poignée. Nous allons envoyer un communiqué de presse dans les dix minutes qui viennent. Si vous voulez publier votre papier avant, allez-y. »

Line le remercia et tapa furieusement quelques phrases de conclusion avant de relire son texte. Complet, bref, concis. Elle l'envoya au desk avec la photo des techniciens de scène de crime descendant l'échelle, puis elle passa un coup de fil au journal pour s'assurer que tout était bien arrivé.

Peu après 3 h du matin, le trou était augmenté

d'une tranchée de trois mètres sur trois. Les ossements n'étaient plus cachés que par une couche de terre de trente centimètres.

Sur l'autopont, à peine à cent mètres au nord de là, s'étaient rassemblés des spectateurs. Essentiellement des journalistes. À la lueur des réverbères, Line voyait les objectifs de plusieurs appareils photo.

Les policiers montaient une vaste tente de travail au-dessus du lieu de la découverte.

Line resta tout près de Stiller afin que personne ne lui pose de question quand elle entrait.

Un grand tamis était posé au fond du trou initial. C'était une caisse rectangulaire à fond en grillage dans laquelle atterrissait chaque pelletée.

Quelque chose fut retenu par le large maillage. Les hommes qui se trouvaient au fond se massèrent autour. Ils dégagèrent un objet sombre d'une motte de terre. Line leva son appareil dès qu'elle comprit qu'il s'agissait d'un sac à main.

L'un des techniciens l'emporta vers une table pliante pour l'observer de plus près à la lumière d'une lampe de travail.

« Il est en plastique », déclara-t-il, comme pour expliquer comment il avait survécu à vingt ans dans la terre.

Line resta derrière les enquêteurs. Entre les épaules de Hammer et de Stiller, elle vit une partie du sac se décomposer au début de l'examen. Une barrette en métal se décolla et une lanière se détacha.

« Je peux prendre une photo ? » demanda-t-elle, sentant pour la première fois qu'elle s'imposait.

Le technicien leva les yeux. Il ignorait vraisemblablement les détails de la vieille affaire et ne devait pas savoir qu'il y avait dans le sac de Nadia un portefeuille qui contenait une photo d'elle et de son petit frère.

Stiller acquiesça de la tête. Le technicien brandit le sac de sa main gantée de latex bleu.

« Merci », fit Line, baissant son appareil.

Le policier ouvrit le sac avec précaution et en sortit le contenu, qui semblait bien conservé. Un trousseau de clefs, un tube de rouge à lèvres, quelques petits objets que Line n'identifia pas. C'était tout. Pas de portefeuille.

Line avait la conviction que c'était le sac à main de Nadia. Il correspondait à la description. Elle essaya de se représenter la scène. On avait balancé Nadia, puis son sac, après avoir récupéré son portefeuille, comme lors d'une agression ou d'un braquage.

« Le portefeuille est peut-être dans la terre », observa Stiller quand le travail reprit dans l'excavation.

Line observait chaque pelletée. Elle n'avait jamais suivi le travail policier de si près.

Les premiers os apparurent dans la terre un peu plus sombre. De longs fémurs, des rotules, de petits os qui devaient être ceux des doigts, l'arche des côtes. Entre lesquels s'insinuaient de petites racines de plantes, tels des nerfs. Pour finir, on déterra le crâne. Il paraissait être fendu et on aurait dit qu'il en manquait une partie à droite.

Les techniciens de scène de crime s'entretenaient sans que Line puisse entendre ce qu'ils disaient.

« Qu'avez-vous là ? » s'enquit Stiller.

Le plus âgé le regarda.

« Une fracture du crâne, expliqua-t-il alors que son collègue prenait des photos.

— C'est la cause de la mort ?

— Il faudra qu'on regarde de plus près une fois qu'on aura tout. »

Ils reprirent leur travail. Tout ce qui était vêtements avait dû pourrir. La seule chose qui restait semblait être une ceinture vermoulue avec une boucle rouillée.

Le technicien souleva quelque chose dans la zone de la hanche et le mit dans un sac en kraft. Se demandant s'il s'agissait d'un objet que Nadia avait pu avoir dans sa poche de pantalon, Line agrandit la photo sur son écran et constata qu'il s'agissait des vestiges d'une fermeture Éclair.

Ils ramassèrent une boucle d'oreille et une bague avant d'entreprendre de collecter les os. Apparemment, ils les triaient selon les différentes parties du corps. Ils commencèrent par les mains. Tous les petits os de la main gauche furent glissés dans un sachet étiqueté, et rangés dans une caisse. Les os du bras les rejoignirent. La jambe gauche fut emballée de la même façon.

« J'ai ce qu'il me faut, dit Daniel. Nous n'allons pas publier de film des restes humains, donc ça ne sert à rien que je m'attarde. Je vais rentrer à l'hôtel faire le montage. Et toi ?

— Je reste encore un peu, répondit Line.

— Demain aussi, la journée sera longue. Il faut qu'on sorte un nouvel épisode du podcast. »

Line acquiesça, vérifia le niveau de la batterie de l'enregistreur. Il allait bientôt falloir la mettre en charge.

« Je dois revoir son petit ami, dit-elle. La situation est différente maintenant qu'on l'a trouvée. »

Elle le raccompagna à sa voiture et ils décidèrent où se rejoindre le lendemain.

Une voiture de police arriva. On apportait un ravitaillement de café et de petits pains garnis. Stiller appela Line et elle se servit un café avant de regagner la tente.

Les deux techniciens de scène de crime, qui n'avaient pas progressé, tenaient conseil à côté des restes du squelette.

Une bouteille d'eau à la main, Stiller passa la tête dans l'ouverture de la tente.

« Il y a du café », leur lança-t-il, mais il comprit aussitôt qu'ils étaient occupés. « Qu'est-ce qu'il y a ?

— Elle présente des fractures, répondit le plus âgé. Fémur, tibia et bras.

— En plus de la fracture du crâne, précisa l'autre.

— Qu'en concluez-vous ? »

Le plus âgé semblait rechigner à se prononcer.

« Que ces blessures pourraient correspondre à un accident de la route, une voiture qui l'aurait fauchée.

— Une voiture qui l'aurait fauchée ? répéta Stiller.

— On est tentés de le croire étant donné qu'elle est enterrée sur le bas-côté.

— Il n'y avait pas de route ici à l'époque, glissa Line. Elle était en construction. »

Le policier haussa les épaules.

« Personnellement, je n'ai vu ce genre de blessures que dans des accidents de la route. »

Stiller regarda Line.

« Ça, vous ne le sortez pas avant que je vous aie donné le feu vert », déclara-t-il.

Line fit oui de la tête.

Après une pause-café, les techniciens emballèrent

et étiquetèrent les os restants avant de les remonter. Après quoi, ils entreprirent de passer au tamis fin la terre dans laquelle avait séjourné le squelette. Ils semblaient se concentrer sur la zone de la tête et Line supposa qu'ils cherchaient la seconde boucle d'oreille. Parfois, ils s'arrêtaient et se baissaient pour ramasser des cailloux retenus par le tamis.

La boucle d'oreille manquante finit par apparaître. Les policiers poursuivirent le tamisage. Parfois, ils gardaient un objet, trop petit pour que Line puisse voir ce que c'était. Des dents, peut-être. Elle fit défiler les photos qu'elle avait prises et s'arrêta sur un cliché du crâne. La mâchoire était intacte, toutes les dents semblaient là.

« Qu'est-ce que vous cherchez ? » ne put-elle s'empêcher de demander.

L'aîné consulta Stiller du regard avant de répondre.

« Des fragments de verre. »

Line comprit. Essayant d'étayer la théorie selon laquelle Nadia Krogh avait été fauchée par une voiture, ils cherchaient des bris de verre dans ses cheveux ou ses vêtements.

« Vous en trouvez ? » demanda-t-elle.

Le technicien le confirma, puis reprit son travail. Il était 6 h du matin passées, Line se sentait fatiguée. La tension l'avait quittée. Les fouilles ne pouvaient pas apporter tellement plus, mais elle ne pouvait pas partir tant que l'opération n'était pas terminée.

Elle regagna sa voiture et alluma le moteur pour activer le chauffage. Elle sentit ses paupières s'alourdir et s'endormit.

Elle se réveilla brusquement. On toquait à sa vitre.

C'était Stiller. L'horloge du tableau de bord indiquait 7 h 38.

De l'air frais se déversa dans l'habitacle surchauffé quand elle baissa sa vitre.

« On arrête. La route va rouvrir dès que nous aurons tout plié. »

Line regarda la tente où avaient travaillé les techniciens de scène de crime. Un agent enlevait la rubalise qui l'entourait.

« Qu'est-ce que vous allez faire maintenant ? demanda Line.

— Maintenant, on va essayer de dormir un peu », répondit Stiller.

Il semble en avoir besoin, songea-t-elle, plus que n'importe qui d'autre ici. Elle doutait en revanche qu'il veuille véritablement faire une pause dans l'enquête.

« Et après ?

— Après, il faut qu'on procède à un examen de l'affaire en interne, mais il ne se passera rien avant le retour de votre père. »

75

Haugen fut le premier debout. Wisting l'entendit faire du feu dans le poêle.

Il attrapa son téléphone. La batterie n'était pas complètement vide. Trois pour cent.

Un message de Line avec un point : *Nous avons trouvé ce que nous cherchions.* Il n'eut le temps que de lire ce bref message avant qu'un autre le repousse en bas de l'écran : *Il semblerait que notre amie se soit fait écraser*.

Les messages avaient été envoyés respectivement à 3 h 32 et 5 h 40. Ils ne parlaient plus du temps qu'il faisait, mais gardaient ce codage simpliste qui n'aurait trompé personne.

Il répondit par un point d'interrogation pour obtenir plus d'informations. Nils Hammer était toujours réveillé. La réponse vint sans tarder : *Fractures des bras, des jambes, du crâne. La scientifique conclut à un accident de la route.*

De l'autre côté du mur, Haugen s'affairait avec la cafetière.

Un accident, songea Wisting. Était-ce cela que Haugen avait essayé de lui dire quand ils parlaient de justice et d'avoir le châtiment qu'on méritait ?

Quelle voiture avait MH à l'époque ? écrivit-il, tout en sachant qu'il n'avait pas besoin de donner d'instructions sur la suite de l'enquête. *Demande à son voisin, Steinar Vassvik, s'il y a eu des dommages sur la voiture.*

Au moment où il appuyait sur la touche « envoyer », l'écran devint noir. Plus de batterie.

Il sortit de son sac de couchage. Il faisait froid dans la pièce et il revêtit un pantalon et une chemise avant de verser de l'eau dans la bassine devant la fenêtre.

Quand il entra dans la cuisine, le café était prêt.

« Vraiment pas géniaux, ces lits », commenta Haugen.

Wisting effectua quelques rotations de la nuque pour tenter de se débarrasser d'un torticolis.

« Ça va pour une nuit ou deux », assura-t-il, souriant, avant de se servir une tasse.

Après le petit déjeuner, ils sortirent relever les filets. Du bateau, ils voyaient la colline d'Eikedokk. Le sommet était plat, avec un versant raide vers le lac.

« Il faut l'attaquer par l'arrière. Le plus simple, c'est de mettre nos bagages dans la voiture d'abord et puis suivre le sentier à partir de là. »

La pêche était un peu moins bonne que la veille. Ils nettoyèrent les poissons et les salèrent pendant que les filets séchaient au soleil. Puis ils firent leurs sacs, rangèrent et passèrent un coup de balai. Haugen ferma la porte à clef.

Wisting avait envie de rentrer chez lui. Il avait failli proposer d'abandonner cette marche, mais en même temps il n'avait pas obtenu ce qu'il voulait pendant ce week-end. La randonnée lui offrait une possibilité supplémentaire de tirer quelque chose de Haugen.

Le seau de poisson salé était lourd et malcommode

à porter. Ils se relayèrent, mais après quelques échanges, Wisting le posa par terre et trouva un bâton sur lequel enfiler l'anse. Ils le chargèrent sur leurs épaules, le seau entre eux. Haugen marchait en tête. Wisting avait les yeux rivés à sa nuque. Il se fit la réflexion que d'ici vingt-quatre heures, il serait arrêté. Avec les empreintes digitales sur les lettres des ravisseurs, la découverte de Nadia Krogh suffisait pour le mettre en examen. Si son avocat le défendait bien, il désignerait Katharina comme coupable. C'était elle qui avait laissé l'indication du lieu où se trouvait le corps. L'avocat pourrait même arguer que Haugen savait ce qu'elle avait fait, mais que cela ne pouvait pas être qualifié de complicité.

Les deux jours au chalet lui avaient fait de l'effet. Ce jeu mensonger avait agi sur son ego. Pendant toutes ses années dans la police, il s'était efforcé d'être franc et direct tant avec ses collègues qu'avec les criminels. Les méthodes manipulatrices auxquelles il avait eu recours avec Haugen le gênaient et il était content que le week-end touche à sa fin.

Ils arrivèrent au pick-up, Haugen glissa le seau sous la bâche et l'attacha avec des sangles.

Wisting songea à Nadia Krogh.

« Tu as toujours conduit des pick-up ? »

Haugen remonta le rabat du plateau.

« Oui. C'est super. Tu peux emporter n'importe quoi. J'ai eu deux motos cross quand j'étais tout jeune, je faisais de la compétition. C'était bien pratique de les avoir à bord au lieu de les trimballer dans une remorque.

— Tu as déjà eu des accidents ?

— Ça fait partie du truc. Une sortie de route quand

j'avais vingt ans, je me suis cassé la clavicule. Après, j'ai arrêté.

— Je voulais dire de voiture. » Wisting alla sur le côté du véhicule. « Ces pick-up, ça a l'air plutôt solide, en cas de malheur.

— J'ai eu un seul accident en trente-six ans de permis.

— Et moi deux. Une fois avec la voiture de service, en intervention. Une autre avec une petite Fiesta. Elle a été complètement démolie. Après ça, je n'ai plus conduit que des Volvo. Les Volvo, ça encaisse pas mal de choses.

— Ça aussi, assura Haugen en désignant son pick-up.

— C'était de ma faute les deux fois, poursuivit Wisting, racontant sa collision sur un rond-point et la fois où il était rentré dans l'arrière d'une voiture avec sa petite Fiesta.

— C'est pareil pour moi. Je suis rentré dans un camion par-derrière.

— Ça fait longtemps ? »

Haugen commença à marcher.

« Oui, c'était avant la disparition de Katharina. »

Une idée vint à Wisting alors qu'il s'engageait sur le sentier envahi par la végétation. Plus précise à chaque pas qu'il faisait, elle s'imposa finalement comme une explication possible de la façon dont Haugen avait pu se procurer un alibi.

Tout en marchant, il tenta de reconstituer des éléments du dossier. La dernière conversation téléphonique avec Katharina était l'une des anomalies de la déposition de Haugen. Elle avait duré huit minutes et dix-sept secondes, mais Haugen n'avait jamais su rendre compte de quoi ils avaient parlé au-delà de la pluie et du beau temps, de ce qu'ils avaient fait dans la journée et d'un échange de « bonne nuit ». Un appel de huit minutes, c'est relativement long. Vu à la lumière de ce qu'il savait maintenant, la conversation avait probablement traité de ce que, rongée depuis trop longtemps par sa mauvaise conscience, Katharina voulait se rendre à la police. Le sujet se prêtant mal à une discussion au téléphone, Katharina avait pu enfourcher sa moto et rouler vers le nord. Ils étaients peut-être convenus de se rencontrer à mi-chemin, ou alors elle avait roulé toute la nuit. Ils s'étaient retrouvés à l'endroit prévu et c'est peut-être là que Haugen avait réagi avec ce qu'il qualifiait d'instinct primitif incontrôlable et avait attaqué. Ensuite, il avait caché le corps comme celui de Nadia et chargé la moto sur son pick-up, afin de la ranger dans son garage en rentrant.

C'était une explication simpliste, mais plausible, et c'était ce que Haugen évoquait la veille : un lien que Wisting était pour l'instant seul à voir.

Il trébucha sur une racine cachée dans les feuilles mortes, mais parvint à se rattraper. De toute évidence, le sentier n'était pas très fréquenté. Il leur fallait sans cesse se baisser pour esquiver des branches, à certains endroits ils durent contourner des arbres tombés. Au bout de quelques kilomètres, ils arrivèrent à une croisée de chemins. Celui qu'ils choisirent était encore plus étroit et abrupt. Wisting sentit son pouls accélérer, son dos devenir moite.

À côté d'un grand chêne, un petit ruisseau traversait le sentier. Haugen s'arrêta pour boire dans le creux de sa main, Wisting l'imita, puis ils reprirent leur route.

Comme l'avait prédit Haugen, la montée au sommet prit une heure. Ils avancèrent jusqu'au bord du plateau, afin d'avoir la meilleure vue possible. Wisting essaya de se repérer. Le vent secouait ses jambes de pantalon alors qu'il contemplait le paysage. Il voyait le lac où ils avaient pêché, la mer, au loin, qui formait une bande bleu foncé contre le ciel clair, et pour le reste, de la forêt en tous sens.

« Là-bas, tu as le pont de Grenland », indiqua Haugen, l'index pointé vers l'est.

Wisting distingua les deux pylônes qui montaient comme des flèches.

« Tu as participé à sa construction ?

— Pas le pont, mais le tunnel côté nord. »

Wisting ramassa un caillou et le lança, se pencha légèrement en avant pour le voir atterrir dans les pierres en contrebas.

« C'est mon grand-père qui m'a emmené ici la première fois », raconta Haugen derrière lui.

Wisting resta immobile, le dos tourné.

« Il disait que c'était un *ættestup* : les Vikings y emmenaient les vieux qui étaient devenus une charge pour la société pour qu'ils puissent se sacrifier, ou alors ils forçaient les membres de leur famille qui avaient commis des dommages irréparables et déshonoré la lignée à se jeter dans le vide. »

Haugen vint à ses côtés.

« Je crois que c'était juste une invention de sa part, dit-il. Il n'y a jamais eu de Vikings ici, mais je me souviens que cette histoire m'avait impressionné. Je devais avoir cinq ou six ans et c'est le genre de choses qui peuvent faire peur à un petit enfant. J'en ai fait des cauchemars. À l'époque, l'idée que quelqu'un puisse se jeter dans le vide plus ou moins volontairement me paraissait impensable. »

Wisting regarda encore par-dessus bord.

« Il y a de meilleures façons de mourir, commenta-t-il.

— Tu te souviens de ce que je disais au sujet de mes cendres ? demanda Haugen, faisant un pas en arrière. Ce serait un bon endroit pour les disperser. »

La conversation avait pris un tour inquiétant.

« Mets-le par écrit », dit Wisting, cherchant à balayer la gravité du propos d'un sourire.

Haugen resta quelques instants sans bouger, puis sourit, lui aussi.

« Qu'est-ce que tu vas faire en rentrant ?

— J'imagine que j'aurai la visite de Line et d'Amalie, répondit Wisting, que l'inquiétude fit s'écarter du bord. Elle pousse tellement vite. Maintenant elle marche et elle babille comme tout. »

Il pensa soudain à Ingrid, qui était morte quand elle travaillait pour une organisation humanitaire en Zambie.

« Elle a été prénommée d'après sa grand-mère, tu sais, Ingrid Amalie, mais on l'appelle Amalie. Quoi qu'il en soit, quand je la vois, je pense souvent à Ingrid, au fait qu'elle n'a pas pu être grand-mère, mais c'est bien de savoir qu'elle était là où elle voulait être dans la vie quand nous l'avons perdue, ajouta-t-il pour essayer de ramener la conversation sur Haugen. Elle était tellement contente la dernière fois que je l'ai eue au téléphone. Enthousiasmée par ce qu'ils avaient réussi à faire et par les perspectives qui s'offraient à eux. »

Haugen ne disait rien. Wisting se préparait à lui

demander de quoi Katharina et lui avaient parlé avant qu'elle disparaisse, mais il n'en eut pas le temps.

« Katharina était enceinte. »

Haugen avait le regard sur l'horizon.

« Quand elle a disparu ? demanda Wisting, surpris.

— Longtemps avant. Elle a perdu le bébé.

— Ah… Je ne savais pas », dit Wisting, désolé.

Haugen détourna la tête. Des nuages sombres s'accumulaient à l'ouest.

« La pluie revient. On redescend ? »

76

Stiller savait que s'il renversait la tête et fermait les yeux, il pourrait dormir, mais dormir n'était pas envisageable maintenant.

Le fichier des Immatriculations de véhicules indiquait qu'à la fin des années 1980 Martin Haugen conduisait un Nissan King Cab, qui avait ensuite eu plusieurs propriétaires avant d'être retiré de la circulation en 1996.

Il se gara devant chez Steinar Vassvik et se dirigea vers la maison. La porte s'ouvrit avant qu'il ait pu sonner et il reconnut l'homme qu'il avait vu le jour où Wisting et lui étaient passés devant chez lui.

Vassvik ne manifesta aucune intention de l'inviter à entrer quand il se présenta.

« Je travaille sur des affaires anciennes qui n'ont pas été résolues », expliqua-t-il.

Vassvik fit un bref signe de tête.

« L'une de celles que nous regardons actuellement est l'affaire Katharina. J'essaie de colmater quelques trous dans l'ancienne enquête et je me demandais si vous pourriez m'aider ? »

Vassvik fit un nouveau signe de tête, mais ils

restèrent devant la maison. Cela convenait bien à Stiller. Il n'avait pas l'intention de s'attarder, mais il devait poser ses questions d'une façon qui inspire confiance autant que faire se pouvait.

« À quels véhicules Katharina avait-elle accès ?

— Ce n'est pas dans les dossiers ?

— Mon travail est de vérifier les vieux renseignements.

— Et Martin ne peut pas vous répondre ? demanda Vassvik avec un regard vers le chemin d'en face.

— Si, sûrement, répondit Stiller, feuilletant quelques documents. D'après mes renseignements, elle avait une Golf et une Kawasaki Z650. Est-ce exact ? »

Nouveau signe de tête.

« Que conduisait Martin Haugen à l'époque ? »

La réponse vint sans tarder.

« Un pick-up. Il a toujours conduit des pick-up.

— Katharina l'a-t-elle jamais utilisé ? » demanda-t-il pour dissimuler la question qu'il posait réellement.

Cette fois, Vassvik secoua la tête.

« Vous rappelez-vous avoir vu sur la carrosserie des dommages de collision ? »

Vassvik secoua pensivement la tête.

« Non.

— Un pare-brise cassé ou autre ? demanda Stiller, pour le mettre sur la voie.

— Ah si. Il y a eu un truc, se souvint-il finalement, mais c'était longtemps avant la disparition de Katharina.

— Quoi donc ?

— Martin était rentré dans un camion. »

Il fallait vraiment lui tirer les vers du nez.

« Il avait plié une partie de l'avant et de l'aile droite, expliqua Vassvik. C'est Larsen qui a arrangé ça.

— Larsen ? »

Vassvik tourna la tête vers l'endroit où Stiller avait vu un vieux garage au bord de la route.

« Il est mort, maintenant, et je ne pense pas que vous trouveriez de papiers si jamais c'était important. Larsen n'était pas très regardant côté factures et tout. »

Stiller imaginait très bien que Haugen ait pu rentrer dans un autre véhicule pour masquer les dégâts occasionnés quand il avait écrasé Nadia Krogh.

« Donc, il y avait eu un dommage ? » s'assura-t-il.

Ils furent interrompus par la sonnerie de son téléphone.

C'était Nils Hammer.

« J'ai eu la police du Trøndelag. Le chien de recherche de cadavres a marqué sur l'accotement, juste à côté de l'endroit où la route s'est effondrée. Ça ne laissait aucun doute.

— Je vais au commissariat. »

Il remercia Vassvik et regagna sa voiture. Ils y étaient presque. Il avait hâte de savoir ce que Wisting avait retiré de son week-end.

77

Les premières gouttes de pluie atteignirent le pare-brise au moment où ils montaient en voiture.

« Juste à temps », commenta Haugen, tournant la clef dans le contact.

Wisting se pencha et leva les yeux vers le ciel sombre ; il manqua de se cogner la tête quand l'une des roues avant tomba dans un grand nid-de-poule.

La voiture continua de cahoter. Wisting attacha sa ceinture et s'accrocha à la poignée au-dessus de la vitre.

Enfin, ils arrivèrent à la barrière. Wisting s'élança sous la pluie légère, l'ouvrit, laissa passer le pick-up, referma la barrière, la cadenassa et rejoignit Haugen sur la route asphaltée.

Ils roulaient sans heurt maintenant sur le revêtement lisse. Haugen alluma la radio. Sur l'horloge du tableau de bord, Wisting constata qu'il était 15 h, à l'instant même où on annonçait un bulletin d'information à la radio.

Haugen monta le son. Wisting n'était absolument pas préparé, mais il comprit ce qui allait venir.

« *La police confirme avoir retrouvé cette nuit les*

restes d'une personne morte au bord de l'E18, à côté de Porsgrunn, et part du principe qu'il s'agit de Nadia Krogh, qui est recherchée depuis longtemps. L'opération de police a été lancée après la réouverture en début de semaine de l'enquête sur cette affaire qui remonte à vingt-six ans. L'E18 est restée fermée toute la nuit pendant la durée de l'opération… »

Le journaliste continua de parler de l'affaire, mais Wisting n'entendait plus. Il respira. Il avait l'impression que l'habitacle s'était vidé de son oxygène. C'était l'heure de la confrontation. Une douleur convulsive le saisit à la poitrine, comme un début d'infarctus.

Il tourna doucement la tête. Haugen avait une expression plus dure, un air fumant de hargne.

« Ils l'ont retrouvée », remarqua Wisting.

Haugen ne répondit rien. Il se contenta de plisser les paupières, le regard braqué sur la route.

Wisting ne savait pas s'il continuait à être convaincant quand il jouait les ignorants. Ils avaient passé trois jours à se sonder l'un l'autre, à essayer de savoir ce qui se cachait sous la surface. Maintenant, la pression était trop forte.

« Il faut t'arrêter, articula-t-il, la gorge sèche. Range-toi sur le bas-côté. Il faut qu'on parle. »

Il ne releva aucune réaction de la part de Haugen, si ce n'est que la voiture accéléra.

78

En quelques heures, plus d'un million de lecteurs avaient cliqué sur l'article décrivant la découverte de restes humains appartenant probablement à Nadia Krogh. L'intérêt pour le sujet avait aussi fait exploser les chiffres du podcast : près de deux cent mille auditeurs pour le premier épisode.

Line avait couché Amalie, la laissant prendre un biberon de lait chaud dans son lit. C'était là une mauvaise habitude et elle n'avait pas l'intention de continuer, mais elle avait besoin de calme pour travailler.

Elle brancha l'enregistreur sur son téléphone et s'installa à son bureau.

« Ceci est un podcast que nous enregistrons pendant que nous travaillons sur notre sujet, commença-t-elle, avec ce curieux sentiment de ne s'adresser à personne. À peine vingt-quatre heures se sont écoulées depuis mon entretien avec Robert Gran, mais il s'est passé beaucoup de choses. Il y a six heures, j'ai quitté l'endroit où la police a retrouvé ce qu'on pense être les vestiges de celle qui était sa petite amie en 1987. Je vais maintenant essayer de l'appeler. »

Elle composa le numéro et laissa sonner dans ses écouteurs jusqu'à ce que Robert Gran décroche.

« Bonjour Robert, dit Line, marquant une pause. Je suppose que vous avez appris ce qui s'est passé cette nuit ? »

Il y eut de la friture sur la ligne quand il inspira profondément avant de souffler.

« Oui.

— Quelqu'un vous a-t-il prévenu, officiellement ?

— Non, personne ne m'a rien dit. Je n'ai pas une place importante comme ses parents. Je sais seulement ce que j'ai vu sur Internet.

— J'y étais.

— J'avais compris.

— Qu'en pensez-vous ? s'enquit Line, espérant une réaction émotionnelle. Du fait qu'on l'ait retrouvée ?

— Ça fait un peu drôle. C'est irréel, dans un sens. Je l'attendais, mais c'est un peu inattendu tout de même. »

Il reprit son souffle et poursuivit : « J'espère qu'ils vont en savoir plus. Qui l'a fait, comment ça s'est passé. »

Ne tirant pas grand-chose d'autre de lui, elle mit fin à la communication et appela Liv Hovet pour avoir sa réaction.

« Je suis allée voir ce matin. C'est juste en contrebas d'ici. C'est affreux de se dire qu'elle était là depuis le début, parce que ça laisse penser que le ravisseur devait être d'ici aussi.

— Comment ça ?

— Elle a dû être enlevée et tuée ici, puisque le corps a été caché à proximité de l'endroit où elle a disparu. »

Line ne fit pas de commentaire, mais elle avait cessé

de croire à l'hypothèse de l'enlèvement. C'était une invention pour couvrir ce qui s'était réellement passé et détourner les soupçons de son petit ami innocent.

Après avoir raccroché, elle ajouta ce fichier à ses autres entretiens pour permettre à Daniel Leanger de commencer le montage ; elle enregistra ensuite quelques remarques de conclusion, sans script, utilisant seulement des mots clefs sur son bloc-notes.

« Dans cet épisode, nous avons parlé des exigences des ravisseurs pour libérer Nadia et nous avons raconté qu'on venait vraisemblablement de la retrouver, vingt-six ans plus tard. Que s'est-il passé, au juste ? Était-ce un enlèvement qui a mal tourné ou s'agit-il en fait d'autre chose dans ce mystère de Nadia Krogh ?

« Nous pensons savoir ce qui s'est passé. Cette affaire est plus complexe que nous le pensions, mais la solution est aussi plus simple. Ce que nous savons et qui nous pensons être coupable de la mort de Nadia Krogh, vous le saurez dans le prochain épisode. »

Elle coupa l'enregistreur et réfléchit quelques instants avant d'enregistrer une nouvelle version sans promesse de révélations. Puis elle téléchargea les deux versions, laissant à Daniel et à la rédaction le soin de choisir. Personnellement, elle était pour la première. Une explication se dessinait avec de plus en plus de netteté.

79

« C'est Katharina qui l'a renversée ? » demanda Wisting.

Des arbres élancés défilaient à grande vitesse de part et d'autre de la voiture. Haugen ne répondit pas, mais Wisting nota un léger mouvement de tête, un hochement presque imperceptible.

« Tu l'as juste aidée ? En cachant le corps ? Tu as arrangé les choses ? »

Ils prirent un virage, la voiture pencha, Haugen ne ralentit pas.

Wisting interpréta son silence comme une confirmation, mais ce n'était pas une preuve gravée par l'enregistreur caché dans sa manche.

« Comme je te le disais, je pense qu'elle a pu faire sa valise pour aller en prison, poursuivit Wisting, sans obtenir de réponse. Je crois qu'elle voulait assumer la responsabilité de ses actes. De la mort de Nadia. »

Il se demandait jusqu'où aller. Quoi qu'il dise et fasse, c'était Haugen qui avait le contrôle. C'était lui qui tenait le volant.

« Le code sur la table de la cuisine. C'était un croquis qui montrait où Nadia Krogh était cachée. »

D'une certaine manière, Katharina avait résolu le problème pour eux en laissant le bloc-notes sur la table. Haugen aurait pu l'enlever en rentrant dans la maison vide, vingt-quatre ans plus tôt, mais il ne pouvait rien toucher. Il avait envoyé son voisin chez lui pour renforcer son alibi, mais s'en était par la même occasion trouvé bridé. Steinar Vassvik allait dire à la police qu'il avait vu un mot écrit à la main sur la table de la cuisine, cela paraîtrait suspect qu'il n'y soit plus.

La voiture pencha de nouveau. Toujours muet, Haugen augmenta la vitesse d'un cran.

Wisting regarda droit devant lui. Une plaine et, tout au bout en face, un grumier chargé de troncs d'arbres.

80

« Il y a du mouvement », rapporta Hammer, le regard sur l'écran d'ordinateur.

Le point rouge qui indiquait la position de la voiture de Martin Haugen s'était déplacé.

« Ils rentrent », conclut Stiller.

Le téléphone de Hammer sonna. Il répondit, écouta et demanda qu'on lui envoie des photos et des documents, puis il se tourna vers ses collègues.

« C'était la police du Trøndelag. Ils ont trouvé quelque chose dans la zone effondrée de l'E6. Des ossements. Assez pour pouvoir affirmer qu'ils sont humains.

— Katharina Haugen, déclara Stiller, se tournant vers Christine Thiis. Il est temps pour vous de signer un mandat d'amener. »

La substitut du procureur acquiesça et quitta la pièce.

« Comment on fait ? demanda Hammer. Où l'arrête-t-on ?

— Quelque part sur la route, répondit Stiller. Une fois qu'il aura déposé Wisting, mais avant qu'il arrive chez lui. »

Hammer lorgna vers son écran.

« Nous avons quarante minutes devant nous, calcula-t-il avant de chercher un numéro sur son téléphone. Nous avons besoin de renforts. Il est probablement armé. »

Stiller hocha la tête, les yeux rivés au point rouge sur l'écran. Il ne bougeait plus.

« Il faut réactualiser la page ? s'enquit-il, ayant en tête l'image qui s'était figée chez Haugen.

— Normalement non. Les mouvements sont en temps réel. »

Il enfonça néanmoins une touche. L'image sur l'écran disparut un bref instant avant de revenir. Le point rouge restait au même endroit, au milieu d'un long tronçon routier.

« Ils se sont arrêtés, conclut Hammer. Il s'est passé quelque chose. »

81

Le souffle du grumier fit vaciller le pick-up alors que les deux véhicules se croisaient.

Haugen freina et se rangea sur l'accotement. La voiture dérapa dans la terre. Quand elle se fut immobilisée, il se tourna vers Wisting.

« Il faut que tu sortes, déclara-t-il.

— Dis-moi ce qui s'est passé. »

Haugen secoua la tête.

« Quel que soit le cas de figure, on peut trouver une solution, poursuivit Wisting, tentant de récolter les fruits de ce qu'il avait semé pendant le week-end. La situation a peut-être l'air désespérée à cet instant précis, mais c'est ça, mon travail. On va trouver une solution. »

Haugen se pencha en avant, appuya le front contre le volant. Un instant, il sembla se résigner, mais il tira un objet de sous son siège. Le pistolet. Il était dans la voiture depuis le début.

« Je veux que tu sortes, répéta-t-il, posant calmement l'arme sur ses genoux.

— J'aimerais bien savoir d'abord ce qui s'est passé », répondit Wisting, entrebâillant la portière.

Haugen déglutit.

« C'était ma proposition », commença-t-il. Il poursuivit l'explication en lâchant ses mots par paquets, comme s'il était pressé. « On était allés à Heistad. Chez des amis du boulot. Katharina conduisait. Elle était enceinte. J'ai proposé qu'on passe par la nouvelle route, qui n'était pas encore en service. Elle avait été asphaltée le jour même. L'asphalte était tout noir. Aucun marquage. Aucun réverbère. Je ne l'ai pas vue du tout. Pas avant que son visage soit contre le pare-brise.

— Un accident, commenta Wisting pour modérer la portée des événements. Elle portait des vêtements sombres. Sans bandes réfléchissantes.

— Il y avait une pelleteuse. En un quart d'heure, il ne restait plus une trace. La seule chose que nous avons repérée sur la chaussée, au moment où nous allions repartir, était son portefeuille. Nous l'avons ramassé. Tout se passait bien, mais son petit ami a été arrêté et Katharina a alors eu cette idée d'enlèvement. »

Les mots venaient plus vite à présent. Tout ce qu'il avait contenu. Un barrage se brisait. Il expliqua comment il avait provoqué une collision pour camoufler les dommages occasionnés par l'accident et comment les événements avaient marqué Katharina. Elle avait perdu le bébé, sombré dans la dépression. Elle voulait se rendre à la police et, la nuit du 9 octobre 1989, elle était venue le retrouver pour essayer de le convaincre de le faire avec elle. La scène s'était terminée de la pire manière possible. Le flot de paroles confirmait tous les raisonnements de Wisting. Tout ce dont ils avaient parlé pendant le week-end sous-tendait cet aveu. Haugen avait été entraîné dans le drame psychologique de Katharina jusqu'au point de rupture. Il rejetait maintenant la faute et la responsabilité sur elle.

« Il faut que tu sortes d'ici.

— Faisons les choses correctement. »

Haugen leva le pistolet et fit un geste du poignet pour le chasser.

« Dehors ! »

82

Les bras croisés sur sa poitrine, Adrian Stiller se tenait bien campé sur ses jambes au milieu de la salle de contrôle des communications. Il aimait la sensation qui le gagnait quand tout était en mouvement, en constante accélération. Il aimait la tension, le sentiment d'être responsable de quelque chose d'important.

Hammer posa son téléphone sur le bureau devant lui.

« Il n'a probablement plus de batterie. »

Stiller se frotta les yeux. Des champs colorés papillotaient sous ses paupières. Quand il reporta le regard sur l'écran, le point rouge n'avait pas bougé.

« Est-ce qu'on pourrait envoyer une voiture banalisée ? »

Hammer reprit son téléphone.

« Je vais essayer le Telemark, annonça-t-il. C'est eux qui sont le plus près.

— Et les autres équipes ?

— Elles se rassemblent dans le garage. »

Stiller écouta Hammer appeler leurs collègues du

Telemark, leur expliquer la situation et leur indiquer la position de la voiture de Haugen.

« Dans un premier temps, je voudrais juste que vous passiez devant pour observer », conclut Hammer.

Stiller se demandait si le manque de sommeil lui jouait des tours. Le point rouge sur l'écran avait l'air de se déplacer. Il serra fort les paupières, puis les rouvrit, fixa son regard. Il en eut cette fois la certitude.

« Ils sont de nouveau en mouvement ! » s'exclama-t-il.

Le point rouge continuait vers le centre de Porsgrunn, suivant le même trajet que lorsque Haugen et Wisting étaient partis au chalet deux jours plus tôt.

On toqua légèrement à la porte derrière eux. Stiller ouvrit. Christine Thiis était de retour avec un mandat d'amener.

« Du nouveau ? » s'enquit-elle.

Stiller montra l'écran.

« Ils seront là dans une demi-heure. »

Alors qu'il prononçait cette phrase, le point rouge tourna vers la gauche et prit un autre chemin.

« Où vont-ils, là ? demanda Christine Thiis, mais elle n'obtint pas de réponse.

— On ne peut pas rester ici. » Stiller empoigna le bras de Hammer. « On doit prendre une voiture. »

83

Wisting se retrouva au bord de la route et vit le pick-up disparaître dans un nuage de poussière.

Une minute et demie s'écoula avant qu'une voiture arrive. Wisting se posta au milieu de la chaussée en agitant les bras. Le véhicule ralentit, klaxonna, déboîta et passa son chemin. Une réaction tout à fait naturelle. Il devait avoir l'air d'un désespéré.

Il sortit son badge de son portefeuille et essaya d'arrêter la voiture suivante en tendant le bras en l'air, la main à plat, comme il l'avait appris à l'école de police près de trente-cinq ans plus tôt.

La jeune femme au volant ralentit, elle aussi. Wisting croisa son regard derrière le pare-brise. Elle avait l'air effrayée et il ne fit pas d'autre tentative de l'arrêter quand elle déboîta pour le dépasser.

La voiture suivante roulait sur l'autre voie. Une vieille Volvo bleu foncé. Wisting la fit ralentir et s'arrêter à sa hauteur. Le conducteur était un garçon en fin d'adolescence, coiffé d'une casquette sur ses cheveux blonds aux épaules. Il baissa sa vitre en regardant autour de lui, comme s'il cherchait un véhicule sorti de la route ou en panne.

Wisting lui présenta son badge et expliqua que c'était une urgence concernant une affaire d'enlèvement.

« L'affaire Krogh ? demanda le jeune homme.

— Comment ça ?

— On en parle dans toute la presse. »

Wisting contourna le véhicule et monta à bord.

« Comment t'appelles-tu ?

— Even.

— Bien, Even. Je voudrais que tu fasses demi-tour.

— Demi-tour ?

— Oui. Tu as croisé un pick-up ? »

Le garçon réfléchit quelques secondes.

« Il roulait comme un dingue, confirma-t-il.

— Alors je crois que tu devrais te dépêcher de faire demi-tour. »

Le garçon s'exécuta.

« On ne va jamais le rattraper.

— Je vais trouver où il est, dit Wisting, bouclant sa ceinture de sécurité. Il faut juste que j'emprunte ton téléphone. »

Le garçon prit son portable dans la poche intérieure de son blouson en cuir et le tendit à Wisting.

84

Stiller conduisait, Hammer à côté, la tablette sur ses genoux. Le point rouge se déplaçait dans les rues du centre-ville de Porsgrunn. À une vitesse nettement plus faible.

Le téléphone de Stiller sonna. Un numéro de portable inconnu apparut sur l'écran du tableau de bord. La voix qui envahit l'habitacle était assurée.

« C'est Wisting.

— Où êtes-vous ?

— Dans une voiture réquisitionnée, avec un téléphone emprunté. Où est Haugen ? Vous avez la géoloc ?

— Il est en mouvement, répondit Stiller, laissant Hammer indiquer la position exacte. Qu'est-ce qui s'est passé de votre côté ?

— Ma couverture n'était plus crédible. Il m'a ordonné de descendre de voiture. Il a le truc que vous ne trouviez pas quand il y a eu la coupure de courant. »

Stiller comprit qu'il s'exprimait ainsi pour éviter que la personne qui était en voiture avec lui ne comprenne qu'il s'agissait d'une arme.

« A-t-il pu parler ?

— Oui, confirma Wisting. Tout est sorti. »

Stiller lâcha une main du volant pour serrer le poing dans un geste de triomphe.

« Il s'est arrêté, déclara Hammer à côté de lui.

— Où ?

— Non, c'était juste pour tourner, il part dans une autre direction.

— Où va-t-il ? » s'enquit Wisting.

Stiller jeta un coup d'œil à la tablette sur les genoux de Hammer et suivit le point rouge, mais attendit d'être sûr avant de répondre.

« Il semblerait qu'il se dirige vers l'endroit où nous avons fait notre découverte. »

Il y eut de la friture sur la ligne.

« Où ? demanda Wisting.

— Sur l'E18. Là où nous avons déterré Nadia. »

85

Ils restèrent en communication.

Wisting pria le garçon au volant d'accélérer.

« On va sur l'E18 », expliqua-t-il, estimant que ça leur prendrait huit ou neuf minutes.

Il passa le téléphone sur son autre oreille.

« Avons-nous des patrouilles à proximité ?

— C'est nous qui sommes le plus près, répondit Stiller. Juste six minutes.

— Et Haugen ? »

Ce fut Hammer qui répondit : « Deux minutes. »

Ils continuèrent de rouler sans rien dire. Le jeune conducteur déboîta et doubla un taxi.

« Quel chemin ? » demanda-t-il à l'approche d'un rond-point.

Wisting se rendit compte qu'ils pouvaient passer par Herøya et arriver sur l'E18 par le sud alors que Hammer et Stiller arrivaient par le nord. Ce serait probablement plus rapide.

« À droite », fit-il, montrant la direction.

Un homme en BMW noire enfonça son klaxon quand le garçon se faufila devant lui.

« Il approche, annonça Hammer. Moins de trente secondes. Avons-nous un plan ? »

Ni Wisting ni Stiller ne répondirent.

Wisting entendait la radio de police de ses collègues. Diverses patrouilles annonçaient leur position sur fond de sirènes.

« Deux cents mètres », indiqua Hammer.

Wisting changea encore le téléphone d'oreille.

« Cent mètres. »

On parla sur la radio de police, mais Wisting ne comprit pas ce qui avait été dit.

« Il ne s'arrête pas ! s'exclama Hammer. Il passe devant. »

Stiller jura. Sa voix était plus aiguë, plus près du micro de son kit mains libres.

« Qu'est-ce qu'il va faire ?

— Ce n'est pas la première fois qu'il emprunte ce chemin, répondit Wisting, mais la dernière fois, le courage lui a manqué. Il se rend chez Hannah et Joachim Krogh pour leur dire ce qui est arrivé à leur fille. »

Stiller jura encore. Wisting l'entendit taper sur son volant.

« Il est armé et mentalement instable, leur rappela-t-il. Il n'y a aucune équipe qui pourrait lui couper la route ?

— Il tourne vers Heistad, rapporta Hammer. Il y sera dans deux minutes. »

Diverses annonces se succédèrent sur la radio de la police. Wisting comprit que c'était lui qui était en meilleure position, mais qu'il n'arriverait pas à temps.

86

Wisting y fut le premier. Ils avaient mis quatre minutes et onze secondes.

Il demanda au conducteur de rouler lentement devant la maison de la famille Krogh. Le portail en fer forgé était ouvert. Le pick-up gris de Haugen était garé à l'intérieur. On ne voyait personne.

Il rapporta ce qu'il voyait au téléphone et pria le garçon de faire demi-tour et d'arrêter la voiture au bord de la route à cinquante mètres de la maison.

« Qu'est-ce qu'on fait ?

— On attend des renforts », répondit Wisting.

Le garçon fit un signe de tête, comme si c'était parfaitement conforme à ses attentes.

Trois minutes plus tard, Adrian Stiller et Nils Hammer les rejoignirent. Wisting remercia le jeune homme et s'apprêta à sortir de la voiture.

« Tu peux y aller maintenant, précisa-t-il.

— Je peux rester ? demanda le conducteur.

— Fais ce que tu veux, mais n'approche pas davantage. »

Il monta dans la voiture de ses collègues. Hammer était au téléphone, il informait l'équipe d'intervention.

« Les pauvres parents, observa Stiller. Ç'aurait dû leur être épargné. »

Wisting ne fit pas de commentaire.

« Vous pensez vraiment qu'il est en train de tout leur raconter ? demanda Stiller. Avec un pistolet !

— Ils ne sont pas chez eux. » Hammer baissa son téléphone et lança un regard vers la maison. « Ils sont partis loin de l'agitation et des médias. »

Stiller s'avança vers le pare-brise.

« Il est tout seul à l'intérieur ? »

Trois voitures de police entrèrent dans la rue. L'une d'elles passa devant chez les Krogh et s'arrêta plus loin. Trois hommes en sortirent, traversèrent le jardin des voisins et prirent position à l'arrière de la maison. Le chef d'opération vint à la voiture où se trouvaient les trois enquêteurs.

« Nous ne voudrions pas d'une situation où il se retrancherait, dit-il. Pouvons-nous l'appeler pour essayer de le convaincre de sortir ? »

Stiller et Hammer se tournèrent vers Wisting.

« Il faut que j'emprunte un téléphone. »

Hammer lui tendit le sien, puis il chercha le numéro et appela. Téléphone éteint.

« On entre dans la maison ? demanda le chef d'opération.

— Examinez d'abord le pick-up », répondit Wisting.

Stiller rapprocha sa voiture afin de leur permettre de mieux voir ce qui se passait. Le chef d'opération donna quelques ordres brefs. Quatre policiers avancèrent. Armes pointées sur la maison, deux hommes couvraient leurs collègues qui rejoignaient le pick-up.

L'un d'eux lança un bref coup d'œil dans l'habitacle avant d'ouvrir la portière.

« Vide, rapporta-t-il sur la radio.

— Le plateau », dit Wisting.

Il avisa sa canne à pêche, qui était appuyée contre un gros pot de fleurs, on n'en voyait que le sommet. Son sac à dos, à côté. Haugen avait dû les sortir.

« Il est sous la bâche », ajouta-t-il.

De nouvelles instructions suivirent par radio. Les armes restèrent pointées sur la maison pendant que les deux policiers passaient derrière le pick-up. L'un fit quelques pas de côté et visa le rabat du plateau tandis que l'autre se préparait à l'abaisser, la main sur son étui.

Ils s'adressèrent un bref signe de tête avant d'ouvrir.

Wisting et ses collègues virent les semelles d'une paire de bottes. Wisting sortit. Le policier qui avait ouvert le rabat avait relevé son arme.

« Sortez ! » ordonna-t-il, sans obtenir de réponse.

Wisting marcha lentement vers eux. Un liquide rouge clair s'écoulait dans les sillons du plateau. Un mélange de sang et d'eau salée.

Le policier saisit un pied et tira Haugen vers eux. Il se pencha à moitié au-dessus de lui, mais se tourna vite vers le chef d'opération avec un geste en travers de la gorge. Mort.

Wisting vint confirmer qu'il s'agissait bien de Martin Haugen.

La balle était entrée par la tempe droite pour ressortir de l'autre côté en explosant le seau de poisson salé.

Ç'avait été un beau moment. Haugen et lui, chacun

sur sa souche au bord du lac, à remplir le seau avec la pêche du week-end.

Stiller vint à ses côtés. Wisting se tourna vers lui sans rien dire. Il se demandait quel genre de personne était Stiller, au final. Quelqu'un qui fuyait ou qui attaquait en situation menaçante.

« Il a avoué, vraiment ? » demanda Stiller.

Wisting détacha le petit enregistreur de sa manche et le lui tendit.

« Voilà, tout y est. Si votre technologie a marché. »

Stiller prit l'appareil qu'il lui tendait comme si c'était un objet rare et précieux.

Wisting se tourna de nouveau vers le cadavre de Haugen et songea que ce n'était pas ou l'un ou l'autre, attaque ou fuite. Haugen avait beau se croire doté d'un instinct d'attaqueur inné, cela faisait vingt-quatre ans qu'il était en fuite. Fuite à laquelle il venait de renoncer.

87

Quand Wisting arriva chez Line et Amalie, la fille jouait avec un iPad sur le canapé tandis que la mère avait son ordinateur sur ses genoux. Elles avaient l'air aussi concentrées l'une que l'autre.

« C'est Thomas qui lui a appris ça », précisa Line sans lever les yeux de son écran.

Wisting rit et prit Amalie sur ses genoux. Elle tenait toujours fermement l'iPad.

« C'est probablement plus sûr que de jouer avec des stylos-billes », commenta-t-il.

Line le regarda à peine.

« Je croyais que tu avais fini d'écrire.

— Ça, c'est autre chose, expliqua Line.

— J'ai écouté le podcast. Dommage que ce soit le dernier épisode. »

Il savait qu'ils avaient prévu d'en faire six, mais finalement, il n'y en avait eu que trois et, quand le dernier était sorti, l'affaire était déjà résolue.

« Tu as commencé autre chose ?

— Non, ça, c'est de la généalogie. On a un Stiller dans la famille et je pensais que, en remontant loin, on était peut-être apparentés à Adrian Stiller, mais ce n'est pas le cas. Ce qui est sans doute un peu dommage, ajouta-t-elle avec un sourire, parce qu'il est riche et n'a pas d'héritiers. »

Wisting sourit aussi.

« Il semblerait que Stiller ne soit pas son vrai nom, poursuivit-elle. Personne dans sa famille ne s'appelle comme ça. Ses parents sont des Palm. Ils habitent en Afrique du Sud. Adrian portait ce nom, lui aussi, mais il en a changé à vingt ans, quand il est rentré en Norvège pour intégrer l'école de police. »

Line se concentra de nouveau sur son écran.

« Mais il y a un autre truc très intéressant. Sa petite amie a disparu et a probablement été tuée. »

Wisting écarquilla les yeux.

« En Afrique du Sud, quand il avait dix-huit ans. Je suis en train de faire des recherches sur le sujet. On ne l'a jamais retrouvée et l'affaire n'a pas été élucidée. Maintenant, dix-huit ans plus tard, il travaille dans le groupe norvégien des *cold cases*. Tu crois qu'il accepterait d'en dire quelque chose dans une interview ?

— Je ne le connais pas très bien, mais j'en doute. Je n'ai pas entendu parler de cette histoire et c'est probablement un sujet qu'il n'aime pas évoquer.

— Il est toujours en ville ?

— Oui. Je vais le voir tout à l'heure. On a encore un peu de paperasse à faire. »

Line regarda pensivement son écran. Un journal en anglais, apparemment.

« Il faut juste que je me documente un peu plus avant de lui demander. »

88

Le moment était venu de ranger son bureau. Wisting classa ses notes de travail et des brouillons dont certains dataient de plus de vingt ans. Tant pour Nadia que pour Katharina, des questions restaient sans réponse, mais les deux affaires avaient trouvé une conclusion.

Il s'arrêta sur une note, la relut plusieurs fois avant de l'emporter dans le bureau qu'Adrian Stiller avait utilisé.

Stiller rangeait également. Il empilait les classeurs dans un carton vide et jetait des feuilles volantes dans un carton destiné au recyclage. Son badge d'accès était posé sur le coin du bureau, prêt à être rendu à l'accueil.

Il avait l'air plus fringant que les derniers jours. Reposé. Wisting pensa à ce que Line lui avait raconté sur sa petite amie et ce qui le motivait sans doute pour travailler sur ces vieilles affaires non résolues.

« Je sais », dit-il, s'avançant dans la pièce.

Stiller décrocha du tableau magnétique un papier avec un numéro de téléphone.

« Quoi donc ? fit-il, se tournant vers Wisting.

— Je sais que c'est vous qui avez écrit ce mot anonyme à Martin Haugen », expliqua Wisting, lui présentant une copie du mot. *Je sais*.

Stiller sourit.

« Comment le savez-vous ?

— Ça ne peut être que vous. Personne d'autre que Haugen n'était au courant de ce qui était arrivé à Nadia ; et puis j'ai compris comment vous travaillez.

— Comment ça ?

— Votre méthode est la provocation et vous opérez avec des motifs cachés. »

Stiller sourit encore.

« Haugen avait besoin d'un petit coup de pouce pour nous permettre de lancer la partie.

— Est-ce vous que j'ai aperçu devant chez lui le soir du 10 octobre ? À la date anniversaire de la disparition ?

— Je voulais juste voir s'il avait pris le papier, s'il était chez lui et l'avait trouvé. C'est une bonne chose que vous soyez arrivé, ça m'a évité de m'avancer. Je ne savais pas qu'il avait placé des caméras.

— On l'a pourtant envoyé au labo pour analyse, ce papier.

— Eh non. Il n'a jamais été répertorié. Je ne l'ai jamais envoyé. C'était juste pour le mettre sur le qui-vive. »

Wisting se demandait ce qui lui déplaisait le plus, la méthode ou le fait d'avoir été maintenu hors du coup.

« J'ai écouté votre conversation avec Haugen, poursuivit Stiller. Je la fais transcrire, mais elle contient effectivement tout ce dont le procureur a besoin pour conclure l'affaire. »

Wisting répondit d'un signe de tête.

« Il y a juste une chose que je me demande. » Stiller ferma le carton. « C'est vraiment en marge de l'affaire, mais ce paquet emballé que la grand-mère maternelle de Nadia lui avait rapporté de Paris et que la famille ne voulait pas ouvrir avant qu'elle soit retrouvée. Est-ce qu'on pourrait savoir ce que c'est maintenant ? »

Wisting sourit. Il comprenait où Stiller voulait en venir. Il n'y avait pas de cadeau de Paris. C'était une histoire qu'il avait inventée pour agir sur la conscience de Haugen, le pousser vers l'aveu.

« Paroles ou actes, conclut Stiller, soulevant le carton. Il s'agit d'essayer d'atteindre un but. »

Wisting replia la feuille qu'il avait à la main.

« Où allez-vous maintenant ? s'enquit-il. Vous avez une nouvelle affaire ?

— Je vais à Bergen. Quelqu'un qui est détenu là-bas voudrait raconter où il a enseveli un corps il y a dix-sept ans. »

Wisting fit un pas de côté quand Stiller se dirigea vers la porte.

« Et vous ? Une nouvelle grosse affaire ? »

Wisting secoua la tête. Pour la première fois depuis longtemps, son bureau était complètement vide.

DU MÊME AUTEUR

Aux Éditions Gallimard

Dans la collection Série Noire

LE CODE DE KATHARINA, 2021, Folio Policier nº 951.

LE DISPARU DE LARVIK, 2020, Folio Policier nº 934.

L'USURPATEUR, 2019, Folio Policier nº 903.

LES CHIENS DE CHASSE, 2018, Folio Policier nº 878.

FERMÉ POUR L'HIVER, 2017, Folio Policier nº 852.

COLLECTION FOLIO POLICIER

Dernières parutions

767. Franz Bartelt — *Chaos de famille*
768. Thierry Bourcy — *Les ombres du Rochambeau*
769. Georges Simenon — *Nouvelles exotiques*
770. Jo Nesbø — *L'inspecteur Harry Hole. L'intégrale, I*
771. Lorenzo Lunar — *La vie est un tango*
772. Nick Stone — *Cuba Libre*
773. Jean-Claude Izzo — *Fabio Montale*
774. Boileau-Narcejac — *Les intouchables*
775. Boileau-Narcejac — *Les visages de l'ombre*
776. Joe R. Lansdale — *Diable rouge*
777. Fredrik Ekelund — *Blueberry Hill*
778. Heinrich Steinfest — *Le poil de la bête*
779. Batya Gour — *Meurtre en direct*
780. Laurent Whale — *Les Rats de poussière I Goodbye Billy*
781. Joe R. Lansdale — *Le sang du bayou*
782. Boileau-Narcejac — *Le contrat*
783. Boileau-Narcejac — *Les nocturnes*
784. Georges Simenon — *Le bateau d'Émile*
785. Dolores Redondo — *De chair et d'os*
786. Max Bentow — *L'Oiseleur*
787. James M. Cain — *Bloody cocktail*
788. Marcus Sakey — *Les Brillants*
789. Joe R. Lansdale — *Les Mécanos de Vénus*
790. Jérôme Leroy — *L'ange gardien*
791. Sébastien Raizer — *L'alignement des équinoxes*
792. Antonio Manzini — *Piste noire*
793. Jo Nesbø — *Du sang sur la glace*
794. Joy Castro — *Après le déluge*
795. Stuart Prebble — *Le Maître des insectes*

796. Sonja Delzongle	*Dust*
797. Luís Miguel Rocha	*Complots au Vatican I Le dernier pape*
798. Caryl Férey	*Saga maorie*
799. Thierry Bourcy	*Célestin Louise, flic et soldat dans la guerre de 14-18*
800. Barry Gornell	*La résurrection de Luther Grove*
801. Antoine Chainas	*Pur*
802. Attica Locke	*Dernière récolte*
803. Maurice G. Dantec	*Liber mundi I Villa Vortex*
804. Howard Gordon	*La Cible*
805. Alain Gardinier	*DPRK*
806. Georges Simenon	*Le Petit Docteur*
807. Georges Simenon	*Les dossiers de l'Agence O*
808. Michel Lambesc	*La « horse »*
809. Frederick Forsyth	*Chacal*
810. Gunnar Staalesen	*L'enfant qui criait au loup*
811. Laurent Guillaume	*Delta Charlie Delta*
812. Laurent Whale	*Les Rats de poussière II Le manuscrit Robinson*
813. J. J. Murphy	*Le cercle des plumes assassines*
814. Éric Maravélias	*La faux soyeuse*
815. DOA	*Le cycle clandestin, tome I*
816. Luke McCallin	*L'homme de Berlin*
817. Lars Pettersson	*La loi des Sames*
818. Boileau-Narcejac	*Schuss*
819. Dominique Manotti	*Or noir*
820. Alberto Garlini	*Les noirs et les rouges*
821. Marcus Sakey	*Les Brillants II Un monde meilleur*
822. Thomas Bronnec	*Les initiés*
823. Kate O'Riordan	*La fin d'une imposture*
824. Mons Kallentoft, Markus Lutteman	*Zack*
825. Robert Karjel	*Mon nom est N.*
826. Dolores Redondo	*Une offrande à la tempête*
827. Benoît Minville	*Rural noir*

828. Sonja Delzongle	*Quand la neige danse*
829. Germán Maggiori	*Entre hommes*
830. Shannon Kirk	*Méthode 15-33*
831. Elsa Marpeau	*Et ils oublieront la colère*
832. Antonio Manzini	*Froid comme la mort*
833. Luís Miguel Rocha	*Complots au Vatican II La balle sainte*
834. Patrick Pécherot	*Une plaie ouverte*
835. Harry Crews	*Le faucon va mourir*
836. DOA	*Pukhtu. Primo*
837. DOA	*Pukhtu. Secundo*
838. Joe R. Lansdale	*Les enfants de l'eau noire*
839. Gunnar Staalesen	*Cœurs glacés*
840. Jo Nesbø	*Le fils*
841. Luke McCallin	*La maison pâle*
842. Caryl Férey	*Les nuits de San Francisco*
843. Graham Hurley	*Le paradis n'est pas pour nous*
844. Boileau-Narcejac	*Champ clos*
845. Lawrence Block	*Balade entre les tombes*
846. Sandrine Roy	*Lynwood Miller*
847. Massimo Carlotto	*La vérité de l'Alligator*
848. Benoît Philippon	*Cabossé*
849. Grégoire Courtois	*Les lois du ciel*
850. Caryl Férey	*Condor*
851. Antonio Manzini	*Maudit printemps*
852. Jørn Lier Horst	*Fermé pour l'hiver*
853. Sonja Delzongle	*Récidive*
854. Noah Hawley	*Le bon père*
855. Akimitsu Takagi	*Irezumi*
856. Pierric Guittaut	*La fille de la Pluie*
857. Marcus Sakey	*Les Brillants III En lettres de feu*
858. Matilde Asensi	*Le retour du Caton*
859. Chan Ho-kei	*Hong Kong Noir*
860. Harry Crews	*Des savons pour la vie*
861. Mons Kallentoft, Markus Lutteman	*Zack II Leon*
862. Elsa Marpeau	*Black Blocs*

863. Jo Nesbø *Du sang sur la glace II Soleil de nuit*
864. Brigitte Gauthier *Personne ne le saura*
865. Ingrid Astier *Haute Voltige*
866. Luca D'Andrea *L'essence du mal*
867. DOA *Le cycle clandestin, tome II*
868. Gunnar Staalesen *Le vent l'emportera*
869. Rebecca Lighieri *Husbands*
870. Patrick Delperdange *Si tous les dieux nous abandonnent*
871. Neely Tucker *La voie des morts*
872. Nan Aurousseau *Des coccinelles dans des noyaux de cerise*
873. Thomas Bronnec *En pays conquis*
874. Lawrence Block *Le voleur qui comptait les cuillères*
875. Steven Price *L'homme aux deux ombres*
876. Jean-Bernard Pouy *Ma ZAD*
877. Antonio Manzini *Un homme seul*
878. Jørn Lier Horst *Les chiens de chasse*
879. Jérôme Leroy *La Petite Gauloise*
880. Elsa Marpeau *Les corps brisés*
881. Sonja Delzongle *Boréal*
882. Patrick Pécherot *Hével*
883. Attica Locke *Pleasantville*
884. Harry Crews *Car*
885. Caryl Férey *Plus jamais seul*
886. Guy-Philippe Goldstein *Sept jours avant la nuit*
887. Tonino Benacquista *Quatre romans noirs*
888. Melba Escobar *Le salon de beauté*
889. Noah Hawley *Avant la chute*
890. Tom Piccirilli *Les derniers mots*
891. Jo Nesbø *La soif*
892. Dominique Manotti *Racket*
893. Joe R. Lansdale *Honky Tonk Samouraï*
894. Antoine Chainas *Empire des chimères*
895. Jean-François Paillard *Le Parisien*

896. Luca d'Andrea — *Au cœur de la folie*
897. Sonja Delzongle — *Le hameau des Purs*
898. Gunnar Staalesen — *Où les roses ne meurent jamais*
899. Mons Kallentoft, Markus Lutteman — *Bambi*
900. Kent Anderson — *Un soleil sans espoir*
901. Nick Stone — *Le verdict*
902. Lawrence Block — *Tue-moi*
903. Jørn Lier Horst — *L'usurpateur*
904. Paul Howarth — *Le diable dans la peau*
905. Frédéric Paulin — *La guerre est une ruse*
906. Paul Colize — *Un jour comme les autres*
907. Sébastien Gendron — *Révolution*
908. Chantal Pelletier — *Tirez sur le caviste*
909. Sonja Delzongle — *Cataractes*
910. Elsa Marpeau — *Son autre mort*
911. Joe Ide — *Gangs of L.A.*
912. Francesco Dimitri — *Le livre des choses cachées*
913. Jo Nesbø — *Macbeth*
914. Dov Alfon — *Unité 8200*
915. Jérôme Leroy — *Un peu tard dans la saison*
916. Pasquale Ruju — *Une affaire comme les autres*
917. Jean-Bernard Pouy — *Trilogie spinoziste*
918. Abir Mukherjee — *L'attaque du Calcutta-Darjeeling*
919. Richard Morgiève — *Le Cherokee*
920. Antonio Manzini — *La course des hamsters*
921. Gunnar Staalesen — *Piège à loup*
922. Christian White — *Le mystère Sammy Went*
923. Yûko Yuzuki — *Le loup d'Hiroshima*
924. Caryl Férey — *Paz*
925. Vlad Eisinger — *Du rififi à Wall Street*
926. Parker Bilal — *La cité des chacals*
927. Emily Koch — *Il était une fois mon meurtre*
928. Frédéric Paulin — *Prémices de la chute*
929. Sonja Delzongle — *L'homme de la plaine du nord*
930. Sébastien Rutés — *Mictlán*

Tous les papiers utilisés pour les ouvrages
des collections Folio sont certifiés
et proviennent de forêts gérées durablement.

Composition APS-ie
Impression Maury imprimeur
45330 Malesherbes, le 25 janvier 2022
Dépôt légal : janvier 2022
Numéro d'imprimeur : 260186

ISBN 978-2-07-296700-9 / Imprimé en France.

402275